Silla – Tochter der Wölfin

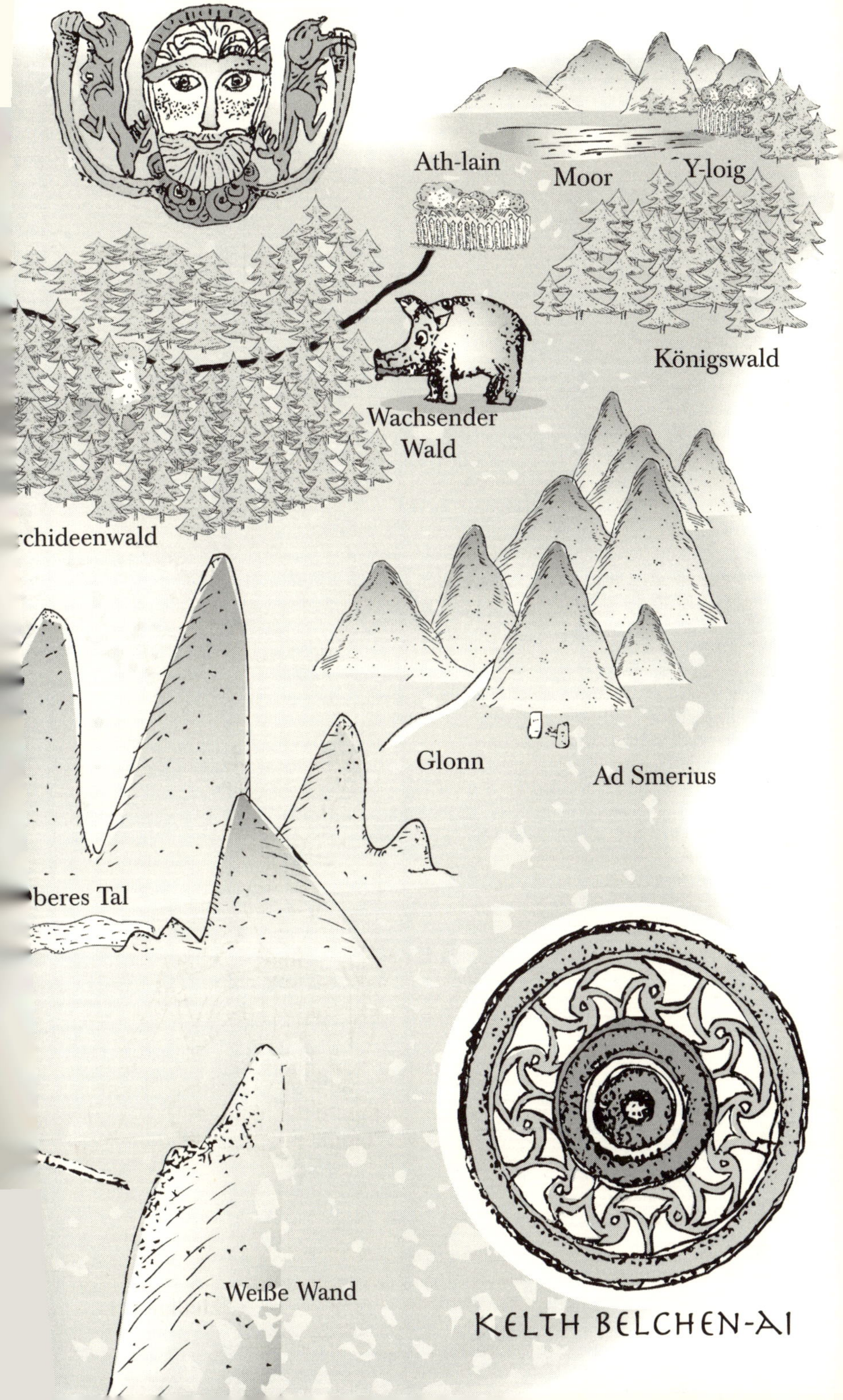
Ath-lain
Moor
Y-loig
Königswald
Wachsender
Wald
rchideenwald
Glonn
Ad Smerius
beres Tal
Weiße Wand
KELTH BELCHEN-AI

Frederike Hieronymi

Silla
Tochter der Wölfin

Die Prophezeiung

Thienemann

Für Tim und Dennis

1. KAPITEL

Im Jahre 1500 des Widders,
nach unserer Zeitrechnung 500 vor Christus

DIE ERSTE REISE

Der Mond hing voll am Himmel und leuchtend hinter den schwarzen Zacken der Baumwipfel, die sich zur fast undurchdringlichen Dunkelheit eines Waldes zusammenschlossen. Nur vereinzelte Lichtungen ließen Helligkeit bis auf den moosigen, weichen Waldboden vordringen.

Die Gestalt, die wie ein Schatten durch diese Finsternis huschte, schien die Augen einer Katze zu haben, um trotzdem ihren Weg zu finden, ohne gegen Bäume zu laufen oder über Wurzeln zu stolpern. Vor allem, da sie noch ein umfangreiches Bündel gegen ihre Brust gedrückt trug, dessen Inhalt sehr kostbar sein musste, so sorgsam, wie sie es hielt.

Sie verharrte und drehte einen Moment den Kopf wie ein Reh, das in den Wind schnuppert. Lauschend. Und dann konnte sie es hören: dumpfe Hufschläge, die hohl über den torfigen Grund trommelten. Ohne zu zögern, tauchte die Gestalt wieder in die Finsternis. Ein tief hängender Ast fegte ihr die Kapuze vom Kopf und im Aufblitzen eines Mondstrahls konnte man für einen Moment ihr Gesicht erkennen. Es war das Gesicht einer Frau. Sie musste uralt sein, auch wenn sie kaum Falten hatte, sondern sich ihre Haut straff und trocken um ihre Gesichtszüge gelegt hatte, fast wie bei einer Mumie. Ihre Nase stach scharf hervor, kühn wie der Schnabel eines Adlers, und das gelbe Leuchten ihrer Augen glitzerte in der Finsternis.

Das leise Schmatzen unter ihren Füßen wies ihr die Richtung besser, als es ihre Augen vermocht hätten.

Ohnehin hätte sie den Weg im Schlaf gefunden, so viele Male musste sie ihn schon gegangen sein, den Pfad ins Opfermoor. Keiner durfte ihn sonst betreten außer ihr, dem Druiden und ein paar Auserwählten, denn sie war die Alte Frau, die Zauberin des Dorfes.

Die Hufschläge waren jetzt so nahe, dass sie schon das Schnauben der Pferde hören konnte. Was war das für ein Tumult! Sie konnte Männer lärmen hören und eine herrische Stimme Befehle schreien. Die Miene der Alten Frau verfinsterte sich noch mehr, wenn das überhaupt möglich war. Sie stieß einen Fluch aus. Es musste der erste seit langer Zeit gewesen sein. Es war sonst nicht die Art der Zauberin zu fluchen, schließlich hatte sie ihr Handwerk lange genug gelernt, um ganz andere Möglichkeiten zu haben, aber im Moment …

»Pah!«, stieß sie erbost aus. Dieser, dieser … »Pah!«, rief sie wieder, denn ihr fiel kein Wort ein, das schlimm genug gewesen wäre, ihn damit zu bezeichnen, ihn, ihren König.

»Bituit Torch Troyth, bei Taranis, dessen Blitzschlag dich treffen möge, und allen Göttern, das wirst du büßen«, murmelte sie vor sich hin, während sie weiterhastete.

Er folgte ihr mitsamt seinen Männern ins Moor, kümmerte sich nicht darum, dass das absolut verboten war, ein Tabu, an das auch der König sich zu halten hatte. Aber dieser Unwürdige, dieser Mörder, dieser Tyrann hielt sich an gar nichts! Nur die Soldaten, die würden nicht so ohne Weiteres mitmachen.

Die hatten zu viel Angst vor den Göttern und vor ihrer, Iolairs, Zauberei. Ein Schatten von Heiterkeit huschte über ihre Züge, um genauso schnell wieder zu verschwinden. Das Bündel in ihrem Arm regte sich jetzt und gab kleine glucksende Laute von sich.

»Bei Taranis«, murmelte die Alte, »halte durch, Mädchen, wir haben es gleich geschafft!«

Viel länger kann ich auch nicht mehr, dachte sie. Ihr Atem ging keuchend und sie hatte das Gefühl, als begänne die Luft in ihren Lungen zu kochen. Äste krachten hinter ihr.

»Möge Cernunnos, menschengesichtiger Gott mit dem Hirschkopf, Herrscher über den Wald, seine Nebel aufsteigen lassen, uns zu verbergen und den Frevler zu verderben, der mit Mord im Herzen und dem Schwert in der Hand sein Reich betritt!« Die Stimme der Alten war nur noch ein heiseres Flüstern, mehr Atem hatte sie nicht mehr.

Wie zur Antwort rauschte das Laub der knorrigen Eichen, die den Wald hier kreisförmig zurückdrängten. Ein kühler Luftzug und die sachte Berührung von Federspitzen strichen der Frau in einer flüchtigen Bewegung über die Wange.

»Huhu!«, stieß die Eule im gleichen Moment ihren düsteren Ruf aus. Sie zog eine ruhige Kurve und landete mit einem Hopser auf dem mächtigen Steinquader in der Mitte der Wiese. Das Mondlicht spiegelte sich in verschwommenen Reflexen auf dem dunklen Granit des Blocks und funkelte in den orangen Augen der Eule.

»Oila«, murmelte die Alte Frau, »du kommst zur rechten Zeit.«

Die Eule riss in einem Gähnen den krummen Schnabel auf und begann gemächlich ihr Gefieder zu putzen, als wollte sie sagen: Was soll die Aufregung, ich komme *immer* zur rechten Zeit!

Die Alte Frau achtete nicht weiter auf den Vogel, sondern bettete ihr Bündel auf den Opferstein neben ihn und schlug die schwere, gefilzte Decke auseinander. Darunter erschien ein Wolfspelz, in dessen zottiges Grau ein Baby gewickelt war, ein Mädchen. Es nuckelte an einem goldenen Armreif, der in zwei Schlangenköpfen auslief. Einer davon steckte in dem rosigen Babymund der Kleinen. Ihre Augen blickten aufmerksam in die Wipfel der Bäume, als würden sie dort etwas höchst Interessantes, für alle anderen Unsichtbares, erblicken. Zartes rotes Haar stand wie ein flauschiger Heiligenschein um ihren Kopf. Das Nuckeln wurde immer heftiger, sie schien Hunger zu haben. Die Alte Frau betrachtete sie mit Besorgnis. Gnade ihnen Taranis, wenn sie jetzt auch noch anfinge zu schreien! Die Alte zog ein Ledersäckchen aus den tiefen Falten ihres Umhangs. Sie öffnete es und schüttelte zwischen getrockneten Mistelbeeren, die wie alte, elfenbeinerne Perlen in ihre Hand kullerten, ein gelbliches Pulver in ihren Handteller, nahm eine Fingerspitze davon auf und schob sie dem Baby mit etwas Mühe unter die Zunge, ohne ihm dabei den Armreif wegzunehmen.

Es wurde höchste Zeit für die Beschwörungen. Sie begann zu summen: »Kleine Faol, kleine Wölfin. Der Wölfin Kraft sei deine Kraft, des Waldes Gesang sei dein Gesang. Kleine Sibylla Faol, möge der Weitblick des Adlers in deinem Blick sein und die Klugheit des Raben in deinen Gedanken.«

Ohne ihren Singsang zu unterbrechen, schüttete die Alte Frau Glut aus einem Tontopf, der in einer ledernen Hülle an ihrem Gürtel hing: ein Häufchen zu Füßen, eines zu Häupten des Säuglings.

»Möge der Mond dich führen und die Sonne über dir leuchten. Möge Taranis dir mit seinem Blitz eine Brücke bauen und Oila dich gut in die andere Welt geleiten.«

Eine Handvoll Kräuter flog in die Gluthaufen, züngelte in

knisternden Flammen auf. Der bittere Geruch von Wermut mischte sich mit der Süße von Beifuß. Aus einer Phiole streute die Zauberin ein weißes Pulver in die Flammen und sofort bildeten sich dichte Schwaden, immer mehr und mehr.

Sie hatte ihren Umhang abgeworfen, ihr helles Wollkleid und das graue Haar leuchteten in der Nacht wie Silber. Sie streckte ihre Hände über dem Baby aus, die Augen geschlossen. Tief in Trance murmelte sie etwas in einer alten Sprache. Ihr Gesang wurde lauter, während der weiße Qualm langsam den Stein einhüllte, den Säugling und die Eule verschluckte und schließlich die Alte Frau selbst verbarg.

Nur noch eine undurchdringliche Nebelwolke war zu sehen, als ihr Verfolger durch die Zweige brach und auf die Lichtung taumelte. Mit gezogenem Schwert stürzte er sich brüllend in das wabernde Weiß und begann wild um sich zu schlagen. Immer wieder klirrte die Klinge auf den Granit, um schließlich mit einem gequälten Laut zu zerspringen. Der Mann stieß einen Fluch aus, schleuderte das nutzlose Heft von sich und schlug mit bloßen Händen weiter auf die Schwaden ein, die sich langsam auflösten.

»Was jagt Ihr, König? Nachtmotten?«, erklang eine kühle Stimme hinter ihm und ließ ihn herumfahren. Die gelben Augen der Alten Frau blickten ihn spöttisch an.

»Verdammtes altes Weib!« Er wollte sich auf sie stürzen, aber eine Handbewegung und ein Aufblitzen in ihren Pupillen ließen ihn innehalten.

»Wo ist das Kind?«, knurrte er.

»Kind?«, die Alte Frau hob die Augenbrauen. »Ich sehe hier kein Kind, seht Ihr eines?«

Sie fächelte kurz mit ihrem Umhang durch die Luft, die letzten Rauchfetzen zu vertreiben. Der Opferstein lag still und leer vor ihnen. Der König beugte sich vor, tastete mit der

Hand über den glatten Fels, als könnte er seinen Augen nicht trauen. Schließlich wankte er zögernd ein paar Schritte zurück, Furcht im Blick. Er öffnete den Mund, als wollte er etwas sagen, doch dann drehte er sich um und ging schwerfällig in die Richtung zurück, aus der er gekommen war.

»Ich habe immer noch den Bruder«, hörte die Alte Frau ihn murmeln. »Ja, ja, immer noch den Bruder!« Dann schluckte ihn der Schatten der Bäume.

Die Alte Frau stand da und das Herz war ihr schwer. Was für einen Weg hatte das Kind angetreten! Der einen Gefahr war es für den Moment entronnen, aber ob es nun Besseres oder Schlechteres erwartete, konnten nur die Götter wissen.

Würde so ein Kleines die Reise überhaupt überstehen? Es gab nicht viele, die dazu ausersehen waren und die es geschafft hatten. Und wie würde es weitergehen? Was war mit der Prophezeiung? Ohne das Mädchen konnte sie sich nie erfüllen und die tyrannische Herrschaft des Königs würde ungebrochen anhalten, auf lange, lange Zeit.

Und jetzt, da die Königin tot war, gab es auch keine Hoffnung mehr auf weitere Geschwister, die das Schicksal des Mädchens vielleicht hätten übernehmen können.

Die Alte Frau seufzte. Was für eine Bürde war es manchmal, die Alte Frau zu sein. Ob man auch hierfür zu alt werden konnte? Sie setzte sich ins Gras, lehnte sich mit dem Rücken an den Stein. Irgendetwas sagte ihr, dass sie das Mädchen wiedersehen würde, aber wer wusste schon, wann und wie.

»Gute Reise, kleine Sibylla Faol, kleine Wölfin«, flüsterte sie und wenn sie eine normale alte und nicht *die* Alte Frau gewesen wäre, hätte sie jetzt bestimmt ein bisschen geweint.

So aber blickte sie mit trockenen Augen in die unendliche Weite des nächtlichen Himmels und bereitete sich auf ein langes Warten vor, bis Oila, die Eule, zurückkehren würde.

2. KAPITEL

In den beginnenden Jahren des Wassermanns, nach unserer Zeitrechnung 2008 nach Christus

DER STEIN

Die Sonne breitete ihr flimmerndes Netz über die Berge. Silla betrachtete mit schief gelegtem Kopf eine Gruppe Kühe, die gemächlich malmend über die sanfte Steigung der Almwiese zog. Das Mädchen stützte sich auf die Ellenbogen, schob sich einen Grashalm zwischen die Zähne und ließ seinen Blick geistesabwesend über die Sommerwiesen wandern, hinauf zu den schroffen Graten der Alpen und weiter in das strahlende Blau des Himmels, in dem wie Schäfchen ein paar wollige weiße Wolken standen.

Heute war ihr Geburtstag. Silla zupfte an ihren Haaren, die ihr ungewohnt kurz und ziemlich struppig vom Kopf abstanden, und ein schräges kleines Lächeln ließ die Sommersprossen auf ihrer Nase tanzen. Sie musste jetzt noch lachen, wenn sie an Clarissas Gesicht dachte, als Silla heute Morgen mit kurzem Haar erschienen war. Ihre Mutter war auch entsetzt gewesen, aber zumindest ihr Vater hatte geschmunzelt.

Sie wusste selbst nicht recht, warum sie sich ihren langen roten Zopf abgeschnitten hatte. Mit der Küchenschere. Vielleicht, damit sich einfach mal irgendetwas änderte. Solange sie denken konnte, hatte ihr dieser Zopf über den Rücken gebaumelt. Heute wurde sie dreizehn, da war man kein Kind mehr. Nur war das bis jetzt, außer ihr, niemandem so recht aufgefallen. Aber das würde es schon noch, und den alten Kinderzopf loszuwerden, fand Silla, war kein schlechter Anfang.

Ihre Mutter hatte das allerdings ganz anders gesehen und entsprechend frostig war das Geburtstagsfrühstück ausgefallen. Bis Vinzis Kakao umgekippt war, das hatte die Stimmung deutlich aufgelockert. Vinzi hatte ihr auch eine Karte gemalt. Natürlich mit Fettfleck in der Mitte. Vinzi ging immer alles schief, aber mit neun Jahren war das vermutlich noch nicht so schlimm. Auf jeden Fall hatte ihm ihre neue Frisur gefallen und Silla hatte sich einmal mehr gedacht, dass ihr kleiner Bruder der einzig Erträgliche war in der ganzen Familie. Ganz im Gegensatz zu ihrer Schwester Clarissa!

»Geschenk gibt es später«, hatte ihre Mutter gemurmelt und war schon wieder geeilt, sich um ihre Gäste zu kümmern, während ihr Vater hinter der Zeitung verschwunden war.

Pah, Geschenke! Den iPod, den sie sich wünschte, bekam sie ja doch nicht.

»Ach, Kind, was soll denn das wieder kosten?«, hatte ihre Mutter gerufen, als sie den iPod nur erwähnt hatte, und ihr Vater hatte gebrummt: »Du kannst doch Radio hören!«, was wohl wirklich das Letzte war!

Nein, auf weiteres Feiern konnte sie verzichten. Wie jedes Jahr würde es doch nur wieder den Apfelstrudel vom Vor-Vortag geben, der in der Pension »Zur Glocke« – das war die Fremdenpension ihrer Eltern – übrig geblieben war und der grässlich nach abgestandenem Rauch schmeckte. Dann würde der Bürgermeister zum Gratulieren vorbeikommen. Letztes Jahr hatte er ihr ein Buch über die Geschichte der Gemeinde verehrt, ein Buch, das im Fremdenverkehrsamt für

Touristen auflag. War das peinlich gewesen! Und alles nur, weil er sie als Werbeträgerin für ihr Dorf entdeckt hatte. So wie manche Orte sich mit Gletschermumien schmückten, so wollte er sie als »Wolfskind von Anslinden« vermarkten. Als gäbe es nicht genug Touristen hier. Weiter unten schob sich gerade wieder so einen bunte Karawane über den Höhenweg. Mit kurzen Hosen, Spaghettihemdchen und völlig unzureichenden Schuhen, das konnte sie sogar von hier aus sehen. Einfach lächerlich!

»Wolfskind«. So hatten die Zeitungen sie damals genannt, als ihre Mutter sie gefunden hatte. Die erzählte die Geschichte immer noch mit Begeisterung ihren Pensionsgästen und die Zeitungsberichte von damals hatte sie gerahmt in der Gaststube hängen.

»Man stelle sich nur einmal vor: Ein Neugeborenes einfach auf einem Stein im Wald aussetzen! Da gehört schon einiges dazu!«, sagte sie dann immer.

Ihre Mutter hieß Fini Wolf und war überhaupt nicht mit Silla verwandt, genauso wenig wie ihr Vater Emil, ihre Schwester Clarissa oder Vinzi – und manchmal hätte Silla alles gegeben, um ihre richtige Familie wenigstens ein Mal zu treffen.

Es war der Morgen nach der Mittsommernacht gewesen, vor genau dreizehn Jahren weniger einem Tag. Fini Wolf hatte in aller Frühe eine Wanderung zum Keltenstein gemacht. Der Granitblock musste schon Jahrtausende vor den Kelten auf der Lichtung im Wald gelegen haben, aber von dieser Zeit wusste man nichts Genaues; dass die Kelten aber hier ihre heiligen Rituale abgehalten hatten, das war durch Funde von alten Metallteilen, vereinzelten Tonscherben und anderen kultischen Gegenständen bekannt.

An dem besagten Morgen wurde nun noch etwas anderes gefunden, und zwar ein Baby. Es lag mitten auf dem Stein, war in einen Wolfspelz gewickelt und nuckelte an einem goldenen Armreifen, der in zwei Schlangenköpfen auslief.

»Das verdächtige Pulver, das unter der Zunge des Säuglings sichergestellt wurde, erwies sich nach Information der Toxikologischen Abteilung des Landesklinikums wider Erwarten nicht als Rauschgift, sondern als pulverisierte Mistelbeeren.« So stand es in der Zeitung.

Das kleine Mädchen konnte höchstens einen Tag alt sein. Der Armreif hingegen war beträchtlich älter, man schätzte seine Entstehung auf ein halbes Jahrtausend vor unserer Zeitrechnung. Er war eindeutig keltisch.

Man vermutete einen Kriminalfall. Ein paar Tage lang schwirrte das kleine Dorf von Polizisten und Journalisten, aber nachdem sich trotz allem keine brauchbare Spur entdecken ließ, war der Fall zu den Akten gelegt worden.

Das Mädchen hatten entweder die Zigeuner liegen gelassen, was die meisten im Dorf glaubten, oder es musste einfach vom Himmel gefallen sein.

Eine hellsichtige Frau im Dorf bestand darauf, dass das Baby »Sibylla« genannt wurde. Wie sie zu dieser Eingebung gekommen war, wollte sie nicht verraten. Aber an dem Namen war schließlich nichts auszusetzen, und da das Baby wie aus dem Wolfspelz geschlüpft zu sein schien und auch zu Ehren seiner Finderin, wurde es als Sibylla Wolf registriert.

Clarissa war damals erst ein paar Monate alt gewesen und Fini Wolf hatte die morgendliche Wanderung eigentlich nur gemacht, um ein wenig dem Babygeschrei zu entkommen, wie sie später sagte. Dass sie dabei gleich noch einen Säugling finden würde, war nicht geplant gewesen, aber sie hatte es als Wink des Schicksals verstanden und die Kleine adoptiert.

Der Bürgermeister hatte den Wirbel um das Baby vom Keltenstein sichtlich begrüßt. Schließlich war das Ganze eine

Werbung für Anslinden, die nicht nur gratis, sondern unbezahlbar war. Und so kam es, dass er seit dreizehn Jahren weniger einem Tag zu Sillas Geburtstag erschien.

Aber heute konnte er ohne sie feiern. Silla hatte nach der Schule nur schnell ihre Tasche zu Hause in den Gang geworfen und war einfach weggelaufen. Hinauf in die Wiesen. Sollte ihre Mutter sich doch mit dem Bürgermeister langweilen. Oder Clarissa. Die war sowieso immer eifersüchtig auf Silla!

Nur Vinzi, den hätte sie gerne dabeigehabt, obwohl er noch klein war. Aber Vinzi hatte immer so verrückte Ideen und verstand jeden Spaß. Bestimmt war er jetzt enttäuscht, dass sie nicht da war. Er hatte am Morgen noch etwas gekräht von einer Rakete mit Backpulver und einem Gummipfropfen, die er für sie gebastelt hatte. Silla seufzte schwer.

Aus den harmlosen Schäfchen waren inzwischen dicke Wolkenhaufen geworden, die sich immer weiter vor die Sonne schoben. Der Gletscher, über den Umweltschützer riesige Planen gedeckt hatten, um ihn vor der Sonnenwärme zu schützen und ihn so am Abschmelzen zu hindern, sah in seiner gummibewehrten Maskierung mahnend und Unheil verkündend aus. Der Horizont begann giftige Violett- und Lilatöne zu spiegeln, während hinter den Bergen eine schwefelgelbe Wolkenwand heraufdrängte.

Jetzt musste sie doch nach Hause; viel lieber wäre sie hiergeblieben. Trotzdem, ein Gewitter in den Bergen erlebte man besser nicht im Freien. Vielleicht konnte sie sich ja in ihr Zimmer schleichen, ohne dass sie jemand sah.

Bei der Kälberwiese blieb sie stehen. Die Tiere hatten sich am Zaun zusammengedrängt. Bestimmt beunruhigte sie das nahende Wetter. Silla streichelte die weichen Mäuler, die sich warm in ihre Hand schoben und versuchten an ihren Fingern zu nuckeln.

Ein paar dicke Tropfen trafen ihre nackten Arme. Erschrocken schaute sie auf. Der Himmel hatte sich unversehens in die Farbe von Asphalt gehüllt. Und schon ging es los. Der Regen prasselte herab, als würde jemand Eimer ausleeren, und Gewitterschwärze fiel wie ein düsterer Schatten über die Landschaft. Ein Blitz ließ schneidend hell den Himmel aufleuchten, krachte, Donner hinter sich herziehend, in eine alte Fichte, der er mühelos den hohen Wipfel brach.

Silla spürte die Erde um sich beben von der Macht, mit welcher der Blitz eingeschlagen hatte. Das Gewitter hatte ihr den Weg abgeschnitten und war gleich über ihr! Panik raubte ihr für eine Sekunde den Atem, dann rannte sie los, weg von den Blitzen, auf den Wald zu.

Der Weg ging leicht bergauf. Silla japste nach Luft. Ihre Seite stach wie Feuer. Eine Hand presste sie fest auf das Ledersäckchen, das an ihrem Hals baumelte, mit der anderen wischte sie sich immer wieder das Wasser aus den Augen. Sie versuchte fieberhaft sich an die Gewitterregeln zu erinnern, die sie gelernt hatte, aber ihr Gehirn war wie leer gefegt. Vielleicht war es sogar dumm, in den Wald zu laufen, aber zumindest würde sie sich zwischen den Bäumen geschützter *fühlen*!

Endlich die ersten Fichten. Hier war der Regen nicht ganz so schlimm. Sie strich sich das Haar aus der Stirn, das sich wie ein Helm über ihren Kopf gelegt hatte. T-Shirt und Shorts klebten ihr auch am Leib, außerdem war die Luft kalt geworden. Sie schlang sich die Arme um den Körper. Vielleicht fand sie irgendwo eine Höhle, wo sie warten konnte, bis das Unwetter vorbei war. Wieder krachte ein Donner. Schnell weiter, sie war noch lange nicht in Sicherheit.

Die Gegend kam ihr bekannt vor. Hier musste irgendwo die Lichtung mit dem Keltenstein sein und dort gab es auch einen Unterschlupf aus Zweigen, den die Dorfjungen einmal gebaut hatten. Wenn es nur nicht so schnell dunkel geworden wäre. Die schwarzen Wolken, der prasselnde Regen und der dichte Wald – sie konnte fast gar nichts mehr sehen und eine Taschenlampe hatte sie natürlich auch nicht dabei; nur ihr altes Taschenmesser, und das half ihr im Moment wenig.

Über ihr knackte es plötzlich in den Zweigen, ein dunkler Schatten strich an ihr vorbei und streifte leicht ihre Wange. Für den Bruchteil einer Sekunde blickte Silla in ein Paar leuchtend oranger Augen, während ein schauriges »Hu, hu!« erklang. Mit einem panischen Schrei sprang sie vorwärts, verlor den Halt, stürzte und fiel ins moosige, weiche Gras der Lichtung, in deren Mitte sich wie ein Schatten der schwarz glänzende Granit des Keltensteins erhob. Der Regen war schwächer geworden und eine Aura der Ruhe und des Friedens schien über den Platz gebreitet.

Silla presste die Hände auf ihr Herz, das immer noch wild klopfte. Puh, was für ein Schreck! Das musste eine Eule gewesen sein. Sie bemühte sich, zwischen die Baumstämme zu spähen, konnte aber nichts erkennen.

Und doch ... Irgendetwas schien ihr nicht, wie es sein sollte! Irgendetwas ..., ja, ein Klang ...? Lauschend, alle Sinne angespannt, drehte sie den Kopf. Da war es wieder! Ein Klang ..., eine Melodie. Jetzt konnte sie auch eine Stimme ausmachen. Einen Moment lang dachte Silla daran, aufzuspringen und wegzulaufen.

Aber die Melodie klang gar nicht Furcht einflößend, ganz im Gegenteil! Sie klang sehr schön, fröhlich und traurig zugleich. Die Worte konnte sie nicht verstehen, aber es war eindeutig eine Frau, die da sang.

In einem weiten Bogen schlich Silla zu dem Quader, in Richtung der Töne, und lugte dahinter.

Die alte Frau, die an den Granit gelehnt saß, blickte ihr

freundlich entgegen, als hätte sie nur auf sie gewartet. Sie nickte Silla grüßend zu, ohne ihren Gesang zu unterbrechen. Silla konnte die Worte immer noch nicht verstehen, es war eine Sprache, die sie noch nie gehört hatte, trotzdem kam ihr das Lied merkwürdig bekannt vor – genau wie die alte Frau.

Silla hockte sich neben sie. Der Stein hatte die Hitze des Tages gespeichert und fühlte sich angenehm warm an. Sie presste ihren Rücken dagegen. Die alte Frau summte jetzt nur noch. Sie hatte ihre Position ein wenig verändert, wie um Silla besser betrachten zu können. Ihre Augen hatten eine eigentümliche Farbe. Wenn das Licht nicht so schlecht gewesen wäre, hätte Silla schwören können, sie wären gelb. Aber das gab es nicht, kein Mensch hatte gelbe Augen. Die Frau musste uralt sein. Auf die Schläfen hatte sie in feinen Linien verschnörkelte Zeichen tätowiert und ihr Haar fiel wie ein silberner Wasserfall über ihren Rücken.

Plötzlich musste Silla lachen. Es sah bestimmt komisch aus, wie sie beide da saßen und sich gegenseitig musterten. Seltsam, dass sie sich gar nicht fürchtete. »Ich heiße Silla«, sagte sie.

Die alte Frau runzelte nur die Stirn.

Silla deutete auf ihre Brust und bemühte sich, deutlich zu sprechen. »Si-byl-la«, betonte sie jede Silbe.

Das hagere Gesicht der Frau leuchtete mit einem Mal auf. »Sibylla«, wiederholte sie, aber so, wie sie das aussprach, klang es sehr fremdartig. Sie fügte schnell noch etwas hinzu, aber Silla verstand kein Wort. Zögernd streckte die Frau eine Hand aus und zupfte an einer von Sillas Haarsträhnen, die ihr immer noch dunkel vor Nässe am Kopf klebten. Sie rieb sie zwischen Daumen und Zeigefinger trocken und studierte sie kurz. Mit undurchdringlicher Miene nickte sie. Dann packte sie Silla sanft, aber energisch am Kinn und drehte ihr Gesicht hin und her, als wollte sie sich vergewissern, dass wirklich stimmte, was sie sah. Silla hielt verblüfft still, dann riss sie mit einem Ruck den Kopf zurück. Die Alte schien jetzt in sich hineinzulachen. Sie machte eine beruhigende Geste mit der Hand, hob schließlich den Zeigefinger, als wollte sie sagen: »Und jetzt pass auf!«

Langsam schob sie den Ärmel ihres Umhangs zurück und entblößte einen goldenen Armreif, der in zwei Vogelköpfen auslief. Silla wurde unwillkürlich schwindelig. Der sah ja fast aus wie ihrer! Wie kam die alte Frau dazu, wie konnte sie davon wissen? Und was war das für eine seltsame Sprache, in der sie redete? Was hatte das alles zu bedeuten? Hatte es in den Zeitungsartikeln von damals nicht geheißen, dass durchfahrende Zigeuner sie möglicherweise auf dem Stein ausgesetzt haben könnten? War diese Alte eine Zigeunerin, die etwas mit ihrer Geburt und Herkunft zu tun hatte? Stand sie hier etwa vor einer *Verwandten*?

Die alte Frau beobachtete sie aufmerksam. Jetzt ruckte sie auffordernd das Kinn und deutete erst auf ihren, dann auf Sillas Arm. Silla zögerte kurz, dann tastete sie langsam nach ihrem ledernen Halsband, zog das daran hängende Täschchen aus dem Halsausschnitt, nestelte den Knoten auf und da lag er auf ihrer Hand: der Reif mit den zwei Schlangenköpfen. Das schwere Gold glomm matt in der Dunkelheit.

Die alte Frau schloss die Augen, wie um ein Stoßgebet zu sprechen, dann nahm sie Silla behutsam das Schmuckstück aus der Hand und bog das goldene Reptil um das Handgelenk des Mädchens. Einen Moment verharrte die Frau, nickte endlich zufrieden, streckte einen knorrigen Zeigefinger aus und deutete auf Silla. »Kelthoi«, sagte sie langsam und betont. »Kelthoi.«

»Kelthoi«, wiederholte Silla. Sollte das der Name ihrer Familie sein? Was wusste die alte Frau? Wenn sie nur diese Zigeunersprache verstanden hätte, wäre alles viel einfacher gewesen.

Die alte Frau blickte hinauf in das helle Rund, wühlte in den Falten ihres Umhangs und zog ein dunkles Fläschchen hervor. Mit einem scharfen »Plop« sprang der Korken heraus. Sie kam ganz nah, starrte Silla so eindringlich in die Augen, als wollte sie ihr bis auf den Grund der Seele blicken, machte langsam eine Geste des Zum-Mund-Führens, des Trinkens. Dann hielt sie die Phiole dem Mädchen hin.

Silla wollte zurückweichen, spürte aber sofort den Stein in ihrem Rücken. Sie schüttelte heftig den Kopf. Was wollte die ihr da einflößen? Vage kamen ihr Rauschgift und solche Dinge in den Sinn. Unwillkürlich presste sie die Lippen zusammen, dann zuckte sie verlegen die Achseln. So ein Unsinn! Die Frau wollte bestimmt nur freundlich sein, weil sie gemerkt hatte, dass Silla langsam angefangen hatte, vor Nässe und Kälte zu zittern. Außerdem war da immer noch die Sache mit dem Armreif!

Vorsichtig streckte Silla den Kopf vor und schnupperte. Hmm, das roch irgendwie gut! Süß und würzig nach Kräutern. Sie schob die Hand mit dem Fläschchen zurück und deutete der Frau: Zuerst du, dann ich!

Die Frau lächelte und nickte. Ohne den Blick von Silla zu lassen, führte sie das Gefäß zum Mund, ließ sich etwas vom Inhalt in den Mund laufen. Sie schmatzte und leckte sich die Lippen, als wollte sie Silla zeigen, wie gut ihr Kräutersud war, dann wischte sie mit dem Ärmel über das Mundstück und näherte es wieder Sillas Gesicht. Ein Tropfen, zwei, drei. Langsam und zäh floss die Flüssigkeit in Sillas Mund, wie Harz, das aus einer Baumwunde quillt. Und der Geschmack! Silla hätte gestöhnt, wäre sie noch imstande gewesen, auch nur einen

Laut von sich zu geben. Das Zeug musste schwarz sein, denn nie, niemals hatte sie etwas Schwärzeres geschmeckt. So schwarz wie Pech und Ruß und Hölle, und etwas Rotes glomm darin, heiß und zäh wie Lava, die aus der aufgebrochenen Spitze eines Berges quillt.

Von fern drang die Stimme der Frau an ihr Ohr, sang ein Lied in der seltsamen Sprache, sang von einer Quelle, von einer Prophezeiung und Doppelkindern. Was sollte das bedeuten? Und wieso konnte sie das überhaupt verstehen?

Wie schwer ihr Körper jetzt wurde. Warum konnte sie nichts mehr sehen? Wie Nebel hatte es sich um ihren Kopf gelegt. Oder war der Nebel *in* ihrem Kopf? Wo waren überhaupt innen und außen?

Arme hoben sie auf, legten sie über den Opferstein. Die alte Frau? War sie so stark? Jetzt lag Silla ausgestreckt, spürte, wie eine Welle von Energie und Hitze aus dem Granit durch ihren Körper schoss. Sie meinte direkt hineinzuschmelzen in den Stein.

Dann fiel sie ins Bodenlose, fiel und fiel. Schneller und immer schneller wirbelte sie durch die Dunkelheit, durch aufblitzende Lichter, wie Sternenregen, dann wieder Dunkelheit, kalt, wie schwarzer Schnee, der ihre Aughöhlen ausfüllte, sie trug, sie gleiten ließ, in einer Spirale, immer tiefer hinab oder war es hinauf? Sie glitt, schwebte, wurde leicht, ganz leicht, löste sich auf … Alles löste sich auf.

3. KAPITEL
Im Jahre 1513 des Widders,
nach unserer Zeitrechnung 487 vor Christus

AN EAR

»Weiterschlafen«, murmelte Silla. Etwas hatte ihr Gesicht berührt. Mit einer matten Bewegung der Hand probierte sie es wegzuschieben. Sie rollte sich auf die Seite. Der Stein drückte ihr hart gegen die Hüfte. Sie stöhnte leicht vor Schmerz und versuchte noch halb bewusstlos, ihre unbequeme Lage zu verändern.

»Sie grunzt und schabt zumindest schon herum wie eines von den Ferkeln! Also dürfte ihr Geist doch noch heimgefunden haben. Die Götter sind gnädig«, tönte eine tiefe Männerstimme.

»Das wird sich erst zeigen! Im Übrigen würde es dir nicht schaden, ein wenig freundlicher zu sein, Drugwydd! Auch wenn sie vom gleichen Blut ist wie er, trägt sie keine Schuld! Im Gegenteil!«

»Ich weiß, ich weiß! Mir schmeckt die Sache nur einfach nicht, von vorn bis hinten nicht, das weißt du«, brummelte es zurück.

»Still, Alter, gib ihr Ruhe anzukommen! Sonst dreht ihr Geist gleich wieder um und flüchtet, wenn er dich so hört!«

Silla war mit einem Schlag hellwach. Was war passiert? Mühsam versuchte sie, die Fetzen ihrer Erinnerung zu einem Ganzen zusammenzufügen, aber nichts schien einen richtigen Sinn zu ergeben. Krampfhaft presste sie die Lider zusammen. Vielleicht erfuhr sie ja aus dem Gespräch etwas! Das eine musste die alte Frau sein. Die konnte ja plötzlich doch sprechen und nicht nur ihr fremdländisches Zeug brabbeln. Wie eine Welle spürte Silla heißen Zorn in sich aufsteigen. Es kostete sie alle Mühe, die Augen geschlossen zu halten und nicht aufzuspringen und der Alten die Meinung zu sagen. Sie krallte ihre Finger in den Stein, bis sie taub wurden.

»Willkommen!« Die Stimme klang so dicht an Sillas Ohr, dass der warme Atem ihre Ohrmuschel kitzelte. Sie fuhr herum. Ein scharfer Schmerz blitzte hinter ihrer Stirn auf.

»Autsch! Verdammt! So ein …! Autsch!« Sie presste ihre Hände gegen den Kopf.

»Willkommen, Hohes Kind! Du führst, bei den Göttern, eine starke Sprache für eine deiner Art!« Aus der tiefen Stimme klang unverhohlenes Lachen. Silla drehte blinzelnd den Kopf und schloss nach einem langen Blick auf den Sprecher mit einem Stöhnen wieder die Augen.

Ach du liebe Güte, dachte sie, das darf doch nicht wahr sein! Jetzt steht da auch noch ein verkleideter alter Mann! Als hätte mir die alte Frau mit ihrem Gebrabbel nicht schon gereicht! Was um alles in der Welt wollen die nur von mir? Sie spürte wie einen plötzlichen Stich ein Gefühl von Heimweh und Verlassenheit und merkte, wie ihr das Wasser in die Augen stieg. Eine dicke Träne sammelte sich in ihrem Augenwinkel und lief ihre Wange hinunter.

»Da siehst du, was du angerichtet hast!« Die alte Frau klang zornig. »Ein schönes Willkommen, das du ihr da bereitet hast! Tränen fließen lassen! Ist das eine neue Zauberei von dir?

Dann hast du bestimmt auch einen Zauber, wie du sie wieder zum Versiegen bringst, großer Druide, oder sollte ich mich da getäuscht haben?«

»Na, na«, brummelte der Alte. Seine Stimme klang verlegen. Unbeholfen tätschelte er Silla den Rücken und strich ihr dann mit rauer Hand übers Haar. »Na, na!«

Das plötzliche Mitgefühl war zu viel und brachte die Tränen erst recht zum Strömen. Ihr einsamer Geburtstag, der Schrecken des Gewitters und jetzt dies, alles floss nun in einem Bach Sillas Wangen hinunter.

»Na, na, na«, murmelte der alte Mann immer wieder. »Du bist ja auch ganz nass und durchgefroren. So kann man doch keine Reise machen«, sagte er und warf einen vorwurfsvollen Blick zu der Frau hinüber, die nur stumm zurückstarrte. Er schlug seinen schweren, filzenen Umhang um Silla und zog sie an seine Brust.

Sie wusste nicht, warum, sie kannte diesen verkleideten Alten ja gar nicht und bestimmt war er komplett verrückt, aber trotz allem fühlte sie sich mit einem Mal wunderbar getröstet und geborgen. Die leicht nach Schafen riechende Wolle seines Mantels kratzte an ihrer Wange, die Wärme seines Brustkorbs ging langsam auf sie über und die Kräuterdüfte, die aus den Falten des Umhangs zu wehen schienen, stiegen ihr wohlig in die Nase. Ihr Schluchzen verebbte und das Pochen in ihrem Kopf beruhigte sich.

»Wer sind Sie überhaupt?«, schniefte sie. Natürlich hatte sie wieder kein Taschentuch dabei. Sie wischte sich mit ihrem Unterarm die Nase.

»Ich bin Drugwydd, der Druide von An Ear, aber das ist nicht so wichtig. Wichtiger ist, wer du bist!«

»Ich? Ich bin Silla Wolf und die alte Frau da hat mir etwas zu trinken gegeben und dann bin ich ohnmächtig geworden, wie es aussieht!« Sie lugte aus dem Umhang hervor und blickte sich um. Mittlerweile war es Nacht geworden, der Vollmond stand hoch am Himmel und leuchtete so strahlend hell, dass man jeden Grashalm der Lichtung mitsamt seinem kleinen, spitzen Schatten ausmachen konnte. Sie musste ganz schön lange bewusstlos gewesen sein. Die Wolken des Unwetters hatten sich endgültig verzogen und Frieden lag über den Bäumen.

Die gleiche Lichtung ... und doch. Silla stutzte. Irgendwie sah sie anders aus. Es schien auch schon wieder alles trocken zu sein, alles außer ihr. Sie schüttelte den Kopf. Es musste wohl an der Nacht und der Dunkelheit liegen, dass die Umgebung ihr so verändert vorkam. Ja, das musste es wohl sein.

Im Zweifelsfall konnte sie immer noch ins Dorf laufen. Die beiden Alten würden sie dabei weder aufhalten noch einholen können, da war sie sich ganz sicher. Obwohl sie ja sogar ganz nett zu sein schienen. Silla spürte ihre Lebensgeister zurückkehren.

»Silla Wolf«, ein Lachen klang in der tiefen Stimme mit. »Ganz recht! Dann hat es also auch dein Name geschafft, mit dir zu reisen, Sibylla Faol. Dein ›Wolf‹ heißt in unserer Sprache ›Faol‹. Unsere Sprache ist nun auch wieder deine Sprache. Wir sind Kelthoi oder Kelten, falls du das besser verstehst.« Drugwydd schob sie leicht von sich, trat zwei Schritte zurück und machte mit wehendem Mantel eine schwungvolle Verbeugung. »Ich entbiete dir von Herzen hunderttausend Willkommen in deiner Heimat, Hohes Kind!«

»Was ... was spricht er da?« Silla wandte sich Hilfe suchend an die Frau. »Ich verstehe gar nichts mehr! Kelten und Wolf und ... und ... ihr müsst mich verwechseln mit irgendjemandem!«

»Beizeiten werden wir dir erklären und du wirst verstehen«, klang ruhig die Stimme der Alten. »Im Moment wisse nur so viel: Du und ich, wir haben eine weite Reise gemacht. Nicht vielen ist es gegeben und nicht immer ist die Verbindung offen, verschiedene Vorzeichen müssen zusammenstimmen. Als ich dich das erste Mal auf die Reise schickte, war es die einzige Möglichkeit, dein Leben zu retten. Oila hat dich geführt, wie auch jetzt wieder. Es ist ihre Aufgabe, die Seelen zu geleiten. Drugwydd hat dir damals seinen Armreif mitgegeben. Er sollte dich schützen und uns helfen, dich wiederzuerkennen, und das hat er getan. Schau!« Sie schob den weißen Bart beiseite und nestelte am Halsausschnitt des Druiden, was der brummelnd geschehen ließ. »Das ist ein Torques«, erklärte die Frau. »Ein Halsreif, wie ihn die obersten unserer Krieger, Adeligen und Druiden tragen.«

Silla hielt unwillkürlich die Luft an. Der goldene Reif um den Hals des Druiden war das identische Ebenbild ihres schlangenköpfigen Talismans.

Der Druide schob die Hand der Frau sanft weg und seufzte. »Jetzt hast du sie geweckt!«

Ehe Silla noch fragen konnte, wen, zischelte es leicht an ihrem Ohr. Sie drehte den Kopf ein wenig, fuhr zusammen, wollte schon einen Satz machen, einen Schrei ausstoßen, da hatte der Druide bereits seine Hand auf ihren Mund gepresst, während er sie mit dem anderen Arm fest an seine Brust drückte.

»Schschsch«, raunte er beruhigend, »nicht so ungestüm! Nathair liebt keine heftigen Bewegungen.«

Dicht vor Sillas Augen wiegte sich der Kopf einer Schlange hin und her wie eine Wiesenblume auf ihrem hohen Stängel im Sommerwind. Die lange, gespaltene Zunge zischelte bebend und die Augen des Tieres schillerten in ständig wechselnden Schattierungen zwischen gelb, grün und braun. Drugwydd lockerte seinen Griff und Silla holte tief Luft.

»Woher ...«, flüsterte sie und verstummte gleich wieder, da der Schlangenkopf in heftige Bewegung geriet.

Der Druide schien ihre Frage erraten zu haben. »Sie lebt in den Falten meines Mantels, falls es das ist, was du wissen willst. Nathair ist eine Natter und die Urmutter des Torques, den ich trage, und natürlich auch deines Reifs. Sie gibt mir treues und weises Geleit und wird auch dir jederzeit Hilfe sein, solange du mein Armband trägst. Ruf sie nur, wenn du sie einmal brauchst!«

»Rufen?« Sillas Mund war so trocken, dass ihr Flüstern wie über ein Reibeisen geraspelt klang. »Wie soll ich sie denn rufen?«

Der Alte schaute ungläubig auf sie hinunter, als würde er an ihrem Verstand zweifeln. »Nun, wie man eben eine Schlange ruft: Du klopfst mit einem Stock oder sonst irgendetwas auf den Boden und denkst an sie. Du kannst auch ihren Namen flüstern, falls dir das die Konzentration erleichtert, ganz wie du willst.«

Er streichelte der Natter zart den Kopf, dann hielt er ihr die gewölbte Hand hin. Die Schlange glitt hinein und verschwand in seinem Ärmel. Kopfschüttelnd wandte er sich an die alte Frau. »Ich fürchte, da hat jemand noch viel zu lernen«, brummte er. »Da, wo sie war, hat sich denn da niemand darum gekümmert, dass sie Wissen und Kenntnisse erwirbt?«

Silla spürte eine Welle glühenden Zorns in sich aufsteigen. Sie stieß gegen die breite Brust des Druiden und wand sich aus seinem Griff. »Sehr wohl hat sich jemand darum gekümmert, dass ich etwas lerne! Meine Mutter und mein Vater und meine Lehrer«, fauchte sie. »Alle haben sich gekümmert! Ich habe alles Mögliche gelernt! Und ihr, ihr braucht euch gar nichts einzubilden, auf euren Unsinn mit Kelten und Halsreifen und Schlangen im Mantel und so!«

Drugwydd betrachtete sie mit hochgezogenen Augenbrauen, wie sie so vor ihm stand mit zornblitzenden Augen und geballten Fäusten. »Weißt du eigentlich, Sibylla«, sagte er bedächtig, »dass du deiner Mutter wie aus dem Gesicht geschnitten bist? Nur ...«, langsam breitete sich ein Lächeln über seine Züge und ließ seine Barthaare vor Vergnügen zittern, »dein Temperament, das muss von Taranis persönlich kommen! Der schleudert einem auch mit Vergnügen die Blitze um die Ohren!«

»Ach, ihr ... ihr ...«, Silla stampfte wütend mit dem Fuß auf, »spinnt doch beide komplett!« Mit dieser Feststellung drehte sie sich um und rannte über die Wiese zurück in den Wald, in die Richtung, aus der sie gekommen war.

Die beiden Alten blickten ihr hinterher, wie ihre schmale Gestalt in der Dunkelheit verschwand. Ein Schatten löste sich aus den Wipfeln, flog eine elegante Schleife und tauchte ebenfalls zwischen die Bäume.

»Oila«, murmelte die Frau.

Der Druide nickte ein paar Mal versonnen, dann atmete er tief ein und richtete sich zu seiner vollen Größe auf. »Iolair Magh Cimbaeth«, wandte er sich an seine Begleiterin. »Du weißt gut, wie sehr ich gegen deinen Plan war, die Kleine zurückzuholen, und legte sich der Schatten der Katastrophe nicht immer schwärzer auf uns, dann hätte ich dem nie zugestimmt. Aber, bei Taranis, das Mädchen hat Mut und Witz und Klauen! Und langsam, langsam glaube ich, dass wir es unter Umständen schaffen könnten!« Er seufzte. »Auch wenn das eine Wanderung auf einem schmalen Grat werden wird, einem sehr schmalen Grat!«

Iolair Magh Cimbaeth, die nicht einfach eine alte Frau war, sondern *die* Alte Frau und Druidin An Ears, schnaubte durch die Nase. »Es ist eine kleine Chance, aber unsere einzige, das weißt du, und wenn es die Umstände verlangten, dann müssten wir auch das Mädchen opfern und wenn es sein müsste, auch den Bruder. Das Schicksal unseres Landes und unseres Volkes steht auf dem Spiel, vergiss das nicht!« Sie legte Drugwydd eine Hand auf den Arm, leicht wie eine Vogelklaue, und ihre Stimme wurde leise und brüchig. »Und auch dein Leben und meines würden wir dafür geben, ohne zu zögern, aber bevor es so weit ist, werden wir kämpfen, mit allen Mitteln und bis zum letzten Tropfen unseres Blutes! Und der König mitsamt seinem blutgierigen Pack möge sich besser vorsehen, denn bei den Göttern, schwöre ich …«

»Halt, alte Freundin, halt!« Der Druide nahm beschwichtigend ihre Hand in die seine. »Lass dich nicht davontragen von Hass! Du bist doch sonst so kühl und überlegt! Sollte das Temperament unseres Hohen Kindes schon auf dich abgefärbt haben? Wir brauchen deinen klaren Kopf dringender als alles andere!«

»Ja, ja, das war wohl nur ein Ausrutscher, nach allem, was wir mitansehen mussten an Gewalt und Willkür! Mögen die Götter auf unserer Seite sein! Aber nun lass uns nach unserem Kind sehen, bevor es das Dorf erreicht. Ich nehme an, das wird es doch alles noch ein wenig verwirren!«

Ein wenig verwirren war um einiges untertrieben. Silla war fassungslos. Sie hatte sich durch Gestrüpp, Ranken und Dornen gekämpft. Wo war denn nur der Weg geblieben, der vom Keltenstein ins Dorf führte? Eigentlich hätte er genau dort sein müssen, wo sie ging, aber da war er nicht! Dann musste sie wohl irgendwie daneben gelandet sein. Komisch, sie kannte die Gegend doch normalerweise wirklich gut. Auf jeden Fall stimmte die Richtung, da war sie sich ganz sicher. Schließlich ging es einfach immer nur bergab, da konnte man nicht viel verkehrt machen. Und dort musste jetzt auch das Dorf kommen. Sie konnte schon einen Lichtschein sehen.

Nur – zögernd verhielt sie den Schritt –, das sah aus wie Fackelschein statt wie Straßenlaternen. War das vielleicht wegen der Sonnwendfeier? Und Musik klang herüber: rhythmisches Trommeln vermischt mit einem schrillen Quäken, das Silla nicht recht einordnen konnte. So ganz nach der örtlichen Blasmusik klang das nicht!

Sie lief über die Wiese zu der großen Linde, deren Silhouette majestätisch in den Nachthimmel ragte. Aber was war das für ein Wall, der sich dahinter erhob? Der konnte nicht frisch aufgeschüttet sein, denn er war ja komplett mit Gras bewachsen! Wo um alles in der Welt war sie hingeraten? Hatte sie sich so verlaufen? Es gab doch sonst hier gar nichts, wenn man vom Keltenstein herunterkam, außer ihrem Dorf! Und die Linde sah auch irgendwie anders aus, größer!

Ein Rauschen ließ sie hinauf in das dichte Laubwerk blicken. Diesmal erschreckte sie das hohle Geheul der Eule nicht mehr so. Das musste die gleiche sein wie vorhin, denn so viele von den großen Nachtvögeln gab es gar nicht mehr. Und wie zutraulich sie war! Das Tier hatte nur wenige Äste über ihr Platz genommen. Seine orangen Augen fixierten Silla, als es noch einen Ast tiefer hopste und noch einen und auch schon mit einem kleinen Schlenker der kaum geöffneten Flügel auf Sillas Schulter landete. Das Mädchen zuckte erschrocken zusammen und unterdrückte einen Schrei. Sie spürte, wie die Krallen des Tieres sich durch ihr T-Shirt Halt suchend in ihre Schulter gruben, der beachtliche Schnabel direkt neben Sillas Augenwinkel produzierte seltsam klappernde Geräusche.

Aber, aber … Hilfe suchend klammerte Silla sich an den dicken Stamm. Und da waren auch schon wieder diese zwei Alten. Hatten sie es also doch geschafft, sie einzuholen!

»Oila scheint dich zu mögen! Komm nun, Mädchen, du musst müde sein!« Drugwydd fasste sie unter und zog sie mit sich, die Alte Frau schritt voran.

Müde, dachte Silla. Ja, müde! Jetzt weiß ich, was los ist: Das ist alles nur ein Traum! Morgen früh wache ich auf und alles ist, wie es immer war! Gott sei Dank! Ohne weiter Widerstand zu leisten, ließ sie sich mitziehen.

Den Eingang durch den Wall bildeten zwei hölzerne Wachtürme und eine Art Palisadentor, das man hinaufziehen konnte und von dem jetzt nur die gefährlich zugespitzten unteren Zacken zu sehen waren. Dahinter verbargen sich enge lehmgestampfte Gassen mit kleinen Häusern, deren hölzerne Fassaden von Fackeln erleuchtet waren.

Nach der kühlen Dunkelheit des Waldes hüllten Musik und tanzende Menschen Silla wie in eine Decke aus Wärme und Licht.

Was für ein verrückter Traum! Und wie die Menschen aussahen! Die Männer mit wild zu Berge stehenden Haarmähnen und bunt karierten Hosen und Überwürfen, die Frauen in Schichten langer Gewänder gehüllt. Und alle tanzten und wiegten sich im Feuerschein zur Musik. In was für ein Instrument blies der Mann da drüben, dass ihm die Augen aus den Höhlen traten? Es sah aus wie ein selbst gebastelter Dudelsack und gab ein ohrenbetäubendes Quietschen und Quäken von sich, während er es heftig, im Takt zu den Trommeln, unter seinem Arm quetschte. Irgendwoher drangen Gefiedel und das aufgeregte Quieken von Schweinen. Eines brach durch die Menge, galoppierte die Gasse entlang, ein Rudel schreiender Kinder an seinen Fersen. Einige der Tänzer hielten Becher in den Händen, geformt wie kleine Füllhörner, und der Duft von Braten und Gewürzen hing in der Luft.

Ein Mann neben Silla drehte sich lachend um, blickte ihr

ins Gesicht und verstummte abrupt. Der Trinkbecher entglitt seinen Händen, fiel zu Boden und kullerte, eine dunkelfeuchte Spur hinter sich herziehend, durch den Staub, bevor er mit einem kleinen Zittern liegen blieb. Langsam breitete sich Stille aus.

Die Alte Frau zögerte nur den Bruchteil eines Moments, dann ging sie mit festem Schritt auf die Menge zu, die sich wie von unsichtbarer Hand vor ihr öffnete und eine Gasse freigab. Der Druide drängte Silla dicht hinter Iolair her. Silla fühlte die beiden mit der Eule wie einen lebendigen Schutzschild um sich. Erschrockene und schnell abgewandte Blicke trafen sie, Hände griffen verstohlen nach Halsamuletten, ein Kind begann zu weinen und wurde hastig weggezogen. Sie spürte die Hand des Druiden beruhigend in ihrem Rücken, sonst hätte sie stehenden Fußes kehrtgemacht und wäre davongelaufen. Was hatten diese Leute nur alle? Die taten, als hätten sie Angst vor ihr! Wie komisch! Aber, ach so!, das war ja nur ein Traum! Langsam wünschte sie, Clarissa würde endlich hereinkommen, ihr die Decke wegziehen und einen nassen Waschlappen ins Gesicht werfen, ihre Lieblingsart, Silla zu wecken, falls sie zufällig einmal früher auf war!

Hinter ihnen floss die Menge wieder zusammen und erregtes Gemurmel brandete auf. Der Weg kam Silla ewig vor, durch Gassen, über einen Platz, bis sie schließlich zu einem lang gestreckten Gebäude gelangten und sie durch die niedere Türöffnung geschoben wurde.

Beißender Rauch schlug ihnen von einer offenen Feuerstelle entgegen, deren Glut den großen Raum matt erhellte. Es war kein Abzug zu sehen, der Qualm hing unter der Decke aus geflochtenen Ruten und Stroh und sickerte langsam durch die Ritzen nach außen. Ein bankartiges Podest, auf das großzügig Pelze geworfen lagen, zog sich entlang der Seite. Ein paar kleinere Kinder lagen schlafend darauf, neben Frauen, die in leises Gespräch vertieft waren. Ihre Gesichter drehten sich ihnen beim Eintreten zu, um sich mit Entsetzen und Erstaunen schnell wieder abzuwenden.

»Seid gegrüßt!«, die Stimme der Alten Frau klang herausfordernd laut durch den Raum.

»Willkommen«, murmelte es widerwillig zurück.

Die Alte setzte an, noch etwas zu sagen, rang einen Moment nach Worten, dann zuckte sie nur die Schultern und zog Silla ans Feuer.

Silla kauerte sich auf ein Fell nieder und streckte der Glut, die auch die Herdstelle zu sein schien, dankbar die Finger entgegen. Obwohl Mittsommer, war die Nacht nicht warm und ihre durchnässten Kleider klebten ihr noch immer unangenehm am Leib. Iolair schöpfte aus einem großen Eisenkessel einen Becher dampfende Flüssigkeit, reichte ihn ihr und deutete auf einen Rost, auf dem Fleischspieße und Brotfladen lagen. Sillas Magen reagierte mit einem heftigen Knurren. Sie stellte den Becher vor sich, griff sich einen Spieß und ein Stück Brot und biss herzhaft hinein. Für eine Weile war nur ihr Kauen zu hören.

»Ich glaube, ich habe noch nie etwas Besseres gegessen«, murmelte sie dem Alten neben sich mit vollem Mund zu, »und auch noch nie so einen Hunger gehabt!«

Drugwydd lächelte. »Reisen macht hungrig und deine Reise war sehr, sehr lang, Sibylla Faol.«

»Nennen Sie mich doch bitte Silla. Kein Mensch sagt Sibylla zu mir. Und das mit dem Faol …«, sie schüttelte nur den Kopf und nahm einen Schluck aus ihrem Becher. Es roch süß und würzig und schmeckte … Silla begann zu husten, … es schmeckte eindeutig nach Wein!

Vorwurfsvoll wandte sie sich an die Alte Frau. »Wissen Sie

denn nicht, dass man Jugendlichen keinen Alkohol geben soll, und ich bin erst …«, sie zuckte die Achseln. »Na ja, schließlich ist heute mein Geburtstag! Wahrscheinlich zählt das dann nicht!« Sie nahm noch einen Schluck.

Die Alte Frau hatte sie nur angestarrt. Jetzt griff sie in ihren Umhang, zog eine Handvoll Blätter heraus und ließ sie in die Flammen stieben, wo sie zischend verglühten. Sofort stieg ein scharf-würziges Aroma auf, das die Atemzüge beißend werden ließ. Die Hand Iolairs verschwand wieder im Umhang und kehrte mit einem tönernen Fläschchen zurück, das sie sorgsam entkorkte. Sie zog es unter Sillas Nase vorbei. »Tieröl und Harz«, murmelte sie. »Die Gerüche, die deine Geburt begleitet haben. Nun, Sibylla, entsinnst du dich nicht mehr? Schließe die Augen und lasse die Erinnerung dein Auge sein.«

Ihre kühlen Finger strichen über Sillas Lider, die sich unwillkürlich geschlossen hatten, massierten ihr dann das Öl in die Stirn. Schwer stieg Silla der harzige, tranige Geruch zu Kopf, vermischte sich mit aufsteigenden Bildern:

Dunkelheit, Wald und Mond, Vollmond, wie heute, das Gefühl von Gefahr, schrecklicher, lebensbedrohlicher Gefahr, etwas neben ihr, eine Berührung, warm, weich, schutzlos, etwas wie sie selbst – und dann schemenhaft ein helles Oval über ihren Augen, wie der Mond, lang herabfallendes Haar, das sie zart kitzelte, ein Gesicht? Sie bemühte sich, seine Züge zu sehen. Kannte sie es? Schnell! Das war wichtig, ganz wichtig!

Und dann war da nichts mehr, nur noch Dunkelheit. Das Gesicht über, der Körper neben ihr, alles fort. Nur noch das Gefühl von Verlust, entsetzlichstem, unerträglichstem Verlust. Und Müdigkeit.

Während Silla schon schlafend auf das Fell sank, spürte sie nicht mehr, wie langsam eine Träne unter ihrem Lid hervorquoll und einsam und traurig über ihr Gesicht lief. Sie spürte weder, wie Arme sie aufhoben und auf die Langbank betteten, noch, wie geschickte Hände ihr die Kleider vom Leib zogen und sie in ein Fell wickelten. Silla schlief sich tief und traumlos durch die Schrecken dieser fremden Nacht.

Während das Fest, trotz der Bestürzung über den unvermuteten Gast, in An Ear bis zum Morgengrauen weiterging, saßen die Alte Frau und der Druide im Langhaus am Feuer zusammen und hielten Rat. »Du hast gesehen, wie sie sie angestarrt haben?« Die Alte Frau ließ nachdenklich ihren Blick über die schlafende Silhouette Sillas wandern.

»Hmhm«, brummelte der Alte, der mit einem Zweig gedankenverloren im Feuer stocherte. »Sie halten sie für die Königin, für Sirona, die aus der Anderen Welt zurückgekehrt ist! Wieder in Gestalt eines Mädchens, mit struppigem Haar und doch unverkennbar sie!«

»Ja«, die Alte Frau lachte leise. »Und nachdem keiner aus der Anderen Welt zurückkehrt, der nicht einen triftigen Grund dafür hat, wird sich auch unser König fragen, was ihr Rückkehren bedeuten soll und ob am Ende die Götter sie geschickt haben, um Rache zu nehmen für ihren Tod. Oder«, setzte sie nach kurzem Zögern unfroh hinzu, »aus Gnade, um ihm noch ein anderes Paar Doppelkinder zu gewähren mit Sirona Faol, der Wölfin.«

»Die Neuigkeit wird bald zu ihm dringen, dann wird er die vermeintliche Sirona suchen. Er wird in diesem Reich keinen Stein auf dem anderen lassen, bevor er sie nicht gefunden hat. Das wird viel Leid geben und noch mehr unschuldiges Blut wird die Erde von Kelth tränken, dabei müsste sie schon lange satt sein davon!« Der Druide warf mit einem bedrückten Lachen, das eher wie ein Schluchzen klang, den Stock ins Feuer. »Ich wollte, das würde endlich ein Ende haben!«

»Das wird es, Drugwydd! Das wird es! Denk an die Prophezeiung! Und wir haben das Mädchen!«, flüsterte Iolair. »Der König wird sie suchen, ganz recht! Jeder Soldat im Reich wird hinter ihr her sein! Und wir werden die Fährte legen, und zwar fort von der Burg. Während alles, was Beine hat, hinter dem Mädchen her ist, werden wir beide in die andere Richtung unterwegs sein, nämlich nach Y-loig, zur Burg hin. Keiner wird mehr dort sein, der uns Widerstand leisten oder uns hindern könnte, Cù zu befreien!«

»Und wenn Cù gar nicht mehr lebt? Oder das Mädchen dem König wirklich in die Hände fällt? Oder Ad Smerius es nicht schafft, die Prophezeiung rechtzeitig zu entschlüsseln?« Der Druide schnaubte aufgebracht. »Und das sind nur einige von den Wenn, die möglich sind! Also, was tun wir dann?«

»Über die Brücken gehen wir, wenn wir dort sind! Denn auf ein Wenn als Frage gibt es nur ein Wenn als Antwort!« Die Frau legte dem Alten die Hand auf den Arm. »Drugwydd, du weißt, dass wir keine andere Chance hatten! Heute war der einzig mögliche Zeitpunkt, sie zurückzuholen. Und sie war da, Sibylla Faol war zum Stein zurückgekehrt! Wir wussten es immer, dass einer, der die Reise auf diese Weise antritt, auch wieder zurückkehrt – so er sie überlebt! Und das hat sie getan. Wie viele Jahre haben wir nun darauf gewartet, dass es so sein möge? Und nun, … was ist es, was dir wirklich auf der Seele liegt?«

»Was mich wirklich stört? Ich kann dir sagen, was mich wirklich stört«, polterte der Druide los. »Dein Plan ist es, der mich wirklich stört! Das Mädchen zu benutzen wie einen Hasen für die Bärenfalle! Was willst du ihr denn erzählen? Dass wir eine nette Wanderung durch Kelth Belchen-ai machen, um Verstecken mir ihrem Vater, dem König, zu spielen, weil er das so lustig findet?«

Iolair blickte ihn eine Weile schweigend an, dann sprach sie. »Nein, Druide. Ich werde ihr sagen, wie es um unser Reich, um ihr Reich bestellt ist. Ich werde ihr vom Tod ihrer Mutter erzählen und von ihrem Bruder. Ich werde sie bitten, uns zu helfen, weil es ohne ihre Hilfe keine Hilfe für uns gibt. Und wenn sie nicht will, werde ich ihr freistellen, in ihr anderes Leben zurückzukehren, wann immer der Zeitpunkt sich wieder ergibt, und werde sie bis dahin zu verstecken und zu schützen wissen. Was hattest du gedacht? Dass ich mich ihrer einfach so bediene wie einer Zutat für meine Zaubertränke?« Sie schüttelte den Kopf. »Schlecht kennst du mich, Druide!«

Drugwydd seufzte. »Während du in meiner Seele lesen kannst, Iolair Magh Cimbaeth! Ich bitte dich, nimm meine Entschuldigung an!«

Die Alte Frau lächelte matt. »Die Zeiten verwirren *uns* schon die Sinne, dass wir uns nicht mehr kennen! Wie mag es erst den anderen gehen? Wem können wir noch trauen, das Hohe Kind zu begleiten?«

»Ich glaube, ich weiß da jemanden!« Der Druide kratzte sich versonnen den Bart. »Lass uns mal sehen …«

4. KAPITEL

MORUAGH

Silla blinzelte in das Halblicht des Langhauses, ohne im ersten Moment zu wissen, wo sie war. Ich träume, dachte sie. Ich träume immer noch! Sie presste die Fäuste auf ihre Lider und rieb heftig, als könnte sie damit die Eindrücke auf ihrer Netzhaut auslöschen. Vorsichtig öffnete sie wieder ein Auge. Es hatte sich nichts verändert: Trübes Licht, das durch kleine, mit Häuten bespannte Fensterhöhlen hereinfiel, erhellte eine Feuerstelle, in der das Feuer nur noch leise zu schwelen schien, und einen langen Raum mit einer gemauerten Schlafbank, auf der sie selbst lag, behaglich in Felldecken gebettet.

Sie schüttelte den Pelz ab und schwang die Beine vom Podest. Statt T-Shirt und Shorts trug sie nun ein naturweißes, weiches Hemd, das ihr bis über die Knie reichte. Sie musste sehr müde gewesen sein, dass sie von dem Umkleiden gar nichts mitbekommen hatte.

Außer ihr schien keine lebende Seele im Raum zu sein. Der gestampfte Lehmboden fühlte sich unter ihren nackten Fußsohlen glatt und kühl an. Sie tat ein paar ziellose Schritte und spähte umher. Irgendwo mussten doch ihre Kleider sein.

»Falls du mich suchst, ich bin hier«, tönte es hinter ihr.

Silla fuhr herum. Wie ein Schatten löste sich eine Gestalt aus einer Ecke. Ein Mädchen. Eine zerzauste Mähne in dem Rot alten, polierten Kupfers hing ihr, nachlässig mit einem blauen Band umschlungen, bis über die Hüften hinunter. Ihre magere Gestalt steckte ebenfalls in einem kleidähnlichen, knöchellangen Hemd, wie Silla eines trug. Grün-braune Augen unter gerunzelten Brauen starrten sie prüfend an.

»Ich suche meine Shorts!« Silla starrte zurück.

»Du meinst die kurzen Braques, die du anhattest, oder?« Das Mädchen legte fragend den Kopf schief.

»Ich meine meine Hose!«

»Deine Braques?«

»Was sind das, Braques?«

»Das sind Braques!« Das Mädchen grinste plötzlich über sein ganzes sommersprossiges Gesicht und hob sein Hemd an. Bunt karierte Hosenbeine kamen zum Vorschein. »Ich mag die auch lieber als Röcke, obwohl ich nicht sollte! Aber im Wald sind sie wirklich viel praktischer!« Sie ließ ihr Gewand wieder fallen. »Und die Idee mit den kurzen finde ich gar nicht schlecht! Das ist jetzt im Sommer bestimmt fein! Aber deine …«, sie zuckte bedauernd die Achseln, »die haben sie verbrannt.«

»Verbrannt? Aber wieso?« Silla ließ sich zurück auf die Bank sinken.

»Zur Reinigung!«

»Zur Reinigung?«, fragte Silla verblüfft. »Ja wascht ihr denn die Sachen nicht einfach, wenn sie schmutzig sind?«

»Natürlich waschen wir! Das ist etwas anderes!«, das Mädchen lachte jetzt. »Aber deine waren ja nicht schmutzig. Na ja, zumindest nicht nur! Aber mit deinen bist du durch die Anderswelt gereist!« Sie flüsterte auf einmal und etwas wie Bewunderung erschien in ihrem Blick. »Das erzählen sie zumindest! Und deswegen musste die Alte Frau ein Reinigungsritual abhalten! Du weißt schon!«

»N...nein«, stotterte Silla, »ich glaube, ich weiß gar nichts! Was meinst du mit ›Anderswelt‹?«

Das Mädchen runzelte die Stirn und musterte Silla eine Weile konzentriert schweigend, dann lächelte sie. »Ich war noch nicht da. Normalerweise kommen nur die Seelen der Toten in die Anderswelt, aber manche Menschen sind fähig, dorthin zu gelangen, ohne dass der Körper vorher sterben muss.«

Silla starrte sie nur an. Was schwätzte das Mädchen da für einen Unsinn? Na ja, daran sah man wenigstens, dass es wirklich nur eine Traum war! Hoffentlich wachte sie bald auf! Aber musste man im Traum aufs Klo? Sie blickte sich in dem langen Raum um. Schließlich hielt sie es nicht länger aus. »Meinst du«, sagte sie zögernd, »hier gibt es irgendwo ein Klo?«

»Ein was?« Moruagh hob fragend die Augenbrauen.

»Ein Klo, eine Toilette! So etwas, wo man hingeht, wenn man mal muss?«

»Ahh!« Moruagh schien zu verstehen. Sie deutete auf einen Deckeltopf im Hintergrund des Raums. »Da!«

»Du meinst ...«, Silla blieb vor Überraschung der Mund offen stehen, »du meinst, ich soll auf den Topf ...?«

Moruagh nickte und blickte sie verwundert an.

»Ja«, stammelte Silla, »ja, habt ihr denn keinen eigenen Raum dafür?«

»Du meinst, einen eigenen Raum für den *Topf*?« Nun war es das Mädchen, deren Mund offen blieb vor Staunen. »Da, wo du herkommst, da gibt es eigene Räume dafür?«

»Jawohl, und zwar, damit man alleine und ungestört ist!«

»Alleine?« Moruagh schien nun völlig fassungslos. »Aber wozu denn?« Ihr Blick ging träumerisch ins Weite. »Obwohl, ich habe davon gehört! Die Römer haben auch eigene Räume dafür, sagt man. Und zum Baden auch. Richtige Hallen, gefüllt mit heißem Wasser. Und duftende Öle, mit denen sie sich dann salben.« Ihr Blick kehrte zurück in die Wirklichkeit. »Aber das sind große Räume. Noch nicht einmal bei den Römern ist da jemand alleine!«

Silla biss sich auf die Unterlippe. Sie musste wirklich dringend, aber auf den Topf? Niemals!

Ihre Qual spiegelte sich in ihrem Blick und Moruagh verstand. »Oh«, meinte sie. »Oh! Du bist es einfach anders gewöhnt, nicht wahr? Wir gehen auch nicht immer auf das Ding da, sondern einfach hinaus, ein bisschen entfernt, ins Grün oder zwischen die Felsen, und decken die Stelle dann ab. Nur, hier ... mitten im Dorf ...?« Sie zuckte die Achseln. »Da triffst du draußen wahrscheinlich mehr Menschen, als wenn du auf den Topf gehst. Hier bin schließlich nur ich.«

Seufzend gab Silla nach. Wenigstens stank dieser komische Topf nicht, sondern roch irgendwie nach Kräutern. Das musste an der Erde liegen, die den Boden des Gefäßes bedeckte. Genauer wollte sie sich das nun aber nicht anschauen!

War das peinlich! Warum musste das Mädchen sie bloß so anstarren?

Moruagh seufzte tief. »Das ist eigentlich eine gute Idee, mit dem Raum für den Topf, wenn ich länger darüber nachdenke!«

Silla musste plötzlich lachen und auch das Mädchen kicherte. Sie nahm ein blaues Stoffbündel und warf es Silla zu. »Komm, Hohes Kind Sibylla, ich führe dich herum, wenn du magst!«

Silla verzog den Mund. »Gern! Aber nur, wenn du Silla zu mir sagst und nicht dieses … dieses andere!«

»Silla«, sprach das Mädchen langsam nach, als wollte sie das Wort ausprobieren. »Silla! Das gefällt mir! Ach, und ich bin Moruagh, das heißt: die mit der roten Mähne, falls du das auch nicht weißt!« Der breite Mund lachte wieder. »Womit bewiesen wäre, dass ich als Neugeborenes schon so ausgesehen habe!« Sie fuhr sich durchs Haar und sprang fröhlich zur Tür. Silla schlüpfte in das blaue Etwas – ein schlichtes, locker fallendes Kleid – und lief hinterher.

Strahlender Sonnenschein empfing sie. Die Ansammlung kleiner strohgedeckter Holzhäuser hinter dem Wall und den Palisaden schmiegte sich in das Grün der Hügel wie eine Herde Schafe in die Wiese. Menschen liefen geschäftig umher, Hühner und Enten scharrten im Staub und der Geruch von Holzfeuern hing in der Luft.

Die Frauen trugen Kleider wie sie und Moruagh – meistens mit einem Gürtel gerafft – und zum Großteil lange Zöpfe: einen oder zwei, um den Kopf geschlungen, herunterhängend oder auf dem Rücken mit dicken goldenen Spangen zusammengenommen.

Die Männer steckten in kunterbunt karierten Hosen und Hemden. Bei ihnen hielten die schweren Goldspangen seitlich übergeworfene, togaähnliche Umhänge und Ledergürtel, in denen kurze Schwerter und Messer steckten. Struppig zu Berge stehendes Haar, lange Walrossschnauzer und Bärte gaben ihnen ein wildes Aussehen und Silla fiel auf, dass sie und Moruagh nicht die einzigen Rotschöpfe waren.

»Sie haben sich alle herausgeputzt, weil doch der Amtmann da ist«, flüsterte Moruagh und zog Silla weiter.

Auf dem Hauptplatz schien eine Versammlung stattzufinden. Moruagh drängte sich in den Kreis Menschen, aus deren

Mitte erregte Stimmen und Geschrei tönten. Vereinzelte Blicke trafen Silla, dann konnte sie sehen, wie Schrecken über die Gesichter huschte und die Leute vor ihr zurückwichen.

Aber das meiste Interesse war im Moment auf einen beleibten Burschen im Zentrum der Menge gerichtet. Unter Heiterkeitsstürmen wurde er von ein paar jungen Männern festgehalten, während ein älterer Mann mit einer würdigen grauen Haarmähne und ernstem Gebaren versuchte, ihm einen hoffnungslos zu kleinen Gürtel um den Wanst zu schlingen.

»Was geschieht da?«, flüsterte Silla der vor ihr stehenden Moruagh ins Ohr.

»Das ist Bras«, kicherte das Mädchen über die Schulter zurück. »Er ist wieder einmal zu dick, wie es aussieht! Der ihm gerade den Pansen misst, das ist der Amtmann. Der kommt einmal im Jahrkreis und schaut, dass alles rechtens ist, die Gesetze eingehalten werden und so. Und Bras muss jedes Mal Strafe zahlen, weil er zu dick ist. Er war nämlich noch nie dünner!« Nach einem kurzen Blick in Sillas verständnisloses Gesicht fügte sie hinzu: »Es ist nicht erlaubt, dass junge Burschen so dick sind! Sie kämpfen dann schlecht und brauchen im Winter zu viel von den Vorräten!«

Inzwischen wurde der Gürtel auch den anderen um die Mitte gelegt. Eitel wie Hähne stolzierten sie im Rund, denn der unglückliche Bras blieb der Einzige, dem der Lederriemen nicht passte. Zwei der Jungen stürzten sich jetzt auf ihn und rangen ihn nieder, worauf sich auch die anderen johlend auf das kämpfende Knäuel warfen.

Den Amtmann schien die Rauferei nicht weiter zu stören. Mit unbewegt strenger Miene verkündete er sein Urteil, das den sogenannten Bras verpflichtete, als Söldner in den Kampf für seinen Stammesfürsten und König zu ziehen und den anfallenden Lohn an die Staatskasse abzuliefern, nachdem er sich nun schon öfters des gleichen Vergehens schuldig gemacht und nachweislich nichts mehr an materiellem Besitz abzuliefern hatte. Was er gehabt hatte, war entweder schon strafhalber eingezogen oder hatte Bras sich selbst einverleibt, sprich: gegessen. Also würde man nun einfach seinen Leib mitnehmen, was ja somit nur recht und billig wäre!

Betretene Stille senkte sich über den Platz und nur noch das Keuchen und Grunzen der Kämpfer war zu hören. Der Amtmann gab mit dem Kopf ein Zeichen und zwei aus seinem kleinen Trupp Soldaten, die mit ihren ledernen Brustpanzern oder aus Metall gehämmerten Harnischen, Helmen und Schwertern wehrhaft genug aussahen, traten zu den Burschen und versetzten ihnen eine Reihe von Fußtritten, bis sie voneinander abließen und sich etwas verwirrt im schweigenden Kreis umblickten.

Einer der Umstehenden zog Bras am Arm auf und flüsterte ihm hastig etwas ins Ohr. Blankes Erstaunen spiegelte sich in Bras' Miene, das sich, nach einem Blick in das Gesicht des Amtmanns, in bares Entsetzen verwandelte. Langsam, wie in Zeitlupe wischte er sich mit dem zerfetzten Ärmel das Blut von der Nase, dann sank er vor dem Amtmann auf die Knie. »Nein«, sagte er dabei immer wieder. »Nein, nicht wegschicken! Nein!«

Erregtes Gemurmel brandete auf. Bras hob flehend die Hände. Einer der Soldaten trat vor und versetzte ihm einen Tritt in die Seite, der ihn der Länge nach in den Staub schickte.

Das war der Moment, in dem Silla wie von einem Katapult geschleudert losschoss. Was der Auslöser war, konnte sie später selbst nicht mehr sagen. Vielleicht das dreckige Grinsen im Gesicht des Soldaten, das sie haargenau an eine Szene auf dem Schulhof erinnerte, als eine Gruppe Jungen sie als stinkenden Wolfsbalg und Flohschleuder gehänselt und einer von ihnen ihr ein Bein gestellt hatte und sie der Länge nach in den Dreck gefallen war und keiner ihr geholfen hatte, sondern alle nur herumgestanden waren. Genau so ein Grinsen hatte der damals gehabt!

Silla sah rot. Sie flog dem verdutzten Soldaten an die Brust und stieß so heftig gegen ihn, dass er zurücktaumelte. »Lasst ihn in Ruhe!«, schrie sie. »Er hat doch gar nichts getan! Er ist nur ein bisschen dick, na und?«

Sie kniete sich neben Bras, der sie mit offenem Mund groß anstarrte. »Geht's oder bist du verletzt?«, fragte sie leise. Er nickte nur, was alles Mögliche heißen konnte.

Der Amtmann und seine Soldaten standen wie vom Donner gerührt.

»Sirona Faol«, flüsterte jemand. »Die Hohe Frau!« Die Worte, so leise sie gesprochen waren, trugen in der entstandenen Stille über den ganzen Platz. »Sie ist wiedergekommen!«

Und dann war es Moruagh, die sich in Bewegung setzte. Wie ein Irrwisch sauste sie los, zog Silla hoch, die hinter ihr herstolperte, und zerrte sie durch die Menge, die sich wie ein Spuk vor ihnen öffnete, um anschließend wieder zusammenzufließen.

»Schnell!«, keuchte das Mädchen. »Schnell!« Sie rannten durch die Gassen, während hinter ihnen ein Tumult losbrach.

»Schließt das Tor!«, brüllte mit überschnappender Stimme der Amtmann. »Packt sie! Los, los!«

Die Menge, die sich für die beiden Mädchen so bereitwillig geöffnet hatte, wurde für die Soldaten zu einer fast undurchdringlichen Mauer. »Platz da! Lasst uns durch!«, schrien sie immer wieder.

Silla konnte das Tor vor sich sehen, dessen zugespitzte Holzbalken sich, wie ein gefräßiges Maul, langsam senkten. Die beiden Männer an den Kurbeln schienen die schweren

Eisengriffe, so schnell sie konnten, zu drehen, trotzdem schloss sich die Pforte nur zentimeterweise. Aber sie senkte sich und sehr bald würde es kein Durchkommen mehr geben.

»Komm«, schrie Moruagh. Sie stieß Silla hinunter auf die Knie und gab ihr einen kräftigen Stoß in den Rücken. Silla sah die Spitzen des Tores einen Moment lang drohend über sich schweben, dann war sie durch, Moruagh rollte zusammengekugelt wie eine Katze hinterher.

Im nächsten Moment schien der Schließmechanismus des Tores ganz anders zu arbeiten und die hölzernen Stämme rumpelten das letzte Stück hinunter, dass der Boden bebte und kleine Staubwolken aufwirbelten. Silla sprang mit einem erschrockenen Schrei auf die Füße.

»Hoppla!«, rief einer der Torhüter. »Jetzt sind uns die beiden doch glatt entwischt!« Silla konnte ihn lachen hören, aber schon hatte Moruagh sie weitergezerrt, in den Schutz des mit Büschen bewachsenen Erdwalls.

Keuchend und nach Atem ringend drückten sich die Mädchen in die Hecke. Die Soldaten waren jetzt bei der Palisade angelangt. Sie fluchten und dem Klang nach schlugen sie mit ihren Schwertern gegen das unnachgiebige Holz. Dann ertönten die Stimmen der Torhüter, die jammernd den Mechanismus ihrer Türe beklagten, der alle Nase lang klemmte.

»Sie werden die Soldaten nicht lange aufhalten können«, flüsterte Moruagh hastig. »Wir müssen weg, und zwar schnell!«

Ohne dass die Mädchen auch nur einen Laut gehört hätten, stieß plötzlich eine klauenartige Hand seitlich aus den Büschen und packte Moruagh am Handgelenk, während gleichzeitig eine Stimme so herrisch: »Still, ich bin's!«, zischte, dass den Mädchen jeder Ausruf des Schreckens in der Kehle stecken blieb. Reglos vor Entsetzen starrten sie auf die Blätter, die sich teilten und die Alte Frau freigaben.

»Ihr steht wie die jungen Karnickel vor dem Fuchs«, raunte sie mit verhaltener Stimme.

Silla schloss die Augen, während sie langsam die Luft ausstieß, und Moruagh fuhr sich mit der Hand über die vor Angst schweißnasse Stirn.

»Warum unser kostbares Hohes Kind plötzlich auf die Idee gekommen ist, das Haus zu verlassen und durch die Dorfstraßen zu schlendern, den Soldaten geradewegs in die Arme, darüber reden wir noch«, zischelte Iolair, einen funkelnden Blick auf Moruagh schießend, die sich unwillkürlich duckte. »Aber jetzt lauft los! Bring sie zu Ad Smerius, Rote! Dort seid ihr in Sicherheit! Oila ist schon unterwegs, der Alte weiß Bescheid! Cernunnos' Schutz mit euch!« Die Schamanin hob kurz die Hand über sie, dann war sie so plötzlich verschwunden, als hätten die Büsche sie verschluckt.

Die Mädchen schauten sich kurz an, dann liefen sie los, ein Stück in der Deckung der Büsche und, mit einem schnellen Blick über die Schulter, über die Wiese und in den Wald, den gleichen Weg zurück, den Silla erst am Vorabend ins Dorf genommen hatte.

Silla spürte ihr Herz klopfen und presste die Hände gegen den Brustkorb, um den panischen Trommelwirbel zu beruhigen.

»Halt noch ein bisschen durch«, flüsterte Moruagh. »Wir müssen es bis zum Heiligen Hain schaffen, dann sind wir sicher. Da trauen sie sich nicht hinein! Dürfen sie ja auch gar nicht! Aber wir haben die Erlaubnis! Spürst du es, wie weich es unter den Sohlen wird? Hier fängt das Moor an. Und hier sind die ersten Begrenzungssteine. Siehst du, wir haben es geschafft!«

Unter fast ununterbrochenem, ermutigendem Zureden lotste Moruagh Silla weiter. »Siehst du, wir haben keine Verfolger mehr, jetzt nicht mehr … Na ja, zumindest für den Moment!«

Silla räusperte sich. Ihre Stimme klang so schwach und rau, als hätte sie sie seit Ewigkeiten nicht mehr benutzt. »Du meinst, sie kommen wieder?«, krächzte sie und wie eine große Schwäche durchfuhr sie mit einem Mal der Gedanke: Das ist kein Traum! Ich weiß nicht, was es ist, aber es ist ganz sicher kein Traum!

Sie stöhnte auf und lehnte sich in dem Gefühl, dass der Boden unter ihr nachgab, schnell an einen Baum. Sie schlug die Hände vor den Mund. Schreck, Angst und Panik, so fühlte sich das an! Ihre Finger tasteten über ihre Wangen, die vertraut glatt und warm waren.

Zumindest bin ich noch lebendig, dachte Silla, aber was, um alles in der Welt, soll das Ganze bedeuten?

Am liebsten hätte sie geschrien, aber als sie den Mund öffnete, kam nur ein kleines Krächzen heraus.

Moruagh blickte sie besorgt an. »Ist alles in Ordnung mit dir, Silla?«

Silla schüttelte den Kopf. Nein, gar nichts war in Ordnung! Ihre Gedanken rasten. Sie war zu der Linde zurückgegangen, das hatte sie sich doch nicht eingebildet! Und demnach hätte der Ort Anslinden sein müssen! Nur, dass da auf einmal ein anderer Ort zu sein schien, nämlich dieses An Ear! Und auch sonst … Sie hatte ständig das Gefühl, in einem alten Film gelandet zu sein, nur dass nirgends Kameras zu sehen waren. Hier schien es ja noch nicht einmal Strom zu geben!

Sie hatte es irgendwie geschafft, aus der ihr bekannten Welt in eine Unendlichkeit zu rutschen, die sie nie für möglich gehalten hätte. Wo war ihre Familie, wo war die Welt, wie sie sie gekannt hatte?

»Und was soll ich jetzt tun?«, flüsterte sie.

»Keine Sorge, so schnell kommen die uns bestimmt nicht nach!« Moruagh warf ihr einen bekümmerten Seitenblick zu. »Als Erstes müssen sie jetzt zum König, nehme ich an, und ihm von deinem Erscheinen berichten. Und dann ...«, sie zuckte vielsagend die Achseln, »ja dann, dann werden sie wohl doch wiederkommen.«

Silla schüttelte wie betäubt den Kopf. Wenn sie nur wenigstens aus der Geschichte schlau würde, die ihr das Mädchen da erzählte. »Du liebe Güte, aber was wollen die Soldaten denn eigentlich von mir? Warum kann mich dieser König denn nicht in Ruhe lassen? Was, zum Teufel, habe ich ihm denn getan? Ich kenne ihn ja noch nicht einmal!« Der Ärger verlieh ihrer Stimme neue Kraft.

Moruagh blieb stehen und blickte sie mit runden Augen an. »Aber doch wegen der Prophezeiung!«, flüsterte sie. »Haben sie dir denn nichts davon erzählt?«

Silla schüttelte den Kopf. Moruagh biss sich auf die Unterlippe, dann setzte sie an zum Weitergehen. »Dann kann ich dir auch nichts sagen«, murmelte sie mit abgewandtem Blick.

»Doch, du kannst mir sehr wohl sagen, was du weißt!« Silla hatte sie am Arm gepackt. »Ich gehe keinen Schritt weiter, bevor du nicht sprichst! Ich gehe schnurstracks zu den Soldaten zurück und frage sie selbst!«

»Das wagst du nicht!« Moruagh funkelte sie an.

»Und ob ich das wage!« Silla drehte sich um und begann mit festen Schritten den Weg zurückzugehen.

»Sie werden dich einsperren!« Ein Funken von Verzweiflung hatte sich in Moruaghs Stimme geschlichen.

»Das werden sie nicht wagen! Ich bin EU-Bürger, ich habe schließlich Rechte! Man kann mich nicht so einfach einsperren, wenn ich gar nichts getan habe«, konterte Silla und ging unbeirrt weiter.

»Was?« Das Mädchen wirkte für einen Moment verwirrt. »Ich weiß nicht genau, was du meinst, aber ich weiß, wie der König mit Rechten umgeht! Schau doch, was sie mit deinem Bruder gemacht haben! Meinst du, dich würde der König verschonen?«

»Vinzi? Was meinst du mit ›deinem Bruder‹? Was haben sie mit Vinzi gemacht?«

»Von einem Vinzi weiß ich nichts. Mit ›deinem Bruder‹ meine ich deinen Zwillingsbruder Cù, ganz einfach.«

Für einen Moment erfasste Silla ein Gefühl des Schwindels. Fast konnte sie wieder den seltsam tranigen Geruch von Harz und Tieröl riechen, der sie am Abend vorher umweht und in vergangene, tief begrabene Erinnerungen hatte gleiten lassen. Was war das neben ihr gewesen? Und dieser schreckliche Schmerz der Trennung! Am Ende …? Halt suchend lehnte sie sich an einen Baumstamm.

»Ich habe … einen Zwillingsbruder?«, flüsterte sie.

»Uups!« Moruaghs Hand fuhr an ihren Mund. »Sag bloß, das hast du auch nicht gewusst?«, nuschelte sie schuldbewusst durch ihre Finger.

Silla schüttelte stumm den Kopf. Moruagh starrte sie eine lange Weile mit gerunzelter Stirn an, dann gab sie sich einen Ruck. »Gut«, sagte sie entschieden. »Ich nehme an, das bin ich dir schuldig, nachdem ich dich in die Lage mit den Soldaten gebracht habe! Was mir übrigens furchtbar leidtut! Ich hatte an so etwas gar nicht gedacht!« Sie hob in einer bittenden Geste die Hände.

Silla lächelte schwach. »Ist schon gut! Aber ich wäre wirklich froh, wenn ich wüsste, *wovor* wir eigentlich fliehen!«

»Lass uns nur diesen Wald hinter uns bringen, in Ordnung? Dann müssen wir sowieso eine Pause machen und dabei kann ich dir erzählen, was ich weiß.«

Die Mädchen wanderten schweigend weiter. Moruagh hatte ihren Rock gerafft, wie einen Gürtel um die Taille gebunden und marschierte in ihren Beinkleidern, während Silla nur wehmütig an ihre Shorts denken konnte.

Die Sonne stand schon hoch im Zenit und empfing sie mit Hitze und Licht nach der düsteren Kühle des Waldes. Sie hatten das Hochplateau mit dem Oberen Tal erreicht. Ein Bach plätscherte munter gurgelnd zwischen bemoosten Steinquadern durch eine morastige Wiese, auf der kleine leuchtende Blumen ausgestreut waren. Dunkle Zirben reckten ihre knarzigen Arme und Bachstelzen hüpften ruckend über die nassen Kiesel.

Silla machte es Moruagh nach, die sich hingekniet hatte und in durstigen Schlucken trank. Das Wasser war so kalt, dass es ihr den Atem benahm.

In der Ferne stand, deutlich abgegrenzt gegen das Blau des Himmels, die titanweiße Spitze des Gletschers, so majestätisch und strahlend, wie Silla den Berg noch nie gesehen hatte. Der Gletscher schob seine Zunge, unter der in kristallener Klarheit das Wasser hervorbrach, weit ins Tal. Wo war seine deprimierende Gummiabdeckung geblieben?

Das Gras im Schutz der Findlinge war weich und die Mädchen machten es sich im Schatten einer Zirbengruppe bequem. Silla betrachtete einen Moment kopfschüttelnd die krude genähten Lederschuhe an ihren Füßen, dann schlüpfte sie heraus und bohrte ihre Zehen in das Moos.

Moruagh war ihren Blicken gefolgt. »Ich mag Schuhe auch nicht«, meinte sie mit einem mitfühlenden Blick. »Wenn deine Sohlen sich erst daran gewöhnt haben, dann kannst du barfuß laufen, so wie ich!«

Silla seufzte. Eigentlich waren die Turnschuhe, die sie noch vor gar nicht langer Zeit an den Füßen gehabt hatte, ganz in

Ordnung gewesen, aber im Augenblick gab es wichtigere Dinge.

»Mein Bruder …?«, begann sie fragend.

»Gut, dein Bruder«, Moruaghs Blick ging sinnend ins Weite. »Sein Name ist Cù. Ihr seid zugleich auf die Welt gekommen, erst du, dann er. Deine Mutter war gerade auf dem Weg zurück von Ad Smerius. Er hatte das Orakel zu eurer Geburt befragt und Glonn hatte eine schreckliche Prophezeiung ausgesprochen. Ich weiß nicht genau, wie sie lautete, aber es ging um die Macht des Königs und um euch beide, dich und deinen Bruder. Man sagt, die Alte Frau habe dich damals in die Andere Welt zurückgeschickt, gegen den Willen des Königs. Er wollte …«, sie stockte und blickte Silla betrübt an, »er wollte dich wohl umbringen«, fuhr sie leise fort, »dich und deinen Bruder auch. Als du fort warst, musste er deinen Bruder am Leben lassen. Ich weiß nicht, wieso. Auch das muss etwas mit der Prophezeiung zu tun haben. Auf jeden Fall lebt Cù, seit er ein Baby ist, in den Verliesen des Schlosses und es hat ihn seitdem wohl keiner mehr gesehen.»

Ihre Stimme war immer leiser geworden, wie ein Rinnsal im Sand versickert, und schließlich breitete sich Stille aus. Sogar die Vögel schienen das Singen eingestellt zu haben.

»Aber …«, die Stimme versagte Silla und sie räusperte sich, »aber wie konnte er das tun? Was hatte dieser König denn mit uns zu schaffen?«

»Er war euer Vater!«

»Unser Vater!« Silla schlug sich die Hände vor den Mund. »Er war unser Vater!«

Moruagh zuckte die Achseln und blickte zu Boden. »Er war nicht nur euer Vater, er ist es noch! Er ist Bituit Torch Troyth, König von Kelth und oberster Herr der Soldaten. Deswegen sind wir auf der Flucht.«

Silla griff sich an den Kopf. Ein Gefühl von Unwirklichkeit hatte sich wie ein leichter Schwindel über ihre Gedanken gelegt. Das konnte doch alles gar nicht wahr sein! Was würde sie noch alles erfahren müssen?

Eine Reise durch die Zeit, tönten ihr die Worte der Alten Frau durch den Kopf und die Erkenntnis stieg wie ein zehrender scharfer Schmerz in ihr auf, unmittelbar gefolgt von dem Gefühl äußerster Verlassenheit: Sie hatte sich viel weiter verirrt als nur im Wald.

Lange saßen sie so schweigend nebeneinander. Silla hatte die Arme um die Knie geschlungen und das Gesicht darin vergraben und Moruagh kaute mit geschlossenen Augen gedankenverloren an einem Grashalm. Die Schatten begannen bereits schräger zu fallen, als Moruagh sich schließlich aufsetzte. »Wir müssen weiter! Wir haben noch ein ziemliches Stück Weg vor uns!«

Silla hob den Kopf. »Was ist aus meiner Mutter geworden?«, fragte sie leise.

»Sie ist bei eurer Geburt gestorben. Es heißt, sie wäre noch viel zu jung gewesen und außerdem hätte sie Druidin werden sollen. Scheinbar hat der König sie mit Gewalt zu sich geholt. Mehr weiß ich auch nicht. Ich war ja selbst noch klein damals und kenne das alles nur aus den Geschichten, die abends am Feuer erzählt werden.« Unbeholfen legte sie Silla eine Hand auf die Schulter. »Es tut mir leid, Silla, das alles! Ad Smerius wird dir mehr sagen können.«

Müde kam Silla auf die Beine. Sie hatte jetzt schon das Gefühl, am Ende ihrer Kräfte zu sein, dabei hatte ihr Weg eben erst begonnen. Aber es half wohl nichts, sie mussten weiter. »Dann lass uns gehen, Moruagh!«

Schweigend brachen die Mädchen auf.

5. KAPITEL

DIE PROPHEZEIUNG

Der weitere Weg war beschwerlich gewesen, ein steiles Bergaufklettern, bis sie das nächste Hochplateau erreicht hatten, über dem Tausende von Wollgräsern ihre weißen Kappen schwenkten. Ein See lag in der Mitte, ein glänzendes Auge, gesäumt von niederem Buschwerk, das unter ledrigen Blättchen Schwarzbeeren versteckte, die, jetzt noch rot, erst zu saftiger Schwärze reifen würden.

Dann war das Grün spärlicher geworden und schließlich hatten nur noch gelbe, schwarze und rote Flechten ihren Weg über die Felsen begleitet. Sie waren am Rand des Gletschers entlanggelaufen und Moruagh hatte Silla in eine Höhle unter dem Eis gezogen. Staunend hatten sie in das durchscheinende, eishelle Türkisgrün über ihren Köpfen geblickt und sich in dem unwirklichen Licht wie auf dem Grunde des Meeres gefühlt.

An der Gletscherzunge vorbei war es wieder hinuntergegangen in ein kleines Hochtal. Unvermutet war die Dunkelheit eingefallen.

Moruagh deutete auf zwei Felsen, die sich wie ein Portal wölbten. »Wir sind da«, sagte sie leise.

Silla konnte nur noch matt nicken, so erschöpft war sie. Ein Schatten löste sich aus dem Berg und strich mit einem heiseren Kreischen über ihre Köpfe.

»Oila!« Moruagh juchzte vor Freude.

Sie traten durch das steinerne Tor in einen Hof, der sich bis zu einer Höhle erstreckte. Ein Feuer flackerte ihnen entgegen, über dem ein Eisenkessel hing, aus dem es köstlich nach Essen duftete. Der bestimmt älteste Mensch, dem Silla in ihrem Leben begegnet war, trat ihnen freundlich lächelnd entgegen. Ad Smerius.

»Meine Kinder, meine Kinder, hundertfaches Willkommen, ihr Lieben!« Die Magerkeit seiner Gestalt, die von einer dunklen Kutte verhüllt war, ließ sich an der dünnen Knochigkeit seiner Hände erkennen, die in herzlicher Begrüßung ausgebreitet waren. Silla musste beim Anblick des runzligen Halses, aus dem ein kahler Kopf wuchs, unwillkürlich an eine Schildkröte denken. Auf seinem lächelnden Gesicht tanzten Hunderte Falten, durch die sich wie ein blaues Flussdelta tätowierte Linien und Muster zogen, die sich über den ganzen Schädel fortsetzten.

»Herein mit euch, herein, herein! Die Eule hat mir schon berichtet und mich vorgewarnt, sodass ich rechtzeitig den Kessel übers Feuer hängen konnte! Nun lasst euch einmal anschauen, ihr zwei! Nun, kleiner, wilder Rotschopf, von dir hört man trotz deiner Jugend viele Geschichten im Wald!«

Moruagh reckte sich unwillkürlich und wurde rot. »Ich bin nicht klein und was die alten Weiber erzählen, das ist alles Unsinn!«, platzte sie heraus.

Das Lachen des Alten wurde noch breiter. »Ja, ja, mit der Größe, das ist so eine Sache. Aber du hast recht, wenn du sie als Körperlänge betrachtest, dann hast du mich schon fast eingcholt und auch in allem anderen wirst du mir eines Tages in nichts nachstehen, das ist einmal sicher.« Er schwieg einen Moment versonnen und lachte dann wieder. »Das mit den alten Weibern würde ich an deiner Stelle die Alte Frau nicht hören lassen! Wer weiß, ob sie sich nicht dazurechnen würde!«

Er richtete seinen Blick auf Silla. »Und nun zu dir, mein Kind, ja, ja, ja«, er nickte bedächtig, packte sie plötzlich mit zwei Fingern am Kinn und drehte ihr Gesicht zum Feuer. »Es ist unverkennbar! Keine Frage, unverkennbar!« Sanft ließ er sie los, während ein undeutbarer Ausdruck über sein Gesicht huschte, etwas wie Staunen oder Ehrfurcht vielleicht. Er legte eine Hand auf seine Brust und neigte leicht den Kopf. »Noch einmal hunderttausend Willkommen, Hohes Kind, Sibylla Faol. Mein Herz ist voll Freude, dich zu sehen, und all meine Kräfte werden dir zu Seite und dir zu Hilfe stehen, wann immer du sie brauchen solltest«, sagte er schlicht.

Aus seinen Worten klang so viel echte Freundlichkeit, dass Silla fast wieder angefangen hätte zu weinen. Sie schluckte hart und hob in einer erschöpften Geste die Hände. »Ich weiß doch gar nicht, was hier los ist und was alle von mir wollen.«

»Deswegen bist du ja zu mir gekommen, Sibylla Faol, um die Geschichte zu hören, wie sie hier begonnen hat, und die Prophezeiung, die dich auf deinen Weg geschickt hat.«

Silla spürte die Finger des Alten, die ihr zart über den Kopf strichen.

»Und dann wirst du dich entscheiden müssen, mein Kind, wie immer es dir richtig vorkommt«, fuhr er fort. »Aber nun würde ich vorschlagen, dass wir erst einmal etwas essen! Was meint ihr?«

Segenssprüche murmelnd machte er sich geschäftig daran, aus einem Tonkrug Wasser auszuschenken und Eintopf in zwei Schüsseln zu schöpfen.

»So, ihr Kinder, vergesst nie, den Göttern zu danken. Sie

könnten euch auch hungern lassen.« Ad Smerius drückte Silla einen grob geschnitzten hölzernen Löffel in die Hand, während Moruagh einen Eisenlöffel aus ihrem Gürtel zog. Gierig wie ausgehungerte Welpen fielen die Mädchen über ihre Portionen her. Ad Smerius betrachtete sie lächelnd und beeilte sich dann, ihnen einen Nachschlag zu geben. Für geraume Zeit war nichts zu hören als leises Schmatzen. Das Mahl war einfach: Getreidebrei mit gekochten Wurzeln. Es mussten die verschiedenen Kräuter sein, die so köstlich gerochen hatten und die dem Mus ein Aroma gaben, dass Silla am liebsten noch eine dritte Schüssel voll gegessen hätte, wäre sie nicht so satt gewesen.

Der Alte hatte inzwischen Steine aus der Glut genommen, sie in Holzbechern, in denen Kräuter in Wasser eingeweicht waren, versenkt und so Tee gemacht, den er den Mädchen hinschob. Silla konnte sehen, dass seine Finger ebenfalls blau tätowiert waren, mit Punkten und Linien längs der Knochen, fast ein bisschen wie aufgemalte Röntgenbilder.

Auch Moruagh ließ sich jetzt auf den Sitzfellen zurücksinken und einen kleinen Rülpser hören, während der alte Mann reglos in die Flammen schaute – oder vielleicht auch durch sie hindurch.

Eine lange Weile saßen die drei schweigend, jeder in seine eigenen Gedanken versunken. Das Feuer brannte nieder und fiel schließlich glimmend zusammen.

Ad Smerius seufzte tief auf, warf ein neues Scheit in die Glut, die sich hungrig auf das trockene Holz stürzte, gierig daran leckte und schließlich wieder in einer hellen Flamme aufloderte. Der Alte fuhr mit seinem weiten Ärmel einmal schwungvoll an der Feuerstelle vorbei, sodass die holzigen Rückstände aufstoben und in einer pulvrigen Schicht auf den flachen Steinen niedersanken. Er zog einen dünnen Stock aus dem Stapel mit Feuerholz und begann eine Figur in die Asche zu zeichnen, ein verwobenes Muster aus Linien und verschlungenen Knoten, fast wie ein Spinnennetz, das in seinem Anfang auch wieder sein Ende findet.

»Es wird Zeit für unsere Geschichte, scheint mir«, er tippte auf den Punkt der Zeichnung, an dem er begonnen hatte, und folgte langsam einer Linie: »Die beste Art, eine Geschichte zu hören, ist immer noch, sie selbst zu erfahren; in die Gestalt derer zu schlüpfen, die sie uns erzählen wollen. Erst dann erreicht uns ihre wirkliche Bedeutung. Also schließt die Augen und horcht …«

Unvermittelt legte Ad Smerius jedem der Mädchen eine knochige Hand fest auf den Kopf, während er die Daumen zwischen ihre Augen drückte. Silla schloss gehorsam die Augen. Der Alte begann in einer Sprache, die sie nicht verstand, langsam zu sprechen. Langsam und immer langsamer klang sein beschwörendes Gemurmel und Silla spürte, wie ihre Glieder schwer wurden und ihr Geist ihr entglitt. Sie hörte die Klänge einer Flöte, die sie süß und eindringlich umwehten. Das musste Ad Smerius sein, der da spielte.

Dann erklang wieder seine Stimme: »Es ist Sirona, die euch eine Geschichte erzählen möchte. Wollt ihr sie hören, wollt ihr sie fühlen und erleben in ihrer Gestalt?«

»Ja«, hauchte Silla und merkte, dass sie die Lippen nicht mehr bewegen konnte. Sie schien das Wort nur gedacht zu haben und trotzdem hatte der Alte sie verstanden.

Mit einem Mal fühlte sie ihr Bewusstsein wie in einen dunklen Schacht noch tiefer rutschen, dann wurde es wieder hell um sie, sie spürte Sonne auf ihren Augenlidern, die sie blinzelnd öffnete, sah neben sich eine Frau reiten und wusste: Das ist Sirona, das ist meine Mutter. Die Frau wandte sich ihr zu, ihre Blicke trafen sich und Sirona strahlte so zärtlich und voller Wärme, dass ihre Augen Silla förmlich einzuziehen schienen und auf einmal schien es keinen Unterschied mehr zwischen ihnen zu geben und Silla war selbst Sirona, die da ritt.

Sirona hob ihr Gesicht in die Sonne, spürte die Wärme, spürte den Wind in ihrem Haar, das rot wie der dunkle Wein, den die Händler aus der Wärme des Südens brachten, über ihren Rücken, bis auf die Kruppe des Pferdes hinabfloss, nahm die gleichmäßige Bewegung des Tieres wahr, legte eine Hand auf ihren von der Schwangerschaft schweren und runden Leib, spürte auch hier Bewegung – ein heftiges Treten genau genommen – und war glücklich. Das erste Mal, seit der König sie in seine düstere Burg verschleppt hatte, fühlte sie sich so frei und unbeschwert und, ja, glücklich, wie sie es nur in den lange vergangenen Tagen vor ihrer Hochzeit gekannt hatte. Es war kaum ein Jahr jetzt, dass sie die neue Königin war, aber ihr kam es vor, als läge ein ganzes Leben zwischen damals und heute.

Sie hatte es nicht gewollt, weder die Ehe mit diesem Schreck einflößenden Mann, der so viel älter war als sie, noch Königin zu sein. Ja, das Heiraten an sich wäre ihr eigentlich verwehrt gewesen. Sie war dazu ausersehen, die neue Alte Frau zu werden, die Einweihungsrituale waren bereits vollzogen und sie hatte sich voller Freude auf diesen langen und ernsten Weg der Ausbildung begeben, hatte schon zwei der mindestens zwanzig Jahrkreise des Studiums der tiefsten Geheimnisse ihres Volkes hinter sich gebracht, als das Auge des Königs auf sie gefallen war. Das war das Ende gewesen.

Sie war Sirona aus der Fürstenlinie der Faol, sie war seinem königlichen Blute ebenbürtig, sie war jung, sie war schön und sie hatte ihm gefallen. Also hatte er sie gewollt und keine Macht der Welt hatte ihn davon abhalten können.

Die Alte Frau und der Druide hatten ihm ins Gewissen geredet, ihm sogar gedroht, aber Sirona war inzwischen klar geworden, dass er gar kein Gewissen hatte, und über die Drohungen hatte er nur gelacht. Er glaubte nicht an die alten Wege, verachtete sie, so wie er sein eigenes Volk mit seinen Göttern und Ritualen im Grunde verachtete. Die Römer, die gefielen ihm, die ließen sich in ihrer Macht nicht von Zauberinnen oder Druiden beschränken, die hatten immer gleich das Schwert zur Hand, um alles niederzuschlagen, das sich ihnen in den Weg stellte, die wollten unterwerfen und sich alles untertan machen: Völker, Länder, Wälder, Kulturen, alles wurde verschlungen von ihrem machtgierigen Rachen.

König Bituits Rachen hatte alles verschlungen, was *ihr* lieb und wert war.

Nachdem Reden nichts genützt hatte, waren ihre beiden Brüder gegen ihn gezogen, Erft, ihr älterer Bruder, der so groß und ernst und still war, und Bell Enech mit seinem strahlenden Temperament, den sie als Baby in den Armen gehalten hatte und dem noch kaum die ersten Barthaare gewachsen waren.

Sie hatte versucht sie zurückzuhalten, doch wann hörten Brüder schon auf ihre Schwestern! Sie waren beide gefallen, erst Erft und dann Bell Enech. Ihr Vater war gefangen gesetzt worden und ein paar Monate später in den Verliesen der Königsburg gestorben und ihre Mutter war verschwunden und Sirona betete zu den Göttern, dass es ihr gut ginge.

Aber sie mochte jetzt gar nicht daran denken, sie musste auf ihr Baby Rücksicht nehmen, das ein Recht hatte, in heiteren Gedanken heranzureifen und zu wachsen, und in einer so schönen Landschaft war es einfacher, heiter zu denken als in der Burg.

Sie ließ ihren Blick bis zu dem tiefen Blau des Himmels wandern. Sie, die Alte Frau, der Druide und die königliche Eskorte hatten den weiteren Weg zum Orakel genommen, der sich um den Fuß des Berges wand und sich der Quelle von hinten näherte. Der Pfad über die Felsen wäre zu mühsam gewesen in ihrem Zustand, schließlich war es nicht mehr lange hin, dass sie gebären würde.

Hier würde sie gerne leben, mitten in dieser wilden Natur, in einer kleinen Hütte, nur sie und das Kind, das über die Wiesen tollen würde, wenn es einmal größer wäre, und im Winter würden sie dicht beim Feuer sitzen und sie würde ihm Geschichten erzählen und nichts könnte ihr Glück und ihren Frieden stören.

Aber so würde es nicht sein. Sie würden in die düstere Burg zurückkehren und falls es ein Junge wäre, würde man ihr den Kleinen sogar bald wegnehmen, um ihn ganz im Sinne des Königs zu erziehen. Sie seufzte.

Die Alte Frau, die neben ihr ritt, warf ihr ein ums andere Mal prüfende Blicke zu und auch kummervolle.

Dann waren sie bei Ad Smerius. Wie freundlich er war und wie liebevoll um sie bemüht. Wenn man ihn nicht kannte, hätte man ihn für einen netten, harmlosen alten Mann halten können, aber Sirona wusste es besser. Sie hatte ihn erlebt, wenn er seine Eingebungen hatte, wenn er weißglühend stand, umfangen von den Kräften einer anderen Welt. Noch dazu waren seine Vorhersagen immer eingetroffen und sogar der König hatte im Geheimen Furcht vor ihm. Ad Smerius behauptete zwar, das wäre nur Glonn, die sprechen würde, aber ohne ihn wäre Glonn wahrscheinlich nicht gehört worden.

Also wurde Sirona gewaschen und geölt, die Alten streiften ihr ein weißes Hemd über und gaben ihr aus dem goldgefassten Schädel zu trinken, der noch vom ersten Druiden stammte, der aus der Anderen Welt in ihre gekommen und somit einer der Stammväter ihres Volkes gewesen war.

Ad Smerius, Iolair und Drugwydd warfen duftende Kräuter in die Flammen und Sirona nippte an dem scheußlichen Gebräu aus heiligen Pilzen und Pflanzen, bis der Becher leer war, und plötzlich verwandelte sich die Welt.

Ad Smerius schien auf das Doppelte seiner Größe anzuschwellen, er stand in gleißendem Licht und seine Stimme grollte wie Donner. Trotzdem fürchtete Sirona sich nicht, sondern fühlte sich im Gegenteil seltsam geborgen.

Und dann erklang diese Stimme, von überall her zugleich, und ihre Worte gruben sich unauslöschbar in Sironas Geist:

WENN DER MOND VOLL AUFGEHT
ÜBER DEM EINEN STEIN DER ÄLTESTEN ZEIT
ÜBER DEN DOPPELTEN KINDERN DES KÖNIGS
MIT DER WÖLFIN VEREINT
IN DREI EBENEN STEHT DREIFACH EIN HUND
WIRD DER FÜRST, DER SEIN SOLLTE, ERSTEHN
UND
AN DER DOPPELTEN SPITZE DESSEN
WAS ER EINST ENTZWEIT
DAS BLUT DES EINEN KÖNIGS VERGEHN
MIT DER DUNKLEN ZEIT
UND SEINE LINIE BESTEHN.
SOLLT' ABER
UNTER DEM VOLLEN MOND
DAS BLUT DER DOPPELTEN KINDER
TRÄNKEN DEN STEIN
SO WIRD UNSER VOLK
NAMENLOS VOM DUNKEL VERSCHLUNGEN
UND LEBEN DER KÖNIG
FÜR ALLE ZEIT.

Das war alles. Tiefe Stille senkte sich über das Grüppchen Menschen, tief, namenlos und entsetzlich, genau wie das Gefühl, das Sirona ans Herz griff mit unheilvollen und kalten Fingern.

»Nein«, wollte sie schreien. »Nein, Ad Smerius, nimm das zurück! Du solltest über die Zukunft meines Babys sprechen, nicht solch rätselhaftes, unheilvolles Zeug! Du solltest von Licht und Glück und Schönheit sprechen, von großen Talenten, von gewonnenen Schlachten und Wohlergehen! Nicht das!« Aber sie war noch zu tief in Trance und Schock, um mehr als ein Ächzen hervorzubringen.

Und dann war da etwas Struppigweiches neben ihr, strich ihren Arm entlang, eine kühle Schnauze bohrte sich in ihre Hand und gelbe Augen, so gelb, dass sie im Dunkeln zu leuchten schienen, fixierten sie. Faol, die Wölfin. Sie hatte sie nur einmal gesehen, bei ihrer, Sironas, Einweihungsfeier zur Druidenschülerin, aber ihr Geist hatte sie seitdem begleitet und jetzt war sie wieder gekommen, und auch wenn Sirona keinen Ton sagen konnte, so konnte doch ihre Seele zur Wölfin sprechen.

»Faol«, sprach sie, »begleite mein Kind, schütze es, wenn ich es nicht kann. Es macht mir keinen Sinn, was Glonn prophezeit und Ad Smerius ausgesprochen hat, aber ich weiß, dass es entsetzlich ist! Bitte, begleite seinen Weg, es wird deine Hilfe brauchen, sei bei ihm, wie du bei mir bist.« So sprach ihre Seele und in den gelben Augen der Wölfin konnte man sehen, dass sie verstanden hatte. Sie leckte der jungen Königin kurz und rau über die Hand, wie zur Bestätigung ihres Paktes, dann war sie verschwunden.

Sie brachen auf, kaum dass noch ein Wort gesprochen wurde.

Sirona drückte die Hand Ad Smerius', hielt sie fest umklammert, er sah ihr übervolles, erschrockenes Herz in ihren Augen, sie wollte sprechen, aber der Blick des Alten sagte ihr, dass es nichts mehr zu sagen gab. Er legte ihr kurz die Hand auf den Scheitel, mit geschlossenen Augen, als wäre dies das Einzige, was er ihr noch an Stärke und Segen geben konnte, dann wandte er sich ab, jetzt nur noch ein kleiner, alter Mann, der in seine Höhle schlurfte.

Die Hufe der Pferde klapperten durch die Mittsommernacht, mit hellem Klang über die Felsen, dann dumpf, als der Zug der Reiter den Wald erreichte.

Die Wehen setzten so schnell und heftig ein, dass die Königin gekrümmt über den Hals ihres Pferdes geworfen wurde.

Die Alte Frau reagierte sofort: Die Felle auf den Boden, Fackeln, das Öl für den Leib, dann betteten sie Sirona vorsichtig auf die Tücher.

Die Reitereskorte bildete einen engen Kreis. Es würde nach Blut riechen und das würde vielleicht wilde Tiere anlocken, aber an ihnen vorbei würde keines kommen.

In Windeseile wurde ein Feuer entzündet und die erste Handvoll Räucherwerk flog knisternd in die Flammen.

Und so lag die junge Königin, die eigentlich eine Druidin hätte werden sollen, den Blick verloren in den schwarzen Wipfeln der Bäume, die wie Scherenschnitte vor dem vollen Mond standen, der langsam in den Himmel kletterte.

Sironas Geist begann in die Dunkelheit zu gleiten, fort von Silla. Sie konnte nur noch zuschauen, während ihr das Herz vor Liebe und Mitgefühl brannte.

Das Mädchen wurde geboren, kaum dass die Alte Frau Zeit gehabt hatte, die Königin mit dem Tieröl zu massieren, das ihr die Geburt erleichtern sollte, und als das Kind seinen ersten Schrei tat, krümmte die Königin sich noch einmal und ein Junge kam auf die Welt.

Der Alten Frau genügte ein Blick auf die Welle von Blut, die dem zweiten Baby folgte, um zu verstehen. Sie legte die Säuglinge auf Sironas Leib, nahm die Hände der jungen Frau, die dazu selbst schon keine Kraft mehr hatte, und legte sie, je eine, auf die Köpfchen der Neugeborenen. Der Hauch eines Lächelns erschien auf Sironas Gesicht.

Beschütze meine Kinder, sprach sie tonlos, an wen gerichtet, wusste sie wohl selbst nicht, dann löste sich, wie ein Atemzug, ihre Seele und schwebte zum Mond hinauf, so heiter und frei, wie sie es sich immer gewünscht hatte.

Silla spürte, wie ihr Tränen über die Wangen strömten. »Das war meine Mutter! Das war meine Geburt«, sie schluchzte heftig auf. »Und das neben mir, das war mein Bruder!«

Ad Smerius zog sie an seine Brust, klopfte ihr mit sanftem Murmeln den Rücken und auch Moruagh schlang ihre Arme um Silla, bis ihr Schluchzen langsam verebbte und sie sich mit dem Ärmel über das Gesicht fuhr. Sie versuchte ein zaghaftes Lächeln. »Ich habe es schon gespürt an dem Abend mit der Alten Frau. Sie hat gesagt, ich solle mich erinnern, und da habe ich es gerochen, das Tieröl, Räucherwerk und Erde, und da war er neben mir und dann die Trennung!« Sie hielt einen Moment inne. »Cù, nicht wahr? Und jetzt ist er in den Verliesen, hat Moruagh gesagt und ich versteh das alles nicht mit der Prophezeiung und so, aber wir müssen doch etwas tun! Wir können ihn doch nicht einfach dalassen, oder?«

Ad Smerius schüttelte stumm den Kopf.

»Warum hat die Alte Frau nicht auch ihn weggeschickt damals? Warum nur mich?«

»Der König war gerade mit einem paar seiner Krieger zur Jagd aufgebrochen, um im Schein des Mondes Eber zu stellen und Alban Heruin zu begehen, die Wende der Sommersonne, als er auf die Eskorte der soeben in die Anderswelt gegangenen Königin stieß. Natürlich wurde ihm sofort von der Prophezeiung berichtet. Einige der Worte waren ihm, wie uns allen, unverständlich, aber der Rest genügte ihm, um so schnell wie möglich euer Blut auf dem Opferstein sehen zu wollen, noch in der gleichen Nacht beim Schein des Vollmondes. Unser Volk der Kelthoi vom Dunkel verschlungen, er uneingeschränkt mächtiger Statthalter über das Land von römischen Gnaden und dazu die Unsterblichkeit, das war ja genau, was er immer gewollt hatte. Ach, was sage ich, das, was er immer noch will! Nun kam ihm aber damals etwas anderes dazwischen, und zwar der Stolz auf seinen Erstgeborenen. Bevor er ihn umbrachte, wollte er ihn doch noch bewundert sehen! Und so reichte er Cù herum, auf dass seine sämtlichen Krieger ihn gebührend bestaunen konnten. Du lagst unbemerkt in Drugwydds Armen und nuckeltest an seinem Armreif, den er dir gelassen hatte. Iolair sah ihre Chance, ließ dich unter ihrem Mantel verschwinden und lief. Durch dein Verschwinden war nun auch das Leben deines Bruders gesichert, denn der König musste euch ja beide haben. Das Blut der doppelten Kinder.« Der Alte hatte leise gesprochen, aber Silla konnte seine unterdrückte Spannung spüren. »Und so warten seitdem alle auf dein Wiedererscheinen«, fuhr er fort. »Die einen aus diesem, die anderen aus jenem Grund. Gemeinsam ist uns nur das Rätseln an der Prophezeiung. ›In drei Ebenen steht dreifach ein Hund‹, das muss den Zeitpunkt benennen. Aber welcher sollte das sein? Und jetzt bist du da und statt die Zeilen zu entschlüsseln und in Kenntnis zu handeln, müssen wir eben den umgekehrten Weg gehen und können nur hoffen, dass die Götter uns beistehen und zur rechten Zeit die Erkenntnis schicken.«

»Was kann ich tun, um zu helfen?«, flüsterte Silla.

Ad Smerius beugte sich vor, seine Augen bohrten sich wie

Messer in ihre und hielten sie fest. »Du musst nur bereit sein und mir aufrichtig antworten.«

»Dann frage mich.«

»So höre: Du bist Sibylla Faol. Willst du auf unserer Seite sein, wie wir auf deiner? Willst du alles tun, was nötig ist, um deinen Bruder Cù aus den Verliesen des Königs zu befreien und den Fluch der Prophezeiung zu einem Segen zu machen?«

Silla straffte die Schultern. »Ich bin Silla Wolf, und wenn dieses das Gleiche ist, dann bin ich eben die, von der du sprichst, und ich möchte alles tun, um Cù zu befreien, und wenn ich kann, werde ich natürlich helfen, diese schreckliche Prophezeiung in eine glückliche zu verwandeln, auch wenn ich sie nicht verstehe!«

Ad Smerius atmete so tief aus, als wäre ihm ein Stein vom Herzen gefallen. Er lächelte und legte ihr kurz die Hand auf den Arm. »Ich danke dir.« Er zögerte. »Dir ist klar, Sibylla, dass du in diesem Kampf gegen deinen Vater stehst, nicht wahr?«

Silla nickte und ließ den Kopf hängen. »Ich kann nicht glauben, dass das mein Vater sein soll.« Sie blickte auf. »Es gibt so vieles, das ich nicht verstehe!«

»Jetzt ist keine Zeit mehr, dir zu antworten, wie ich es möchte. Die Zeit drängt und ich muss die Vorbereitungen treffen für deine Initiation, deine Einweihung, Hohes Kind.« Ad Smerius hatte sich erhoben. »Außerdem braucht ihr beiden dringend Ruhe! Legt euch jetzt unter die Felle und schlaft, wenn ihr könnt!«

Gehorsam zogen die Mädchen die Pelzdecken über sich. Silla hatte gedacht, sie wäre viel zu aufgewühlt, um auch nur an Schlaf denken zu können, aber kaum hatte ihr Kopf das Lager berührt, merkte sie schon, wie ihr die Augen zufielen.

»Ad Smerius«, sie hob noch einmal den Kopf. »Wer ist Glonn?«

Der Alte lachte leise. »Die Stimme der Erde, Hohes Kind. Morgen wirst du selber sehen!«

»In Ordnung!« Silla ließ den Kopf wieder sinken. »Ach, Ad Smerius, du kannst ruhig Silla zu mir sagen!«

Dann schlief sie ein.

6. KAPITEL

GLONN

Silla blinzelte in die Sonnenstrahlen, die schräg in die Höhle fielen und kleine Staubpartikel tanzen ließen. Dem Licht nach schien es schon sehr spät am Morgen zu sein. Neben ihr gähnte Moruagh ausgiebig und reckte die Arme. Das Haar stand ihr zerzaust um den Kopf.

Zum Frühstück gab es wieder eine Schüssel Getreidebrei, dazu einen Kräutersud, in dem ein Stück Bienenwabe schwamm, aus der zäh und süß der Honig rann.

Ad Smerius war schweigsam in seine Gedanken versunken.

»Das tun alle, die so alleine leben«, raunte Moruagh Silla zu. »Entweder ganz viel auf einmal sprechen oder überhaupt nichts mehr sagen!«

Der Alte warf ihr unter gerunzelten Brauen einen Blick zu und zwinkerte plötzlich. Die Mädchen mussten kichern.

»Komm«, Moruagh sprang auf. »Bei den Murmeltieren können wir Anschleichen üben. Bessere Lehrmeister gibt es nicht!«

»Ich habe noch nie einen Menschen wie Ad Smerius kennengelernt«, bemerkte Silla leise, während sie über die Felsen kletterten.

Moruagh warf ihr einen kurzen Seitenblick zu. »Ich bin mir nicht sicher, ob er ein Mensch ist.«

Wie zur Antwort tönte Ad Smerius' Flöte hinter ihnen her.

»Schau, da ist eins!« Moruagh deutete voraus.

Nach einigem Blinzeln sah auch Silla das stocksteif aufgerichtete Murmeltier.

»Und an den schleichen wir uns jetzt an?« Silla lachte. »Das ist ein nettes Spiel.«

»Spiel? Schon«, Moruagh lehnte sich an einen Felsen. »Aber ein Spiel, von dem für jeden, der alleine im Wald wohnt, das Überleben abhängt.« Sie grinste. »So wie für mich, zum Beispiel!«

»Du lebst ganz alleine?« Silla schaute sie mit runden Augen an. »Hast du denn auch keine Eltern mehr?

Moruagh senkte den Kopf. »Seit zwei Jahrkreisen nicht mehr. Mein Vater wollte einen Baum umschneiden. Für An Ear. Ganz viele von den Stämmen der Palisade hat er geschnitten und das Tor ist auch von ihm. Na ja, an dem Tag muss er schon müde gewesen sein oder wegen der einbrechenden Dunkelheit hat er nicht mehr richtig gesehen, was immer! Auf jeden Fall ist der Baum in die falsche Richtung gefallen, wie es aussah, genau auf meine Mutter zu. Sie hat ihm immer geholfen beim Entrinden und so. Er muss wohl noch versucht haben, sie wegzustoßen, auf jeden Fall haben sie so unter den Ästen gelegen, er hatte die Arme ausgestreckt, wie um nach ihr zu fassen, und muss sie gerade erreicht haben, aber auch gerade zu spät, und so sind sie gemeinsam in die Anderswelt eingetreten. Am nächsten Morgen habe ich sie gefunden. Die Bärin hat bei ihnen gesessen, Artio, sie muss sie die ganze Nacht bewacht haben. Erst als ich gekommen bin, hat sie sich aufgerichtet und hat gebrummt, aber sie ist so lange geblieben, bis ich Leute aus dem Dorf geholt hatte, um mir mit dem Baum und so zu helfen. Manchmal bringe ich jetzt Bienenwaben und Beeren zu der Stelle und dann kommt sie.« Moruagh lächelte. »Ich glaube, Cernunnos hat *sie* mir jetzt zur Mutter ausersehen. Sie wacht auch sehr gut über mich, nur umarmen ließe ich mich nicht so gern von ihr!«

Nach einem Blick in Sillas Gesicht, nahm sie schnell einen Stein auf und ritzte eine Gestalt in den Felsen: eine mit untergeschlagenen Beinen sitzende Figur mit einem mächtigen Hirschgeweih auf dem Kopf. »Das ist Cernunnos, der Gott, unter dessen Schutz ich lebe, denn der Wald ist sein Reich.«

»Das tut mir sehr leid mit deinen Eltern! Ich weiß, wie sich das anfühlt.«

»Ja.« Moruagh nickte und stand auf. »Und weißt du noch etwas? Es werden jeden Tag mehr Kinder, die wissen, wie das ist, wenn man seine Eltern verliert. Und weißt du, warum? Weil der König ihre Väter in den Krieg schickt, sie morden oder in die Verliese werfen lässt und die Mütter auch geholt werden oder vor Gram sterben.« Wütend warf sie den Stein von sich, ein schriller Pfiff war die Antwort und die Murmeltiere verschwanden wie Schatten in ihrem Bau.

Es wurde schon Abend, als die Mädchen zurückgingen. Die Alte Frau war gekommen. Schweigend und mit geschlossenen Augen saß sie vor der Höhle. Oila kauerte reglos neben ihr.

Ad Smerius hatte im Vorhof ein Feuer entfacht, einen großen Kupferkessel auf einem eisernen Gestell aus den Tiefen der Felsnische herausgezerrt und mit Wasser gefüllt, das nun ruhig vor sich hin simmerte. Der Kessel war mit verschlungenen Girlanden, Tieren, wild blickenden Gesichtern von Waldgöttern und geharnischten Reitern verziert.

»Viele Geschichten liegen in diesen Figuren«, Ad Smerius zeigte auf eins der Bilder. »Seht nur hier, unsere Urväter. Und da: die weite Ebene von Tìr nan Òg, wo es nichts gibt als ewige Jugend; die Anderswelt, die wir nach unserem Tod betreten oder auch schon früher. Du kannst sie sehen, wenn du in die Richtung der untergehenden Sonne blickst und wenn du verstehst zu schauen. Aber du bist ja eine Reisende zwischen den Welten«, er warf einen Seitenblick auf Silla. »Einst waren das alle von uns. Eine Brücke, hoch wie der Regenbogen, spannte sich zwischen den Welten; jetzt reisen nur noch die Schamanen und einige Auserwählte. Gefährlich ist die Reise und weit und nicht zu schaffen ohne Schutz und ohne Führung, denn zu groß ist die Gefahr, von der Brücke zu stürzen und zwischen den Welten verloren zu gehen. Das ist es, was die Menschen in dir erblicken, wenn sie in dir deine Mutter sehen. Sie denken, sie wäre verloren gegangen und nun in keiner Welt mehr zu Hause. Jeder hat wohl ein wenig Sorge, Sironas Geist könnte von seinem Körper Besitz ergreifen, um wieder ganz in unsere Welt zu gehören. Sonst würden sie sie anders empfangen, denn jeder hat sie geliebt, deine Mutter, so sanft und strahlend, wie sie war. Sie war auserwählt, die nächste Alte Frau zu werden, sie hatte die Seele einer Druidin und die hast du wohl von ihr geerbt, auch wenn deine Aufgabe eine andere sein wird.«

Die Sonne war hinter den Bergen verschwunden und nach dem warmen Schein ihrer letzten Strahlen sahen die Berge in der Dämmerung mit einem Mal kühl und abweisend aus.

Silla räusperte sich. »Und was habe ich von meinem Vater geerbt?« Ihre Stimme klang rau.

Eine Weile, die Silla unendlich lang vorkam, antwortete niemand, dann erklang es weich von der Alten Frau: »Niemand ist nur gut oder nur böse, Hohes Kind. Dein Vater ist verblendet von dem Hunger nach Macht. Das ist der Dämon, der ihn in den Klauen hält und der ihm jegliches Mitgefühl mit scharfem Schnabel aus dem Herzen gehackt hat. Oder sagen wir«, ihre Worte klangen wie ein Seufzen, »das ist einer der Dämonen, weil ich fürchte, da sind noch gut und gerne einige andere, die ihm die Stirn umwölkt und den Verstand vergiftet haben. Aber das ist nun schlussendlich nicht der Kern seines Wesens, sondern das ist der Weg, für den er sich entschieden hat und nach dem seine Seele und Art sich dann geformt haben. Und so kann ich dich ansehen und trotz allem mit Zufriedenheit deinen Vater sehen, denn ich sehe seinen Mut in dir und seine Entschlossenheit, die einmal eingeschlagene Bahn zu verfolgen. Nur dass deine dabei eine andere sein wird.«

Plötzlich klang Moruaghs Stimme hell dazwischen. »Und außerdem ist Silla so kühn wie ein Otter und hat so ausgefallene Ideen, dass ein Rabe noch darauf stolz sein könnte, und das macht sie zu etwas Einzigartigem, das weder so ist wie ihr Vater noch wie ihre Mutter.«

»Ja, ganz richtig!« Ad Smerius warf einen prüfenden Blick zum Himmel, an dem die ersten Sterne zart zu blinken begannen. »Die Zeit drängt. So sehr, dass wir auf das Ritual des Fastens verzichten müssen, aber nach eurem Weg durch die Berge wäre das auch wenig ratsam gewesen, oder? Nun, Iolair, der Kessel ist heiß, lass uns beginnen.« Ein wenig ächzend packte er seine große Trommel und kletterte mit ihr auf einen abgeflachten Felsen. Er setzte sich zurecht und begann einen leisen, leichten Rhythmus zu schlagen, der wie eine rufende Stimme in die Einsamkeit der Berge hallte.

Die Alte Frau und Moruagh begannen Silla zu entkleiden.

»Was soll das?«, wehrte Silla ab. »Hört auf!«

»Du bedarfst der Einweihung in unsere Welt, wenn du in ihr bestehen und deine Aufgabe erfüllen willst. Und du bedarfst der Einweihung, um reisen zu können aus eigener Kraft und eigenem Geist, verbunden mit der Kraft und dem Geist dessen, der dich zwischen den Welten leitet.« Iolairs Stimme klang unnachgiebig und ein Blick in ihr Gesicht ließ Silla achselzuckend resignieren. Die Alte Frau schien wohl zu wissen, was sie da tat.

Eigentlich war es ganz angenehm, das verschwitzte Zeug ausziehen zu können, und das warme Wasser, das sie dann becherweise über sie fließen ließen, fühlte sich fast paradiesisch an.

Bald war der Kessel leer und in Sillas nasse Haut wurde ein duftendes Öl geknetet. Iolair warf ihr ein helles Wollhemd über, das sich so zart anfühlte, als wäre es nicht viel mehr als ein Gespinst. Dazwischen flog immer wieder eine Handvoll Kräuter in die Flammen, bis würzige Dämpfe sie wie Nebel umhüllten und ihr den Kopf schwindelig und schwer machten.

Sie musste für einen Moment eingeschlafen sein, denn sie schrak auf bei der Berührung von kühlen Fingern, die über ihr Gesicht strichen. Iolair malte ihr verschlungene Muster auf die Schläfen, mit einer dunklen Paste, die sie im Mörser angerieben hatte. Jetzt hielt sie einen Eisenstift in die Flammen, bis die Spitze rot glühte, und ließ ihn über Sillas Gesicht schweben.

Silla spürte einen Anflug von Panik in sich aufsteigen und von Wut, aber ein Blick der Alten Frau ließen Angst und Ärger sich in nichts auflösen und wie eine Woge Entspannung und Vertrauen durch Sillas Glieder fließen.

Das Trommeln Ad Smerius' war schneller geworden und lauter, schickte einen dumpfen Wirbel durch die Nacht, fordernd und rufend. Die eiserne Nadel senkte sich im Takt in Sillas Haut, setzte ein blutiges Zeichen neben das andere, steigerte ihren unerbittlichen Rhythmus mit der Musik, die immer lauter wurde, mit Sillas entsetztem Keuchen wuchs, bis das Mädchen gar nicht mehr ausmachen konnte, welche Geräusche von ihr kamen und welche von dem dröhnenden Ziegenfell.

Dann waren wieder die Finger Iolairs auf ihrer Haut, rieben eine Mischung aus Asche, Farbe und dem Blut, das Silla übers Gesicht lief, in die Tätowierungen. Die Schamanin drückte Silla mit dem Daumen dunkle Male auf Stirn, Hals, Wangen, Handgelenke und Knöchel, wischte blaue Farbe über ihre Fußsohlen und Handflächen, dann begann sie zu singen und die Welt begann zu versinken und wieder zu erstehen, klarer als Silla sie je gekannt hatte.

Sie spürte sich durch die Nacht geführt, tanzend, als wäre sie nichts anderes als ein Strahl des Mondes, der hell über ihnen aufgegangen war, voll und rund und nur an einer Seite schon wieder ahnungsweise schwach verblassend.

Und dann hörte sie das Murmeln, hoheitsvoll wie eine Stimme aus den Tiefen der Erde. Wasser kräuselte sich plätschernd um ihre Füße. Eine Stimme sprang aus den Felsen wie aus einem bodenlosen Bauch, rief sie, deutlich, obwohl sie die Worte nicht verstand, aber sie wusste, die Stimme rief fordernd nach der Wahrheit. Und Silla stand gerade, hob die Arme und hörte ihre eigene Antwort. Stolz und ohne zu zögern sprach sie: »Ich bin Sibylla Faol, Tochter der Wölfin, auch Tochter vom Blute der Torch Troyth, Schwester von Cù, mit dem zusammen ich eins bin. Ich nehme meinen Platz ein zwischen euch. Ich als Teil von euch, ihr als Teil von mir.«

Sie setzte sich an den Rand der Quelle, ließ das kristallklare Wasser über ihre Hände rinnen, spürte, wie die Wellen jeden Zweifel mit sich fortspülten, wusste, das ist Glonn.

Und dann gelbe Augen, die sie ruhig und reglos betrachteten, lange Beine, die näher staksten, eine Schnauze, die sich reckte, um warm an ihrer ausgestreckten Hand zu schnuppern, hechelnde Lefzen, die sie einen Moment lang anzugrinsen schienen, eine Zunge, die in einer unendlich langen, langsamen Bewegung über ihre Finger leckte, dann drehte die Wölfin ab und trabte geschmeidig davon.

Es war Morgen, als Silla wieder zu sich kam. Das Fell vor dem Höhleneingang war zurückgeschlagen, ließ Licht herein und Stimmen. Sie blieb noch einen Moment still liegen, dann schälte sie sich aus ihrer Decke. Sie streifte sich das Kleid über das Wollhemd, schlüpfte in ihre Lederschuhe und band die groben Schnüre. Sie war fertig.

Noch einmal ließ sie ihren Blick durch die Höhle wandern, er blieb an einem kleinen weißen Bachkiesel hängen. Sie erinnerte sich, ihn bei der Quelle in die Hand genommen zu haben. Sie hob ihn auf und presste die Finger um ihn, als wollte sie ihm ein Versprechen geben oder vielleicht auch sich selbst, dann trat sie mit ein paar raschen Schritten hinaus.

7. KAPITEL

AUFBRUCH INS UNGEWISSE

Es war ein finsterer Trupp Reiter, der die Alte Frau, Moruagh und Silla am Waldrand erwartete. Finster und fröhlich zugleich, und wenn die Krieger ihren Feinden auch nur annähernd so wild vorkämen wie ihr, dachte Silla, dann wären sie auf jeden Fall sicher vor Überfällen.

Karierte Hosen und Umhänge, Wolfspelze auf nackter Haut, goldene Reifen an muskulösen Armen und starken Hälsen, Harnische, Schwerter und Dolche, über die Schultern geworfene lederne Schilde, spitze, gehämmerte Helme oder stachelig zu Berge stehende Haarmähnen über langen Schnurrbärten, die grimmige Münder verbargen.

Sie neigten sich tief vor Iolair und knapp vor den Mädchen.

Ein Ruf ertönte und Drugwydd drängte sich zwischen den Pferden hindurch, hell gewandet und strahlend vor Freude. »Silla Faol!« Er nahm ihre Hände in seine und drückte sie einen Moment, während sein prüfender Blick über ihr Gesicht wanderte. »Ich sehe, du bist bereit. Ich habe dir den tapfersten und treusten Krieger Kelth Belchen-ais mitgebracht, Fergus ab Galwys. Er wird dich auf deiner Reise begleiten und schützen.«

Ein Mann trat vor sie. Mächtig wie ein Felsen stand er neben Drugwydd, musterte Silla unter struppigen schwarzen Brauen mit Augen so blau wie der Mittagshimmel und so kühl wie das Eis des Gletschers. Eine Narbe zog sich im Zickzack von seinem linken Mundwinkel bis zum Ohr. Er legte die Rechte auf sein Herz und neigte den Kopf, ohne Silla dabei aus den Augen zu lassen. »Treu unserem Volk, nicht dem König. Hunderttausend Willkommen, Hohes Kind.« Seine Stimme klang tief und schön, als wäre er ein Sänger.

»Guten Tag«, antwortete Silla ganz aus Gewohnheit und streckte ihm die Hand hin, während ihr im gleichen Moment bewusst wurde, dass der Krieger ihre Art der Begrüßung recht wunderlich finden musste. Sie wollte ihre Hand schnell zurückziehen, aber da hatte der Mann sie schon gepackt.

»Guten Tag«, sagte er langsam und ein Funken von Heiterkeit huschte warm durch seine Augen. »Ich habe mich immer schon gefragt, wie die Menschen in der Anderen Welt sich begrüßen. Jetzt weiß ich es.«

»Die Anderswelt ist so unendlich wie der Sternenhimmel und hat genauso viele Gesichter und ich nehme an, auch ebenso viele Arten des Begrüßens«, seufzte der Druide. »Nicht weniger wichtig ist aber nun, wie wir die Soldaten des Königs zu empfangen gedenken.«

»Richtig!« Fergus hatte sich schon auf ein Knie niedergelassen und zeichnete in den Staub. »Hier sind wir, das ist An Ear und da Glonn. In Richtung der aufgehenden Sonne liegt Athlain, die Hauptstadt Kelths, dort lebten auch die Fürsten unter ihrem Volk. Jetzt residiert König Bituit dort, auf Y-loig, dem Königssitz im Morast.« Mit einem lauten Knacken brach der Stab, mit dem Fergus gezeichnet hatte, so heftig hatte er die Burg in den Waldboden geritzt. Fluchend warf er das restliche Stückchen zur Seite.

»Und dort sitzt Cù gefangen«, nahm der Druide das Wort. »Der Text der Prophezeiung scheint nun klar und nicht klar zugleich. Was klar anmutet, ist der volle Mond. Nur welcher? Jetzt, wo eine Vereinigung der Doppelkinder wieder möglich wäre, könnte es jeder sein, und solange Ad Smerius noch an der dreifachen Ebene des Hundes rätselt, müssen wir einfach gerüstet sein. Klar scheint auch, dass Glonn unseren Opferstein gemeint hat mit ›Stein aus der ältesten Zeit‹, denn so wird er genannt. Somit wissen wir zumindest den Ort. Und nun unser Plan.« Erwartungsvoll blickte er zur Alten Frau.

»Ja«, nahm sie den Faden auf. »Die Nachricht von Sibyllas Auftauchen wird bald nach Y-loig vorgedrungen sein, allerdings mit dem Wortlaut, dass es sich um Sirona handelt. Das wird dem Hohen Kind einen gewissen Schutz verleihen, denn das Blut seiner Frau wird er nicht sehen wollen, obschon er sie trotzdem jagen wird. Es wird die Hoffnung nach einem anderen Paar Doppelkindern mit der Wölfin sein, die ihn zu ihr treiben wird. Somit sind wir ihm vom Wissen einen Schritt voraus. Es versteht sich, dass Silla nicht in Bituits Hände fallen darf, und das wird Eure Aufgabe sein, Fergus. Silla wird mit Euch in Richtung der untergehenden Sonne reiten. Ihr kennt die Gegend gut …«

Ein Mann, einen Mantel aus Fuchspelzen um die Schultern geschlungen und einen Falken auf der Hand, drängte sich hinter Fergus hervor. »Ich kenne einen Weg durch die Berge«, sagte er drängend, »durch Leyard, das ist der ›Waldfels in rauer Höhe‹, dorthin sollten wir gehen, die Gegend bietet viel Unterschlupf! Dort können wir das Hohe Kind sicher verstecken, ohne dass die Soldaten des Königs uns je werden finden können! Lasst mich uns dorthin führen!« Fragend starrte er Drugwydd an, der wiederum Fergus anblickte.

Fergus zögerte kurz, dann nickte er. »Gut, dann soll Sionnach uns führen und in den Bergen auch die Vorhut übernehmen.«

Der Druide tauschte einen kurzen Blick mit der Alten Frau, dann zuckte er die Schultern. »In Ordnung! Fergus, Ihr und ein paar der Eurigen bleiben mit Sibylla in Leyard, während die anderen mit Moruagh weiter gen Sonnenuntergang reiten und das Gerücht streuen, sie seien mit Sirona Faol, die ihr Gesicht verhüllt trägt, um nicht erkannt zu werden, auf der Flucht vor dem König. Moruagh, willst du Sironas Rolle übernehmen?«

Moruagh nickte mit glänzenden Augen. Eine leichte Röte war in ihre Wangen gestiegen und Drugwydd musste ein Schmunzeln unterdrücken. »Wenn die Götter uns beistehen«, fuhr er fort, »wird Bituit mit seinen Soldaten hinter der vermeintlichen Sirona her sein. Iolair und ich sind inzwischen in die entgegengesetzte Richtung unterwegs, nach Y-loig. Zeitpunkt unserer Wiedervereinigung beim Opfermoor ist der nächste Vollmond. Von Leyard aus sollte es euch ein Leichtes sein, unbemerkt den Stein zu erreichen, und uns, Cù aus der Burg zu befreien und mit ihm zurückzukehren.«

»Ein Leichtes, so, so!«, brummte Fergus und warf erst Drugwydd, dann Iolair einen düsteren Blick zu, den die Alte Frau ruhig erwiderte.

»Ein Leichtes, ein Schweres, was soll's«, sie machte eine abschätzige Handbewegung. »Wenigstens werden wir nicht die ganze Garnison in den Mauern von Y-loig sitzen haben und somit zumindest etwas Luft für unser Vorhaben!«

Fergus blickte sich nach seinen Männern um. »Nun, seid ihr alle dabei?«

Raue Rufe wurden laut und die Krieger schlugen sich mit der geballten Faust aufs Herz, als wollten sie einen Treueid ablegen. »Von dieser Geschichte werden die Barden in alle

Ewigkeit singen!«, klang es. »Ja, und Luft genug werden wir euch schon zu verschaffen wissen!« – »Unsere Seele wird zwitschern vor Freude, sollte sie bei dieser Gelegenheit in die Anderswelt befördert werden! Wir lassen sie mit Freude ziehen, für unsere Freiheit!« – »Alles, nur keine Römer werden!« – »Für das Hohe Kind!« – »Ja, ja, für das Hohe Kind!« – »Für die Freiheit!« – »Jaaaa …!«

Silla tastete Halt suchend nach Moruaghs Hand, dann straffte sie die Schultern. Wohinein immer sie hier geraten war, diese Männer waren bereit, ihr Leben dafür zu geben und auch für sie, Silla, und sie wusste, dass sie das Gleiche von ihr erwarteten und dass es kein Zurück mehr gab. Auf einmal hatte sie Angst.

Ihre Miene musste ihre Gefühle widerspiegeln, denn Drugwydd schob sich neben sie und legte ihr eine Hand auf die Schulter.

»Drugwydd, ich kann das alles nicht«, flüsterte Silla.

Der Druide lächelte. »Was meinst du, warum die Krieger immer so ein Geschrei machen? Weil sie genau diese Stimme in ihrem Kopf übertönen müssen, die beständig flüstert: Vielleicht ist dein Gegner aber doch stärker als du, vielleicht bist *du* es, der am Schluss besiegt am Boden liegt!« Er seufzte. »Jeder dieser kühnen Burschen würde verstehen, was in dir los ist, genau wie ich selbst!« Sein Blick wanderte in die Ferne. »Unsere Reise wird eine gefährliche sein und ihr Ausgang steht in den Sternen. Wer weiß schon, was die Götter uns zugedacht haben und ob wir uns in dieser oder der Anderen Welt erst wiedersehen, aber was immer auch sein wird, du kannst dir sicher sein, dass jeder hier sein Bestes geben wird, und das wirst du auch, das weiß ich und das ist schlussendlich das Einzige, worauf es ankommt, nicht wahr?«

Silla nickte. »Drugwydd …«

»Ja?«

»Ich verstehe nicht! Warum will der König den Untergang seines eigenen Volkes?« Sie schüttelte ratlos den Kopf.

Der Druide schwieg eine Weile gedankenversunken, dann sprach er: »Er will nicht *unseren* Untergang, er will den Untergang der alten Art und das wird unser Untergang sein, denn wir Kelthoi, wir *sind* unsere Art. Er will mehr Macht und die gewährt ihm die alte Art nicht. In der alten Art untersteht er uns Schamanen, denn wir sprechen die Sprache der Götter. Er möchte ohne uns herrschen. Er will unsere Götter nicht mehr, er will die der Römer, die keine Rücksicht kennen, sondern nur die Macht des Stärkeren. Überall in unserem Land sind bereits römische Festungen und Stützpunkte. Rom will unser Land verschlingen. Er hilft dabei und sie schützen ihn, und wenn die Prophezeiung wahr wird, wird es hier keine Kelthoi mehr geben, sondern nur noch eine römische Garnison mit Fürsten Bituit als Statthalter. Dann wird er endlich unumschränkt herrschen können oder zumindest meint er das. Unsere Wälder werden abgeholzt werden und als Kriegsgaleeren in fernen Meeren schwimmen, unsere Männer werden auf fremden Schlachtfeldern sterben und für unsere Kinder wird es keine Heimat mehr geben.«

Rund um sie war es still geworden, unmerklich hatten alle innegehalten, um Drugwydds Worte zu hören. Er blickte in den Kreis undurchdringlicher Gesichter, die sie umgaben, und fuhr fort: »Und darum werden wir unser Bestes geben, jeder von uns. Lasst uns reiten!«

Silla sah sich noch einmal um und ihr war, als könne sie zwischen den Felsen eine Gestalt ausmachen, aber vielleicht war das auch nur eine Spiegelung der Sonne. Wir sehen uns wieder, hatte Ad Smerius zum Abschied gesagt und sie war sich sicher, wenn er das sagte, dann würde es wahr werden.

Ich hoffe nur, das wird noch in dieser Welt sein, dachte sie und schwang ein Bein über die Kruppe ihres Pferdes.

Die Rösser waren struppige Tiere mit dunklen Mähnen, breiten, niederen Rücken und kräftigen Beinen, die munter dahinzuckelten. Silla war schon früher hin und wieder auf ein Pferd gestiegen. Zügel hinter den Ringfinger schlingen, dachte sie, Absätze nach unten – gut gesagt, wenn der Sattel nicht einmal Steigbügel hat –, Schenkelschluss, gerade sitzen, was war da noch?

Das Pferd ließ ihre Bemühungen mit schnaubender und kopfschüttelnder Verwunderung über sich ergehen, ohne die geringste Anstalt zu machen, an seinem gleichmäßigen Dahintrotten etwas zu ändern. Silla begann zu schwitzen. Das Tier schien eher *sie* unter Kontrolle zu haben als umgekehrt.

Schräg hinter ihr erklang ein unterdrücktes Lachen. Silla versuchte, sich umzudrehen, ohne dabei die Balance zu verlieren. Ein Junge mit einer schwarzen Haarmähne und Augen, so leuchtend blau wie die Kornblumen auf den Sommerwiesen, grinste sie an.

»Lach nur«, sie verzog das Gesicht, »aber dieses störrische Tier scheint überhaupt nicht zu verstehen, was ich von ihm will!«

»Was willst du denn?«

»Ich will nichts, als ihm sagen, in welche Richtung es in welcher Geschwindigkeit gehen soll!« Silla spürte, wie sie wütend wurde.

»Was passt denn nicht an seiner Geschwindigkeit? Geht es zu schnell?«

»Nein, natürlich nicht. Es geht ja wie alle anderen!«

»Dann magst du die Richtung nicht, in die es geht?«

»Ich weiß weder etwas über die Richtung, in die es geht, noch über die Richtung, in die es nicht geht«, antwortete Silla.

Du meine Güte, dachte sie dann, ich klinge ja schon wie die Alte Frau. Das färbt langsam ab. Sie zuckte die Achseln. »Ich dachte, ein Pferd muss die Hand seines Reiters spüren und nicht einfach so vor sich hin trotten.«

»Schon, aber dazu muss der Reiter erst mal das Reiten lernen! Inzwischen kannst du froh sein, wenn die Braune weiß, was sie tut!«

Silla warf ihm einen verdrossenen Blick zu und er starrte mit gerunzelten Brauen zurück.

»Du siehst so struppig aus wie eine rote Wildkatze mit dem komisch kurzen Haar«, bemerkte er schließlich.

Silla kam vor Ärger ins Schwanken und konnte sich gerade noch an die Mähne krallen, um nicht hinunterzustürzen. »Und du«, zischte sie über die Schulter zurück, »du musst ein Loch im Kopf haben! Dir quillt ja schon das Stroh heraus!«

Das breite Grinsen des Jungen ließ einen schräg abgeschlagenen Schneidezahn aufblitzen. Er begann etwas verlegen an seinen Haaren zu zupfen, in denen ein paar vertrocknete Grashalme hingen.

An der nächsten Weggabelung trennten sich Drugwydd und Iolair von ihnen. Ohne große Worte, denn alles, was zu sagen war, schien bereits gesagt. Der Druide zwinkerte Silla noch einmal zu und die Alte Frau drückte ihr im Vorbeireiten etwas in die Hand, dann waren sie auch schon verschwunden, als hätte das Grün sie geschluckt. Die Reitergruppe hatte ihren Schritt dabei kaum verlangsamt.

Dass wenig später ein Falke aufstieg, einen weiten Kreis in den Himmel zog und hinter den Bäumen verschwand, war allen verborgen geblieben. Ein Versäumnis, das sie noch bitter bezahlen würden.

Mein alter Lederbeutel, dachte Silla und blickte glücklich auf das speckige braune Säckchen hinunter. Sie konnte etwas

Hartes darin ertasten, aber nachdem sie – bei aller Neugierde, was Iolair ihr da zugesteckt hatte – beide Hände brauchte, um sich am Pferd zu halten, ließ sie das Päckchen nur schnell in ihre Gürteltasche gleiten. Sie würde sich bis zur nächsten Rast gedulden müssen und die schien und schien nicht zu kommen; der Wald dehnte sich schier unendlich hin. Unaufhörlich ging es weiter.

Gegen Mittag erreichten sie schließlich einen kleinen Wasserlauf und saßen ab. Schwankend wie ein Seemann tat Silla die paar Schritte zum oberen Teil des Baches, wo sich die Männer erfrischten, während die Pferde weiter unten tranken.

»Oh Gott, meine Beine«, stöhnte sie und schöpfte Wasser in die hohlen Hände. »Ganz zu schweigen von meinem Hintern! Ich werde nie wieder normal sitzen können und laufen auch nicht! Und diese schrecklichen Röcke dazu! Ich spüre jede Falte, auf der ich sitze!«

»Warte nur, in zwei, drei Tagen spürst du das gar nicht mehr«, versuchte Moruagh sie zu trösten.

»Ja, weil ich nicht mehr lebendig sein werde, wenn ich das noch zwei, drei Tage lang durchmachen muss!«

»Nein, weil du dich dran gewöhnen wirst und außerdem weil die Alte Frau sich schon so etwas gedacht und mir das für dich mitgegeben hat!« Sie zog einen Tiegel aus ihrer Tasche. »Komm, wir verdrücken uns in die Büsche, dann kannst du dich damit einreiben.«

»Ich wollte, ich hätte wenigstens eine Hose«, murrte Silla.

»Ah, Braques!« Moruagh strahlte. »Komm!« Sie zog Silla mit sich und drückte ihr den Salbentopf in die Hand. »Da! Schmier dich erst einmal ein und dann …«, mit triumphierender Miene zog sie eine bunt karierte Hose aus ihrer Umhängetasche. »Iolair hat mir auch meinen Beutel mitgebracht. Wir sind doch in etwa gleich groß und ich habe immer ein zweites

Paar dabei. Du kannst es haben! Dann kannst du dir beim Reiten die Röcke hochbinden, so wie ich das mache. Das ist wirklich viel praktischer!«

Silla nickte dankbar.

Die Salbe wirkte Wunder, sie legte sich wie ein kühler Verband auf die Haut. Nach kurzer Rast und einem kargen Mahl, bestehend aus einem harten Stück Brot und Wasser aus dem Bach, stieg Silla mit etwas mehr Zuversicht wieder in den Sattel. Weiter ging der lange Ritt. Moruagh hielt sich neben ihr, während ihnen der Junge in einiger Entfernung wie ein Schatten folgte.

Die Nachmittagssonne begann sich auf den Grat der Bergkette zu senken. Sie hatte die Luft im Wald schwer und stickig werden lassen. Schweigen hatte sich über den Trupp Reiter gebreitet, das nur noch ab und an von vereinzelten Rufen unterbrochen wurde. Alle schienen ihre Kräfte sparen zu wollen. Oder keine mehr zu haben, wie Silla. Mühsam hielt sie sich eben noch so an den Sattelknäufen fest, die an allen vier Ecken aufragten.

Hoppla!, das Pferd machte einen Stolperer. Silla schwankte, spürte wie ihre Schenkel den Halt verloren und sie langsam ins Rutschen kam, ohne sich irgendwie dagegen wehren zu können. Hilfe suchend fuhr ihr Blick zu Moruagh herum, da spürte sie schon an ihrer anderen Seite eine Hand, die ihr Abgleiten bremste und sie mit einem energischen Stoß wieder in den Sattel schob.

»Man gewöhnt sich mit der Zeit daran«, murmelte der Junge, ohne dabei den Griff seiner sehnigen Finger an ihrem Arm zu lockern, wofür ihm Silla dankbar war. »Ans lange Reiten, meine ich«, fuhr er fort.

»Danke«, murmelte Silla. Sie musste ein wenig zu ihm hinaufschauen.

»Schon gut.« Er blickte gleichmütig an ihr vorbei.

»Bist du auch ein Krieger?«, fragte Silla.

Der Junge schüttelte den Kopf und eine leichte Röte breitete sich über seine Wangen. »Ich bin noch nicht alt genug. Ich bin Finn ab Galwys. Fergus ist mein Vater und eines Tages werde ich ein Krieger sein wie er. Aber bevor ich das bin, muss ich mich von ihm fernhalten und er sich von mir, also reite ich hinten.« Er zuckte wieder die Schultern. »So will es das Gesetz.«

»Drugwydd hält sehr viel von deinem Vater!«

»Alle halten sehr viel von ihm! Wenn er zu einem Festmahl kommt, bekommt er immer den Heldenbissen!« Stolz schwang in Finns Stimme.

»Was ist das?«

»Der mutigste Krieger bekommt den ersten Bissen Fleisch!«

»Wenn du ihm folgst, wirst vielleicht eines Tages du den Heldenbissen bekommen«, warf Moruagh ein.

»Das hoffe ich! Ich meine«, seine Augen blitzten, »wenn es die Götter so wollen!«

»Ihr habt so viele Götter!« Silla schüttelte den Kopf. »Also: Taranis schleudert die Blitze und der andere, der mit dem Hirschgeweih, der beschützt den Wald. Richtig?«

»Falsch! Taranis *ist* der Blitz und Cernunnos mit dem Geweih *ist* der Wald! Verstehst du? Und wir, die Kelthoi, sind Teil des Waldes und des Ganzen, nicht Herrscher darüber, wie es die Römer gerne wären!«

Die Dämmerung senkte sich bereits über den Wald und sie ritten nach wie vor.

»Wie lange denn noch?«, stöhnte Silla.

»Wir sind bald da«, antwortete Finn. »Weiter vorne kommt ein Dorf, da werden wir morgen den ganzen Tag Rast machen. Vater möchte erkunden, wo die Römer stehen.«

Der Weg wand sich zwischen Felsen und schroffen, überhängenden Abbrüchen hindurch und zwang sie hintereinanderzureiten.

»Horcht mal! Hört ihr das?«, rief Moruagh plötzlich. »Haltet an! Hört doch! Ich glaube, es kommt von da drüben!«

Finn zügelte seinen Schwarzen und brachte damit auch Sillas Pferd zum Stehen. Er sagte etwas zu einem der Männer, der sein Ross mit einem: »Nur bis die Nachhut kommt, so lange habt ihr Zeit!«, an ihnen vorbeitrieb. Sie ließen auch die anderen Reiter vorbeiziehen, dann saß Finn ab. Silla machte es ihm ächzend nach, während Moruagh schon längst von ihrem Pferd gesprungen war und lauschte.

»Da!« Jetzt konnte auch Silla es hören. Ein leises Winseln drang zwischen den Felsen hervor.

»Kommt!« Moruagh lief voraus.

Das Gelände war unwegsam abseits des Pfades. Steinbrocken lagen zwischen Grasbüscheln, Findlinge bildeten steinerne Mauern, auf denen überhängende Bergföhren wuchsen, die ihre abgebrochenen Zweige wie Fußangeln zwischen die wilden Himbeerstauden zu Füßen der Felsquader geworfen hatten. Bei jedem Schritt mussten die Kinder auf ihre Knöchel aufpassen, während sie gleichzeitig mit den stachligen Ausläufern der Himbeeren kämpften. Aber sie achteten nicht weiter darauf, denn das klagende Jaulen wurde mit jedem Schritt, den sie in das Dickicht vordrangen, lauter.

Moruagh stoppte plötzlich. »Wir werden die Nachhut versäumen, wenn wir noch länger hier herumstöbern!«

»Aber wir können doch jetzt nicht zurück! Wir sind schon ganz nah und ein Tier wimmert doch nur so, wenn es in Not ist«, meinte Silla erschrocken.

Finn blickte zurück. »Das Dorf ist nicht mehr weit. Und falls die anderen uns suchen, dann sehen sie ja unsere Pferde und werden schon nach uns rufen. Wir sind ja auch gleich wieder zurück.«

Erneut klang ein herzzerreißender Klagelaut zu ihnen herüber.

»Schaut, da läuft etwas!« Silla stürmte weiter, die anderen hinterher.

Sie kletterten einen Hang hinauf zu einer dichten Gruppe Büschen. Dahinter öffneten sich die Felsen zu einem schmalen Eingang.

»Es muss da hinein sein!« Silla wand sich durch das stachelige Buschwerk auf den dunkel gähnenden Schlund zu, verlor für eine Schrecksekunde lang den Boden unter den Füßen und landete auch schon dumpf auf dem Boden einer Höhle. Finn und Moruagh schlitterten unmittelbar hinterher. Staunend blickten sie sich in dem Felsgewölbe um, in welches das Dämmerlicht nur noch als spärlicher Schein fiel.

»Seht mal!« Moruaghs geübte Augen hatten sich am schnellsten an das Halbdunkel gewöhnt. »Da! Da liegt etwas!«

Mit zögernden Schritten traten die drei näher.

»Das ist ein Tier«, flüsterte Silla. »Ich glaube, ein Hund.«

Auf dem Felsboden lag eine reglose Gestalt hingestreckt, ein Welpe drückte sich so gut es ging in ihren schützenden Pelz und war ganz still jetzt, als wollte er sich verstecken.

Silla beugte sich hinab und streckte eine Hand aus, näherte sich langsam, leise, beruhigende Worte murmelnd.

»Das muss seine Mutter sein«, sagte Moruagh hinter ihr.

»*War* seine Mutter«, berichtigte Finn. »Wenn auch nur noch ein Funken Leben in ihr steckte, stünde sie schon längst aufrecht, ihren Kleinen zu verteidigen!«

»Du Armer«, wisperte Silla. Sie hielt dem kleinen Hund einen Finger hin, den er zusehends kühner beschnupperte. Seine kleine schwarze Nase fühlte sich feucht und kühl an.

Seine Ohren hingen ihm halb über die bernsteinbraunen Augen, die neugierig den Bewegungen von Sillas Finger folgten. »Du siehst aus wie aus Schokolade, so ganz und gar braun! Oder wie ein Bär!«

»Wie ein Bär, das verstehe ich, im Gegensatz zu dem anderen, was du gesagt hast!« Finn griff über sie hinweg und packte sich den Kleinen, der überrascht kläffte und zappelte, um dann seine spitzen Milchzähne entschlossen in Finns Hand zu graben.

»Autsch, du kleiner Mistkerl«, rief Finn und lachte. »Seht euch das einmal an, was wir hier für einen wackeren Kämpfer gefunden haben! Also, sein Gebiss ist auf jeden Fall gut entwickelt!«

Er warf einen Blick auf die tote Hündin. »Lange kann sie noch nicht tot sein«, bemerkte er, »aber der Kleine wird Hunger haben.« Er stellte ihn auf seine vier Pfoten zurück und kniff ihn fest in die Seite, was den Welpen nicht weiter zu stören schien.

»Was tust du denn mit ihm!« Empört schlug Silla seine Hand weg. »Warum zwickst du ihn denn?«

Finn ließ das Tier gehen und lachte. »Das macht man so mit kleinen Hunden, man testet, ob sie tapfere Herzen haben oder ob sie wehleidig sind und schwach. Der Bruder meiner Mutter züchtet Hunde für die Jagd, daher weiß ich das. Aber die sehen anders aus als der hier. Der scheint mir eher ein Hund für den Kampf zu sein.«

»Vielleicht ist er ja einfach nur ein Hund für gar nichts Bestimmtes, das gibt es ja auch!« Silla hatte ein hartes Stück Brot aus ihrer Gürteltasche gefischt, das noch von Ad Smerius stammte. Der Welpe stürzte los, sich tollpatschig überkugelnd, in ihre Arme und auf die Rinde, in die er mit Begeisterung seine kleinen weißen Zähne senkte.

»Ein Hund für nichts Bestimmtes?« Finn schüttelte ungläubig den Kopf. »Nein, das gibt es nicht! Aber …«, er zögerte, »es könnte ein Bärenhund sein. Die sind sehr selten bei uns und ich habe nie wirklich einen gesehen, nur davon gehört.« Finn nickte entschieden. »Ja, das ist er wohl, ein Bärenhund. Die sollen sehr mutig sein.«

»Wie auch immer«, drängte Moruagh, »es ist schon fast dunkel und wir müssen noch Steine für die tote Hündin schichten.«

»Uups, stimmt!« Silla blickte sich um. »Ich habe gar nicht gemerkt, dass man kaum noch etwas sieht! Was meinst du mit ›Steine schichten‹?«

»Ein Ritual für die Hündin!« Moruagh hatte schon begonnen Felsbrocken zusammenzutragen und um das Tier zu legen. »Keiner sollte ohne Aufmerksamkeit in die Andere Welt gehen. Komm, hilf mir!«

Finn hatte inzwischen ein paar von den trockenen Ästen gesammelt, die um den Eingang verstreut lagen, und sich niedergekauert.

Bald leckten die ersten Flämmchen an dem trockenen Reisig und ließen die Schatten der drei Gefährten wie schwarze Riesen über die Wände der Grotte zucken.

»Uns fehlt die Zeit, sie ganz zuzudecken«, keuchte Moruagh und wuchtete einen schweren Brocken neben den Kopf der Hündin. »Ein Steinkreis muss genügen.«

»Ich bin dir ja eine schöne Hilfe«, klagte Silla halb scherzhaft. »Aber dieser dicke kleine Kerl fängt sofort an zu quieken, wenn ich ihn auf den Boden stellen will! Und mit einer Hand …«, sie zuckte die Achseln.

»Mir scheint, *du* bist jetzt seine Mama!«

»Ja, das scheint mir auch so.« Silla lächelte zu dem Fellknäuel hinunter, das seine Schnauze fest unter ihren Arm vergraben und augenscheinlich beschlossen hatte, nach der ganzen Aufregung ein Schläfchen zu halten.

Moruagh zog einen brennenden Span aus dem Feuer und legte ihn auf den schweren Stein. Der Rauch fing an sich in dünnen Bahnen um den Kopf des toten Tieres zu kräuseln.

Moruagh begann zu singen. »Zauber sprech ich hier. Geh du nun aus, auf die Spitze des Berges, den Rücken frei, von Zauberkraft umhüllt. Zieh aus und die Ängste mögen von dir weichen, die Götter dich leiten, wenn du die hohe Brücke querst«, klang es leise.

Finn hatte zwei Hölzer genommen, schlug einen rhythmischen Takt dazu und summte verhalten mit.

Moruaghs Stimme hatte sich zu so einem reinen, klaren Gesang gesteigert, dass Silla unwillkürlich die Tränen in die Augen stiegen vor Trauer, Sehnsucht und Freude zugleich. Lauschend drehte sie den Kopf. Der Gesang schien von den Wänden der Höhle widerzuhallen, dennoch hätte sie schwören können, noch andere Stimmen zu hören. Seltsam.

Moruagh schwieg und die letzten Töne verebbten in den Steinen und der Dunkelheit.

Finn wurde auf einmal unruhig. »Kommt jetzt, lasst uns gehen! Ich weiß nicht, was los ist, aber ich habe so ein komisches Gefühl.« Er kletterte halb aus der Höhle und verhielt einen Moment wie ein Tier, das Witterung aufnimmt.

Silla legte kurz die Fingerspitzen auf die kühle, leblose Schnauze der Hündin. »Ich werde gut auf dein Baby aufpassen, ich verspreche es«, flüsterte sie. »Woran sie wohl gestorben ist?«, fragte sie laut, aber niemand antwortete ihr.

»Das Feuer«, zischte Finn und der Klang seiner Stimme ließ Moruagh mit einem Satz in die Glut springen. Mit ein paar hastigen Tritten hatte sie sie zum Verlöschen gebracht, ohne dass es ihren nackten Sohlen etwas auszumachen schien.

Für ein paar Sekunden gab es nur Dunkelheit und Stille, dann hatten sich Sillas Sinne umgestellt und sie konnte schemenhaft den Eingang der Höhle und ihre beiden Freunde wahrnehmen. Sie drängte sich neben sie.

Fahler Widerschein drang durch die Bäume, flackernd und zuckend; und die Geräusche … Silla spürte, wie sich Angst und Panik in einem eisernen Griff um sie schlossen. Das war eindeutig ein Kampf, den man hörte. Eisen, das aufeinanderschlug, ferne Schreie, das Prasseln gieriger Flammen.

»Was ist das?«, flüsterte sie und packte Finns Arm.

Er schüttelte nur stumm den Kopf.

»Bleibt hier! Rührt euch nicht von der Stelle!« Ungeduldig streifte er Sillas Hand ab und glitt in die Dunkelheit.

Silla kam es vor, als hätten sie Stunden gewartet, und immer noch hatte sich nichts getan, aber Moruagh deutete stumm auf den Mond, der aufgegangen und erst ein kleines Stück gewandert war seit Finns Verschwinden. Es konnte höchstens eine halbe Stunde vergangen sein. Trotzdem war Silla so unruhig, dass sie kaum noch still stehen konnte.

»Wo bleibt er nur?«, flüsterte sie.

Finn war den gleichen Weg zurückgelaufen, den sie gekommen waren, kein einfaches Unterfangen in der Dunkelheit, wenn er gleichzeitig leise sein wollte. Hier hatten sie die Pferde und den Pfad verlassen, aber alles, was er noch finden konnte, war ein Stück Zügel, das einsam an einem Ast baumelte. Die Tiere mussten sehr aufgeregt gewesen sein, um sich loszureißen.

Eng an die Felsen gedrückt eilte er weiter in Richtung des Dorfes, wo die Reiter sein mussten und sein Vater. Was war nur geschehen? Hatte es einen Brand im Dorf gegeben? Aber er hatte deutlich Kampflärm gehört! Das bange Gefühl, das ihn zum Verlassen der Höhle getrieben hatte, verstärkte sich bei jedem Schritt und schnürte ihm das Herz ab.

Er hätte fast aufgeschrien, als sein Fuß plötzlich an etwas Weiches stieß und er um ein Haar der Länge nach hingeschlagen wäre. Er konnte sich gerade noch abstützen. Was war das unter seiner Hand, das so komisch nachgab, feucht und schmierig dabei, dass es ihm bei der Berührung vor Grausen fast den Magen umdrehte? Ein Körper, ein Mensch! Und so kalt, wie es nur ein toter Mensch sein konnte.

Finn brachte sein Gesicht nahe an das des Liegenden, hatte einen dichten Schnauzer vor sich, einen Mund, der offen stand, Augen, die leer und starr in die Weite des Himmels blickten. Das war Talan! Warum lag er hier und war tot?

Finn bemühte sich ruhig zu atmen, so wie sein Vater es ihn gelehrt hatte, wenn man eine ruhige Hand brauchte zum Schießen – oder wenn man dabei war, in Panik zu geraten, so wie er jetzt! Wo war sein Vater überhaupt, wo waren die anderen Krieger? Er wischte seine Hand, so gut es ging, im Gras ab, bemühte sich, nicht auf Talans Wunde zu blicken, deren Blut an seiner Hand schwarz glänzte.

Bei seinem Abstieg aus der Höhle in die waldigere Niederung waren Feuerschein und Lärm für ihn nur noch schwach und gedämpft wahrnehmbar gewesen und fast hatte er gehofft, es sich überhaupt nur eingebildet zu haben, aber als er nun um die nächste Felskehre bog, gab der Wald den Blick frei auf Leyard, das Dorf – oder das, was davon übrig war. Leyard stand in Flammen.

»Leyard«, murmelte Finn, »Waldfels in rauer Höhe.« Ein Name, der so ruhig und kühl und tröstlich klang, aber der Anblick, der sich ihm bot, war alles andere als ruhig und kühl und tröstlich!

Flammen schlugen knallend und knatternd zwischen den

schwarzen Schattengespenstern der Bäume, stürzten sich wie gefräßige Drachen auf alles, was von hölzernen Mauern und Strohdächern noch übrig war, und das war nicht mehr viel. Und noch etwas anderes sah Finn: rote Tuniken, geschorene Helmbüsche und metallene Harnische römischer Soldaten, die im Schein des Feuers aufleuchteten.

Körper lagen zwischen den Bäumen, ob Kelthoi oder Römer konnte Finn in der Dunkelheit – und auch wegen der Tränen in seinen Augen – nicht ausmachen.

Ein Hinterhalt, sie waren in einen Hinterhalt geritten! Aber warum hatte die Vorhut sie nicht gewarnt? Warum kamen die Römer ausgerechnet hierhin, in das kleine Bergdorf, und ausgerechnet jetzt? Wie hatte das passieren können? Sein Vater, der immer so vorsichtig war, wäre doch nie in ein Dorf geritten, ohne es vorher prüfen zu lassen! Vor allem jetzt nicht, wo sie das Hohe Kind dabeihatten! Beim Gedanken an seinen Vater stieg ihm ein Schluchzen in die Kehle und schüttelte ihn stumm. Die Römer mussten von hinten angegriffen haben, sonst wären sie jetzt nicht mehr am Leben, trotz ihrer zahlenmäßigen Übermacht! Die Kelthoi waren ja nur eine Handvoll gewesen, aber eine Handvoll der Tapfersten des Landes! Wo waren sie alle? Wo war sein Vater?

Finn wischte sich hastig mit dem Handrücken über die Augen, dann ließ er sich auf Hände und Knie hinunter und kroch los. Weiter vorne waren ein paar römische Soldaten dabei, zwischen den Körpern der Gefallenen nach Überlebenden zu suchen. Die Verwundeten der eigenen Armee wurden so gut es ging verarztet, die Feinde geplündert.

Ich muss mich konzentrieren, dachte Finn. Ganz gleich, ob er lebt oder nicht lebt, Vater wird mir Gedanken schicken, denen ich nur folgen muss, die mich führen werden. Wenn nur nicht so vieles durch meinen Kopf rasen würde! Verzagt ließ

Finn den Kopf auf die Arme sinken. Und mit einem Mal spürte er es, wie einen Sog, der ihn einlud, ihm zu folgen. Er hob den Kopf und blickte unwillkürlich zum Waldrand hinüber, wo die Schatten der Bäume begannen. Jetzt hörte er ein Käuzchen schreien. »Huhu, huhu!« So schnell er konnte, kroch er los.

»Vater!« Er tastete nach einer Hand, deren Finger sich matt um seine schlossen, und dem Gesicht, das sich nur Millimeter in seine Richtung neigte, mehr Kraft schien Fergus nicht mehr zu haben. Finn legte seine Wange an die seines Vaters. »Vater«, flüsterte er wieder.

»Finn ...« In Fergus' Stimme klang ein Lächeln. »Mein Sohn, du lebst ...«

»Ja! Und das Hohe Kind auch und Moruagh! Und du, du lebst auch! Komm! Du musst mitkommen! Wir brauchen dich!«

»Vorbei ...« Fergus schüttelte kaum merklich den Kopf. »Wir sind verraten!« Finn spürte, wie sein Vater alle Kraft zum Sprechen zusammennahm und seine Finger in Finns Griff vor Anstrengung zuckten.

»Verraten ... du musst das Hohe Kind weiterführen! Findet den Druiden und Iolair ... der Gürtel ... nimm mein Schwert!«

»Ich kann das nicht, Vater!«, keuchte Finn.

»Du schaffst das ... du bist mein Sohn ...! Alles, was du brauchst ... du wirst alles in dir finden, was du brauchst ... für deine Aufgabe! Jetzt nimm mein Schwert« Fergus' Stimme wurde dringlicher.

Mit bebenden Fingern löste Finn den Schwertgürtel.

»Ja.« Fergus schien erleichtert. »Nimm Gall, führe es statt mir! Geh erst zur ... Cyn-ra ... im Wald der Seelen ... Gall hat zu viel Blut gesehen ... Hüte dich vor ...«, seine Stimme war so leise geworden, dass Finn nur noch Bruchstücke verstand, »... mein Sohn ... du ...« Dann war da nur noch ein langer, seufzender Atemzug, der Fergus' Lunge entwich.

Finn richtete sich halb auf. Ein Strahlen lag auf Fergus' Gesicht und sein Blick ging in eine Ferne, in der Finn ihn schon nicht mehr einholen konnte. Fergus war tot.

Die Trauer traf Finn wie eine Faust. Er krümmte sich zusammen und saß einen Moment, die Knöchel an den Mund gepresst, um nicht zu schreien, so weh tat das.

»He! Da drüben? Da ...!«

Finn verstand nur Bruchstücke des Lateins der Soldaten. Sie schienen ihn zu meinen. Er legte ganz kurz den Kopf auf die Brust seines Vaters, dann sprang er auf und lief, sich das Schwert umgürtend, los.

»Halt! Bleib stehen!«

Kommandos sausten durch die Luft, scharf und schnell wie Pfeile, und Soldaten machten sich an seine Verfolgung, liefen quer, ihm den Weg abzuschneiden, breiteten schon die Arme aus, ihn zu fassen. Er schlug einen schnellen Haken, den Weg hinauf, wischte gerade so an ihnen vorbei, so nah, dass er ihren Schweiß riechen konnte. Weiter den Weg und weiter und weiter! Jetzt kam die Abzweigung, wo es zur Höhle hinaufging. Er drückte sich durch das letzte Buschwerk, krabbelte in den dunklen Eingang, ließ sich auf den Höhlenboden hinunterfallen und dachte, er hätte noch nie etwas Tröstlicheres gesehen als die beiden Mädchen – die eine mit ihrem wolligen Welpen im Arm –, die gelaufen kamen, sich neben ihn kauerten und ihm einen Schlauch mit Wasser hinhielten. Dankbar nahm er ihn, trank große kühle Schlucke, die den Geschmack von Feuer, Gefahr und Tod zwar nicht fortspülten, aber etwas milderten.

»Was ist passiert?«, flüsterte Moruagh.

»Jemand hat unseren Weg verraten, ich weiß nicht, wie und warum die Römer so schnell da waren, oder vielleicht waren sie ja einfach schon vorher in Leyard und haben eine Botschaft bekommen, irgendwie und …«, haspelte Finn, dann brach er ab und atmete tief durch. »Leyard steht in Flammen, es sind alle tot oder gefangen, ich weiß es nicht«, fuhr er ruhiger fort.

Moruagh packte ihn bei den Schultern. »Dein Vater?«

Finn schüttelte stumm den Kopf, ohne aufzublicken. »Die Römer haben mich entdeckt, sie sind hinter mir her. Sie haben sich auf dem Pfad postiert, um mir den Weg abzuschneiden. Links sind die Felsabbrüche, da kommen wir auch nicht durch. Ich …«, er zuckte die Achseln und verstummte.

»Du trägst das Schwert!«, Moruagh berührte kurz das Eisen an seiner Seite.

»Er hat es mir noch gegeben«, murmelte Finn. »*Ich* soll euch jetzt führen, hat er gesagt, zu Drugwydd und Iolair bringen, das Hohe Kind mitsamt den Kelthoi retten, das Schwert im Wald der toten Seelen reinigen und, und, und …«, er lachte rau auf. »Dabei weiß ich noch nicht einmal, wie ich uns lebend aus dieser Höhle herausbringe!«

Moruagh setzte sich neben Finn an die Felswand und Silla ließ sich auf seiner anderen Seite nieder.

»Es tut mir so leid«, flüsterte sie und berührte kurz seine Hand.

Finn nickte und räusperte sich.

»Wir sollten uns ein wenig ausruhen«, sagte er. »Jetzt im Dunkeln werden wir sowieso nicht viel tun können, fürchte ich!«

Moruagh seufzte nur, dann saßen die drei mit dem kleinen Hund schweigend aneinandergelehnt, während der Mond weiter seine einsame Bahn zog.

8. KAPITEL

SKELIK

Silla wusste nicht mehr, wie lange sie schon so in der Dunkelheit gesessen hatten. Das Einzige, woran sie denken konnte, war, dass ihre Mission, kaum begonnen, schon fehlgeschlagen war und dass Cù, ihr Bruder, nun vielleicht sein ganzes Leben lang in den Verliesen leiden würde.

Nie die Sonne im Gesicht spüren, dachte sie, den Wind, der einem die Haare zaust, Gras unter den Füßen oder den Geschmack von frisch gefallenem Schnee, der einem auf der Zunge schmilzt. Und, und, und … Die Liste war schlichtweg unendlich. Und sie saßen hier in dieser Höhle gefangen und konnten nicht vor noch zurück. Wie weit würden sie wohl überhaupt noch kommen ohne ihre Reitereskorte? Moment mal, sie konnten nicht mehr vor, aber was war mit *zurück*?

»Finn«, flüsterte sie. »Vielleicht hat die Höhle ja hinten noch einen Ausgang.«

Finns Stimme klang müde. »Ich habe die Rückwand vorher schon untersucht, während ihr mit dem Welpen beschäftigt wart. Das ist das Erste, was ich mache, wenn ich irgendwohin komme: die Umgebung auskundschaften.« Er schwieg einen

Moment. »Das hat mir mein Vater beigebracht«, setzte er hinzu.

Dann saßen sie wieder schweigend.

Wenn wir den Druiden oder die Alte Frau nur rufen könnten, dachte Silla, um sie zu warnen. Vielleicht geht das ja mit Gedankenübertragung, so, wie Drugwydd gesagt hat, dass ich die Schlange rufen soll. Wie war das? Ich muss ganz fest ihren Namen denken, also Nathair, und dabei auf den Boden klopfen. Sie tastete nach einem Stück Holz und begann, es rhythmisch gegen den Felsen zu schlagen. War das richtig so?

Nathair, Nathair … Silla konnte im Geist die Augen der Natter deutlich vor sich sehen, ihren bernsteingelben Glanz, die schmalen Pupillen, wie Glas, so glatt und funkelnd. So, und vielleicht ging das nun auch mit dem Namen des Druiden, wenn sie es schaffen würde, das »Nathair« in ihrem Kopf wieder abzustellen, was gar nicht so einfach war. Das Wort hatte sich anscheinend verselbstständigt.

Nathair, Nathair, klang es durch ihre Gehirnwindungen, während sie in ihrer Frustration immer heftiger dazu trommelte. Sie konnte spüren, wie die Freunde neben ihr unruhig wurden.

»Silla, alles in Ordnung?« Moruagh griff über Finn hinweg nach ihrem Arm.

»Ich, ich …«, stammelte Silla. Unter Aufbietung all ihrer Kräfte gelang es ihr, die Finger zu öffnen und den Griff um das Holz zu lösen. Im gleichen Moment verklang das »Nathair« in ihrem Kopf zu einem Flüstern, um schließlich ganz zu verschwinden.

»Ich, puh!, ich habe nur gerade an Drugwydds Schlange gedacht! Sie … – Moruagh, was ist das?« Silla packte die Hand des Mädchens, die immer noch auf ihrem Arm lag. »Da!« Sie deutete auf ein kleines bläulich helles Licht, das sich am Boden näherte.

»Eine Lichtkugel! Bei den Göttern! Ein Geist!« Finn sprang in die Hocke, während seine Hand nach dem Dolch im Gürtel tastete. Silla hörte das leise kratzende Geräusch, mit dem es aus der Scheide fuhr. »Falls du etwas Übles bist, Leuchtwesen«, raunte er, »dann mach dich besser schnell davon, bevor mein Eisen dich erwischt!«

Unbeirrt kroch das Licht näher. Finn hob den Arm. »Dann nimm das!«

Noch während er ausholte, hörte Silla das leise wispernde Geräusch. Fast wäre es zu spät gewesen! Mit dem ganzen Gewicht ihres Körpers warf sie sich gegen Finns niederfahrende Hand und schlug sie zur Seite. Und da war es wieder, das Zischeln.

»Nathair?«, flüsterte sie fragend, ohne sich um Finns verdutzten Aufschrei zu kümmern. Jetzt war das Zischeln ganz deutlich zu hören. »Nathair«, sagte sie noch einmal, diesmal mit vor Freude klopfendem Herzen. Sie streckte die Hand aus. Glatt und kühl wie polierter Marmor wand sich die Schlange in einer einzigen Bewegung um ihr Handgelenk. Silla konnte das Aufblitzen ihrer Augen sehen, dann ließ die Natter das silberblau leuchtende Etwas, das sie in ihrem Maul getragen hatte, in Sillas Handteller fallen. Diffus strahlend tauchte es die Umgebung in einen fahlen Schein.

»Was bei …«, rief Finn, dann verstummte er und ließ verlegen den Dolch zurück in seinen Gürtel gleiten. »Wie hat sie es bloß geschafft, mit vollem Rachen immer noch zu zischeln?«, brummte er.

»Das ist Drugwydds Schlange«, meinte Moruagh erstaunt. »Wie kommt die hierher? Hast du …?«, mit hochgezogenen Brauen blickte sie zu Silla auf.

Silla lächelte nur breit und zuckte die Achseln.

»Hunderttausendfache Entschuldigung, Schlange des Druiden«, murmelte Finn beschämt und neigte den Kopf leicht vor Nathair. »Es ist sonst nicht meine Art, einfach so ...«, er seufzte, »... einfach so mit dem Dolch auf Wesen niederzufahren, die ich nicht kenne! Ich bin nur ... verwirrt heute!«

Die Schlange richtete sich hoch auf und berührte mit ihrer zischelnden Zunge ganz leicht Finns Stirn, als wollte sie sagen: Entschuldigung angenommen!

»Was ist das?« Silla tippte mit einem Finger behutsam an die leuchtende Kugel in ihrer Hand. »Es fühlt sich an wie ein Stein!«

»Ich glaube, es *ist* ein Stein«, sagte Moruagh zögernd, dann blickte sie auf und stieß einen erschrockenen Laut aus. »Seht mal«, sie deutete zur Rückwand der Höhle. Aus einem breiten Felsspalt sickerte das gleiche bläuliche Licht hervor, das auch die Kugel verströmte.

»Das gibt es nicht!« Finn schüttelte verwirrt den Kopf. »Ich habe die ganze Wand abgetastet, als wir gekommen sind! Bei Cernunnos, da war nichts!«

»Schaut!«, schrie Silla leise auf. Nathair hatte ihren Griff um Sillas Handgelenk gelöst und sich zu Boden fallen lassen. In einer schlängelnden Bewegung glitt sie davon und verschwand im blauen Licht zwischen den Felsen. Der Welpe entwand sich ebenfalls Sillas Arm und galoppierte mit fiependem Kläffen hinter der Schlange her.

»Halt, bleib da!« Silla machte einen Satz und versuchte ihn zu packen, aber ihre Hand griff ins Leere. Ohne lange zu überlegen, folgte sie ihm, presste sich durch die Öffnung im Felsen und purzelte kopfüber, als hätten ihr die Steine noch einen Extraschubs gegeben, in einen Gang. Es dauerte kaum ein paar Sekunden und ihre Freunde standen neben ihr.

»Was fällt dir ein, einfach so in der Wand zu verschwinden! Hast du den Hund? Was ist das für ein Licht?«, kam es fast in einem Atemzug von Moruagh.

Silla schüttelte nur den Kopf und deutete stumm den Gang hinunter, der in Dunkelheit mündete.

»Die Steine selber scheinen irgendwie von innen zu strahlen«, murmelte Finn gedankenverloren und tastete mit den Händen prüfend über die glatten Felsen.

»Kommt!« Silla zog Finn ungeduldig am Ärmel. »Nathair wird uns diesen Weg nicht aus Spaß gezeigt haben und außerdem müssen wir den Hund finden!«

»Gut!« Finn warf einen zweifelnden Blick in den Gang. »Aber erst hole ich noch ein paar Holzscheite als Fackeln. Ich habe keine Lust, von der Finsternis im Bauch des Berges verschlungen zu werden.« Er drehte sich um und stieß einen verblüfften Ruf aus. »He, das gibt's doch nicht! Wo ist der Durchgang?«

Die Mädchen fuhren herum. Hinter ihnen ragte die Wand auf, glatt, diffus leuchtend und so unversehrt, als hätte sie nie auch nur der kleinste Riss durchzogen.

Moruagh fasste sich als Erste wieder. »Nun«, sie zuckte die Achseln und warf ihr rotes Haar über die Schulter zurück, »sieht so aus, als hätten wir nicht groß die Wahl! Außerdem würde mich wirklich interessieren, wo diese seltsamen Töne herkommen! Horcht doch nur!«

Energisch zog sie Silla hinter sich her, die in ihrem Schrecken, sich in dem Felsen gefangen zu sehen, vollkommen verstummt war. Keine Panik, dachte sie, keine Panik, wir finden hier schon wieder heraus. Nathair weiß, was sie tut. Aber wo steckt sie überhaupt? Die Schlange war verschwunden.

Moruagh schritt indessen zügig voran und Finn folgte, in grüblerische, leise Selbstgespräche versunken.

»Komisch«, sagte er mit einem Mal. »Habt ihr gemerkt, dass das Licht uns zu folgen scheint? Wir gehen die ganze Zeit in Richtung Dunkelheit, aber die Dunkelheit scheint vor uns zurückzuweichen.«

»Ja, stimmt!« Verwundert blickte Silla sich um. »Das war mir noch gar nicht aufgefallen.«

»Und die Töne werden immer lauter«, flüsterte Moruagh und neigte lauschend den Kopf.

»Habt ihr eine Ahnung, wie lange und wie weit wir schon gegangen sind?«, fragte Silla leise.

Ihre Freunde schüttelten stumm den Kopf. Der gewundene Weg durch die Finsternis hatte ihnen jeden Sinn für Zeit, jedes Gefühl der Orientierung genommen.

»Weiter«, drängte Moruagh.

Jetzt waren sie mit jedem Schritt deutlicher zu hören, die Töne, und fast sogar zu spüren, wie kleine Vibrationen, die durch die Felswände liefen.

Wieder eine Ecke, eine scharfe Kurve, mit einem Mal schien der Gang zu Ende zu sein, nein, hinter einem Felsvorsprung ging es durch und – die drei blieben wie angewurzelt stehen: Vor ihnen öffnete sich eine Höhle wie das Innere eines gewaltigen gotischen Domes mit seinen zum Himmel strebenden Spitzen und Türmen. Felsnadeln hingen von der Decke, wuchsen aus dem Boden und bildeten Säulen, in bläulichem Licht kalt glühend wie Eiszapfen.

Die Töne waren laut hier, vereinigten sich zu einer seltsamen Melodie, wie Silla sie noch nie gehört hatte, so durch Mark und Bein gehend, dass es ihr die Härchen auf den Armen aufstellte, und doch so schön, dass ihr die Tränen in die Augen stiegen. Es klang, als würden die Felsen selbst singen.

Sich immer im Schutz von Nischen und Säulen haltend, drangen die Freunde tiefer in die Felsgrotte vor. Silla merkte, dass sie die Hände gefaltet hielt wie in einer Kirche, so ehrfurchtsvoll war ihr zumute.

Die Musik schwoll an und ebbte ab, in unregelmäßigen Abständen. Plötzlich wurde ein starker Luftzug spürbar, strich um ein Gebilde in der Mitte des engen Raumes, eine Formation aus Felsnadeln, die von oben und unten zusammenwuchsen, so fein, filigran und glatt geschliffen, dass sie imstande waren, wie die Saiten eines Instrumentes zu schwingen. Der Wind stürzte nun erneut aus dem Schacht herunter, der sich darüber im Nichts verlor, fuhr durch die Steinsaiten und brachte sie zum Klingen.

»Die Felsharfe der Steinmenschen«, flüsterte Moruagh mit leuchtenden Augen. »Es gibt sie also wirklich!«

»Das muss eine Art Kamin sein!« Finn hatte sich schon wieder Praktischem zugewandt. »Wenn da Luft hereinkommt, dann ist er nach oben hin offen.«

Silla packte Moruagh am Arm. »Was ist das, diese Steinharfe?«

»In den alten Geschichten wird davon gesprochen«, flüsterte Moruagh. »Zu Anbeginn der Zeit, als die Götter über das Meer kamen, beschlossen einige von ihnen, als Menschen zu leben, andere gingen in die Wälder und lebten fortan als die Seelen der Bäume und wieder andere besiedelten Tiere und teilten ihre Weisheit mit ihnen. Jeder suchte sich also einen Platz, der ihm gefiel. Ein paar von denen, die als Menschen hatten leben wollen, stellten fest, dass ihnen das menschliche Dasein doch nicht so gut gefiel, es kam ihnen oberflächlich vor und laut, und so beschlossen sie, in die Berge zu gehen. Sie wurden zu Steinmenschen und keiner hat sie je wiedergesehen. Aber man hat oft erlebt, dass sie jemanden retteten, der sich in den Felsen verstiegen hatte. Diejenigen erzählten dann immer von der rätselhaften und wunderschönen Musik, die wie eine Harfe klang. Und so begann man von der Felsharfe zu sprechen. Aber dass es sie wirklich gibt und dass wir sie sehen ...« Moruagh brach ab und ein glückseliges Lächeln breitete sich über ihr Gesicht. Sie trat einen Schritt vor und streckte die Hände aus, um auf dem steinernen Instrument zu spielen.

»*Halt!*« Die Stimme rollte und rumpelte heran, donnernd wie eine Steinlawine. Eine Hand löste sich aus den Felsen, ein steinerner Arm, graue Finger, die sich schwer auf Moruaghs Schulter legten und sie zurückhielten.

»Viel weißt du, kleiner Mensch«, dröhnte die Stimme, die direkt aus der Wand zu kommen schien. »Doch höre dies: Niemand spielt die Harfe als die Asa Sgath oder Zeitweiber, wie ihr sagt – und natürlich der Atem der Luft.«

Ein Fuß trat aus dem Stein, ein Felsenbein zog eine Gestalt hinter sich her, staubig grau wie eine zum Leben erwachte Statue. »Wisst ihr nicht, dass die Zeitweiber mit ihrem Spiel den Moment anhalten? Das hat sich oft als Nutzen erwiesen, oft als Verhängnis. Je nachdem – wie alles auf der Welt.« Die Stimme seufzte. Augen, farblos wie helle Bachkiesel, blickten die Kinder freundlich an und verharrten dann auf Silla. Das Wesen brachte sein Gesicht ganz nah an ihres, um sie näher betrachten zu können. Sie konnte die Kühle spüren, die von ihm ausging. Silla wich zurück. »Bist du ein Mensch oder ein Felsen?«, platzte sie erschrocken heraus.

Sein Lachen dröhnte in donnerndem Widerhall zwischen den Wänden. »Ob ich Felsen bin oder Mensch, dass spielt ungefähr die gleiche Rolle wie, ob ich Mann bin oder Frau, nämlich überhaupt keine! Was ich dir auch antworte, es bleibt doch immer wahr und falsch zugleich! Doch eines ist sicher, dass dieses Tierlein hier zu jung ist, alleine durch die Berge zu stromern!«

Der Welpe schien direkt aus den Felsen zu purzeln. Er schlug einen stürmischen Purzelbaum, warf sich mit einem Satz in Sillas Arme und begann ihr voller Begeisterung das Gesicht zu lecken.

Wieder lachte das Steinwesen und zog Moruagh, die es immer noch an der Schulter gepackt hielt, näher zu sich. »Eines hast du in deiner Erzählung vergessen, Mädchen. Wir schützen das Getier der Berge und«, es hob einen Zeigefinger, »wir sind Vertreter der alten Art.« Der Steinmensch seufzte, was in der kleinen Grotte schaurig klang und die Saiten der Harfe in dumpf-schwingendes Ächzen versetzte. »Mit Beunruhigung schauen wir den Lauf der Dinge in eurem Reich! Nun, wir Nor-dae oder Steinmenschen«, er tippte Silla mit einem langen Finger unsanft an die Brust, »mögen euch Erdmenschen altertümlich vorkommen. Zu Recht. Der Fels bewegt sich langsam, nichtsdestotrotz bewegt er sich. Weiser Fortschritt, Entfaltung und Wachstum, das ist uns Freude. Das solltet ihr euch anschauen, ihr Menschen. Dann würden die Dinge anders laufen in der Welt. Nicht in Respektlosigkeit!« Seine Stimme schwoll an und die drei Freunde und der Hund rückten unwillkürlich näher zusammen. »Respektlosigkeit, jawohl! Die Soldaten des Königs töten unsere Tiere, nicht aus Hunger und um des Felles willen, das sie vor der Kälte schützen soll, sondern aus Spaß und Mordlust! Sie machen Wettkämpfe, wer von ihnen mit seinen Pfeilen mehr Gämsen aus den Steilwänden holen kann. Sagt ihr mir, was für ein Fortschritt ist das? Ich würde sagen, das sieht mir eher nach einem Rückschritt aus, einem Rückschritt in die dunklen Zeiten, bevor die Götter ihren Geist in die Welt gebracht haben!« Eine steile Falte bildete sich zwischen seinen Augenbrauen. »Und es wird noch schlimmer werden, wenn nicht bald etwas geschieht!«

»Genau deswegen sind wir unterwegs!« Moruaghs Stimme klang hell neben dem mächtigen Grollen des Steinmenschen.

»Davon habe ich Kunde bekommen«, der Steinmensch nickte, »und auch von dem Kampf beim Felsen in rauer Höhe und seinem betrüblichen Ausgang.« Er streckte einen Arm aus und legte ihn überraschend zart um Finns Schultern. »Ihr habt vorher der Hündin die Steine gelegt und das alte Ritual gesprochen. Das war sehr schön. Die Nor-dae haben das Gleiche für deinen Vater getan, Junge. Die Steine haben ihn aufgenommen, er wird ungestört ruhen können. Du wirst nun seinen Torques tragen.«

Die graue Hand verschwand in den Felsen und tauchte mit einem goldenen Reifen wieder auf, die der Steinmensch um Finns Hals legte. Er bog das Band zusammen, bis die beiden Hirschköpfe, in die der goldene Ring auslief, sich gegenseitig in die Augen blickten.

»So trägst du nun deines Vaters Band, Finn Ab Galwys«, grollte seine Stimme dazu, »und wie ich sehe, auch sein Schwert. Nimm denn auch die Aufgaben, die er nicht mehr vollenden konnte, und bringe du sie zum Ziel, denn so will es die alte Art.«

Finn blickte auf. Tränen und Schmutz hatten dunkle Streifen auf seine Wangen gemalt. »Er sollte das Hohe Kind zum Stein führen«, flüsterte er erstickt. »Er hat mich noch gebeten, dass ich …«

»Nun, denn!« Das graue Gesicht sah ihn aufmunternd an.

»Und wenn ich es nicht schaffe?« Finn senkte den Blick.

Der Steinmensch lachte. »Nun, das wirst du erst wissen, wenn es so weit ist. Bis dahin wirst du es versuchen müssen und das Schwert deines Vaters ebenso kühn schwingen, wie du es vermagst! Kommt jetzt, junge Menschen, ich werde euch aus dem Bauch des Berges zu einem seiner Rachen führen, auf dass er euch sicher ausspucke, anstatt euch zu verschlingen.«

Moruagh warf einen letzten sehnsüchtigen Blick auf die Harfe, durch die gerade wieder ein Windstoß fuhr. Ein Schwall flüchtig-zarter Töne perlte auf und klang wie ein Abschiedsseufzer hinter ihnen her, als sie nun erneut in das fahle Licht des Ganges eintauchten.

Der Weg nahm kein Ende. Silla hatte zwischendurch das Gefühl, dass sie immer tiefer in den Berg hineingingen statt aus ihm heraus. Ab und an meinte sie, aus den Augenwinkeln vorbeihuschende Gestalten wahrzunehmen, aber wenn sie dann genau hinschaute, war da nie etwas zu sehen. Schließlich wurde es ihr zu bunt. »Wer sind die, die da um uns herumschleichen, ohne sich zu erkennen zu geben?«, fragte sie mit verhaltener Stimme.

»Herumschleichen!«, rief der Steinmensch und brach in donnerndes Gelächter aus. »Ja, genau so kommt es mir auch immer vor, dass sie herumschleichen! Ah, pssst!«, er legte einen Finger auf seinen Mund. »Das darf ich nicht so laut sagen, sonst kommen sie und zwicken uns in die Löffel! – *Au!*« Schon rieb er sich das Ohr.

»Was fällt dir ein, du steinerner Klotz! Herumschleichen! Als würden wir herumschleichen! Nur weil wir nicht durch die Gänge trampeln wie Er selbst«, zischelte, säuselte und raunte es plötzlich von allen Seiten. Ohne dass sie wussten, wie es zugegangen war, sahen die drei Gefährten sich mit einem Mal umringt von nebelhaften, fast durchsichtig scheinenden Frauen, die lange, wehende Schleier hinter sich herzogen. Was Silla aber wirklich verblüffte, war ihre ungewöhnliche Art zu sprechen. Wenn man das sprechen nennen kann, dachte sie.

Die Stimmen der Wesen klangen seltsam leise, dabei aber

so schrill und hoch, dass sie für das menschliche Ohr kaum wahrnehmbar waren. Sie zirpten alle durcheinander und aus dieser gemeinsamen Klangwolke bildeten sich die Worte. Silla fragte sich, ob eine der Frauen alleine überhaupt imstande wäre, sich verständlich zu machen.

»Wir sind nur etwas scheu«, säuselte es. »Nicht an Besuch gewöhnt, wisst ihr. Zu beschäftigt. Schauen immer in die Zeit, vorwärts, rückwärts, alle Seiten. Haben auch euch gesehen. Nun seid ihr da oder wart ihr da oder werdet ihr erst kommen? Was seid ihr, Zukunft oder Vergangenheit? Nun antwortet! Was?«

Die Angesprochenen blickten sich verblüfft an. Erwarteten diese geisterhaften Damen wirklich eine Antwort?

Moruagh fasste sich schließlich ein Herz. »Wir sind die Gegenwart«, sagte sie mit fester Stimme.

Gelächter brandete auf, summend wie ein Bienenschwarm. »Richtig«, tönte es. »Allerdings seid ihr auch das andere. Alles drei seid ihr, alles drei. Wir haben euch gesehen. Gefahr, Rettung, aber was kommt erst? Oder ist es schon zu spät?«

Eine von ihnen zog einen in mattem Silber glänzenden Faden aus dem Gespinst ihres Schleiers und ließ ihn in Sillas geöffnete Hand fallen, wo er zitternd wie ein frisch geschlüpftes Vögelchen liegen blieb. »Spanne ihn, er muss straff sein, dann zupfe ihn wie eine Saite. Wir werden ihn hören und die Steinharfe für dich spielen und die Zeit um dich wird stehen bleiben. Du wirst es brauchen können, wir wollen helfen, auch wenn …« Die Stimmen verklangen und die schattenhaften Wesen waren verschwunden.

»Nun habt ihr also auch die Zeitweiber getroffen«, seufzte der Steinmensch. Er rieb sich immer noch das Ohr. »Ehrlich gesagt«, raunte er ihnen hinter vorgehaltener Hand zu, »sind nur die ganz jungen von ihnen erträglich. Wenn sie älter werden, dann werden sie rechte Drachen! Und ich sage euch, sie können *sehr* alt werden!«

Silla lachte. Sie wickelte sich den feinen Faden ums Handgelenk, neben den goldenen Reif. Moruagh half ihr, einen Knoten zu machen. »Was haben sie wohl mit dem ›auch wenn‹ gemeint?« Silla runzelte nachdenklich die Stirn.

»Vielleicht: Auch wenn es euch nicht mehr von Nutzen sein wird«, meinte Finn lakonisch.

»Ach«, der Steinmensch winkte ab und zog sie weiter. »Die finden immer etwas zu unken, die …«, er hob die Stimme, »reizenden Damen!«

Als hätten sie das gehört, waren auf einmal wieder Zeitweiber da und es zwitscherte rund um die Freunde, als wären sie in einen Schwarm Vögel geraten. Kichern und wehende Schleier, die ihnen um die Nasen tanzten, flinke Finger, die den Steinmenschen im Vorüberhuschen an allen Ecken und Enden kitzelten, bis sein donnerndes Lachen kleine Kiesel aus der Wand kullern ließ.

»Hahahuhuu!« Der Steinmensch wischte sich die Augen. »Da habt ihr nun die jungen Fräuleins erlebt! Ach, ja«, unversehens schien er traurig. »Da muss man immer aufpassen.«

»Aufpassen? Auf was denn aufpassen?«, fragte Moruagh, die hinter ihm ging.

»Aufpassen, dass man sein Herz nicht verliert, auch wenn es aus Stein ist!«

»Steinmensch, hast du einen Namen?«, fragte Silla dazwischen.

»Natürlich habe ich einen Namen. Nur die Zeitweiber haben keine eigenen Namen, weil sie alle eins sind. Aber ich bin Skelik. Das ist ein anderer Name für Fels. Wir Steinmenschen haben alle verschiedene Namen und jeder bedeutet auf eine Art Fels oder Stein.«

»Bei den Göttern«, murmelte Finn. »Ihr müsst viele Namen für Fels haben!«

»Jawohl, das haben wir, denn die Familie der Nor-dae, der Steinmenschen, ist zahlreicher als zahlreich. Und wenn einem kein Wort mehr einfällt, dann erfindet er einfach eines und schon gibt es wieder ein neues Wort für Felsen, so einfach ist das.«

»Und warum dürft ihr nun eure Herzen nicht verlieren?«, fragte Moruagh.

Der Steinmensch blickte über seine Schulter zurück. »Ja kennt ihr denn die Geschichte von Ad Smerius nicht?«, fragte er ungläubig. »Dann muss ich sie euch wohl erzählen. Also: Sgor, ein junger Nor-dae, verlor bei einem Felssturz die Zehen. An sich nicht weiter schlimm, aber eine von den Zweitweibern begann, ihm Lieder zu singen, zum Trost. Das klang nun so schön und machte ihm solche Freude, dass er gar nicht mehr aufhörte zu hinken, nur damit sie nicht aufhören würde zu singen. Und so kam es, wie es kommen musste: Er verlor zu den Zehen auch noch sein Herz. Ihr ging es ähnlich. Bald erwartete sie ein Baby und damit begann der Ärger, denn so wurde ihre Verbindung natürlich offensichtlich. Aber die Zeitweiber, ihr habt es ja gesehen, haben ein gemeinsames Bewusstsein und es ist nicht vorgesehen, dass sich eine daraus löst. So wurde das Mädchen quasi vor die Tür gesetzt. Sie ging in die Berge und lebte nicht weit von hier, man konnte sie immer noch für ihr Baby singen hören, allerdings nicht sehr lange, dann starb sie. Das Leben draußen war doch etwas zu rau und einsam.«

»Die Arme«, murmelte Silla.

»Aber was hat das mit Ad Smerius zu tun?«, fragte Finn.

»Nun, er war natürlich das Baby! Habe ich das nicht gesagt?« Der Steinmensch lachte. »Die Steinmenschen und die

Zeitweiber haben ihn gemeinsam großgezogen, denn schließlich ist das eine unserer Aufgaben: die Sorge um die Wesen in Not in den Bergen! Aber er war nicht so wie wir, daher musste er in seiner Höhle hausen bleiben, er durfte nicht zu uns herein. Gewärmt haben ihn die Murmeltiere und das Laufen hat er mit den jungen Bergziegen gelernt, ihr könnt euch vorstellen, wie das ausgesehen hat! Zu seinem Glück hat die Adlerin das damals überwacht – die hatte selbst einen Kleinen, der flügge wurde zu der Zeit – und hat Ad Smerius jedes Mal gerade noch aufgefangen, wenn er wieder von einem Grat gestürzt ist!«

»Was ist aus seinem Vater geworden?«, fragte Moruagh.

»Sgor? Der hat sich tief ins Innere des Berges zurückgezogen. Seht ihr, wir Steinmenschen können den Berg nicht verlassen! So war das, er kam nicht hinaus und sie kam nicht mehr herein! Und darum tun wir Steinmenschen gut daran, unsere Herzen nicht an Zeitweiber zu verlieren und umgekehrt. Was normalerweise allerdings auch nicht passiert!«, setzte er beruhigend hinzu, als er Sillas Gesicht sah.

»Er sieht wirklich so ähnlich aus wie du«, sagte sie nachdenklich. »Er hat auch diese steinfarbenen grauen Augen und ist so freundlich.«

»Ja«, meinte der Steinmensch begeistert, »und er hat diesen schönen glatten Kopf, so kahl, wie wir Nor-dae ihn tragen. Die Kunst des Sehens hat er allerdings von den Zeitweibern und auch noch sonst so einige Tricks! – So, dort vorne erwartet euch nun wieder das Tageslicht.«

Und wirklich, am Ende des Ganges schimmerte ihnen die Morgendämmerung entgegen. Der Welpe begann heftig in Sillas Armen zu zappeln, sie setzte ihn auf den Boden und er schoss davon, die Mädchen und Finn lachend und rufend hinterher.

»Wartet noch, ich muss euch noch sagen …«, klang Skeliks Stimme ihnen nach, »geht zu … Cyn-ra … dort …« Aber da waren sie schon ins Freie gestürzt.

Endlich dem Bauch des Berges entkommen. Silla merkte erst jetzt, als sanfte Luft ihr durchs Haar fuhr und über ihr Gesicht strich, wie bedrückend schwer es sich im Inneren des Steins angefühlt hatte. Sie mussten die ganze Nacht gewandert sein, denn im Osten schob sich mit rot und orange leuchtenden Wolkenstreifen ein neuer Tag über die Berge.

»Skelik, was wolltest du …«, Silla drehte sich zu dem Steinmenschen um und schrie erschrocken auf. »Wo ist er? Wo ist der Eingang?«

Auch die anderen fuhren herum. Dort, wo sie gerade noch ins Freie gestürmt waren, zeigte sich jetzt nur noch ein handbreiter Riss in der blanken Wand, der langsam kleiner wurde.

»Skelik«, rief Silla, den Mund an den Spalt gepresst, aber da schloss sich der Stein bereits.

»Er ist weg«, flüsterte sie und ließ sich an der Wand hinuntergleiten. Ihre Freunde setzten sich wortlos neben sie. Eng zusammengekauert betrachteten sie in müdem Schweigen das Schauspiel der aufgehenden Sonne. Sillas Finger spielten unbewusst mit ihrer Gürteltasche. Was hatte die Alte Frau ihr eigentlich beim Abschied zugesteckt? In der ganzen Aufregung hatte sie vollkommen vergessen nachzuschauen. Sie nestelte ihren Lederbeutel heraus und zog das Band auf, das ihn zusammenhielt. Ihr altes Taschenmesser rollte ihr in die Hand, ihr Schweizer Messer mit dem schon etwas abgeschabten roten Griff, in den sie mit einer Zirkelspitze ihre Initialen geritzt hatte. Es lag da wie ein Bote aus einer anderen Welt.

Finn pfiff leicht durch die Zähne. »Darf ich?«, fragte er und nahm ihr das Messer vorsichtig aus der Hand. Er fingerte ein wenig damit herum, dann hatte er den Klappmechanismus verstanden und bog eine Klinge heraus.

»So blank«, murmelte er und prüfte vorsichtig mit der Fingerspitze die Schneide. »Und so fein und scharf!«

»Ja, ich hoffe, gerade scharf genug«, meinte Silla, griff nach dem Messer und begann, in Hüfthöhe an ihrem Kleid zu säbeln.

»Helft mir einmal! Wenn ihr den Stoff spannt, dann kann ich leichter schneiden!«

Der Hund, der das Ganze für ein aufregendes Spiel zu halten schien, bohrte seine Zähne mit begeistertem Knurren in ihren Rock und half aus Leibeskräften mit.

»So, ab«, schnaufte Silla endlich. »Viel länger hätte ich es nicht mehr ausgehalten! So ist das doch viel praktischer.« Sie wickelte sich das verbliebene Tuch in einer Schlinge um den Körper.

»Bei uns tragen manche Frauen ihre Babys so, dann wird es wohl für einen Welpen auch gehen, oder? Falls er müde wird, meine ich, denn mir kommt vor, wir haben eine ziemliche Reise vor uns, oder täusche ich mich?«

Finn schüttelte den Kopf. »Cyn-ra«, murmelte er. »Das ist der Wasserfall in den Bergen. Zu dumm, dass wir nicht mehr gehört haben, was Skelik uns weiter sagen wollte! Ich habe keine Ahnung, wie man dorthin gelangt!«

»Die Gänge in den Bergen haben viele Ausgänge«, warf Moruagh ein. »Wenn er wollte, dass wir nach Cyn-ra gehen, dann hat er uns schätzungsweise auch in der Nähe wieder ans Tageslicht geführt, oder?«

»Das heißt«, führte Finn ihren Gedanken fort, »dass wir auf jeden Fall bergauf gehen müssen, denn Cyn-ra soll direkt unter den Gipfeln entspringen, erzählt man.«

»Besonders weit sind wir auch gar nicht mehr entfernt von

den Gipfeln.« Silla blickte zu den grauen Zacken hinauf, die sich über ihnen türmten.

»Eigentlich sollten wir ja zum Stein zurückkehren.« Finn zögerte.

Moruagh zuckte die Achseln. »Aber erst zum nächsten Vollmond. Wenn Cyn-ra wirklich in der Nähe ist, dann haben wir leicht Zeit, dorthin zu gehen. Dann kannst du dein Schwert reinigen und neu stärken und wir werden trotzdem rechtzeitig wieder beim Opfermoor sein.«

Finn nickte versonnen. »Mein Vater hat auch gesagt, dass wir dorthin gehen sollen. Dann wird das wohl richtig sein.« Er rappelte sich auf die Füße. »Ach, Silla, wie sollen wir denn eigentlich zu dem Kleinen sagen? Oder sollen wir ihn einfach ›Hund‹ rufen?«

Silla schüttelte den Kopf. »Wie wäre es mit … Till?«

»Till«, wiederholte Finn sinnend. »Das klingt ein wenig fremd in meinen Ohren, das muss aus deiner alten Sprache sein, nicht wahr?! Aber es gefällt mir!«

Silla musste schlucken. Sie wusste auch nicht, wie sie gerade auf Till gekommen war, aber der Name erinnerte sie plötzlich lebhaft an zu Hause. Wie weit war das entfernt, sicher Tausende von Jahren. Ob sie je wieder zurückfinden würde? Das stand wohl in den Sternen und war im Moment noch nicht einmal das größte Problem. Sie zog das kleine Fellknäuel an sich und streichelte ihm die zarten Ohren. »Till«, sagte sie probehalber und zwei Augen wie geschmolzener Karamell blickten sie erwartungsvoll an. Silla lachte. »Kluges Bürschchen! Du hast wohl schon begriffen, dass du gemeint bist!«

Eines ist sicher, dachte sie, wenn ich es je schaffe, wieder einen Weg nach Hause zu finden, dann kommt Till auf jeden Fall mit!

9. KAPITEL

NEUE GEFÄHRTEN

Moruagh hatte recht gehabt, die Berggipfel waren wirklich nicht weit entfernt, und bevor die Sonne noch hoch am Himmel stand, war ihr Aufstieg zu Ende; was über ihnen aufragte, schroff und unzugänglich steil, war für sie nicht mehr zu bewältigen.

Moruagh blickte sich kurz um, dann lief sie entschieden in östliche Richtung weiter, Finn folgte ihr, ohne zu zögern.

»Woher wisst ihr denn, dass wir dahin müssen? Die Quelle kann doch genauso gut in der anderen Richtung sein!« Kopfschüttelnd lief Silla hinter ihnen her.

Moruagh lachte. »Wir wissen es ja gar nicht, aber sieh mal dort.« Sie deutete auf einen schmalen, bewachsenen Streifen, der wie ein bräunlich grünes Rinnsal zwischen den Felsen talwärts verlief. »Pflanzen folgen immer dem Wasser.«

Silla kniff die Augen zusammen. »Komisch, ich sehe gar kein Wasser.«

»Was nicht heißt, dass es nicht da ist«, brummte Finn und fuhr sich mit der Hand durch sein zerzaustes Haar. »Kommt weiter, es fängt schon an, warm zu werden.«

Was auf die Entfernung nur struppig gewirkt hatte, verwandelte sich beim Näherkommen in eine Vielzahl zartester Blütenköpfe. Die drei und Till kletterten zwischen klobigen Findlingen, die verstreut lagen, als hätten hier vor Urzeiten Riesen Ball gespielt, hinauf, immer bemüht, nicht auf die blühenden Polster zu treten. Eine Gruppe Gämsen betrachtete sie neugierig von hoch oben.

»Wasser!«, schrie Moruagh mit einem Mal und stemmte sich mit neuem Schwung auf den letzten Felsen, der ein schmales Hochplateau begrenzte. Sie reichte Silla die Hand, zog sie herauf, dann spritzte auch schon das kostbare Nass, in das die Mädchen lachend ihre Hände und Gesichter hielten.

Der Wasserfall schien direkt aus der Felswand zu springen. Er hatte sich schäumend ein Becken ausgewaschen, in dem er durch eine Spalte wieder im Boden versickerte.

»Cyn-ra«, sagte Finn. Er klang heiser.

»Nein«, antwortete eine fremde Stimme. Moruagh und Silla fuhren herum. Jetzt erst fiel ihnen auf, dass Finn ihnen nicht bis zum Wasser gefolgt war. Aber mit wem sprach er da?

Der Junge, der an die Felswand gelehnt saß, einen Bogen über die Schulter geschlungen, wirkte so unscheinbar, dass sie ihn einfach übersehen hatten. Seine verwaschenen blonden Haarsträhnen hingen ihm spärlich über die Schultern, seine Knochen schienen zart und die ganze Gestalt so durchscheinend, dass seine Konturen seltsam verwischt aussahen, als könnte er sich jeden Moment auflösen, um mit dem Hintergrund zu verschmelzen. Seine Pupillen blickten milchig weiß in den Himmel, während er ihnen lauschend das Gesicht zuwandte, über das sich jetzt ein Lächeln breitete.

»Nein«, wiederholte der Junge noch einmal. »Das ist nur sein Ursprung. Hier hat er noch keine Kraft, die erwirbt er sich erst auf seinem Weg durch den Berg. Dann erst ist er Cyn-ra, so wie ihr es meint.« Er lachte leise. »Wer weiß, was ihm im Berg alles begegnet.«

»Ach, darum …«, sagte Finn versonnen.

»Darum was?«, fragte Moruagh verwirrt dazwischen.

»Darum hat mein Vater vom Wald der Seelen gesprochen«, antwortete Finn leise.

»Ja«, der fremde Junge nickte bedächtig. »Dort entspringt er zum zweiten Mal und dann ist er erst wirklich Cyn-ra.«

»Beim widderköpfigen Teutates«, Moruagh schlug sich gegen die Stirn, »warum musste Skelik uns denn dann mitten in den Bergen ausspucken und uns hier fast bis in den Himmel klettern lassen?«

Der Junge lächelte breit. »Damit ihr mich trefft! Ich werde euch führen!«

»Du?«, Silla blieb vor Überraschung der Mund offen stehen. »Aber du bist …« Erschrocken verstummte sie und helle Röte stieg ihr in die Wangen.

»Du meinst, ich sehe nicht mit den Augen«, lächelte der Junge. »Ja, das ist ein Vorteil. Ich bin nicht so leicht vom Wesentlichen abgelenkt und kann auf anderes horchen.« Er erhob sich. »Ich bin Luchain-re, der Fährtenleser, und wenn ihr etwas ausgeruht habt, dann können wir gehen.«

»Luchain-re«, wiederholte Moruagh ehrfurchtsvoll. Sie und Finn wechselten einen schnellen Blick.

»Woher wusstest du denn, dass wir kommen?«, rief Silla, während Moruagh ihr auch schon den Ellenbogen in die Seite stieß.

»Lass sie nur fragen, ohne sie dafür zu stoßen!« Luchain-re lachte. »Ich würde in ihrer anderen Welt wahrscheinlich auch viel fragen müssen.«

»Und woher hast du jetzt wieder gewusst, dass Moruagh mich gestoßen hat?«, platzte Silla heraus.

»Ich spürte die Luft«, sagte Luchain-re schlicht. »Aber jetzt gib deinem Welpen zu trinken und lasst uns gehen!«

Bevor Silla weiterfragen konnte, wandte er ihr sein lachendes Gesicht zu. »Ich rieche den Hund und seinen Durst«, sagte er, während seine Augen blicklos und fröhlich den Himmel abtasteten und er sich mit sicherem Schritt an den schwierigen Abstieg machte.

Noch ein paar Schlucke Wasser für jeden, dann eilten die Freunde ihm nach. Auf dem Grat hob sich ein Schwarm Raben krächzend in die Luft.

Weiter ging der Weg über Felsen, Schotter, Flechten, Moos und Gestrüpp, vorbei an den Zirben der Höhe und hinunter zu moorigen Wiesen und grünem Laub.

Luchain-re schritt leichtfüßig und ohne zu zögern voraus, den Kopf schräg gelegt, als würde er den Weg erlauschen, statt ihn zu sehen.

»Wie macht er das?«, flüsterte Silla Finn zu, der neben ihr ging.

Finn nahm ihren Arm und deutete auf die feinen, blau schimmernden Adern, die sich von ihrem Handgelenk bis über die Beuge des Ellenbogens zogen. »Adern«, sagte er. »Solche hat die Erde auch, nur mit anderem als Blut gefüllt. Der Seher kann sie fühlen.«

»Oh«, sagte Silla. »Erdstrahlen.«

»Ja!«, rief es von vorne. »Und das Wasser führt auch so ein Netz.«

»Du musst Ohren haben wie ein Luchs«, rief Silla.

»Nein«, lachte er zurück. »Der Luchs hat fast so gute wie ich! Siehst du, da?« Er blieb stehen und deutete vage voraus.

Silla trat neben ihn und schaute zweifelnd. »Da scheint irgendwie weniger zu wachsen, die Büsche sind kleiner, einer ganzen Linie entlang«, sagte sie unsicher.

»Diese Linie ist unser Weg.« Luchain-re nickte zufrieden. »Ich führe euch auf guten Wegen. Ihr werdet länger ausdauern als die, die hinter euch gehen.«

Unwillkürlich blickte Silla über ihre Schulter zurück.

»Noch nicht, Hohes Kind«, Luchain-re berührte leicht ihren Arm. »Aber sie werden kommen und sie werden stärker und schneller sein, aber …«, er strahlte wieder, »wir werden flinker sein und die Wege kennen!«

»Wirst du denn bei uns bleiben?«, fragte Silla mit zaghafter Stimme.

»Bis zum Ende, Hohes Kind!« Der Seher blickte mit ernstem Gesicht in den Himmel und von oben tönte das Krächzen der Raben wie eine Bestätigung zurück.

Silla ging stumm jetzt, wie die anderen. Zwischendurch kaute sie an einer Wurzel, die ihr Moruagh in die Hand gedrückt hatte und deren herb-süßer Saft ihr Kraft zu geben schien.

Eine Prinzessin, dachte sie. Wie oft habe ich mir früher vorgestellt, eigentlich eine Prinzessin zu sein. Und jetzt das! So hatte ich mir das nicht gedacht. Sondern schön und glücklich, mit einem netten König als Vater, nicht so einem Tyrannen, der mich umbringen will! Eine schöne, sanfte Königin als Mutter, das hätte zumindest gestimmt, aber doch eine lebendige! Und jetzt bin ich so müde und die Füße tun mir weh und … Sie tastete mit den Fingerspitzen über die seltsam verschlungenen Wundlinien an ihren Schläfen, die sich inzwischen verkrustet hatten. Ja und träumen tu ich auch nicht, denn kein Mensch lässt sich im Traum tätowieren und spürt dann den Schorf! – Jetzt sind wir schon wieder in einem Wald. Sie ließ die Hände im Vorbeigehen über die rauen Rinden streifen. Ich weiß überhaupt nicht mehr, wie lange wir schon unterwegs sind. – Schilf – da muss ein Waldtümpel sein.

Die letzten Schritte zum Rand des Gewässers stolperte Silla mehr, als dass sie ging, dann ließ sie sich zu Boden gleiten. »So, Ende! Ich gehe keinen Schritt mehr«, stöhnte sie und ärgerte sich, dass ihre Stimme dabei so weinerlich klang.

»Dann ist es ja gut, dass wir da sind«, antwortete Luchain-re ruhig und ließ sich ein paar Schritte entfernt neben einem Baumstamm nieder.

»Du meinst ... das ist der Wald der Seelen?«, Moruagh strich sich die roten Strähnen aus den Augen und blickte sich ehrfürchtig um.

Luchain-re lächelte nur.

Auch Silla und Finn blickten auf und merkten erst jetzt, wie hoch die Bäume waren, die sie umgaben. Die Erschöpfung hatte ihren Blick auf den Boden genagelt.

»So dunkle alte Bäume, aber gar nicht düster«, murmelte Silla, »sondern irgendwie gut.«

»Ja, ich weiß, was du meinst.« Moruagh kauerte sich neben sie. »Das ist der Geist der Muttergöttinnen, den du spürst. Der Wald der Himmelsbäume untersteht der Erdmutter. Er ist sehr alt.«

»Himmelsbäume? Ich dachte, Wald der Seelen?«

»Den Wald der Himmelsbäume gab es schon vor Urzeiten, aber hier, wo jetzt der Wald der Seelen ist, waren früher nur Wiesen, die an den großen Wald grenzten!« Luchain-re hob sein Gesicht, als wollte er dem Luftzug lauschen wie einer Stimme, die erzählt. »Das war die Zeit, als unsere Urväter und Urmütter dieses Land besiedelten. Sie zogen in Stämmen und Großfamilien und folgten ihrem Fürsten, der mit seinem Leben für ihr Wohlergehen eintrat.« Die Stimme des Sehers war kaum mehr als der Windhauch und doch so seltsam eindringlich, dass jedes seiner Worte klar über die Lichtung klang. »Erging es den Menschen schlecht, so wurde der König mitsamt seiner Familie, seinen Freunden und Dienern auf dem heiligen Stein geopfert, sodass niemand mehr übrig war, der mit Rachegedanken die Einweihung des neuen Fürsten hätte vergiften können. Das war eine Regelung aus der dunklen Zeit. Sie wurde selten vollzogen, aber die Fürsten beugten sich ihr. Das Wohl ihres Volkes stand ihnen über dem eigenen und so konnte man sicher sein, dass kein Stamm unter einem unfähigen Führer leiden musste. Er wurde einfach den Göttern zurückgegeben.«

»Aber manchmal gab es einen, der diese Regelung nicht als klug ansah«, klang Moruaghs Stimme ruhig dazwischen.

»Ja«, nahm Luchain-re seine Erzählung wieder auf und die schlichte Silbe tönte wie ein Seufzer. »Einen, der lieber das Leben der anderen nahm, als sein eigenes zu geben. Einen, der über mehr herrschen wollte, als nur über sein Gebiet. Einen, der mehr wollte und der Macht wollte wie Ar Barach. Er war ein König aus dunkler Zeit, der sein Volk unterwarf und ausbeutete und jeden umbringen ließ, der sich ihm entgegenstellte. Das Volk litt, die Erde blutete und die Götter bebten in Zorn, denn sie konnten ihm nichts anhaben. Er hatte dunkle Mächte um sich geschart, die ihn schützten. Wie eine Wolke der Verderbnis zog er durch unsere Welt, bis es nicht mehr genügend Steine gab, den Toten Hügel zu errichten, und man dazu übergehen musste, ihre Gebeine in die Erde zu betten. So entstanden die Wiesen der Seelen rund um den Lauf Cynras. Zum Zeichen, dass das Ende des Lebens in dieser Welt nur der Beginn des Lebens in der Anderswelt war, legte man den Verstorbenen den Samen einer Tanne unter die Zunge. So begannen bald Bäumlein zu sprießen als lebendiges Zeichen dafür, dass der König den Menschen nichts hatte nehmen können als ein bisschen Erdenleben, die Seelen aber unberührt geblieben waren.

Als Ar Barach davon erfuhr, schallte sein Lachen durch das Land. Er ritt durch die Seelenwiesen, hackte die sprießenden Tannen ab und bohrte sein Schwert in die Erde, als wollte er sie höchstselbst erstechen. Da brach der Boden unter Cyn-ras Gurgeln auf und der Spruch ertönte, aus den Tiefen der Zeit kroch er herauf, sprach vom eigenen Blut des Königs, das ihm Tod bringen würde oder ewige Macht.« Luchain-re schwieg.

Silla fröstelte unwillkürlich und ihr war, als würde die alte Zeit ihre knorrigen Finger ausstrecken, um nach ihr zu greifen.

»Wie ist die Geschichte ausgegangen?«, fragte sie leise.

»Ar Barachs Sohn wollte ebenfalls die Macht und so fand sich der König im Zweikampf mit seinem eigenen Sohn«, fuhr der Seher fort. »Hoch in den Bergen war das. Es heißt, dass der Klang der Schwerter in seinem dröhnenden Echo die Berge zum Stöhnen brachte und Steinlawinen löste, die wie Sturzbäche ins Tal donnerten. Da, wo das Blut des Königs sich mit dem seines Sohnes mischte, fraß es sich scharf wie eine Schneide in den Fels und Wasser sickerte hervor wie Tränen. Das war die Geburt Glonns, die die Macht hat, Prophezeiungen zu sprechen, weil sie die Erinnerung an den alten Spruch trägt.

Der König fiel im Kampf, sein Sohn war allerdings so schwer verwundet, dass er über dem Leichnam seines Vaters zusammenbrach und ebenfalls den Sonnenuntergang nicht mehr erlebte.«

In der entstehenden Stille ließ Silla den Blick über die ruhige Oberfläche des Tümpels wandern. Insekten wirbelten in den vereinzelten schrägen Sonnenstrahlen über dem Wasser.

Eigentlich gruselig, dachte sie, dass jeder Baum hier aus dem Mund eines Toten wächst, und trotzdem kann ich nichts als Frieden spüren und Ruhe.

»Hier nun fließt Cyn-ra, der als Wasserfall entspringt, als kleiner Bach verbunden mit anderen in den Waldteich, aber auch das ist noch nicht, was wir suchen.« Luchain-re erhob sich. »Es ist zu spät, um heute noch zum Oberlauf Cyn-ras zu gehen. Eure Augen brauchen das Licht.« Er lächelte. »Lasst mich uns zu einem Nachtquartier führen. Eure Glieder werden ein Bett aus Stroh sicher willkommen heißen, oder täusche ich mich?«

Allseitiges Ächzen und Stöhnen war die Antwort.

Das strohgedeckte Haus inmitten von Ställen, Gehegen und Zäunen auf einer Rodung im Wald machte einen wehrhaften und stabilen Eindruck. Genauso wie die Stimme des alten Kriegers, der mitten im Hof stand und sichtlich befehlsgewohnt die Arbeit dirigierte.

»Alter Roidh«, rief Luchain-re, »so wie deine Stimme einst über die Kampfesfelder schallte, so tönt sie heute nicht weniger mächtig durch den Wald!«

»Götter und Blitz«, fuhr der alte Mann herum, dann stieß er ein tiefes Lachen aus. »Luchain-re, natürlich! Wer sonst schaffte es, sich so unbemerkt anzuschleichen! Oft denke ich, Seher, du bist nicht nur blind, sondern selbst nicht sichtbarer als der Atem!« Er gab einem mageren Hund, der bellend und mit gesträubtem Nackenhaar aufgefahren war, einen fast freundschaftlichen Tritt in die Seite, der das Tier jaulend hinter der Scheune verschwinden ließ.

»Ich bin als Gast gekommen und habe dir Gäste mitgebracht, die deiner Obhut für die Nacht bedürfen. Mein Weg war lang und der ihre noch viel länger. Das ist Silla, das Hohe Kind, das gekommen ist, auf dass sich die Prophezeiung zum Guten wende. Und ihre Beschützerin Moruagh.« Jetzt zeigte er auf Finn: »Dieser Junge ist Finn ab Galwys, der Sohn von

Fergus, der für diese Mission sein Leben ließ. Ein Lager in der Scheune wäre alles, was wir brauchen!«

»Ich wäre ein schlechter Gastgeber, wenn ich euch nichts Besseres anbieten würde.« Der Alte neigte steif sein Haupt mit der dichten Mähne eisengrauen Haares, eine Geste, die seinem geraden Rücken sichtlich ungewohnt war. »Willkommen in Roidh-lann, Reisende! Möget ihr sicher unter meinem Dach verweilen!«

Silla, Moruagh und Finn murmelten einen Dank, aber der alte Roidh schnitt ihnen mit einer Handbewegung das Wort ab. »Eigentlich habe ich zu danken!« Er schnaubte missbilligend durch die Nase. »Von meiner Familie ist mir nichts geblieben und ewig nur die Gesellschaft des Gesindes …« Er schnaubte noch einmal. »Ihr könnt euch nicht vorstellen, wie froh ich um ein wenig Abwechslung bin!«

»Euch ist der Sohn Eures Sohnes geblieben«, sagte Luchainre leise.

»Ach, hör mir auf mit diesem … diesem Weichling!«, donnerte der alte Mann. »Da hätte ich besser gar keine Familie mehr! Mit dem haben mich die Götter wahrlich gestraft! *Du* bist mir ein richtiger Bursche!« Er lachte polternd und hieb mit seiner wuchtigen Pranke Finn auf die Schulter. »Aber mein Enkel …« Er schüttelte den Kopf und spuckte in den Staub. »Sein Vater hat ihn mir noch geschickt, dass er bei mir das Kriegerhandwerk lerne, dann ist er selbst gefallen, aber … nein, nie im Leben wird aus dem ein Krieger, sage ich euch.« Mit einer Handbewegung wandte Roidh sich ab und winkte seine Gäste in Richtung Haus, ein Bein schlurfend hinter sich herziehend.

Er trat in eine dunkle Stube und klatschte befehlend in die Hände. Eine junge Frau erschien, stellte zwei Öllampen auf den Tisch und huschte mit scheu niedergeschlagenem Blick wieder hinaus.

»Da, schaut, das waren noch Zeiten!« Er nahm sich eine der Lampen und trat zu einer holzgeschnitzten Truhe, die schwer und wuchtig in der Mitte eines anschließenden Alkovens thronte. Ächzend stemmte er den Deckel auf und wedelte mit der Hand durch die Luft, um ein paar Spinnweben wegzuwischen. Ein harziger Geruch stieg auf.

»Da, schau, Mädchen, das du auf der Suche nach den Wegen deiner Vorfahren bist.« Er blickte Silla an und machte eine auffordernde Kopfbewegung zu der Truhe hin. »Da liegt sie, die Kraft meiner Feinde! Sorgfältig bewahrt im kostbaren Öl der Zypressen aus dem Land des Mittags. Tapfere Burschen waren sie, flink und schnell, aber doch nicht behände genug. Mein Arm war stärker und schneller! Den Wert eines Mannes sieht man an der Größe seiner Feinde, so ist das. Und mit jedem Kampf, den du gewinnst, wächst deine Kraft, denn der Kampfgeist deines Gegners ist dann dein, ganz und gar dein!« Der alte Roidh stand aufrecht und mit blitzenden Augen und für einen Moment konnte Silla den jungen Krieger sehen, der er einmal gewesen sein musste. Sein hohles Lachen jedoch ließ ihr die Haare auf den Armen zu Berge stehen.

Was meinte er denn eigentlich? Widerwillig und doch unwiderstehlich angezogen trat sie zur Truhe hin und spähte vorsichtig über den Rand, ganz langsam, von einer grauenhaften Ahnung bewegt.

Was war das? Haare? Und darunter? Mit einem würgenden Laut sprang sie zurück, das Bild schon unauslöschlich in ihr Gehirn eingebrannt.

Die Köpfe seiner Feinde! Zu grauenhaft verschrumpelten, dunklen Masken erstarrte Gesichter, die, unter struppigen Haarmähnen, mit leeren Aughöhlen starrten, stolze Krieger einst, nun für immer gefangen in der modrigen Schwärze der Kiste ihres Feindes.

»Das sind … Köpfe«, würgte Silla hervor und presste schnell wieder die Hand auf den Mund, ihren Brechreiz zu unterdrücken. Hilfe suchend blickte sie zu ihren Freunden.

Moruagh und Finn jedoch starrten ungerührt in den schaurigen Sarkophag des Alten, während Luchain-re lächelnd zur Decke blickte. »Du warst ein großer Krieger, alter Roidh, und auch ein geschätzter Sänger«, sagte er freundlich.

Der Alte machte eine wegwerfende Handbewegung. »Ach, die Stimme ist auch fast dahin«, brummte er unwirsch. »Mit Mühe und Not, dass ich noch auf ein Ross komme mit diesem Bein!« Er klopfte sich auf den Schenkel und ließ dann krachend den Truhendeckel zufallen. »Dein Vater«, wandte er sich zu Finn, »war auch, bei Teutates, ein Kämpfer, wie es so schnell keinen mehr geben wird!« Er hieb dem Jungen auf die Schulter. »Und deshalb werde ich heute Nacht noch einmal singen, ihm zu Ehren.«

Ächzend wandte er sich ab und schlurfte davon. Die Freunde blieben schweigend zurück.

»Luft«, murmelte Silla schließlich.

Die Frische der Sommernacht strömte ihr süß und tröstlich in die Lungen, so süß, wie auch das letzte Zwitschern der Amseln klang. »Du liebe Güte«, stieß sie hervor. Sie atmete tief, um die Übelkeit loszuwerden und auch den modrigen Geruch der Kiste aus der Nase zu bekommen. Hätte ich bloß nicht da hineingeschaut, dachte sie. Das Bild von diesen verschrumpelten Köpfen werde ich ja im Leben nicht mehr los!

Luchain-res Hand tippte ihr zart wie ein Vogel auf die Schulter. »Einst hatte beinahe jedes Haus seine Kopftruhe«, sagte er freundlich. Er schien ihre Anspannung bemerkt zu haben. »Inzwischen ist das seltener geworden.«

»Ja, wir hatten früher auch eine«, warf Finn achselzuckend ein. »Noch vom Vater meines Vaters Vater.«

»Wo ist sie geblieben?«, fragte Silla leise.

»Der König hatte immer Angst, dass mein Vater zu mächtig werden könnte, und so hat er irgendwann unser Haus genommen und damit auch unsere Truhe.« Finn stand mit düsterer Miene, die Arme abwehrend verschränkt, und Silla tat es mit einem Mal furchtbar leid um Finns Heldenköpfe, auch wenn sie gerade noch im Schock gewürgt hatte.

»Ich glaube«, setzte sie zögernd an, »ich glaube, den Geist der Krieger hat er dir damit nicht nehmen können, der König. Ich glaube, der ist immer noch bei dir, ganz gleich, wo die Köpfe jetzt sind.«

Finn blickte sie unter gerunzelten Brauen zweifelnd an.

»Das Gleiche meine ich auch«, ertönte Luchain-res klare Stimme. »Das wirklich Wichtige ist der Geist und der geht nicht verloren!«

Finn blickte still von einem zum anderen, dann zog ein Lächeln über sein Gesicht. »Danke«, sagte er ruhig.

Das Gesinde Roidh-lanns hatte inzwischen in dem geschlossenen Vorhof des Anwesens ein Feuer entzündet, über dem die Bratenspieße kreisten. Die Funken stoben wie Glühwürmchen in die Dunkelheit und die aufsteigenden Düfte ließen Silla das Wasser im Mund zusammenlaufen. Fässer mit Wasser und seltsam würzigem Bier standen dabei, das man mit den Kuhhörnern schöpfte, aus denen man trank.

Silla musste an die kleinen Kälber denken, die sich so vor dem nahenden Gewitter gefürchtet hatten. Was die jetzt wohl machten?

Aber nein, Silla musste schlucken, die gab es ja noch gar nicht! Für Jahrhunderte oder vielleicht sogar Jahrtausende gab es sie noch nicht! Die Kühe hier sahen sogar noch ganz anders aus als die, die zu Hause auf der Wiese standen! Viel kleiner und dunkler und struppiger.

In welcher Zeit lebe ich eigentlich gerade?, dachte sie. Ich habe nicht die geringste Ahnung!

Sie ließ ihren Blick über das flackernde Feuer wandern, die Leute vom Hof, die Spieße drehten, lachten und geschäftig herumliefen, die Gesichter ihrer Freunde, die sie erst so kurz kannte, und doch kam es ihr schon ewig vor. Moruagh, die gerade lachend, mit in die Seiten gestemmten Fäusten um das Feuer sprang und scheinbar ein paar Frauen Tanzschritte zeigte, dass ihre rote Mähne wie ein glimmender Feuerschweif hinter ihr hertanzte, und Finn, der ernst und dunkel neben dem Feuer kauerte und gedankenverloren in der Glut stocherte, während Till neben ihm heftig mit einem Stück Fleisch kämpfte, in das er seine kleinen Zähne gegraben hatte.

Unbemerkt war der Seher neben ihr aufgetaucht und Silla sah zum ersten Mal Unsicherheit in seiner Miene. »Hohes Kind, Silla, ich kann es nicht erkennen, sag mir, bist du traurig oder glücklich?«, fragte er, Besorgnis in der Stimme.

Silla zögerte einen Moment, dann nahm sie den Seher einfach in die Arme und drückte ihn an sich. »Alles beide, Luchain-re, alles beide«, stieß sie hervor und ihre Stimme klang genau so. »Es ist alles so seltsam, aber ich bin so froh, dass ich euch alle getroffen habe, dich und Moruagh und Finn und Drugwydd und die Alte Frau und, nicht zu vergessen, Till natürlich!«

Luchain-res Hände strichen leicht wie Flügel über ihr Haar. »Und wir alle sind froh um dich, Silla, und nicht nur, weil du das Hohe Kind bist.«

Ein großes Hallo begrüßte den alten Roidh, der, so behutsam, als hielte er ein Baby, ein eigenartiges Saiteninstrument im Arm trug, auf dem er nun ein paar Akkorde anschlug. Ein Füllhorn wurde ihm gereicht, das er in einem Zug leerte, ein zweites gleich hinterher. Alle rückten auf Decken und Fellen um das Feuer zusammen und dann hörte man nichts mehr als die Stimme des Alten, als wäre sogar die Nacht verstummt, um seiner Ballade zu lauschen.

Brüchig klang seine Stimme zunächst, wie schon lange nicht mehr benutzt, aber im gleichen Maß, wie er seine Lyra warm spielte, tönte auch sein Gesang bald so warm und voll und glänzend, als flösse er über Samt.

Der alte Krieger sang von einem jungen Mann, über dem die Sonne des Glücks schien, den all die Götter mit ihren besonderen Gaben ausgestattet hatten, dem die Tiere, der Wind, der Himmel und die Erde ihre Stimme und ihre Weisheit schenkten, der im Licht wandelte.

Er sang von Fergus ab Galwys, der zum berühmtesten aller Helden Kelth Belchen-ais wurde, dessen Ururgroßvater einst König gewesen war und dem die Götter auf dem Höhepunkt seines Strahlens einen Sohn schenkten.

Und dann sang er von dem großen Schatten, der aufstieg, dem anderen König, der die Familie ab Galwys immer noch fürchtete und auf ihren Untergang aus war.

Die Flammen zuckten über die Züge Roidhs, ließen ihn alt und wild aussehen, während seine Stimme mächtig anschwoll, zorniger wurde, bis er schließlich nicht mehr singen konnte und die Lyra vor sich auf den Boden warf.

Luchain-re nahm sie sacht auf und ließ seine Finger über die Saiten tanzen. Er begann verhalten zu summen und seine klare Stimme erklang, hell wie die Zeiten, von denen sie berichtete.

Dann wurde sie dunkler, sang von der Zeit der großen Wende, vom Aufstieg des Dunkels, von Fergus' Kampf für sein Volk, seinen Mitstreitern, die an seiner Seite gekämpft hatten, bis sie schließlich, immer noch Seite an Seite, in die Andere Welt gegangen waren.

Finns Stimme fiel ein, erst ein wenig wacklig und rau, dann immer sicherer werdend, und sie hörten vom Lachen Fergus', von der glitzernden Kühnheit seines Blicks, wenn er zu Pferd gestiegen war, das Profil schon in die Ferne gerichtet, auf Wagnis und Abenteuer.

Silla und Moruagh hielten sich an den Händen und Silla hatte das Gefühl, noch nie so eine Verbundenheit gespürt zu haben, als sie so eng zusammengerückt um das Feuer saßen, alle Teil einer Geschichte, die sich wie eine Spirale aus alter Zeit heraufwand, um die Welten miteinander zu verbinden.

In der Nacht schlief Silla unruhig, obwohl sie und ihre Freunde ein Zimmer für sich hatten und außerdem den Komfort von Strohmatratzen. Immer wieder schreckte sie aus wilden Traumfetzen auf, bis endlich das Morgengrauen der Nacht ihren Schrecken nahm und sie in einen erschöpften und traumlosen Schlummer gleiten ließ.

Tumult und Geschrei weckten sie auf. Sie strampelte sich aus ihren Decken und lief zum Fenster. Sie sah gerade noch, wie der alte Roidh jemanden am Ohr um die Hausecke schleifte, jemanden, der ihr bekannt vorkam.

»Das ist doch …«, murmelte sie verschlafen.

»Jawohl, das ist Bras«, setzte Moruagh fort, die neben ihr aufgetaucht war.

»Bras?« Auch Finn hob jetzt seinen verstrubbelten Kopf von den Decken. »Ihr habt ihn gesehen?«

»Wusstest du denn, dass er hier ist?« Moruagh drehte sich erstaunt zu ihm um.

Finn ließ sein Haupt zurück aufs Lager fallen. »Nun ja, schon! Ich sollte euch nichts sagen, um euch nicht noch mehr Last aufzulegen!«

»Wieso denn Last? Ich verstehe nicht!« Silla schüttelte den Kopf.

»Nun, Bras ist auf der Flucht, genau wie wir.« Finn kratzte sich durchs Haar und gähnte. »In dem Getümmel in An Ear ist es ihm gelungen, sich in die Wälder zu drücken, während die Soldaten alle hinter euch her waren. Und jetzt versteckt er sich eben beim Vater seines Vaters.«

»Du meinst, der alte Roidh ist Bras' Großvater?«, fragte Silla erstaunt.

»Und der nichtsnutzige Enkel, von dem Roidh die ganze Zeit spricht, das ist auch Bras?«, setzte Moruagh fort.

Finn nickte nur stumm.

Von draußen tönte unheilvolles Klatschen. Ohne ein weiteres Wort lief Moruagh zur Tür hinaus, Finn und Silla blickten sich an, dann eilten sie hinterher.

»Da hast du, Nichtsnutz, und da und da!« Der alte Roidh keuchte vor Anstrengung, während er seinen Stock auf Bras' Rücken niedersausen ließ, wieder und wieder.

»Roidh!« Luchain-res Stimme tönte mit so strenger Autorität über den Hof, dass sie den Alten innehalten ließ.

»Verstecken soll ich den Fresssack!« Roidh ließ den Stock sinken und wischte sich über die Stirn. »Und was meint ihr, wo ich ihn gerade schon wieder hervorgezogen habe? Aus der Vorratskammer, an den Würsten hängend!« Er warf seinen Stecken in den Staub des Hofes.

»Ich hatte doch nur Hunger!« Bras weinte leise und wischte sich mit einer schmutzigen Hand übers Gesicht. »Weil du mich gestern Abend nicht hast mitessen lassen, weil ich doch versteckt bleiben musste!«

»Versteckt!«, brauste Roidh auf. »Ha! Die ganze Welt weiß jetzt, wo du bist! Und was du bist! Eine Last bist du! Bringst mich in Gefahr und das Hohe Kind auch! Und schämen muss ich mich! Seht ihn euch an! Der Letzte aus einer Familie der berühmtesten Krieger, die unser Land hervorgebracht hat, da, seht ihn euch an!« Der alte Roidh stieß ein verächtliches Schnauben aus. »Mir soll's recht sein, wenn dich die Meute des Königs auf ihre Schlachtfelder zieht. Vielleicht gelingt es denen ja, was mir nicht gelungen ist, nämlich einen Mann aus dir zu machen!«

Bras zuckte zusammen, als hätte ihn wieder der Stock getroffen. Er rappelte sich auf und zog sein zerrissenes Hemd zurecht. Ein Ausdruck von Entschlossenheit legte sich finster über sein Gesicht. Mit ein paar unbeholfenen Schritten lief er zu Silla hin und warf sich vor ihr auf die Knie. »Hunderttausendfache Entschuldigung, Hohes Kind, wenn ich Euch Ungemach bereitet und am Ende die Soldaten auf Eure Spur gehetzt habe! Das war niemals meine Absicht, ganz im Gegenteil, denn ich verdanke Euch meine Flucht und damit wohl mein Leben, denn einer wie ich auf den Kampfstätten des Königs … puh!« Er blies die Backen auf und stieß heftig die Luft aus.

»Ach, Bras, es ist schon gut, das habe ich gerne getan, oder vielmehr wir! Wir sind doch selbst einfach nur geflohen, und das nicht direkt in der Absicht, dich zu retten!« Silla versuchte ihn am Hemd aufzuziehen. »Aber bitte steh doch endlich auf!«

»Das kann ich nicht, denn erst muss ich Euch noch danken! Ihr habt Euch beim Amtmann für mich eingesetzt und deshalb musstet Ihr ja überhaupt erst fliehen und dafür danke ich Euch und verpflichte Euch hiermit mein Leben«, schloss er schlicht.

Silla blickte sich Hilfe suchend zu ihren Freunden um, aber die machten keinerlei Anstalten einzugreifen, während der alte Roidh immer noch grimmig auf seinen Enkel starrte.

Am Tor wurden Stimmen laut. Ein Hund bellte und stürzte sich schnappend auf die Knöchel eines Burschen, der scheinbar mit letzter Kraft zum Tor hereingelaufen kam. Er warf sich neben Bras auf die Knie, ohne sich weiter um den Hund zu kümmern, und versuchte zu sprechen, brachte aber nur ein Japsen heraus, so heftig ging sein Atem. Er presste beide Fäuste auf den Brustkorb, der sich wie ein Blasebalg hob und senkte. »Sol…«, setzte er an, »Soldaten!« Er deutete in den Wald. »Dort!« Dann ließ er sich einfach vornüberfallen und schob nur matt den Hund zur Seite, der an seinem Gesicht schnüffelte. »Schnell«, keuchte er noch.

Für einen Moment standen alle wie versteinert. Silla blickte in das runde Gesicht Bras' zu ihren Füßen, dessen Augen in starrem Schrecken aufgerissen waren.

»Bras«, sagte sie entschlossen, »begleite uns! Wir haben den gleichen Feind und sind auch auf der Flucht, so wie du.«

»Ich soll mit euch …?« Die Überraschung ließ ihm den Mund offen stehen.

»Ja, mit uns ziehen! Ich meine …«, Silla blickte sich um, »wenn das auch für euch in Ordnung geht?«

»Ich wäre auch froh um deine Begleitung«, sagte Luchain-re ruhig, Moruagh nickte nur und Finn stieß kurz: »Ja, und zwar ungesäumt!«, hervor, schon ganz beschäftigt, sein Schwert umzugürten und sich den Mantel überzuwerfen.

»Hab Dank für deine Gastfreundschaft, alter Roidh!« Luchain-re schien nicht aus der Ruhe zu bringen.

Der Alte lachte. »Ich bin der, der wahrhaft zu danken hat! Und jetzt zieht weiter. Mögen die Götter euch den Weg weisen und über euch wachen! Die Soldaten werden wir schon eine Weile zu beschäftigen wissen!« Er lachte wieder rau auf.

»Und passt mir auf den Nichtsnutz auf!«, hörten die fünf ihn noch rufen, dann schluckte sie der Wald und mit ihnen alle Geräusche Roidh-lanns, als wären sie durch eine Wand in eine andere Welt getaucht.

10. KAPITEL

CYN-RA

Der Himmel hatte sich schon den ganzen Morgen in Wolken gehüllt und nun begann es sacht zu nieseln. Die Bäume hielten die Feuchtigkeit erst noch ab, aber der Regen wurde stärker und bald schützte nichts mehr vor seinem stetigen Strom.

Silla hatte sich Till in der Stoffschlinge umgehängt, der nach seinen Abenteuern mit den Hofhunden selig schlummerte.

Bras hatte die Geistesgegenwart besessen, vor ihrem überstürzten Aufbruch noch ein paar filzene Decken und Umhänge aus der Knechtekammer von Roidh-lann zu holen, und so waren sie wenigsten notdürftig vor der Nässe geschützt. Silla fragte sich einmal mehr, wie man so einen umsichtigen Jungen als Nichtsnutz bezeichnen konnte. Er ging immer ein paar Schritte hinter ihr, wie ein Schatten, still und ergeben und scheinbar durchdrungen von der Idee, sie zu schützen.

Der Moorteich vom Vortag lag in dichtem Nebel. Diesmal hatte keiner Lust, seine Füße hineinzutauchen. Stattdessen liefen sie schweigend an seinem Ufer entlang und immer weiter bachaufwärts, dem Zufluss folgend.

Ein Geräusch drang immer wieder durch das lichtlose

Grau. Oder war es nur Einbildung? Da klang es wieder, näher und klarer diesmal, ein seltsam klagender Hall durch den Wald.

Till erwachte mit einem Ruck, die Ohren gespitzt, lauschte einen Moment reglos, dann begann er in Sillas Armen zu zappeln und zu winseln.

»Till, pscht!« Sie versuchte vergeblich, ihn zu beruhigen. Er wand sich wie ein Fisch aus dem Tragetuch und verschwand mit einem kühnen Sprung zwischen den Bäumen.

»Till!«, schrie Silla. »Till, komm her!« Sie wollte ihm nachstürzen, aber Finn hielt sie zurück.

»Bleib bei der Gruppe!« Sein Ton war entschieden und ließ keinen Widerspruch zu, während er mit zusammengekniffenen Augen unruhig in den Nebel starrte. Da erklang wieder das ferne Heulen.

»Luchain-re?« Finn blickte sich fragend nach dem Seher um.

»Ja.« Der Blinde hatte lauschend sein Gesicht gewandt. »Das sind die Hunde des Schmieds!«

Finn nickte. »Die Meute jagt«, stellte er fest.

»Ich muss Till suchen! Lass mich los!« Silla versuchte vergeblich, Finns Griff abzuschütteln.

»Du musst bei der Gruppe bleiben, Silla«, sagte er eindringlich. »Wenn du allein bist und die Meute stellt dich, dann …« Er zuckte vielsagend die Achseln.

»Was dann?«, fragte Silla, ärgerlich, dass er sie noch immer nicht gehen ließ.

»Dann denken sie … dass du alleine läufst, weil du krank, schwach oder alt bist und deshalb von deinem Rudel verstoßen wurdest«, fiel Moruaghs helle Stimme ein. »Und dann tun sie, was sie eben tun müssen!«

»Was sollen sie denn schon tun? Sie werden mich beschnuppern oder anbellen, was tun Hunde denn sonst?«

»Nun ja, die Meute vom Schmied, das sind keine richtigen Hunde, nicht so wie Till!« Finn verzog das Gesicht. »Der Schmied hat sie mit den Wölfen aus dem weiten Flachland des Sonnenaufgangs gekreuzt und so wie diese jagen sie auch!«

»Du meinst, sie würden mich fressen?« Silla schüttelte ungläubig den Kopf.

»Wenn sie hungrig sind!«

»Ja, aber Till?«, rief Silla verzweifelt. »Was werden sie tun, wenn sie auf einen fremden Hund treffen?«

Finn zuckte die Schultern. »Das kann man nicht wissen.«

»Dann müssen wir ihn eben alle zusammen suchen!« Silla schlug in ohnmächtiger Verzweiflung mit der Faust gegen einen Baumstamm.

Finn blickte in die Runde. »Luchain-re?«, fragte er, aber der schüttelte nur den Kopf und Finn zuckte die Achseln. »Siehst du, Silla, keiner von uns kennt die Meute Broins, des Schmieds, und so kann auch keiner genau sagen, wie sie reagieren und wie nicht. Aber was wir auf jeden Fall zu tun haben, ist, dich zu schützen. Dich und nicht Till, verstehst du?«

»Ich verstehe vor allem, dass ihr Till einfach seinem Schicksal überlassen wollt!«, fauchte Silla. Von ferne war jetzt ein schwaches, fiependes Bellen zu hören, während das Geheul mit erschreckender Geschwindigkeit näher kam. Silla stemmte sich gegen Finns unerbittlichen Griff. »Lass mich endlich los, du, du ... Unmensch!«

»Ich finde Till für Euch, Hohes Kind«, sagte Bras mit dumpfer Stimme hinter ihr.

»Bras, sei nicht blöde«, sagte Moruagh bittend. »Wir gehen alle zusammen in die Richtung, aus der ...«

»Ich finde ihn«, wiederholte Bras stur. Sein Gesicht war grau vor Angst, aber er straffte die Schultern, und bevor noch einer ihn aufhalten konnte, war er im Nebel verschwunden.

»Bei allen Blitzen Taranis'«, fluchte Finn, »jetzt siehst du, was du angerichtet hast!«

»Hört auf, die Hörner gegeneinanderzusenken wie die Hammel auf der Frühlingswiese!« Die Stimme des Sehers klang ungewohnt streng. »Bleibt dicht zusammen und folgt mir.«

Geschlossen wie eine kleine Herde Schafe gingen sie hinter Luchain-re her, Silla und Finn finster aneinander vorbeistarrend. Das Heulen schwoll immer wieder an und verebbte. Da plötzlich, dicht vor ihnen, hinter einem Baum klang Tills Fiepen – und dann sahen sie sie: dunkle Schatten mit weiß blitzenden Gebissen und funkelnden Augen.

Aufgeregtes Hecheln begleitete die Meute, unterbrochen von den hohen, grellen Japsern kaum zu unterdrückender Jagdlust. Die schwarzen Schemen umkreisten Till und Bras, der sich hinter dem Welpen starr an einen Baum gedrückt hatte.

Der größte der Wolfshunde näherte sich steif staksend dem kleinen Bärenhund. Er beschnupperte Till, der plötzlich wie versteinert stand, von allen Seiten, dann stieß er ihm hart die Schnauze in die Flanken. Till warf sich mit einem markerschütternden Quieken auf den Rücken, die kleinen Pfoten ungelenk und reglos in die Luft gestreckt, den Blick glasig vor Angst zur Seite gerichtet. Die Hündin hinter dem Großen kauerte sich leicht zu Boden, die Lefzen dumpf grollend gefletscht, mit glitzernden Augen Bras fixierend – sprungbereit. Der Rest der Meute huschte in alle Richtungen und schloss einen Kreis um die Freunde.

Du liebe Güte, jetzt springt sie, dachte Silla, unfähig, sich zu rühren, wie gefangen in einem Albtraum. In dem Moment schallte ein tiefes Trompeten durch den verhangenen Morgen. Ein kurzes Wirbeln von Bewegungen und die Hundemeute war flüchtig wie ein Spuk im Nebel verschwunden.

»Was war das?«, stammelte Bras.

»Das war die Carnyx des Schmieds«, antwortete Luchainre.

Silla hatte sich schon zu Till gebeugt, der fröhlich kläffend in ihre Arme sprang, als wäre alles, was ihm passiert war, das Normalste der Welt.

Während mir immer noch das Herz klopft vor Angst, dachte Silla und stieß einen erleichterten Seufzer aus, die Nase tief in das flauschige Nackenhaar des Kleinen vergraben.

»Das war sehr mutig von dir!« Sie blickte zu Bras auf, der immer noch bleich an dem Baumstamm lehnte. »Danke!«

Bras nickte nur und ein glückliches kleines Lächeln lief über sein Gesicht.

Finn kauerte sich zu ihr. »Welpen fiepen immer gleich so wie am Spieß, wenn sie ein ranghöherer Hund auch nur anrührt«, sagte er verlegen. »Das verleiht ihnen einen gewissen Schutz.«

»Funktioniert das immer?«, fragte Silla, ohne ihn anzuschauen.

»Meist schon!«

»Aber nicht immer?«

Finn zuckte vage die Schultern. »Na ja … nein!« Er gab sich einen Ruck. »Schau, Silla, wir sind Freunde, oder nicht? Aber das ist nicht alles. Du bist immer noch das Hohe Kind und ich soll dich schützen und führen und – was weiß ich! – auf deine Sicherheit schauen. So vieles hängt davon ab! Das muss vorgehen, auch wenn das nicht immer das Leichteste ist und wenn es nicht immer das ist, was man eigentlich gerne tun würde, so wie vorher das mit Till! Verstehst du?«

Silla nickte stumm. Ihre Hand fuhr unwillkürlich zu der Tätowierung an ihrer Schläfe. Die Kruste war inzwischen abgefallen und die verschlungene Linie nur noch als leichte Erhöhung unter ihren Fingerspitzen spürbar. »Das geht uns wohl allen so«, sagte sie leise.

»Wohl wahr!« Er seufzte und ein schräges Lächeln ließ seinen abgeschlagenen Zahn aufblitzen. »Sonst würden wir wahrscheinlich gerade an einem gastlicheren Ort sitzen als ausgerechnet hier!« Er sprang auf. »Kommt! Jetzt müssen wir der Meute folgen! Hoffentlich schützt uns der Klang des Horns noch, bis wir dort sind!«

Dumpfes Hämmern hallte nach einer Weile durch den Nebel, rhythmisch wie ein schweres Uhrwerk. Das Gelände lichtete sich. Explosionsartig schoss ein Stück vor ihnen plötzlich eine Fontäne aus Funken über die Baumwipfel.

»Was ist das?«, rief Silla erschrocken.

»Was seht ihr?«, fragte Luchain-re.

»Funken!«, rief Moruagh.

Der Seher lächelte. »Ah, der Schmied! Wir sind wohl richtig gegangen!«

Sie stolperten durch die letzten Büsche und Ranken und fanden sich unvermutet auf einem Weg. Luchain-re schritt zügig voran, über die Abdrücke von Rädern und Hufen, in denen sich das Wasser sammelte.

Ein Haus tauchte auf, grob zusammengesetzt aus geschwärzten Holzbalken, die es unfreundlich und abweisend aussehen ließen. Direkt angeschlossen war eine Werkstatt, deren großes Flügeltor weit offen stand und den Blick auf eine Feuerstelle und einen Amboss freigab, an dem zwei Männer arbeiteten. Einer pumpte jetzt mit Kraft einen mannshohen Blasebalg und wieder schoss ein Funkenstrahl in die Luft. Das Hämmern war hier so laut, dass der Boden vibrierte. Die Hunde strichen herum, einer begann zu knurren, aber ein scharfer Ruf aus der Werkstatt ließ ihn verstummen.

Der Mann, der gerufen hatte, legte seinen Schmiedehammer beiseite und schritt auf die kleine Gruppe zu, sein Gesicht nicht weniger abweisend als das der Tiere. Ein fuchsroter, mit gelblich grauen Strähnen durchzogener und teilweise abgesengter Bart verbarg seinen Mund. In seiner wilden Mähne hing Asche. Wortlos mustere er seinen Besuch, einen nach dem anderen, von oben bis unten, dann knurrte er etwas, was wohl eine Begrüßung sein sollte, denn Luchain-re antwortete fröhlich: »Habt Dank, ehrenwerter Broin für Euren herzlichen Empfang. Ich freue mich gleichfalls, Euch wiederzutreffen!«

Broin starrte den Seher einen Moment lang an – einen Moment, in dem Silla voll Schreck die Luft anhielt, in der sicheren Erwartung, dass die mächtige Schmiedesfaust gleich schmerzhaft auf das Haupt Luchain-res niederfahren würde –, da brach der Schmied in ein mächtiges Lachen aus. »Du weißt, Luchain-re, dass ich kein Mensch von vielen Worten bin«, brummte er. »Seid mir willkommen!« Er kratzte seinen Bart. »Im Wald wird schon gesprochen von dir und deinen Begleitern und wollt ihr noch länger ungesehen wandern, dann solltet ihr nicht zu lange bei mir verweilen!« Er deutete mit dem Kinn auf den Weg, den sie gerade gekommen waren und der weiter die Berge hinauf über den Pass führte.

»Wir hätten eine andere Richtung gewählt, wenn es nicht darum wäre!« Finn trat einen Schritt vor, während er seinen Mantel zurückschlug und sein Schwert halb aus der Scheide zog.

Broin runzelte finster die Augenbrauen und stieß ein brummendes Knurren aus. »Dann ist es also wahr, was man erzählt, und du trägst jetzt die Klinge Fergus' ab Galwys«, stieß er hervor.

»Ich bin sein Sohn.«

»Das ist mir wohl bewusst, junger Bursche! Nun gib mir das Eisen!«

Finn zögerte.

»Nun gib schon her! Ich werde nicht den ganzen Tag hier stehen«, knurrte Broin. »Was meinst du denn, von wem dein Vater das Schwert hatte, wenn nicht von mir! Ja, ganz recht!« Zärtlich, wie eine Mutter ihr Baby, nahm er das Schwert in Empfang und studierte es aufmerksam von allen Seiten.

»Mein Vater hat mich zu Cyn-ra geschickt«, setzte Finn fort. »Aber ich weiß nicht, wieso!«

»Ich weiß sehr wohl, wieso! Sieh hier!« Erstaunlich sanft strich der Schmied über die Klinge. »Hier und hier und hier, seht ihr?« Alle bis auf Luchain-re schauten angestrengt und schüttelten dann den Kopf. »Nun ja, ich sehe auch nichts, aber ich spüre es unter den Fingerspitzen: Feine Risse!«

»Risse?«, fragte Finn ungläubig und Broin nickte.

»Ja, Risse! So wie eben einem Menschen das Herz brechen kann, bricht auch das Eisen, wenn sein Besitzer stirbt! Haarfein tut es das! Und bevor es ganz in deinen Besitz übergehen kann, will es neu geschmiedet werden!« Mit den letzten Worten hatte er sich schon umgedreht und schritt zurück zur Werkstatt. Minuten später glühte die Klinge rot wie das Feuer, aus dem sie gekommen war. Unter den mächtigen Hammerschlägen des Schmieds stoben Funken und Glut in alle Richtungen und Olbas, der Gehilfe, ließ die Flammen unter dem Blasebalg tanzen und flackern. Immer wieder wanderte das Eisen in die Esse und zurück auf den Amboss, unermüdlich bearbeitete Broin das Schwert.

Silla und Moruagh hatten sich auf einem Holzstapel an der Schuppenwand niedergelassen. Silla spürte, wie ihr der Kopf der Freundin auf die Schulter sank, und auch ihr selbst fielen die Augen zu. Die vielen Anstrengungen der letzten Tage hatten ihre Spuren hinterlassen.

Sie musste eingeschlafen sein. Ein Ruf ließ sie aufschrecken und im ersten Moment wusste sie nicht, wo sie sich befand. Orientierungslos starrte sie mit dicken Lidern um sich. Moruagh schien es ähnlich zu gehen.

»Auf!«, rief der Schmied noch einmal befehlend und die Mädchen rappelten sich hoch.

Broin und Olbas trugen ein mit Glut gefülltes Metallbecken zwischen sich, auf dem feurig leuchtend Gall lag. Die Muskel- und Sehnenstränge der beiden Männer traten mächtig hervor, als sie nun das Becken durch die Hintertür hinausbrachten und über das letzte karge Grün und dann Geröll zu stapfen begannen.

Der Regen hatte aufgehört, aber die Wolken hingen tief über diesem Tag, machten ihn zeitlos und düster. Zwischen dem Schotter trat Wasser hervor, ein kleines Stück weiter bergauf quoll ein Rinnsal aus dem Berg, das sich in einem Steinbecken sammelte, eine einfach aber kunstvoll gehämmerte Schale an seinem Rand, mit der man das Wasser schöpfen konnte.

»Cyn-ra«, sagte der Seher, einen glücklichen Ausdruck auf seinem lauschenden Gesicht.

»Das ist der Rest des Wasserfalls?«, fragte Silla verblüfft.

»Und hier nun ist er mächtig«, nickte Luchain-re.

»Er sieht so ... schlicht aus«, murmelte Silla.

»Das ist sein stärkster Schutz«, flüsterte Moruagh. »Keiner, der nicht darum weiß, käme auf die Idee seiner Heilkraft, bevor er sie nicht selbst erfahren hätte!«

»Taranis zum Herrschen im Licht«, rief jetzt der Schmied und hob das Schwert an seinem Griff hoch in die Luft. »Dreifach geschmiedet, Teutates zum Sieg in der Schlacht, Cernunnos zur Unsterblichkeit und der dreifachen Göttin zum Heil! So sei es!« Mit diesen Worten tauchte er die glühende Klinge in das Becken. Eine zischende Wolke aus Wasserdampf hüllte

Gall für einen Moment ein, um sich ebenso schnell wieder aufzulösen.

»Nun ist es dein«, sagte Broin und reichte Finn das Schwert. Ein Lächeln glitt über das ernste Gesicht des Jungen. Er betrachtete die neu geschmiedete Klinge, fuhr mit dem Daumen kurz die Schneide entlang und ließ sie dann in die Scheide an seinem Gürtel gleiten. »Wie kann ich Euch danken, Broin? Ich habe nichts.«

»Dein Tun wird mir Lohn genug sein«, knurrte der Schmied und legte Finn die mächtige Pranke auf die Schulter. »Aber jetzt ist genug gesprochen. Geht! Die Passstraße bringt immer wieder Volk her, das ihr im Moment besser nicht trefft!« Er schob Finn von sich und wandte sich zum Gehen.

Wie eine Woge brandete in dem Augenblick Geheul von der Schmiede herauf, ein hohes Winseln gefolgt von einem Schreckmoment der tiefsten Stille, dann brach die Hölle los: Bellen und Heulen mit Mord im Ton, angstvoll-schrilles Wiehern, schreiende und fluchende Männerstimmen. Der Schmied war erstarrt gestanden, dann röhrte er auf wie ein verwundeter Hirsch und rannte los, Olbas hinter ihm her.

»Soldaten des Königs!« Finns Hand fuhr an den Schwertgriff.

»Schnell, wir müssen fort!« Luchain-res Hand legte sich fest um Sillas Arm.

»Der Schmied …?«

»Der kommt alleine zurecht! Los! Richtung Pass!«

Das Berganlaufen, die Schotterhalde hinauf, kam Silla vor wie ein nicht enden wollender Albtraum. Sie schien und schien nicht vorwärts zu kommen, während ihr die Luft knapp wurde und der Schweiß ausbrach.

Dann schrie jemand von unten. Sie waren entdeckt worden! Weiter, weiter! Da, die ersten Felsen des Passes. Dicke

Findlinge, vor Jahrmillionen von den Gletschern vorgeschoben. Wenigstens ein bisschen Deckung, aber für wie lange? Die Soldaten kamen hinter ihnen her, aber nicht alle. Ein Trupp ritt die Passstraße entlang, wollte ihnen von oben den Weg abschneiden.

»Wir sind gefangen«, keuchte Moruagh.

»Bei Cernunnos, wie die Hasen in der Falle«, brummte Bras finster und begann, Steine auf die Verfolger zu werfen, die wirkungslos auf halber Strecke in den Schotter kullerten. Höhnisches Gelächter schallte herauf. Panisch blickte Silla um sich. Sollte nach allem ihre Mission hier zu Ende sein?

»Finn«, sagte Luchain-re eindringlich. »Finn! Ihr müsst weiter! Das Hohe Kind… ihr *müsst* weiter! Alles andere ist nicht wichtig! Verstehst du mich?«

»Ich verstehe dich, Seher!«

»Nun hört zu: Geht den Grat entlang. Ein Stück von hier hat eine Lawine von den Nebelspitzen herunter den Graben aufgefüllt. Wenn die Götter uns gnädig sind, dann hat die Sonne sie noch nicht vollständig schmelzen lassen und sie kann euch auf die andere Seite hinüberhelfen! Dort werdet ihr dann Wege finden, auf denen euch die Soldaten nicht so einfach folgen können! Moruagh, du wirst die Zeichen finden, die Kräuter werden dich führen! Nun duckt euch hinter den Felsen, dass sie euren Aufbruch nicht gleich bemerken!«

Der Seher warf seinen Mantel ab und zog in der gleichen Bewegung den Bogen von der Schulter. Er spannte die Sehne, die mit einem hohen, summenden Ton zurückschnellte. Er lauschte, das ernste, bleiche Gesicht in den Himmel gereckt, dann nickte er, ließ sich auf ein Knie neben den Felsen sinken und zog einen Pfeil aus dem Köcher. Die Spitze funkelte selbst in dem trüben Licht dieses bewölkten Tages. Sie musste aus reinem Bergkristall sein.

Luchain-re wandte sein Gesicht Silla zu und ein kleines Lächeln erhellte seine bleichen Züge. »Keine Angst, Wolfskind, deine Reise ist noch nicht zu Ende, du wirst sehen!« In einer geschmeidigen Bewegung legte er den Pfeil an, seine ganze Gestalt schien die Spannung des Bogens aufzunehmen, er verharrte lauschend, dann schwirrte der Pfeil los und einer der Soldaten brach mit einem Schrei zusammen.

»Jetzt lauft!« Der nächste Pfeil lag bereits auf der Sehne.

Finn warf dem Seher einen rätselhaften Blick zu, dann packte er Silla und zog sie geduckt mit sich.

»Nein, lass mich! Wir können ihn doch nicht hier zurücklassen! Das ist sein sicherer Tod!« Silla versuchte seine Hand abzustreifen.

»Dann sorgen wir wenigstens dafür, dass er nicht umsonst war!«, zischte Finn zurück und blickte sie mit so wildem Gesicht an, dass sie ihm wortlos folgte.

»Er hat recht, Silla!« Moruagh gab ihr einen kleinen Stoß von hinten. »Wenn du etwas für Luchain-re tun willst, dann renn um dein Leben! Er hat nicht für die Ewigkeit Pfeile!«

Lieber Gott, dachte Silla, ich weiß nicht, wie du das anstellen willst, aber bitte beschütze Luchain-re! Und für euch keltischen Götter gilt das bitte auch! Sie schlang einen Arm fest um Till in seiner Trageschlinge und schlitterte mehr, als dass sie lief, mit den anderen zusammen über Geröll und Steine vorwärts. Es ging jetzt leicht bergab und war um einiges einfacher als der Aufstieg.

Der Trupp Reiter hatte die Anhöhe nun erreicht und kam schräg seitlich auf sie zu.

»Schneller!«, keuchte Bras. »Schneller!«

»Da vorne! Seht!«, deutete Moruagh. »Die Lawine! Oder …«, sie zögerte, »das, was von ihr übrig ist!«

Sie hatten die ersten Schneereste erreicht. Das kalte Weiß

unter den drei mächtigen Zacken der Nebelspitzen, die in dichte Wolken gehüllt waren, musste ursprünglich die ganze Schlucht bis zum nächsten Höhenrücken ausgefüllt haben. Auf dem Grund der Schlucht tobte der Zusammenfluss von etlichen Gebirgsbächen in einem reißenden Wasser herunter, wild und schäumend. Auch die Lawine hatte den Wassern nicht standhalten können, unbeirrt hatten sie sich ihren Weg gesucht und sich durch die Schneemassen hindurchgefressen. Die Sommerhitze hatte sie unterstützt und alles, was noch von dem Schneebrett übrig war, spannte sich wie eine gläserne, funkelnde Brücke über die Schlucht, jeden Moment bereit aufzugeben und zusammenzustürzen.

Finn fluchte. Ringsherum nur Abgründe und die Eisbrücke der einzige unversperrte Weg. Wie tief es darunter in die Felsen ging. Einen Absturz … nein, daran durfte er gar nicht denken! Überleben würde den keiner!

Die Soldaten kamen näher, langsam, sie ließen sich Zeit, wie Katzen, die ihre Mäuse in die Ecke getrieben haben und ganz sicher sind, dass sie ihnen nicht mehr entwischen können.

Also blieb wohl keine andere Wahl! Das Hohe Kind durfte ihnen nicht in die Hände fallen, nicht solange es noch eine Chance gab und er es verhindern konnte.

»Moruagh, du gehst als Erste hinüber, dann Silla«, er räusperte sich. »Bras, du gehst als Letzter!«

»Da hinüber?« Silla schlug sich die Hand vor den Mund. »Das kann doch wohl nicht dein Ernst sein!«

»Du schaffst das, Silla!« Moruagh schloss kurz die Arme um sie. »Denk daran, wo du herkommst! Das war eine viel gefahrvollere Reise als das jetzt!«

»Aber, aber … nein«, krächzte Silla, »das war nicht so hoch!«

Moruagh lachte ihr aufmunternd zu. »Schau her! Wenn ich das kann, dann kannst du das erst recht!«

Leichtfüßig lief sie los, das erste eisige Stück, das noch massiv mit dem Felsen verbunden war, hinauf, dann stand sie auf der Wölbung, die abgeschmolzen, nur noch eine dünne, zerbrechliche, sich hoch über die Schlucht ziehende Brücke bildete. Moruagh verhielt kurz, breitete die Arme aus wie eine Seiltänzerin und probierte mit einer Fußspitze die Festigkeit des Untergrundes.

Als würde sie in der Luft schweben, dachte Silla, wie ein Engel!

Moruagh setzte die Füße nun vorsichtig, unsicher, ob das Eis sie tragen würde.

Silla hielt die Luft an und griff unwillkürlich nach Finns Hand. Moruagh näherte sich der dünnsten Stelle des Bogens und zugleich der höchsten. Jetzt kam es darauf an!

Moruagh ging wieder langsamer, tastete sich vorwärts, ihre nackten Füße schienen nicht mehr so recht Halt zu finden, sie rutschte, sie fiel …

Silla stieß einen Schrei aus. Moruagh hatte sich gerade noch abfangen können, lag um den Bogen geklammert, einen endlos langen Moment reglos, dann rappelte sie sich auf, langsam, langsam, schob sich auf die Knie, rutschte auf allen vieren weiter, vorsichtig …

»Sie hat's geschafft! Sie ist drüben! Sie hat's wirklich geschafft!« Silla fiel erst Finn und dann Bras um den Hals.

Finn lächelte kurz, ohne dass das Lächeln dabei seine Augen erreichte. »Jetzt du, Silla!«

»Ich? Ich … nein, ich kann nicht! Bitte, lass mich als Letzte gehen! Ich … puh!«

»Hohes Kind, Finn hat recht, Ihr müsst jetzt gehen«, drängte nun auch Bras und schob sie vorwärts. »Wenn die

Pferde nicht so langsam wären in dem Schotter, hätten uns die Soldaten schon längst erreicht. Aber wenn sie sehen, dass es einer von uns schon über die Brücke geschafft hat …« Er zuckte die Achseln.

»Warum kannst du denn nicht vor mir gehen? Ich folge dir dann«, jammerte Silla.

»Ich bin der Schwerste von uns«, sagte Bras sanft. »Kann sein, dass …, nun, dass es mein Gewicht nicht mehr trägt!«

»Aber …« Silla blickte erschrocken zu Finn. »Aber …«

Finn hob in einer hilflosen Geste die Hände. »Moruagh ist als Erste gegangen, um zu sehen, ob dieser klägliche Rest einer Lawine überhaupt noch irgendetwas trägt, verstehst du? Und wenn es heute nicht so kalt und regnerisch wäre, dann würde sie vielleicht nicht da drüben stehen, Silla, sondern …! Und jetzt gib mir den Welpen! Mit dem an der Brust schaffst du es nicht!« Energisch packte er Till, nestelte ihn aus seinem Tuch und stieß Silla leicht auf den Abgrund zu. »Lass dich auf alle viere nieder und geh! Und zwar jetzt! Sonst haben Bras und ich keine Chance mehr! Los!«

Silla blickte sich kurz um. Die Soldaten hatten Moruagh auf der anderen Seite entdeckt! Ihre Mäuse waren dabei zu fliehen! Rufe wurden laut.

Silla zögerte keine Sekunde mehr. Sie trat auf das trügerische Eis, einen Schritt, zwei, dann ließ sie sich auf Hände und Knie hinunter und krabbelte los. Wie eine Katze, dachte sie, ich muss einfach gehen wie eine Katze, so geschmeidig und zielgerichtet und sicher! Bloß nicht anhalten, denn dann gehe ich keinen Schritt weiter, das ist ganz sicher! Immer weiter und nicht nach unten blicken, heißt es immer! Und … ja … bloß nicht anhalten!

Das muss jetzt der schmalste und höchste Punkt sein! Ich habe kaum noch Platz, meine Knie nebeneinanderzusetzen, nur noch hintereinander! Oh, lieber Gott, ist das wackelig … und rutschig! Das ist wohl der Punkt, wo Moruagh die Balance verloren hat! Lieber Gott, mir wird schlecht und jetzt … Hilfe!« Silla schrie auf. Ihr Knie war weggerutscht, sie selbst schmerzhaft auf den Bauch geworfen. Sie klammerte sich an den Eisbogen.

»Silla«, hörte sie Moruagh rufen. »Silla, weiter!«

Du lieber Gott, dachte Silla die Augen fest zusammengepresst, ich muss weiter, ich darf nicht hinunterschauen, ich muss …

Und während sie das noch dachte, schaute sie hinunter, schaute in die Tiefe, die sich als Abgrund unter ihr auftat, tiefer als alles, was sie je erblickt hatte, sah die schroffen Felsvorsprünge unter sich wie aus klarem Glas geschnitten, die kleinen, ledrigen Büsche, die sich daran festklammerten, das Schäumen des Wassers, so weit entfernt, dass sein tödlich wildes Tosen fast wie ein Spielzeugbach wirkte. Silla blinzelte, aber immer noch war alles ganz klar, nichts war verschwommen, nichts begann sich zu drehen und eigentlich … eigentlich war es sehr schön, hier oben zu sein und zu schauen! Tiefe Ruhe machte sich in ihr breit. Es dauerte eine Sekunde oder auch eine Minute oder noch länger, ehe sie wahrnahm, dass ihre Freunde ihren Namen riefen, dringlich und voller Angst.

Weiter, dachte sie, ich muss weiter! Entschlossen robbte sie los, den Bogen umklammernd wie ein Seil.

Da war Moruagh, die Arme ausgestreckt, sie in Empfang zu nehmen. Nur noch ein kleines Stück, jetzt hatte sie schon wieder festen Boden unter den Füßen … geschafft!

Lachend und schluchzend zugleich ließ Silla sich auf die Felsen fallen. Sie begann am ganzen Körper zu zittern. Moruagh hielt sie stumm umarmt, dann fuhr sie auf. »Silla! Ruf Till! Er darf nicht plötzlich umdrehen oder so etwas!«

Finn hatte Till auf den Lawinenbogen gestellt, wo er mit zögerlich wedelnder Schwanzspitze stehen blieb.

»Till!«, schrie Silla und riss beide Arme in die Luft. »Tiiill! Komm, hiiier!«

Mit einem kleinen freudigen Kläffen sprintete Till los, von ihrem Rufen und Winken angefeuert. An der höchsten Stelle, wo die Mädchen ausgerutscht waren, zögerte er kurz, setzte seine Schritte vorsichtiger, dann rannte er weiter, schlitterte und sprang Silla direkt in die Arme.

»Till, du tapferes Kerlchen!« Silla drückte ihn an sich und eine Träne stahl sich aus ihrem Augenwinkel. »Du Braver, du Braver!« Die kleine Zunge leckte ihr begeistert übers Gesicht.

Und da war Finn! Nicht weniger behände als Moruagh tänzelte er herüber. Jetzt Bras, sein Gewicht auf allen vieren verteilt. Und dann deutete Moruagh. Risse! Wie feine Adern waren sie aufgesprungen, trübten, sich verzweigend, die glitzernde Transparenz des Eises. Die Freunde standen so still und reglos, dass das leichte Knistern zu hören war, das aus dem Eis aufstieg.

»Er schafft es«, murmelte Moruagh tonlos, »er schafft es.«

Das letzte Stück, Bras rutschte und war in dem Moment gelandet, als die ersten Soldaten ihre Pferde an der Schlucht zügelten.

»Lebendig«, hörte Silla sie rufen. »Wir brauchen sie lebendig!«

»Los! Lauf los!«, schrie Finn gleichzeitig und schob sie weiter. »Hinter die Felsen! Nicht warten! Folg Moruagh!«

Die hatte sie schon am Ärmel gepackt, zog sie hinter sich her in Deckung. Silla schaute im Laufen über die Schulter. Waren die Soldaten wahnsinnig? Die trieben ihre Pferde auf das schmale Eis, kletterten selbst hinauf, einer hinter dem anderen. Lachten dabei, als wollten sie die Götter der Unterwelt persönlich herausfordern.

»Weiter«, schrie Finn. »Lauft weiter!«, aber Moruagh hielt abrupt inne. »Nein, wartet!« Sie legte zwei Finger auf den Mund und hob lauschend den Kopf. »Irgendetwas stimmt hier nicht!«, sagte sie leise und zog die anderen tiefer hinter die Felsen. »Hört doch nur!«

Jetzt nahm es auch Silla wahr: ein fernes Grollen, so abgründig, als würde es aus der Tiefe der Erde selbst kommen.

»Was ist das?«, wisperte sie.

Moruagh legte einen Finger auf die Lippen und deutete zurück.

Das Grollen steigerte sich zu einem Brüllen. Silla rieb sich die Augen. Das gab es doch gar nicht! Der Grat, auf dem sie Luchain-re zurückgelassen hatten …! Er begann sich wie in Zeitlupe zu verschieben, neigte sich Stück um Stück, langsam und doch unaufhaltsam, kippte über und donnerte in einer Wolke aus Geröll, Staub und Steinen zu Tal. Die Vibrationen breiteten sich explosionsartig aus, erreichten die Schlucht und liefen wie ein Zittern durch den Lawinenbogen. Er barst mit einem seltsam klagenden Geräusch und sprang in unzählige funkelnde Stücke auseinander, ein Gewirr aus schreienden Männern und schrill wiehernden Pferden mit sich reißend. Der Rest der Soldaten stand wie versteinert in einer Wolke von Gesteins- und Schneestaub, die vom Grat herübergeweht kam und sich langsam zu Boden senkte.

Silla wandte sich ab und presste sich die Hände auf die Ohren.

»Kommt, gehen wir«, sagte Moruagh mit flacher Stimme und legte den Arm um Silla.

»Halt, wartet!« Finn klang so fremd, dass die Mädchen herumfuhren. Er ruckte sein totenblasses Gesicht in Richtung der Soldaten. »Da, schaut doch, hinter dem Dicken! Kennt ihr den?«

Der Mann trat jetzt vor an den Abgrund und Moruagh holte scharf Luft. »Das ist doch ...«

»Ganz genau«, zischte Finn. »Das ist Sionnach! Reiter an der Seite meines Vaters, jetzt Reiter an der Seite der Soldaten des Königs! Wie es aussieht, einziger Überlebender des Gemetzels von Leyard! Unser Führer und unsere Vorhut durch die Berge und jetzt auf der Jagd nach uns! Ist das nicht ein seltsamer Zufall?«

»Du meinst ...?«

»Verräter!«, stieß Finn hervor und spuckte voll Verachtung in den Staub.

Sionnach stand auf der anderen Seite der Schlucht und ließ seinen Blick über die Felsen gleiten. Silla hielt die Luft an. Jetzt schien er direkt zu ihnen hinzublicken, schwarz und düster.

»Gehen wir!« Finn riss sich los. »Es wird ein anderer Zeitpunkt kommen, wo wir Auge in Auge stehen werden und dann, bei den Göttern, wird Gall sich in seine verräterischen Gedärme senken und Vergeltung üben für sein Tun, das schwöre ich!«

»Finn ...«, sagte Moruagh flehend.

Finn blickte sich um, das Gesicht zu einer wilden Maske verzerrt.

»Er hat so viel Schuld am Tod meines Vaters, als hätte er selbst die Klinge geführt!« Ein trockenes Schluchzen raubte ihm die Stimme. Er wandte sich ab und stapfte los, seine Freunde dicht hinter ihm her.

Hoch über ihnen zog ein Falke seine einsamen Kreise und ließ einen heiseren Schrei zwischen den Felsen verhallen.

11. KAPITEL

DER RABE

Folgt den Kräutern und Moruagh, hatte Luchain-re gesagt und genau das taten sie, auch wenn ihr Weiterkommen dadurch ein langsames wurde. Moruagh sammelte.

»Nur ein wenig«, sagte sie, während sie auf dem Bauch liegend versuchte, an ein Kräutlein in einer Felsenspalte heranzukommen. »Gerade, was wir vielleicht unterwegs gebrauchen können!« Sie schabte mit der Kante eines scharfen Steins Flechten von den Felsen in ein Ledersäckchen. »Das ist zum Beispiel gut gegen Husten und immer nützlich!«

»Woher weißt du das alles?«

»Meine Mutter war der Kräuter kundig und dann hat mich auch die Alte Frau gelehrt. Sie nimmt mich oft mit in den Wald, wenn sie sammeln geht. Vor allem, seit die Bärin mich schützt, natürlich!«

Silla schüttelte verwirrt den Kopf. »Was hat denn das jetzt mit der Bärin zu tun?«

»Die Bärin?« Moruagh runzelte die Stirn. »Die Bärin ist doch die Hüterin der Kräuter!«

Silla fragte nicht weiter. Sie war zu erschöpft und setzte nur noch fast mechanisch einen Fuß vor den anderen. Bras schien es nicht viel besser zu gehen, so, wie er neben ihr herstolperte. Moruagh wirkte mit ihren Pflanzen noch am muntersten, doch auch sie war, so wie Finn, schweigsam und ernst. Der Verlust des Sehers machte ihnen allen zu schaffen. Er musste wohl unter der gewaltigen Steinlawine begraben worden sein; ein Bild, das wie ein düsterer Schatten über der kleinen Gruppe schwebte.

»Irgendwann werden wir zurückkehren müssen, nach ihm zu suchen und ihm die Steine errichten zum Gedenken«, hatte Finn gemurmelt und sie hatten reihum genickt.

Silla hatte Luchain-re noch vor Augen, wie sie ihn das letzte Mal gesehen hatte, so konzentriert und blass und ernst, das Gesicht lauschend erhoben, den Pfeil schon gespannt auf der Sehne, bereit, mit seinem Leben ihren Rückzug zu decken.

»Wie schrecklich der Tod unsere Reise zu begleiten scheint«, murmelte sie leise.

Finn zuckte die Schultern. »Der Tod begleitet jedes Leben. Er ist der verlässlichste Freund des Kriegers, sagt man.« Aber dann nahm er doch ihre Hand und hielt sie eine Weile fest und Silla schien der Druck seiner warmen, sehnigen Finger sehr tröstlich.

Der Weg war beschwerlich abseits der Passstraße, aber wenn sie es vermeiden wollten, weiteren Soldaten in die Hände zu fallen, dann blieb ihnen nichts anderes übrig, als querfeldein zu gehen.

Der trübe Tag wich einem unwirtlichen Abend. Mit dem letzten fahlen Tageslicht gelangten sie an das Ufer eines Sees. Die Oberfläche lag reglos wie geschmolzenes Blei vor ihnen, nur hin und wieder durchbrochen von einer plötzlichen Bewegung, die kreisförmige Wellen über das Wasser schickte.

»Was ist das?«, fragte Silla verwundert. Bei allem, was sie in den letzten Tagen erlebt hatte, hätte es sie kaum gewundert, hier Gast von irgendwelchen Wasserwesen zu werden, aber Finn antwortete nur: »Fische.« Er grinste und Silla kam sich wieder einmal schrecklich unwissend vor.

Bras krempelte seine Hosenbeine auf und watete ins Wasser, den Speer hoch über dem Kopf erhoben. So stand er wie eine Statue reglos still, während Moruagh und Silla unter einem Felsvorsprung ein schlichtes Lager errichteten und Finn herumliegendes Holz sammelte. Bras musste immer und immer wieder zustechen, bis sie endlich drei Fische für ihr Abendessen hatten, die sie über dem Lagerfeuer brieten. Üppig war die Mahlzeit nicht, aber alles, was sie hatten, und es war zu dunkel geworden, um noch weiter zu fischen.

Sie waren still, keiner hatte rechte Lust zu sprechen, zu erschütternd waren die Ereignisse der letzten Tage und dann der Verlust ihres blinden Freundes gewesen. Nur Till schien guter Dinge und er führte so einen wilden, knurrenden Ringkampf mit einem rohen Fischschwanz auf, dass er ein ums andere Mal Purzelbäume schlug.

»Woran denkt ihr?«, fragte Silla, als sie das drückende Schweigen nicht länger aushielt.

»Sionnach«, flüsterte Finn, ohne zu zögern. »Sionnach hat uns verraten! Warum wohl? Und … wisst ihr, was das heißt?«

Moruagh seufzte. »Er war natürlich in unseren Plan eingeweiht …«

»Und konnte ihn so schnell verraten, dass die Soldaten schon in Leyard auf uns gewartet haben!«

»Der Falke«, murmelte Moruagh.

»Ja!« Finn kratzte sich nachdenklich am Kopf. »Aber das heißt auch, dass Drugwydd und Iolair nicht auf das unbewaffnete Y-loig treffen werden wie erwartet, sondern …«

»Bei allen Göttern!« Die Rote schlug sich erschrocken die

Hand vor den Mund. »Sondern genauso in einen Hinterhalt laufen werden wie wir! Die Burg und Cù werden bewacht sein wie nie zuvor!«

»Und die Alte Frau und der Druide werden in die Falle gehen wie die Mäuse, genau!«

»Außer, sie erfahren rechtzeitig von dem Überfall in Leyard! Das wird sie warnen und sie werden die gleichen Schlüsse ziehen wie wir jetzt«, warf Silla ein.

Sie schwiegen.

»Was sie aber nicht abhalten wird, trotzdem Cùs Befreiung zu versuchen«, sagte Finn schließlich leise.

Silla hob den Kopf. »Wo liegt Y-loig?«, fragte sie.

»Im Sonnenaufgang«, sagte Moruagh und blickte sie scharf an. »Aber du weißt, dass wir zum Stein gehen sollen und nicht dorthin, zur Königsburg!«

»Wenn Iolair und Drugwydd in einen Hinterhalt geraten, wird es wenig Sinn haben, am Stein zu warten, weil es dann niemanden mehr geben wird, den wir dort erwarten könnten«, sagte Silla ruhig.

»Aber …«, Moruagh verstummte und wandte sich an Finn. »Was meinst du?«

Finn wiegte grübelnd den Kopf. »Wenn es so ist, wie wir denken, dann wird jede Hand gebraucht werden, Cù zu befreien. Andererseits ist das Wichtigste, Sillas Leben zu schützen, und dazu haben wir uns verpflichtet!«

»Das kannst du hier genauso tun wie dort«, meinte Silla trocken. »Und wenn uns die Soldaten schnappen, dann sind wir sowieso schneller in Y-loig, als uns lieb ist, aber unter weitaus schlechteren Vorzeichen, oder nicht?«

Moruagh nickte mit gerunzelter Stirn. »Bras?«

»Ich folge dem Hohen Kind, ganz gleich, wohin es seine Schritte richtet«, antwortete er.

»Nenn mich doch Silla, Bras«, bat sie leise.

»Das werde ich, Hohes Kind!« Seine Stimme klang fast erschrocken.

»Jetzt hast du ja schon wieder …«, Silla begann zu kichern.

»Oje! Entschuldigt, Hohes Ki… äh … Si… äh! Bei Teutates, das ist zu fremd! Ich kann nicht! Es kommt einfach nicht heraus!«

»Dann werde ich ab jetzt einfach Hoher Bras zu dir sagen!«, prustete Silla und ließ sich zurück an die Felswand sinken.

»Hoher Bras!« Der Junge konnte sich vor Lachen kaum halten. »Stellt Euch einmal das Gesicht meines Großvaters vor, wenn Ihr ›Hoher Bras‹ zu mir sagtet! Er täte mich gleich mit zwei Stöcken bearbeiten, das täte er!«

»Dann täten wir ihn auch zu zweien bearbeiten, denn wir mögen das gar nicht, wenn man unseren Freunden den Stock zu spüren gibt, oder, Finn?«, kicherte nun auch Moruagh.

»Ganz gewiss nicht!« Finn schüttelte die Fäuste in die Luft und stieß ein heiseres Gebrüll aus. »Uaaa, lass ab vom Hohen Bras!«, schrie er, warf sich auf Bras und wälzte sich in einem keuchenden Ringkampf mit ihm am Boden, während Till aufgeregt dazu kläffte.

»Das muss doch hart sein«, lachte Silla. »Wer hat denn die Strohmatratzen und Felle versteckt?«

»Bestimmt war das der Hohe Bras!« Moruagh lachte.

»Nein, das war ich! Ich musste mir wieder einmal den Kopf auspolstern!« Finn hatte sich aus Bras' Umklammerung befreit und wischte sich grinsend das verschwitzte Haar aus der Stirn. »Wisst ihr noch, wie Silla gesagt hat, mir quillt das Stroh schon zum Kopf heraus?«

Unter Gelächter und Scherzen rollten sich alle vier und der Welpe so gut es ging in ihre Decken. Sie kicherten noch, als sie langsam, einer nach dem anderen, in den Schlaf fielen, auch wenn Kummer und Sorge ihnen immer noch wie ein Stachel im Herzen saßen. Nur Bras blinzelte träumerisch in den nächtlichen Himmel. »Silla«, sagte er leise, dann schlief er ebenfalls ein.

»Wir sollten einen Tag warten«, meinte Finn am nächsten Morgen. »Falls die Soldaten versuchen, uns an der Straße oder längs der Wege abzupassen. Wenn wir gleich gehen, laufen wir ihnen wahrscheinlich gerade in die Arme. Stattdessen könnten wir uns ausruhen, neue Kräfte und Vorräte sammeln. Außerdem sind wir hier erst einmal sicher. Über die Schlucht kommt ohne den Lawinenbogen niemand mehr.«

»Ich bin auch für bleiben!« Silla ließ sich auf einen Felsen sinken. »Ich kann nämlich nicht mehr!«

Moruagh und Bras nickten zustimmend. Jeder von ihnen konnte neue Kräfte gut gebrauchen.

An dem See war es schön. Das Wetter hatte aufgeklart und die Wolken waren einem strahlenden Sommertag gewichen. Sie hatten mit den Speeren wieder Forellen gefischt und die reifsten von den Beeren gesucht, die sich in dem niederen, dichten Buschwerk verbargen, das die eine Seite des Sees säumte und eine wunderbare Unterlage zum Liegen bildete.

Silla versuchte Till das Absitzen beizubringen. Immer wieder hob sie ein Stückchen Fisch über seinen Kopf, sodass er automatisch auf seinen Hintern plumpste, wenn er es nicht aus den Augen verlieren wollte, und sagte »Sitz!« und »Braver Hund!« dazu.

Wildes Platschen und Schreien schreckte sie auf. Die Jungen und Moruagh hatten sich ins Wasser geworfen und tobten darin herum.

»Silla, komm herein!«, schrie die Rote. »Schnell, bevor wir erfroren sind!«

Ich habe keinen Badeanzug, wollte Silla rufen, dabei fiel ihr auf, dass ihre Freunde ebenfalls keinen hatten, was sie nicht im Mindesten zu stören schien. Sie zögerte einen Moment, dann streifte sie Hemd und Hose ab. Wenn das hier nun einmal so Sitte war …

Das Wasser war so kalt, dass Silla kurz keine Luft mehr bekam. Wie Tausende von Eisnadeln fühlte sich das auf der Haut an. Sie japste und schlug platschend um sich wie ihre Freunde, um nicht zu Eis zu erstarren. Finn spritzte sie lachend an und sie warf Hände voll Wasser zurück.

Danach wickelten sie sich in ihre Decken und Umhänge und rannten in der Sonne herum, bis sie trocken waren. Die Haut glühte nach dem Wasser rot, war aber gleichzeitig so frisch, dass Silla sich mit neuer Energie aufgeladen fühlte. Alles Schreckliche der letzten Tage schien wie weggewaschen.

Später brieten sie wieder Fische und aßen eine Handvoll fast reifer Beeren dazu und Silla versuchte ihren Freunden »Fischers Fritze fischt frische Fische« – und das möglichst schnell – beizubringen, was zu stürmischem Gelächter führte.

Dann stieg Dämmerung auf und mit ihr das Erinnern und die Stille. Das Gelächter verebbte. Versunken betrachteten die vier das Schauspiel der untergehenden Sonne, jeder seinen eigenen Gedanken nachhängend.

»Heute war ein schöner Tag«, sagte Silla leise.

»Ja!« Moruagh legte ihr einen Arm um die Schultern. »Heute haben wir viel Spaß gehabt, nicht wahr?«

»Von mir aus könnte jeder Tag so sein«, brummte Bras aus dem Hintergrund.

»Wenigstens für eine Zeit«, murmelte Finn und stocherte weiter finster brütend in dem Feuerrest.

»War Cù immer in dem Verlies?«, fragte Silla zögernd.

»Praktisch seit seiner Geburt«, nickte Moruagh.

»Das wird schwer werden!«

»Wahrscheinlich!«

Die Sterne stiegen auf, leuchtend und funkelnd in der absoluten Dunkelheit. Silla hätte ihren Freunden gerne erklärt, wie schön das war und dass es das in ihrer eigentlichen ... oder eben anderen Zeit kaum noch gab, weil auch so eine absolute Dunkelheit nicht mehr existierte, denn überall sah man den Widerschein des elektrischen Lichtes an den Himmel gespiegelt. Aber sie blieb still. Wie hätte sie das denn auch erklären können, sie hatten ja noch nicht einmal Wörter für Strom oder Steckdose!

Morgen würde es weitergehen und der Gedanke daran machte ihr alles andere als ein gutes Gefühl. Erst ohne Fergus, ohne die Reiter und jetzt auch noch ohne ihren blinden Führer und ... ja, Freund! Wie lange musste man jemanden kennen, bis man ihn einen Freund nennen konnte? Oft konnte man es gleich sagen! »Seelenfamilie« hatte Moruagh das genannt. Ja, genau das waren sie: eine Seelenfamilie! Und Luchain-re hatte auch dazu gehört und jetzt war er nicht mehr. Und Finn, was mochte dem wohl durch den Kopf gehen? Nach allem war *er* ja nun ihr Führer und fühlte sich verantwortlich, und zwar für alles! Für ihr Wohlergehen, für den richtigen Weg, für den Ausgang ihrer Mission und, und, und ... Er war keiner, der so etwas auf die leichte Schulter nahm. Was für eine schreckliche Last das sein musste!

Moruagh neben ihr fing an zu summen und dann leise zu singen, eine kleine Melodie, traurig und schön. Die einfache Akkordfolge machte Silla schläfrig und die Augen begannen ihr zuzufallen. Wie das klang! Als würden die Sterne selbst dazu singen!

Abrupt verstummte Moruagh und sprang auf die Füße. Dann begann sie wieder zu singen, aber anders diesmal ...

»Eine Flöte«, murmelte Silla. »Das ist eine Flöte!« Jetzt war es deutlicher zu hören. Wie fröhliche Kaskaden purzelten die Töne durch die Nacht, wurden von Moruagh aufgegriffen, die kleine Melodien daraus flocht und in die Nacht zurückschickte.

»Wer pfeift denn hier mitten in der Nacht?« Finn war sofort wieder in Alarmbereitschaft.

»So spät ist es, glaube ich, noch gar nicht«, gähnte Bras.

»Trotzdem! Moruagh, sei still! Du weiß ja nicht, wer da pfeift!«

»Erkennt ihr es denn nicht?« Die Rote warf jetzt die Arme in die Luft und fing an, auf einem Bein um das Feuer zu hüpfen vor Aufregung. »Horcht doch hin! – Juhu!«

»Das gibt es doch nicht!« Silla hatte sich fast erschrocken eine Hand auf den Mund gepresst. »Das ist doch …«

»Das gibt es! Jawohl, das gibt es!« Ihre Freundin fiel ihr um den Hals.

»Still, still«, tönte es da aus nächster Nähe. »Sonst haben wir bald mehr Gesellschaft, als uns lieb sein kann!«

»Was …!« Mit einem überraschten Ausruf sprang Finn auf die Füße und warf hastig noch ein paar Holzstücke in die Glut, die erneut aufloderte, gerade als eine Gestalt um den Felsen bog.

»Ad Smerius«, flüsterte Silla. Sie musste sich an die Steine lehnen, weil ihr für einen Augenblick schwindelig wurde. »Und …«

Ein blasses, im Schein des Feuers glücklich leuchtendes Gesicht, dessen blicklose Augen lauschend den Sternenhimmel abzutasten schienen, war hinter der Schulter Ad Smerius' aufgetaucht.

»Luchain-re!«, schrie Moruagh da schon und fiel dem Seher um den Hals. »Ich habe eure Flöten sofort erkannt!«

»Deine Ohren kann niemand täuschen, Rote!« Luchain-re lachte fröhlich. »Und dein Gesang hat uns durch die Felsen geleitet!«

»Aber jetzt still, still«, mahnte Ad Smerius. »In diesen Zeiten weiß man nie, was die Nacht für Ohren birgt!« Er scheuchte sie unter den Felsvorsprung zurück. »Vielleicht habt ihr ja auch das Bedürfnis nach einem Stück Brot und ein paar Wurzeln, könnte ich mir vorstellen!«

»Ganz bestimmt«, strahlte Bras. »Nichts gegen Fisch, aber ein wenig Abwechslung in der Speisenfolge …« Er verstummte verlegen und legte unwillkürlich die Hände auf den Bauch.

»Setzt euch erst einmal ans Feuer«, Finn schüttelte immer wieder den Kopf, »und erzählt mir, ob ich träume oder wie du es schaffst, Seher, plötzlich hier bei uns zu sein, und noch dazu mit Ad Smerius, der auf der anderen Seite des Gebirges sein sollte, und das, nachdem wir dich unter einer Steinlawine begraben zurückgelassen haben.«

»Ja, die Steinlawine«, Luchain-re lächelte. »Das klang gewaltig, wie die sich löste, nicht wahr? Die Erde begann plötzlich zu schwanken und es war so ein Toben in der Luft, dass ich nicht mehr wahrnehmen konnte, ob ihr rechtzeitig davongekommen wart. Ich dachte mir, auch wenn das Ende naht, kann man nichts anderes tun, als was man eben zu tun hat, und so schoss ich einen Pfeil nach dem anderen, bis ich spürte, dass der Boden zu rutschen begann, dann hörte ich auf, denn ich wusste, dass nun der Berg meine Aufgabe übernehmen würde und ich mir die Zeit nehmen konnte, mich zu sammeln für die Reise in die Anderswelt. Und das tat ich. Ich fühlte, wie die Erde mich verschlang, als hätte eine riesige Faust mich am Kragen gepackt und hinuntergezogen. Ich saß weiter ruhig, bis der Lärm verstummte, dann hörte ich jemanden lachen und eine Stimme, tief wie die Felsen, sagte: ›Das verwirrt allen die Sinne, wenn sie das erste Mal in die donnernden Felsen geraten, keine Sorge, Seher!‹, und ich fragte: ›Ist das nun die Anderswelt?‹, und da lachte die Stimme wieder und sagte: ›Anders ist die Welt hier schon, aber das, was du als Anderswelt meinst, das ist es nicht!‹ Und so machte ich die Bekanntschaft von Skelik. ›Du begleitest das Hohe Kind‹, sagte er. ›Wir Steinmenschen haben euren Weg wohl verfolgt, auch wenn wir zu unserem Bedauern wenig tun konnten. Bis auf jetzt, ja, das war ein Spaß!‹ Er hieb gegen die Wände und lachte vor lauter Freude über die Lawine und in dem Moment war ich sehr froh, dass wir ihn zum Freund haben und nicht zum Feind, sage ich euch! Auf jeden Fall führte er mich durch die Gänge, einen weiten Weg …«

»Sein Weg war so weit, weil sie mich holten«, übernahm Ad Smerius sacht den Faden der Erzählung.

»Du bist auch durch die Gänge …?« Moruagh blieb vor Überraschung der Mund offen stehen. »Ich dachte, das wäre dir verboten!«, platzte sie heraus.

»War es auch! War es auch! Ihr habt ja von Skelik die Geschichte meiner Eltern gehört! Aber nachdem ihr das Steinreich wieder verlassen hattet, gab es eine Versammlung des großen Rats, wie man euch am besten unterstützen könnte, und da er mich gut kannte und um meine Verbindung zum Hohen Kind wusste, beschloss der Rat, mich zu euch zu bringen!«

»Eine weise Entscheidung, wenn ihr mich fragt«, murmelte Finn.

»Ich hoffe, ich kann euch etwas von Nutzen sein«, lächelte der alte Mann bescheiden. »Eine Nacht kann ich bei euch bleiben, dann werde ich zu Glonn zurückkehren. Weiterziehen werdet ihr alleine müssen, aber ich sehe, dass eure Wege sich verkompliziert haben, und vielleicht können wir gemeinsam zu etwas Klarheit finden.« Er ließ sich am Feuer nieder und öffnete seine Tasche. »Erst einmal ein Stück Brot für jeden und ich bin sicher, dass euch ein wenig Energie der Wurzeln guttun wird!«

Silla biss vorsichtig in die bleiche Rübe, die wie ein spitzer Finger aussah. Der Geschmack erinnerte sie an den Eintopf in Ad Smerius' Höhle, würzig, ein wenig bitter und süßlich zugleich. Fast augenblicklich fühlte sie eine Welle von Energie durch ihre Adern fließen.

Halb verhüllt von seinem Umhang war der Alte inzwischen damit beschäftigt, etwas Knolliges, Schwarzes, das aussah wie ein verschrumpelter Pilz, in einem Gefäß mit Wasser einzuweichen. Das Feuer tanzte dazu auf den tätowierten Runzeln seines Gesichts und hauchte jeder der blauen Linie ein seltsames Eigenleben ein. Die Gefährten waren still geworden und schauten dem Tun Ad Smerius' gebannt zu.

Mit einem gebogenen Stück Eisen holte er einen Stein aus der Glut und ließ ihn in die Flüssigkeit gleiten, die heftig zischend eine Wolke Dampf ausstieß. Er hob den Kopf und sagte leise: »Moruagh?«

Das Mädchen reagierte sofort. Die Unterlippe konzentriert zwischen die Zähne gezogen, begann sie verschiedene Kräuter aus ihrer Tasche zu wählen und in die Flammen zu werfen. Es knisterte, Duft und Qualm stiegen empor.

Ad Smerius hatte begonnen leise zu singen und Moruagh fiel ein. Mit einem Ruck zog der Alte nun seinen Umhang von dem Gefäß und hielt es in die Höhe.

Silla hörte, wie Moruaghs Gesang abbrach und ihre Freundin scharf die Luft einsog. »Tuath-hach!«, stieß sie hervor.

Was Ad Smerius in der Hand hielt, war ein Skelettschädel. Gold kleidete ihn kunstvoll aus und folgte in gehämmerten Linien den Nahtstellen und Einbuchtungen des Knochens. Das Feuer spiegelte sich in den goldenen Aughöhlen und ließ den leeren Blick eigentümlich lebendig werden.

»Ja, Tuath-hach«, sagte Ad Smerius. »Der erste Druide, der aus dem gelobten Land im Sonnenuntergang zu uns gekommen ist. Er war ein großer Zauberer. Sein Schädel ruht vergraben bei Glonn. Er verlässt die Quelle nie, denn sie ist seine Stimme.« Ad Smerius seufzte. »Nun, bis auf jetzt! Nicht nur die Steinmenschen spüren, dass in Zeiten der Veränderung und Gefahr oftmals kein Platz mehr dafür ist, starr an dem Immergewesenen festzuhalten. Tuath-hach hätte das gut verstanden. Nun trinkt daraus und öffnet die Augen, denn die Zeichen sind überall!«

Er drückte Silla den Schädel in die Hände, die das schaurige Gefäß mit gelindem Grausen betrachtete. Daraus sollte sie trinken? Der Becher fühlte sich kühl und glatt an. Sie drehte ihn so, dass die matt glimmenden Aughöhlen von ihr wegblickten. Der Rand war ganz in Gold gefasst mit den kunstvollsten Verzierungen, sie würde den Knochen gar nicht berühren müssen. Langsam hob sie das knöcherne Haupt des ersten Druiden an ihre Lippen und schlürfte ein wenig von dem Pilzsud. Ein pelzig-taubes Gefühl breitete sich über ihren Gaumen.

Ad Smerius zog einen mit Fell bespannten Rahmen aus seinem Umhang und begann, sachte zu trommeln. Silla reichte den Schädel im Uhrzeigersinn an Moruagh weiter, die ebenfalls nur nippte und ihn weiterwandern ließ. Der Alte trank in großen Schlucken den Rest.

Strahlend hell schob sich nun der Mond in den funkelnden Sternenhimmel. Er war auf der rechten Seite schon deutlich flach. Als hätte er ihre Gedanken erraten, sagte Ad Smerius: »Die Hälfte des halben Mondes ist bereits vergangen und er macht sich bereit, zu seinem Ursprung und zu seiner Fülle zurückzufinden. Bis dahin wird viel geschehen sein. Mögen die Götter uns beistehen! Seht, über uns, der hellste von allen, Re alte eolis, der Stern des Wissens!«

»Das Ende der Deichsel vom kleinen Wagen«, murmelte Silla, »der Polarstern.«

»So kennst du die Bilder der Sterne?«, fragte Ad Smerius.

»Nur ein paar. Das da drüben zum Beispiel, das ist der Große Wagen!«

»Wir nun nennen ihn den alten Bären und dein Polarstern ist die Schnauze des kleinen Bären. Ja«, murmelte er versonnen, »vielleicht sind es ja die Sterne, die in ihrer Weisheit zu uns sprechen wollen. Mal sehen, was die Bilder berichten!« Ohne das rhythmische Trommeln zu unterbrechen, versenkter er sich in den Anblick der Sterne.

»Seht ihr«, deutete er dann, »über Luchain-re fliegt die Formation des großen Vogels, die alle Seher begleitet, und über Bras' Scheitel geht der Rabe auf, während hoch über Finn neben der Lyra das Schwert steht, das Zeichen für Barden und große Krieger, was oft ein und dasselbe ist. Direkt über Moruagh steht der Polarstern und mit ihm das Bild des Bären, aber bei Silla … Bei dir, Hohes Kind, zeigt sich der Himmel unbestimmt und leer an Bildern, wenn auch …«, in brütendem Schweigen studierte er weiter den Nachthimmel, »ein schwacher Schein einen aufgehenden Stern anzeigt, der Sirius sein müsste, der Stern des Hundes. Sollte das … vielleicht …«, er verstummte und schüttelte den Kopf. »Aber noch ist es früh und er braucht wohl ein wenig Zeit, um voll am Himmel zu erscheinen.« Er seufzte.

»Das Schwert«, er wandte sich vom Himmel ab. »Hatte der Schmied noch Zeit, dir von Gall zu sprechen, Finn?«

Der Junge schüttelte den Kopf. »Er hat es neu geschmiedet,

dann sind auch schon die Soldaten gekommen. Ich weiß nicht, ob er mir noch etwas erzählen wollte.«

»Das wollte er gewiss, wenn noch Zeit gewesen wäre, seine Worte zu setzen. Schmiede tun das nicht gerne in Eile, sondern lieber in Gründlichkeit! Also hört: Broin hat Gall geschmiedet, aber er war nicht der Erste. In Gall ist die Klinge des schrecklichen Königs aus dunkler Zeit eingearbeitet, Ar Barachs. Man hat sie zerbrochen in seinem Blut gefunden, zusammen mit den Smaragden, die nun den Knauf Galls zieren. Es heißt, sie wären aus den Augen seines Sohnes gewachsen.«

Finn hatte Gall herausgeholt und alle starrten gebannt auf den Griff, der einen goldenen Widderkopf mit tiefgrün funkelnden Augen darstellte.

»In Ar Barachs Klinge nun«, fuhr Ad Smerius fort, »waren die Zeichen der alten Zeit eingeschnitten, die besagten, dass das Schwert immer den wahren König finden, aber zusammen mit der Königswürde zerspringen würde, sollte er es je gegen sein eigenes Blut richten. Es wurde also als Gall neu geschmiedet und kam in die Familie der Ab Galwys, die lange Zeit den König stellte. Ein Urahn Bituits unterbrach diese Erbfolge gewaltsam und ernannte sich selbst zum König. Gall ging in seinen Besitz über und begleitete seitdem die Torch Troyth bis zu jener Nacht«, der Alte seufzte tief auf, »in der die Doppelkinder geboren wurden und Bituit die Alte Frau mit Silla ins Opfermoor verfolgte. Damals hieb er nach seinem eigenen Fleisch und Blut. Er traf nicht, denn Silla hatte bereits die Reise angetreten, aber sein Schwert zersprang am Stein. Iolair war die Geschichte der Klinge bekannt. Sie sammelte die beiden Teile ein und brachte sie zu Broin, der sie zusammenfügte und an ihre ursprünglichen Besitzer zurückgab, die Ab Galwys und somit an Fergus.«

»Es tut mir so leid, Finn! Ich … ich … weiß gar nicht, was

ich sagen soll!« Silla war das Blut in die Wangen gestiegen. »Ich ... schäme mich so für meine Familie!«

»Du kannst ja nichts dafür, Silla! Das sind doch alte Geschichten!« Finn schob das Schwert in ihren Kreis. »Wer weiß schon, warum die Klinge gerade in unserer Familie gelandet ist. Vielleicht steht sie ja eher dir und Cù zu!«

Ad Smerius hob Gall auf, legte es Finn in die Hand und drückte ihm die widerstrebenden Finger um den Knauf. »Es ist dir anvertraut und es ist an dir, es zu führen, daran besteht nicht der Schatten eines Zweifels! Also habe Vertrauen in Gall und führe es gut!«

Der Alte lächelte in die Runde und schlug weiter die Trommel, während Luchain-re unermüdlich die Flöte blies, wie er es schon den ganzen Abend getan hatte.

Sie saßen eine lange Zeit so, in Schweigen und die Betrachtung der Flammen oder des Himmels versunken. Silla merkte, wie ihr die Augen zufielen und sie langsam gegen die Schulter ihrer Freundin sackte. Ein scharfer Stoß in die Rippen ließ sie auffahren.

»W... was?«, murmelte sie erschrocken. Moruagh deutete nur mit dem Kinn über Sillas Schulter. Silla drehte sich um. Und da stand sie: gelbe Augen, die im Schein der Flammen leuchteten, blitzende Zähne unter hechelnd hochgezogenen Lefzen und so nah, dass Silla jedes Haar auf ihrer pelzigen Schnauze ausmachen konnte und fast meinte, ihren Atem spüren zu können – die Wölfin.

Sie blickte Silla für einen langen Moment gerade in die Augen.

Wenn du nur sprechen könntest, dachte Silla. Warst du die Wölfin damals bei meiner Mutter oder bist du schon deren Tochter? Gibt es wirklich eine Verbindung zwischen uns, ist es wahr, dass du mich beschützt, oder bilde ich mir das nur ein?

Die Wölfin starrte nur, dann drehte sie mit einem Mal ab und war wie ein Spuk hinter den Felsen verschwunden.

»Ist das … ist das alles wahr?«, stammelte Silla.

Ad Smerius legte ihr leicht die Hand auf den Arm. »Wölfe schauen uns Menschen normalerweise nicht in die Augen, wusstest du das? Außer, sie haben etwas wirklich Wichtiges mitzuteilen.«

»Dann muss es wohl so gewesen sein«, murmelte Silla.

»Das glaube ich auch!« Der Alte drückte ihr kurz den Arm. »Und nun, meine Lieben, solltet ihr es euch um das Feuer gemütlich machen und etwas zu schlafen versuchen. Morgen wird wieder ein langer Tag. Ich werde wach bleiben und das Feuer hüten. Heute Nacht wird euch nichts geschehen, ruht ruhig!«

Ginge das Ganze nicht auch einmal ohne einen grausligen Kräuter- oder Pilzsud, dachte Silla, und dafür mit ein paar weichen Kissen? So werde ich nie schlafen können! Aber noch während sie das dachte, war sie schon dabei, tief in ihre Träume zu sinken.

Ein Sonnenstrahl, der ihr über das Gesicht tanzte, weckte Silla. Blinzelnd richtete sie sich auf. Finn und Bras lagen eingerollt neben ihr, von Moruagh und Luchain-re war keine Spur.

Ad Smerius saß immer noch mit untergeschlagenen Beinen an den Felsen gelehnt, als hätte er sich die ganze Nacht nicht gerührt. Seine Augen waren geschlossen, öffneten sich nun aber, als hätte er Sillas Blick gespürt. Geistesabwesend starrte er sie an. »Irgendwo ist hier ein Teil der Lösung, aber ich finde ihn nicht«, murmelte er. »Es gibt da etwas, was ich nicht sehe! Es muss genau vor mir sein, ich spüre es! Aber wo, aber was?« Er fuhr sich mit der flachen Hand über das Gesicht und stand ächzend auf. »Nun ja, es wird sich schon zeigen. Hoffen wir, dass es beizeiten ist!«

Mittlerweile waren alle erwacht und Moruagh und Luchain-re zum Lager zurückgekehrt. Ad Smerius hatte den Druidenschädel und die Trommel wieder in den unendlichen Falten seines Mantels verschwinden lassen und schien zum Aufbruch gerüstet, nicht jedoch, ohne Moruagh mit dem gesamten Vorrat seiner Wurzeln auszustatten, die sie später verteilen würde.

»Nun, meine Lieben«, setzte er an, wurde aber von heiserem Gekreische unterbrochen. Eine schwarze Feder trudelte vom Himmel, schwebte mitten in ihrem Kreis sacht zu Boden.

»Nun ...«, Ad Smerius richtete den Blick nach oben, »auch dort scheint es Machtkämpfe zu geben.«

Ein krächzender Wirbel aus Flügeln und Federn ballte sich für einen Moment über ihren Köpfen zusammen, wurde wie eine Sturmwolke weitergetragen und ein Rabe stürzte flatternd und erbärmlich kreischend wie ein Stein vom Himmel. Bras reagierte mit einer Schnelligkeit, die Silla ihm und seiner Leibesfülle nie zugetraut hätte. Mit langen Sprüngen, den Blick nicht von dem fallenden Vogel lassend, stürzte er los, während er sich den Mantel von den Schultern riss und wie ein Sprungtuch vor sich hielt. Und schon purzelte der Rabe kopfüber in das Tuch, federte hoch und landete auf dem steinigen Boden. Bras riss einen Arm in die Höhe und machte seinen Freunden ein fröhliches Siegeszeichen. Sie liefen los. Till war der Schnellste. Er näherte sich dem schwarzen Tier, die Nase misstrauisch vorgereckt, schnupperte kurz an dem Gefieder, während der Rabe den Kopf verdrehte und den Welpen aus einem Auge mürrisch musterte. Dann zwickte Till kühn in den herunterhängenden Flügel des Raben, der vor seiner Schnauze baumelte.

»Till«, schrie Silla empört. »Aus!«, aber da hatte der Vogel sich schon selbst verteidigt und dem kleinen Hund kräftig in den Kopf gehackt. Till machte erschrocken und schmerzvoll jaulend kehrt und versteckte sich hinter dem lachenden Bras.

»Nicht schimpfen!«, Finn hielt Silla zurück und das erste Mal seit Langem zog wieder das Grinsen über sein Gesicht, das den Schneidezahn mit der abgeschlagenen Ecke aufblitzen ließ. »Kleine Hunde erkunden nun einmal alles so, indem sie hineinbeißen. Sie haben ja schließlich keine Hände wie wir!« Er wandte sich zu dem Vogel. »Er hat sich wohl den Flügel gebrochen! Komm, mein Schöner!« Die Hand ausgestreckt näherte er sich dem Vogel, nur um ebenfalls mit einem Schmerzensschrei zurückzuspringen. »Autsch!, er hat nach mir gehackt!« Blut tropfte von Finns Finger und seine Brauen zogen sich zu einer düsteren Linie zusammen. »Das Biest könnt ihr zähmen, wenn ihr wollt!«

Der Rabe krächzte mit vorgerecktem Kopf und flatterte dazu mit seinem einen guten Flügel, als wollte er sagen: »Untersteht euch! Kommt bloß nicht näher!«

Bras lachte. »Mir scheint, der will nicht gezähmt werden!« Er kramte ein altes Stück Brotrinde aus seiner Tasche, bückte sich und hielt es dem zornigen Vogel hin.

»Der Rabe ist auch Bran, der Heiler und Prophezeier«, murmelte Ad Smerius. Er nickte zufrieden: »Ich würde sagen, das ist ein gutes Omen!«

Der Rabe reckte zögernd den Schnabel und hackte Bras mit einer schnellen Bewegung das Brot aus der Hand. Bras streckte einen Finger aus, verharrte kurz und fuhr dann zart über die glänzenden schwarzen Federn. Der Rabe ließ es sich ruhig gefallen. Er pickte sichtlich besänftigt an seinem Brot und ließ es sogar anstandslos mit sich geschehen, dass Bras seinen Flügel untersuchte. Als sich Moruagh jedoch näherte, um

Bras zu helfen, begann er sofort wieder zu schimpfen und zu flattern. Die Rote rümpfte leicht beleidigt die Nase.

»Keine Sorge, mein Schöner!« Bras strich dem Vogel wieder mit den Fingerspitzen über das Gefieder, was das Tier wirklich zu beruhigen schien. Die Mädchen tauschten mit hochgezogenen Augenbrauen einen Blick. Finn betrachtete die Szene mit offen stehendem Mund, während ihr Luchainre mit erhobenem Gesicht lächelnd zu lauschen schien.

Auch Ad Smerius' Gesicht spiegelte ein zufriedenes Schmunzeln. Er räusperte sich. »Mir scheint, Bras, du hast ein Totemtier gefunden – oder besser gesagt, es hat dich gefunden, damit ihr euch gegenseitig schützt. Genau wie es mit Moruagh und der Bärin war.« Er lächelte breit. »Der Rabe – Bran!«, setzte er dann hinzu.

»Bran«, wiederholte Bras staunend. Dann wandte er sich wieder dem Nächstliegenden zu. »Ich brauche einen Stab und ein Tuch, dem Raben den Flügel zu schienen. – Bran …«, er lachte fröhlich. »Bran und Bras! Das klingt, als wären wir Brüder!«

»So etwas Ähnliches seid ihr wohl auch, Bras!« Ad Smerius reichte ihm ein Stück Holz und einen Stofffetzen.

Wenig später war Bran verarztet und wie selbstverständlich auf Bras ausgestreckte Hand und von da aus auf dessen Schulter geklettert, wo er seelenruhig Quartier bezogen hatte. Bras hatte es mit dem Ausdruck größter Verwunderung, gemischt mit Freude, über sich ergehen lassen.

Dann waren sie aufgebrochen, nicht ohne sich immer wieder nach der kleiner werdenden Gestalt von Ad Smerius umzusehen. Die Trennung war ihnen nicht leichtgefallen, aber wenigstens hatten sie ihren blinden Fährtenleser und Freund wieder. Mit ihm an der Seite mussten sie kaum fürchten, den Soldaten in die Hände zu fallen, denn er kannte andere Wege als die Passstraße. Das war mehr als Trost genug. Eigentlich hätten sie nun ganz zuversichtlich sein können, wenn …, ja, wenn da nicht diese große, unüberwindlich scheinende Aufgabe vor ihnen gelegen hätte und wenn irgendjemand ihnen hätte sagen können, was eigentlich aus Drugwydd und Iolair geworden war!

12. KAPITEL

DER DUNKLE WEG

»Ich mache mir Sorgen«, sagte Silla. »Ich habe versucht, Nathair zu rufen, aber es hat nicht funktioniert«, sagte sie dann. »Sie ist nicht gekommen.«

»Auch ich sorge mich!«

Alle blickten überrascht zu Luchain-re hin, dessen sonst so heiterer und unbeschwerter Gesichtsausdruck mit einem Mal überschattet schien.

»Aber das tust du doch nie«, rief Moruagh.

Luchain-re zuckte nur still die Achseln und drehte wie witternd den Kopf hierhin und dorthin. Als wollte der Himmel selbst seine düstere Miene spiegeln, schob sich eine Wolke vor die Sonne. Mit einem Mal war die heitere Sommerstimmung den drohenden Vorboten eines Unwetters gewichen.

»Sagt mir, was ihr seht«, befahl er.

Silla blickte sich um. »Ich sehe die drei Zinnen der Nebelspitzen wie Finger durch die Wolken ragen, aber die Wolken sind in Bewegung und ich glaube, sie werden sie bald eingehüllt haben.«

»Der einzige Weg hinunter scheint durch das Tal rechts von

uns zu führen«, setzte Moruagh hinzu. »Aber da muss eine Lawine abgegangen sein. Es ist voller Schnee und riesiger Eisklumpen! Das wird ein schwerer Abstieg werden!«

»Ja! Und wahrscheinlich auch unser letzter! Seht ihr das Schneebrett dort oben, das genau darüberhängt?« Finn schüttelte zweifelnd den Kopf. »Bei der Hitze und den Regengüssen kann das jede Minute hinunterkrachen, so wie die Eisbrücke!«

»Genau was ich gespürt hatte!« Luchain-re seufzte. »Dort unten wird es noch dazu sehr steil und man hätte keine Möglichkeit, einem Schneebrett zu entkommen! Hmm!« Er richtete sein Gesicht grübelnd in den Himmel.

»Aber auf der anderen Seite fängt der Wald an«, warf Bras schüchtern ein. »Da kommen wir doch bestimmt durch und hinunter?«

Luchain-re wiegte den Kopf. »Es gibt dort sogar einen Weg, heißt es. Ich bin ihn nur noch nie gegangen!«

»Auf was warten wir dann? Seht mal, Till ist schon vorausgerannt! Und … seht doch nur, oh …! Ist das schön!« Silla lief ein paar Schritte hinter Till her, dann blieb sie stehen. Ein paar vereinzelte Sonnenstrahlen brachen durch das Grau wie flimmernde, helle Streifen, fielen leuchtend auf die Wiese vor ihnen und ließen Hunderte und Aberhunderte von kleinen blassblauen Schmetterlingen in ihrem Licht tanzen.

Ihre Freunde kamen hinter ihr her, auch sie staunend und berührt von der zerbrechlichen Schönheit des Bildes, das sich ihnen da inmitten der Schroffheit der Berge und vor der schwarzen Silhouette des Waldes, den die Sonnenstrahlen nicht zu erreichen schienen, bot.

Eine neue Wolkenbank schob sich vor die Sonne und schluckte mit einem Mal das Licht, das die Falter zum Tanzen gebracht hatte. Stille breitete sich aus. Luchain-re setzte an, etwas zu sagen, dann schien er es sich anders zu überlegen. Er schloss den Mund wieder und ein entschiedener Ausdruck trat auf sein Gesicht. »Dann lasst uns gehen«, sagte er leise und schritt entschlossen voran, Richtung Wald.

Silla wechselte einen beklommenen Blick mit Moruagh. Sie deutete auf Luchain-re, zog fragend die Augenbrauen hoch und schüttelte dabei den Kopf. »Was hat er nur?«, formulierte sie tonlos.

Moruagh hob ratlos die Hände.

»Ich sorge mich um unseren Weg«, klang es ruhig von vorne und Moruagh rollte die Augen. Es würde ihnen wohl nie gelingen, etwas vor dem Seher geheim zu halten!

»Ich bin den Weg noch nie gegangen, weil es nicht ratsam ist, ihn zu gehen. Er wird der Dunkle Weg genannt. Keiner geht ihn und die, die es doch getan haben, konnten nicht mehr darüber berichten, weil sie nie wieder auftauchten, sondern in den Tiefen des Waldes verschwanden. Auch uns könnte es so gehen. Also?«

Luchain-re verhielt den Schritt bei den ersten Bäumen und drehte sich zu ihnen um. Der Wald ragte wie eine lichtlose Wand vor ihnen auf.

»Haben wir denn eine andere Möglichkeit?« Finns Stimme klang belegt.

»Ich fürchte, nein!«, antwortete Luchain-re ruhig.

Finn blickte in die Runde. Einer nach dem anderen nickte zögernd. Der Seher schien auch das gespürt zu haben, denn ohne ein weiteres Wort wandte er sich ab, wieder den Bäumen zu. Er stand einen Moment still, den unsichtbaren Strömen der Erde lauschend, dann nickte er leicht. »Nun denn ...«, er seufzte und schritt los.

Silla rief Till zu sich, hob ihn auf und steckte ihn in seine Trageschlaufe, in der er sich schon ganz heimisch zu fühlen schien. Schnaufend rollte er sich ein und fiel augenblicklich in Schlaf, tröstliche Wärme abstrahlend. Silla drückte ihn sanft an sich, dann lief sie hinter den Freunden her und tauchte ebenfalls in den Schatten der Bäume, der die kleine Gruppe zu schlucken schien, wie auch das Licht, das nur noch ein fahler Schein zwischen den hohen Stämmen war.

Keiner sprach mehr und in der Stille, die sie umfing, war bald nur noch ihr Atmen zu hören, jedes andere Geräusch schien aufgesogen von dem dicht mit Tannennadeln und Laub bedeckten Boden und abgeschirmt von den mächtigen Baumkronen, die sich hoch über ihnen zu einem undurchdringlichen Dach zusammenschlossen.

Warum es hier bloß so still war? Verstohlen blickte Silla um sich, in dem seltsamen Gefühl, als würden die Bäume sie beobachten. In anderen Wäldern ist es auch ruhig, aber so … Kein Vogel war hier zu hören, keine Grille, die zirpte, und noch nicht einmal das Rascheln einer Maus …, nichts! Eine üble Vorahnung stieg ihr flau aus der Magengrube auf und brachte ihr Herz zum Klopfen.

Lianenhaft verschlungene Waldreben und Fetzen von Baumbart strichen ihnen immer wieder über die Köpfe und waren teilweise so dicht, dass sie sich durchkämpfen mussten wie durch riesige Spinnennetze.

Luchain-re schritt mit zügigem Schritt voran, ohne je zu zögern und ohne dass Silla irgendein System in seiner Wegfindung hätte erkennen können. Ohne langsamer zu werden, drehte der Seher sein Gesicht jetzt halb zu ihnen herum und legte einen Finger auf die Lippen. Leise! Er schien in die Luft zu schnuppern und dann konnte auch Silla es riechen. Was es war, hätte sie jedoch nicht sagen können. Süß und schwer hing es wie eine köstliche Ahnung in der Luft und fast wurde es schwierig, Luchain-re zu folgen und nicht dem verheißungsvollen Duft, der sie zu locken schien wie eine Blüte die Bienen.

Moruagh packte Silla so plötzlich bei der Hand, dass sie zusammenzuckte. Dunkel standen die Sommersprossen im ernsten Gesicht der Freundin. Sie musste sehr blass sein. Ohne ein Wort zu sprechen, deutete sie in die Baumwipfel. Was meinte sie? Silla strengte ihre Augen an, konnte aber nichts entdecken.

»Riech!« Moruagh zeigte auf ihre Nase und wieder hinauf. Der Geruch wurde wirklich stärker hier und dann sah Silla es rein und weiß zwischen den Blättern: Blüten, in cremiger Schönheit, fremd und exotisch wie Orchideen. Der Duft war hier so intensiv, dass es Silla bei jedem Atemzug leicht schwindelig wurde.

»Das sind die Blüten der Waldreben«, hauchte Moruagh.

Luchain-re schien plötzlich zu schwanken, sein Schritt wurde zögernd, unsicher, er wechselte abrupt die Richtung, stolperte und griff Halt suchend nach Bras, gegen den er gelaufen war.

»Ich ... ich ... weiß nicht«, murmelte er und blieb stehen.

»Schon gut!« Bras klopfte ihm den Rücken, als wäre Luchain-re ein Kind, das beruhigt werden müsste.

»Seht nur!« Finn hielt ihnen seine erhobene Hand hin, über deren Rücken ein Tropfen rann, golden und zäh wie Honig. Mit einem leisen Schmatzen fiel ein zweiter daneben. »Das kommt von diesen Pflanzen! Oder eigentlich von den Blüten! Aus denen tropft Nektar!«

»Nicht!«, schrie Moruagh. Ihr Ruf klang unnatürlich laut in die Stille und brach unversehens ab, als hätte etwas Unsichtbares die Schallwellen geschluckt. Es war zu spät. Finn hatte sich den Blütenhonig bereits von der Hand geleckt.

»Hmm! Süß!«, stellte er fest. »Aber was hast du denn,

Moru…a…« Übergangslos verdrehte er die Augen und sackte in sich zusammen wie eine Marionette, der man die Fäden durchtrennt.

»Nein«, schrie die Rote noch einmal und stürzte zu Finn hin. »Ihr dürft das nicht …! Nein! Wir wissen doch gar nicht …!« Panisch begann sie in ihrer Tasche zu wühlen. »Wir brauchen ein Gegenmittel! Vielleicht habe ich ja …! Aber was …?«

»Ich glaube, da … geht … es weiter!« Die Stimme Luchainres klang merkwürdig verzögert. Er tastete sich ins Unterholz und lief genau in einen dichten Busch der Blüten, die leise schaukelnd an den Waldreben baumelten.

»Ah«, hörten sie ihn matt rufen, »klebrig, das … mmh, wie … süß …« Der Seher verschwand, gefällt wie ein Baum, krachend zwischen den Pflanzen.

Eine Schrecksekunde lang bewegte sich niemand mehr, dann schrie Moruagh auf. »Silla, Bras, wir müssen weg hier!«

»Aber wir können doch nicht …« Bras beugte sich zu dem besinnungslos hingestreckten Körper Finns hinab und berührte hilflos mit den Fingerspitzen dessen Wange, an der noch Nektar klebte.

»Lass ihn! Wir müssen weg! Schnell!«

Eigenartig langsam kam dieses »schnell« heraus und Silla war sich nicht sicher, ob ihre Freundin mit einem Mal so schleppend sprach oder ob es an ihrem eigenen Hören lag. Eine große Trägheit schien über alles gekommen zu sein und jede Bewegung verlief so zäh und langsam fließend, wie der harzige Honig aus den Blüten troff.

Moruagh packte sie jetzt, zog sie mit sich und sie liefen mit schwerfälligen Schritten weiter, fort von dem betörenden Duft, der ihnen die Sinne einlullte, fort von der verräterischen Süße der Blüten und den gierigen Armen der Waldreben. Unter großer Anstrengung drehte sie den Kopf und blickte im Laufen über ihre Schulter zu Finn und Bras zurück.

»Da! Bras, hinter … dir …« Ihre Hand hob sich stockend nur ein Stück, aber ihr Gesichtsausdruck alarmierte den Freund, der sich umdrehen wollte und nicht mehr konnte.

Eine Waldrebe hatte sich fast liebevoll unter seinem Arm hindurch um seine Brust geschlungen, während eine zweite sich gerade wie eine Schlange um einen Fußknöchel wand.

Was war das jetzt? Wollten diese grässlichen Pflanzen ihn etwa einfangen? Bras stieß einen dumpfen Ruf aus und begann, sich unbeholfen die Schlingpflanzen vom Leib zu reißen, während er weiterstolperte.

Oh, ihr Götter, konnte er denn gar nichts für seine Gefährten tun, als hier nur die eigene Haut zu retten? Er musste doch das Hohe Kind in Sicherheit … bring... Hmm! Das war … süß … an sein … Fing …

Sein Körper traf mit einem dumpfen Laut den Erdboden. Der Rabe wurde von seiner Schulter geschleudert, flatterte taumelnd ein paar Schritte weiter und kehrte dann um. Mit schief gelegtem Kopf beäugte er bekümmert seinen menschlichen Freund.

Die Mädchen bekamen nichts mehr davon mit, zu sehr waren sie auf ihr anstrengendes Vorwärtskommen konzentriert.

»Weiter, nicht schauen«, murmelte Moruagh immer wieder, aber das »Weiter« schien mit jedem Schritt mühsamer zu werden.

Dieser Duft. Dieser entsetzliche Duft, der aus den Orchideen floss und sich mit dem modrigen Geruch des Erdreiches zu einer klebrig-schweren Wolke verband, die Moruagh über die Nase zu Kopf stieg.

Wir müssen weg, egal wohin, nur weg!, dachte sie. Ich muss Silla hier herausbringen und dann muss ich weiter, denn wer soll denn sonst Hilfe holen! Moruagh knirschte mit den Zähnen vor Anstrengung, grub ihre Zähne in die Unterlippe, bis ein kleiner blutroter Tropfen hervorquoll. Sie stolperte, griff Halt suchend eine Waldrebe, riss sie mit sich und fiel auf alle viere.

Was war das?

Die Knochen waren gelblich und braun gerändert, an einigen Stellen mit dünnen Schichten Moos bewachsen, das ganze Skelett hing schräg in den Schlingpflanzen, als wäre es gerade dabei, sich auf die Beine zu ziehen, und der Schädel starrte ihr mit einem breiten Grinsen entgegen, als wollte er sich über sie und ihre lächerlichen Bemühungen zur Flucht lustig machen.

Wie durch Watte hörte sie Silla neben sich aufschreien. Sie blickte zu ihr hoch, öffnete den Mund, wollte »Weiter!« rufen, aber kein Ton kam heraus, während sich über ihr eine Blüte löste, herabschwebte, ihr Gesicht streifte, trudelnd über ihre Lippen tanzte und in einer schwerelosen Bewegung zu Boden fiel.

Neiiiin!, dachte Moruagh, dann fiel sie vornüber, die Blüte unter sich begrabend, die Hand in die knochigen Finger des Skelettes gekrallt, das spöttisch auf sie herunterzulächeln schien.

Silla stolperte weiter. Was war los? Moruagh schien plötzlich nicht mehr neben ihr zu sein. Silla hatte nicht mehr die Kraft, sich umzudrehen.

Weiter!, klang es ihr im Ohr, weiter! Also tat sie genau das! Weiter! Sie spürte Till an ihrer Brust unruhig werden. Hörten diese Waldreben denn nie auf? Wenn nur wenigstens Till durchkäme, er war viel schneller und wendiger als sie. Mühsam und ohne stehen zu bleiben nestelte sie an dem Tragetuch, spürte die kleine, feuchte Nase, die ihre Hand stupste, die Zunge, die ihr kurz und warm übers Gesicht fuhr.

»Till«, flüsterte sie heiser, »lauf!« Zunächst sah der Welpe sie fragend an. Dann schien er zu verstehen. Er stieß einen Japser aus und verschwand wie der Blitz in den Büschen.

Weiter, dachte Silla, wie Moruagh gesagt hat, weiter! Sie rappelte sich auf und stolperte vorwärts, Schritt für mühsamen Schritt, während sie sich ihr Umhängetuch über den Kopf zog, um den Mund wickelte, um die Nase, bis nur noch die Augen herausschauten. Nur ja nichts von diesem Nektar in ihren Mund gelangen lassen, so viel hatte sie zumindest mitbekommen! Wenn sie nur das Atmen auch noch hätte abstellen können, dieses betörende Blütenparfüm nicht mehr hätte riechen müssen, das einem wie Gift in den Kopf stieg.

Was war das eigentlich eben gewesen, als Moruagh noch bei ihr war. Fast hatte sie gemeint, aus den Augenwinkeln ein Skelett zu sehen! Aber warum …? Und was hing da vor ihr? Etwa ebenfalls …? Und noch eines! Ja, das waren wirklich … Skelette!

Silla stolperte weiter, ohne sich um die Knochengestalten zu kümmern, die überall in den Ranken hingen. Egal, dachte sie, ganz egal, nur weiter! Weiter! Nicht hängen bleiben, wie die armen Gestalten in den Büschen, nicht hier sterben, nicht hier, nicht jetzt, weiter!

Sie strauchelte, rappelte sich wieder in die Höhe, spürte wie ihre Knie nachgaben, knickte ein, strauchelte wieder, schürfte sich beim Fallen die Hände auf, tastete sich vorwärts, während sie immer nur »weiter« dachte, »weiter!«, dann knickten auch ihre Arme ein und sie sank nach vorne und dachte und spürte nichts mehr.

Silla erwachte so plötzlich, als hätte jemand mit einem Ruck einen Schleier von ihrem Bewusstsein gezogen. Sie riss die Augen auf und starrte hinauf in die Baumkronen, ohne im ersten Moment zu begreifen, wo sie war. Was war das für ein ekelhafter Geruch? Und irgendetwas schien schwer auf ihrer Brust zu sitzen und sie niederzuhalten.

Ohne ihre Position zu verändern, hob sie leicht den Kopf und schielte an ihrem Körper herunter – nur um die Augen ebenso schnell wieder zu schließen. Denn dieses Ding da auf ihrer Brust war ein Albtraum und keine Sekunde länger auszuhalten. Aber wer wusste, was passieren würde, wenn sie sich bewegte! Gedanken rasten durch ihren Kopf, während ihr die nächste Woge des pestilenzartigen Gestanks in die Nase wehte.

Dafür war der grässliche Duft der Orchideen damit verdrängt, auch wenn Silla im Moment nicht hätte sagen können, welcher Geruch schlimmer war.

Jetzt bewegte sich dieses schauerliche Tier auf ihrer Brust auch noch, als wollte es sich eine bequemere Position suchen. Silla glaubte schreien zu müssen, wenn sie nicht sofort aufspringen dürfte. Aber sie hielt still.

Vielleicht hat es ja einen Giftstachel, dachte sie und blinzelte ansatzweise unter ihren Augenlidern hervor. Auf den ersten erschrockenen Blick hatte sie nur etwas unförmig Rundes erkennen können, leuchtend gelb-schwarz gefleckt und warzig glänzend.

Nachdem so weit nichts passiert war, öffnete sie die Augen noch ein bisschen mehr. Das Ding schien nicht weniger neugierig als sie, denn es starrte unverwandt zurück. Es war eine Art riesige Kröte und es sah giftig aus. Wieder stieß es eine Wolke von Gestank aus, die aus den Poren seiner schleimigen Haut zu quellen schien.

Wie der Dampf aus einem Bügeleisen, dachte Silla und schloss schnell die Augen, die begonnen hatten zu tränen. Am Ende würde sie von diesem Pesthauch noch blind werden, wenn sie nicht aufpasste!

Jetzt fing es wieder an, sich zu bewegen. Was tat es da nur? Es verlagerte sich tiefer und Silla spürte es unangenehm schwer in ihren Magen drücken. Aber zumindest saß es nicht mehr so unmittelbar vor ihrer Nase, das war schon etwas! Dem Gewicht nach war es um einiges massiver als Till – und jetzt …, jetzt schien es in die Trageschlaufe kriechen zu wollen. Ja, jetzt war es auch schon drinnen und ruckte herum, als wollte es sich da häuslich einrichten und es sich möglichst gemütlich machen. Zum Schluss würde es behaglich in das Tuch gewickelt einschlafen und sie konnte ewig so liegen, reglos und von Angst gefesselt.

Nein! Wenn das Ding wirklich eine Kröte war, dann hatte es bestimmt keinen Giftstachel, oder? Silla bewegte langsam einen Finger und vorsichtig noch einen, dann die ganze Hand. Nichts passierte. Kühn geworden wagte sie es, ihre Arme zu verschieben. Immer noch nichts! Ganz allmählich, mit vielen Pausen schob sie sich auf die Ellenbogen, blickte hinunter und in das schönste Paar Augen, das sie je gesehen hatte. Die Kröte starrte aus grün, gold und leuchtend orange geflammten Pupillen zurück, während sich langsam ihre Lider schlossen. Sie schien es sich wirklich im Tragetuch gemütlich zu machen.

Behutsam, um das Tier nicht aufzuschrecken, schob sich Silla in eine sitzende Position und blickte sich um. Was war nur geschehen? Sie musste zusammengebrochen sein, ganz benebelt von den Orchideendünsten. Aber von denen war jetzt absolut nichts mehr zu riechen, sie war in die ekelhaften Dämpfe der Kröte gehüllt wie eine Seidenraupe in ihren Kokon. Der Gestank war zwar unerträglich, aber zumindest stieg er einem nicht so zu Kopf wie der Blütenduft! Doch wo waren ihre Freunde denn nun?

Vorsichtig setzte sie sich weiter auf. Wenn sie das Tier nur mitsamt dem Tuch hätte abnehmen können, aber der Knoten war gerade so unter die warzige Haut gerutscht, dass Silla die Kröte dazu hätte zur Seite schieben müssen, und dazu, nein, dazu konnte sie sich nicht überwinden. Vielleicht konnte sie sie ja vorsichtig herausschütteln? Probehalber zog Silla den Stoff hinunter, aber sofort flogen die Augen auf. Die Kröte begann vor Aufregung ungestüm zu schnaufen und pufte dabei so heftig ihre Giftschwaden aus, dass Silla zu würgen begann. Verzweifelt schielte sie nach ihrem Umhang, der sich bei ihrem Sturz gelöst hatte und nun nutzlos zu Boden hing, statt ihr die Atemluft zu filtern.

Langsam rappelte sie sich auf die Beine. Die Waldreben hingen immer noch dicht, aber von den Blüten waren nur noch vereinzelte zu sehen und es war beruhigend, sie nicht mehr riechen zu müssen.

Aus welcher Richtung war sie eigentlich gekommen? Und wo waren ihre Freunde? Mit einem Mal fühlte Silla sich abgrundtief und unaussprechlich einsam, ein Gefühl, als wäre sie der letzte lebende Mensch auf der Welt – und vielleicht bin ich das auf eine Art, dachte sie, vielleicht sind Moruagh und Finn und Luchain-re und Bras schon nicht mehr in dieser Welt und wer weiß, was aus Till geworden ist.

Und mit einem Mal war sie unendlich froh, die Gesellschaft der dicken, Gift schnaufenden Kröte zu haben und so zumindest ein Wesen, das mit seinem Atem die Stille füllte.

13. KAPITEL

ULL-SLOG

Silla schrak auf. Sie musste gegen den Baum gelehnt eingenickt sein, auch wenn sie das Gefühl hatte, die ganze Nacht kein Auge zugetan zu haben. Durch die Wipfel schimmerte fahl das Tageslicht.

Irgendetwas war anders. Der Geruch! Keine benebelnden Orchideendüfte, kein Krötendunst. Und das Gewicht in ihrem Tragetuch war auch verschwunden, zusammen mit dem warzigen Tier. Fast tat es ihr nun leid. Zumindest war sie nicht *ganz* alleine gewesen.

Alleine, ja, in dieser nervtötenden Stille und ohne die geringste Ahnung, wo sie sich befand oder wohin sie sollte. Hier schien es kein Bergab und kein Bergauf zu geben und um die Himmelsrichtung zu bestimmen, dazu war das Licht zu schwach und der Wald zu dicht. Die Wetterseite der Bäume, die nach Norden zu moosbewachsen waren, wie Moruagh ihr gezeigt hatte. In diesem Wald war wohl nichts, wie es sein sollte; manche der Stämme waren so alt, dass sie schon rundum grüne Patina angesetzt hatten, andere wieder trugen überhaupt kein Moos oder es zeigte in diese oder jene Richtung. Erschöpft hielt Silla inne. Ihr Kopf tat ihr weh, aber zumindest war die Waldluft heute klar und frisch und sie sog sie dankbar tief in ihre Lungen, dann lief sie entschlossen los.

Viel anderes bleibt mir auch nicht übrig, dachte sie. Vielleicht finde ich ja meine Freunde oder aus dem Wald hinaus! Besser als still sitzen! Aber sobald ich auch nur den Hauch einer Orchidee rieche, mache ich sofort kehrt, das steht fest!

Sie brach im Gehen kleine Äste ab oder knickte sie, ihren Weg zu markieren, sollte sie anfangen im Kreis zu laufen, aber als sie dann zurückschaute, war es ihr schon auf kurze Entfernung unmöglich, die kleinen Zeichen in dem dichten Gestrüpp auszumachen. Also lief sie einfach nur weiter. Weiter und weiter.

Durst fing langsam an sie zu quälen. Sie zupfte sich Blätter ab und begann die Feuchtigkeit herauszukauen. Ein wenig half es.

Von einem Schritt zum anderen konnte sie nicht mehr und ließ sich einfach auf den weichen Waldboden fallen. Wie lange war sie nun schon gelaufen? Stunden, einen halben Tag, länger? Sie hatte nicht die mindeste Ahnung.

Nur ein bisschen ausruhen, dann geht es schon wieder, versuchte sie sich Mut zu machen, spürte dabei aber, wie Verzweiflung ihr stetig und kalt ins Herz kroch. Sie schlang die Arme um die angezogenen Knie. Was wohl aus Till geworden war?

»Till«, rief sie probehalber, aber ihre Stimme klang so fremd und schutzlos in der Stille, dass sie erschrocken verstummte.

Und doch …! Silla hob lauschend den Kopf. Ihr war, als hätte sie ein Geräusch gehört! Oder war es die andauernde Lautlosigkeit, die ihr einen Streich gespielt hatte? Wahrscheinlich, denn jetzt hörte sie nichts mehr! Wie schrecklich dieser lautlose Wald war! Er schien sie zu belauern, aus unsichtbaren Augen anzustarren. Sie hatte das Gefühl, als würde er jede ihrer Bewegungen registrieren!

So ein Unsinn!, schalt sie sich. Das sind nur Bäume! Weiter jetzt! Sie gab sich einen Ruck und fuhr mit einem Schrei zurück.

Da *waren* Augen, die sie anstarrten! Ein Paar, direkt vor ihr! Und da, von der Seite glotzte es durch die Büsche und hinter ihr! Jetzt sah sie auch die Gesichter dazu, die Köpfe. Der Inhalt der Kiste des alten Roidh zuckte ihr durch den Sinn! Genauso wild sahen die aus. Aber diese Männer hier waren lebendig, denn jetzt bewegten sie sich, kamen durch die Büsche immer näher.

Silla schrie noch einmal auf, dann verbarg sie das Gesicht in den Armen. Im nächsten Augenblick spürte sie, wie ihr eine Art Sack über den Kopf gestülpt wurde, und bevor sie sich noch wehren konnte, fand sie sich schon verschnürt wie ein Paket, von kräftigen Armen aufgehoben und schaukelnd davongetragen. Sie zappelte und wollte schreien, aber beim ersten Ton legte sich eine Hand schwer auf ihren Mund, presste ihr dabei den groben Jutestoff gegen Gesicht und Lippen und Silla war still.

Die Männer gingen schweigend, nur hin und wieder tauschten sie flüsternd ein paar Worte oder Lachen klang auf, rau und leise.

Silla hätte gerne verstanden, was sie sprachen, aber in den Jutesack gewickelt war sie schon froh, genug Luft zu bekommen. Wer waren sie bloß? Die Schergen Sionnachs oder des Königs selbst? Hatten sie sie eingeholt oder waren sie ihr gar entgegengekommen, Drugwydd und Iolair somit schon verraten? Am Ende auch sie gefangen? Was war eigentlich, wenn dem Druiden oder der Alten Frau etwas zustieße? Wie würde sie dann je wieder in ihr altes Leben zurückgelangen? Würde ihr jemand anders über die Brücke durch die Zeit helfen können? Nein, sagte eine kleine Stimme in ihr, niemand sonst hat diese Art von Wissen! Du wärest verloren!

Das Heimweh überfiel sie unvermutet und heftig. Sie begann zu schniefen. Der Griff um ihren Mund lockerte sich. Der Mann hatte anscheinend Mitleid mit ihr! Aber nein, musste sie sich gleich darauf erkennen, sie waren wohl eher angekommen. Auf jeden Fall ließ man sie ohne weiteres Zeremoniell einfach auf den Boden fallen und erst einmal liegen. Schritte und Stimmen entfernten sich, waren aber immer noch zu hören. Auch andere Geräusche drangen nun herüber: das Klappern von Töpfen, weiter entfernt leises Schnauben, jetzt wieherte es, Pferde! Hier schienen auch Pferde zu sein und noch etwas drang durch den Jutegeruch des Sackes: der Duft von gebratenem Fleisch! Das alles nach der unmenschlichen Stille des Waldes und dem wabernden Gestank des letzten Tages! Silla hätte weinen können vor Dankbarkeit.

Plötzlich hörte sie noch etwas: ein vertrautes Japsen, das unmittelbar in ein quiekendes Kläffen überging, und dann war es über ihr, zerrte wild an dem Sack, biss und rupfte knurrend mit seinen kleinen Zähnen …

»Till!, schrie Silla. »Till! Bist du das wirklich?«

Sein fiependes Bellen war ihr Antwort genug.

Aufbrandendes Gelächter schwappte plötzlich ganz nah wie ein Welle über sie und Hände machten sich daran, ihr Sack und Fesseln abzustreifen.

Wenn ihr die Reiter um Fergus Ab Galwys wild vorgekommen waren, musste sie jetzt Abbitte leisten, denn sie waren ein vergleichsweise zivilisierter und gepflegter Anblick gewesen gegen das, was sie hier umringte. Das war nun wirklich wild: abgerissen und verdreckt, struppig und stachelbärtig, bewaffnet, gerüstet und goldbehängt, blutverkrustete Fetzen nachlässig um Wunden gewickelt, Schwerter an den Seiten und lange Messer in den Gürteln. Wettergegerbte Gesichter sahen sie an mit funkelnden Blicken und spöttisch verzogenen Mündern.

»Hunderttausendfaches Willkommen, fremdes Fräulein, unter den höfischsten Gastgebern, die dieser Wald zu bieten hat!« Einer der Männer machte eine ironische Verbeugung und vereinzelte Lacher brandeten auf. »Als wohlerzogene Herren und gute Wirte werden wir Euch natürlich erst Essen und Trinken anbieten, bevor wir Euch nach Eurem ›Woher‹ fragen!«

Ein stechend blaues Auge blickte sie kalt und ohne einen Funken von dem Humor, mit dem der Mann gesprochen hatte, an. Die andere Aughöhle war von einer speckigen Lederklappe verhüllt, unter der eine lange Narbe die hagere Wange durchschnitt.

Silla machte sich ganz aus dem Sack frei, packte Till, der ihr wie wild das Kinn leckte, und erhob sich. Ich bin Silla aus dem Geschlecht der Faol, dachte sie, ich bin das Hohe Kind, das darf ich nicht vergessen. Ich bin die Tochter der Wölfin und ich werde diesen Wegelagerern und Strauchdieben gewiss nicht zeigen, dass ich Angst habe!

»Ich danke Euch für Euer Willkommen. Als höflicher Gast werde ich gerne Essen und Trinken annehmen, bevor ich Euch nach dem ›Wohin‹ frage«, antwortete sie, so würdevoll sie konnte.

»Hört, hört«, klang es hinter ihr, »da haben wir uns ja ein feines Fischchen geangelt!«

»Oh«, der Mann, der ihr Anführer zu sein schien, kratzte sich scheinbar ratlos am Kopf, »aber eine Frage müsst Ihr mir gestatten, lieblicher Gast«, er deutete auf Till. »Ist das Euer

Hund, der vor Euch in unser Lager gestürmt kam, sich über die Vorräte herzumachen?«

»Ja! Ich hoffe, er hat nichts angestellt! Er ist noch klein!«

»Nein, keineswegs!« Das Räuberhaupt nickte scheinbar mitfühlend. »Er scheint ja wie ein Teil von Euch zu sein!«

»Ja, das ist er«, antwortete Silla vorsichtig. Irgendetwas schien der Mann doch im Schilde zu führen!

»Nun«, er schüttelte ironisch bedauernd den Kopf, »dann haben wir wohl, indem wir diesen freundlichen Teil von Euch gefüttert haben, auch unserer Gastfreundschaft an Euch Genüge getan! Ihr könnt Euch also als gespeist und gelabt betrachten und uns gleich sagen, wer Ihr seid und woher Ihr kommt, nicht wahr?«

Silla presste die Lippen zusammen. Dieser gemeine Schuft, er hatte überhaupt nicht vorgehabt, ihr etwas anzubieten!

Wieder klang Lachen auf. Sie schienen das wohl alle sehr lustig zu finden!

»Gehört Ihr zu den Soldaten des Königs?« Sie reckte entschlossen das Kinn. »Dann bringt mich ruhig zu ihm!«

»Ach, zu Bituit Torch Troyth wollt Ihr!« Der Blick des Mannes fror ein.

»Lasst sie uns lieber den Göttern als Opfer darbringen«, rief einer der Männer.

»Ja«, fiel ein anderer ein. »Legen wir ihr den Strick um den Hals, bis ihr Atem in die Anderswelt gegangen ist!«

»Während sie ausblutet zu Ehren des Waldgottes!«

»Nein, ersäuft sie, dass Teutates sich freuen möge!«

»Den dreifachen Tod! Den dreifachen Tod!«

Der Kreis der Meute begann sich enger um sie zu schließen wie eine Schlinge, die langsam zugezogen wird, und Silla hatte das Gefühl, im schlimmsten ihrer Albträume zu stecken, einem, aus dem es kein Erwachen mehr gab.

»Nein«, stammelte sie und wich zurück, nur hinter ihr waren auch Männer, die schon anfingen, die Hände nach ihr auszustrecken. »Nein! Der König will mich doch lebend!«

Grölendes Lachen brandete auf. »Das können wir uns vorstellen, Herzchen, dass er dich lieber lebend hat! Ich möchte das Lager auch nicht mit einer Toten teilen!«

»Aber … nein, ich bin doch seine Tochter!«, rief Silla verzweifelt.

Die Stille, die mit einem Mal über die Meute fiel, war vollkommen.

Was habe ich jetzt wieder gesagt?, raste es Silla durch den Kopf. Wieso kann ich denn nie den Mund halten? Wahrscheinlich habe ich gerade mein Todesurteil bestätigt! Oh, lieber Gott!

»Seine Tochter, so, so!« sagte der Anführer sanft, die Stille durchbrechend. Dann fuhr er herum und seine Stimme peitschte die Luft. »Holt den alten Seg-o!«

Die Männer standen wie eine schweigende Mauer um sie.

»Macht Platz!« Ein alter Mann drängte sich hindurch, mühsam schlurfend auf einen Stock gestützt, ein verkrüppeltes Bein hinter sich herziehend. Sein Haar bildete einen verfilzten Heiligenschein um seinen Kopf und die Enden seines Schnurrbartes hingen ihm wie zwei Eiszapfen über den Mund. Wie der Rest der Männer war auch er in Lumpen gehüllt, trug bunt karierte, ausgefranste Stoffteile und Lederflecken nachlässig um Gliedmaßen und Leib gewickelt und mit einem waffengespickten Gürtel festgehalten. Um den Hals lag ihm ein goldener Torques, der Mann musste von vornehmer Abstammung sein und seine Augen blickten hell aus einem kühn geschnittenen Gesicht.

Er musterte Silla sorgfältig und eindringlich, stand einfach nur da und starrte sie mit seinen durchdringenden Augen an und Silla beschlich das beklommene Gefühl, dass er dabei war, die tiefsten Geheimnisse ihrer Seele zu ergründen. Dann trat er zurück und wechselte einen kurzen Blick mit dem Anführer.

Warum hatten sie gerade den Alten gerufen? Silla konnte nicht mehr an sich halten. »Kanntet Ihr etwa … meine Mutter?«, fragte sie stockend.

Der Alte richtete seine hellen Augen wieder auf sie. »Wo bist du hergekommen?«, lautete rau die Gegenfrage.

»Wir sind …, ich meine, ich bin von … den Bergen herunter …«, hilflos blickte sie um sich, als könnte sie in den düsteren Gesichtern rundum die Antwort lesen, was sie erzählen konnte und was sie besser für sich behielt.

»Wir?«, hakte Seg-o kalt nach.

»Ja, meine Freunde. Sie sind noch bei den Orchideen. Sie sind betäubt worden. Bitte«, sagte sie flehend. »Bitte helft mir, sie zu finden und zu retten! Da hingen lauter Skelette! Meine Freunde … Sie werden sicher auch sterben, wenn sie dort liegen bleiben!«

»Und wie kommt es dann, dass du hier stehst und nicht bei deinen bedauernswerten Freunden liegst?« Die Augen Seg-os hatten sich zu misstrauischen Schlitzen verengt.

»Ich weiß ja auch nicht!« Silla zuckte verzweifelt die Schultern. »Ich bin wieder aufgewacht und einfach weitergegangen! Ich habe sie gesucht, aber ich wusste gar nicht mehr, in welche Richtung ich sollte. Die Kröte war auch so schwer zu tragen und es wurde Nacht und dann kamt ihr!«

»Die Kröte?«

»Ja, so ein dickes Tier, das saß plötzlich auf meiner Brust, als ich aufwachte, und ließ sich nicht mehr abschütteln und … und ich hatte ein wenig Angst vor ihr«, setzte sie fast flüsternd hinzu.

Der Alte fixierte sie schweigend.

»Meine Mutter …«, versuchte sie noch einmal.

Seg-o schob nachdenklich die Unterlippe vor, starrte Silla abwägend an und räusperte sich. »Falls du Sirona Faol meinst, ja, ich kannte sie! Ich bin an ihrer Seite geritten und habe die Soldaten geführt in ihrer letzten Nacht.«

»Als sie von Glonn zurückkehrte und von Ad Smerius, beunruhigt von der Prophezeiung«, setzte Silla leise fort. »Die Nacht, als mein Bruder und ich geboren wurden.«

Die buschigen Augenbrauen Seg-os hoben sich kaum merklich. Wieder wechselte er einen Blick mit dem Anführer. »Ich würde vorschlagen«, klang seine tiefe Stimme, »wir lassen das Mädchen erzählen, was es weiß!«

»Alles?«, fragte Silla zaghaft.

Die durchdringenden Augen starrten sie nur an.

Der, den sie Seg-o nennen, scheint als Soldat für den König geritten zu sein, dachte Silla, trotzdem benehmen sie sich für Königstreue ziemlich merkwürdig. Aber vielleicht täuscht das, weil sie einfach keine richtigen Krieger sind, sondern eher Wegelagerer! Und meine Freunde stecken irgendwo im Wald und brauchen Hilfe! Was soll ich nur tun? Wenn ich unseren Plan verrate und unser Ziel, kann es sein, dass wir alle verloren sind, auch Drugwydd und Iolair, von Moruagh und den anderen ganz zu schweigen, denn die werden sie einfach ihrem Schicksal überlassen! Sie schüttelte den Kopf. »Nein«, sagte sie fest. »Ich kann nicht!«

»Du kannst nicht?«, wiederholte der Räuber verblüfft.

Silla presste die Lippen zusammen und schüttelte den Kopf.

Neben ihr spuckte ein Mann auf den Boden und lachte. »Also doch ein Opfer für die Götter!«

Der Räuber zuckte die Achseln. »Mir soll's recht sein! Dann macht alles bereit!« Die Männer grölten zustimmend.

Silla stand reglos. »Bitte«, sagte sie dann tonlos. »Bitte!«

»Halt«, rief einer. »Sie will um Gnade flehen! Hört!«

Silla streckte Seg-o Till hin. »Bitte, könntet Ihr vielleicht den Welpen bei Euch aufnehmen? Er ist ein guter Hund und er hat doch nichts getan!«

Der Alte nahm ihr Till ab und runzelte die Brauen. »Sonst willst du nichts sagen?«

Silla schüttelte vehement den Kopf. Sie musste an ihre Mutter denken, ihren Vater, Vinzi und Clarissa, die sie jetzt nie mehr wiedersehen würde und die sich bestimmt sorgen würden. An ihre Freunde, die bald als Skelette zwischen den anderen Knochen und den Orchideen liegen würden, an Cù, ihren Bruder, den sie nun nie würde kennenlernen, und Ad Smerius, der so freundlich zu ihr gewesen war, und schließlich an Drugwydd und Iolair, die ohne Silla einen vergeblichen Kampf gegen den Untergang ihres Volkes führten. Mit einem Mal wurde sie so zornig, dass sie aufstampfte.

»Doch, eines habe ich noch zu sagen!« Sie reckte sich entschieden zu ihrer ganzen Höhe. »Und zwar eine Nachricht für euren feinen König! Sagt ihm, dass er nie ein wirklicher Herrscher sein wird, weil ihn niemand liebt oder verehrt, sondern weil alle ihn nur fürchten und verachten, und sagt ihm auch, dass ich, seine Tochter, zu Letzteren gehöre, dass ich ihn aus tiefstem Herzen verachte für all das Leid, das er meiner Mutter und meinem Bruder angetan hat und meinen Freunden und seinem ganzen Volk! So!«

Außer Atem hielt sie inne und blickte rundum – in staunende Mienen und verblüffte Gesichter.

Der einäugige Räuber lachte trocken auf. »Das sagen wir ihm gerne, Mädchen, denn ich meine, es gibt keinen in unserer Runde, dem du nicht aus der Seele gesprochen hättest. Nur wird der edle Bituit«, er spuckte verächtlich aus, »sich hüten, uns in seine Nähe zu lassen, die weise Botschaft zu vernehmen! Er scheint wenig Bedürfnis zu haben, die Anderswelt jetzt schon kennenzulernen!«

»Aber … aber ihr seid doch seine Soldaten«, stammelte Silla.

Wieder klang Lachen auf. Seg-o gebot den Männern mit einer Handbewegung Ruhe. »Einige von uns waren seine Soldaten, so wie ich«, sagte er ruhig. »Andere nicht. Aber jedem von uns hat er Unheil gebracht, Blut und Verderben. Keiner von uns, dem er nicht die Familie genommen hätte, die Kinder, Haus und Hof; vielen auch die Gesundheit«, er deutete auf sein verkrüppeltes Bein. »Wir sind in den Wald gegangen und sind nun unser eigenes Volk. Er ist nicht mehr unser König. Wir sind die Ull-slog, die wilde Waldmeute, so nennen sie uns, und was du hier siehst, ist alles, was wir noch besitzen: Das sind unsere Waffen, unsere Ehre und unser Mut, und glaube mir, jeder von uns würde gerne sein Leben geben, wenn er das des Königs dafür nehmen könnte!«

Fäuste hämmerten auf Schilde, und Schwerter wurden in ihren Scheiden gerasselt, während zorniges Murmeln aufklang. »Genau! Recht gesprochen! So ist es!«

Eine andere Stimme klang dazwischen, hell, drängend und doch seltsam unwirklich, als würde sie in ihrem Kopf selbst tönen: »Sibylla!«

Die Stimme schien aus weiter Ferne zu kommen wie ein Echo und klang doch so nah, dass Sillas Herz stärker zu klopfen begann. Sie fuhr herum, suchte in den Gesichtern der Männer, die sie umgaben.

»Sibylla!« Da! Wieder! So dringlich! Sie will mir etwas sagen, ich muss versuchen, zu verstehen!

Silla lauschte angestrengt, aber die Stimme war verstummt und Silla starrte nur in die verschlossenen Gesichter der Krieger, die sie umstanden. Warum reagierten sie gar nicht? Hatten sie die Stimme denn nicht gehört?

Wer war das gewesen, der sie da gerufen hatte?

Seltsamerweise hatte der Zwischenfall sie in dem sicheren Gefühl zurückgelassen, dass sie handeln musste, und zwar so schnell es ging! »Ich glaube, ich sollte doch sprechen«, sagte sie entschlossen.

Seg-o und der Räuber wechselten einen kurzen Blick, dann nickten sie in die Runde. Silla begann zu erzählen, die ganze Geschichte, ohne etwas auszulassen, denn sie hatte das deutliche Gefühl, die Wahrheit und die Hilfe dieser Männer waren jetzt ihre letzte Chance.

Als sie geendet hatte, herrschte tiefe Stille.

»Zieht mit mir gegen den König«, forderte Silla mit fester Stimme, »denn wenn die Prophezeiung sich zum Schlechten erfüllt, dann wird es uns bald alle nicht mehr geben!«

»Wer kennt schon den Lauf der Zeit«, brummte Seg-o und erhob sich mühevoll.

Er nahm Sillas Arm und führte sie aus der Runde unter die Bäume, unter denen sie jetzt erst eine Ansammlung von Hütten entdeckte, die, gut getarnt mit Laub, Zweigen und Moos, fast mit ihrem Hintergrund verschmolzen. Er schob Silla und Till in eine davon, drehte sich um und hinkte wortlos fort.

»Was geschieht jetzt?«, rief Silla ihm verzweifelt nach.

»Du musst warten!«

»Aber auf was denn?«, rief Silla.

Sie erhielt keine Antwort.

Silla gab auf. Enttäuscht rollte sie sich auf einem Haufen Stroh, der in einer Ecke aufgeschüttet lag, zusammen und zog Till an sich. Das Wechselbad der Gefühle aus Todesangst und Hoffnung hatte sie erschöpft und so war sie in der nächsten Minute auch schon eingeschlafen.

Bis sie erwachte, war das Licht in dem Raum dämmrig geworden. Trommeln und Singen drangen gedämpft zu ihr herüber. Neben ihrem Lager standen ein Krug mit frischem Wasser und eine abgedeckte Holzschüssel mit einem gebratenen Stück Fleisch. Sie riss ein Stück ab und gab es Till, an dem Rest begann sie selbst zu kauen. Zumindest wollte man sie nicht verhungern lassen.

Später schlich sie ein Stück in Richtung Versammlungsplatz. Hinter einem Baum verborgen betrachtete sie mit sinkendem Herzen das Treiben der Männer. Füllhörner kreisten – dem Gejohle nach sicher nicht mit Wasser gefüllt –, einige der Ull-slog tanzten unter rhythmischem Trommeln und Klatschen um das Feuer.

Ich hatte gemeint, sie würden beraten, dachte Silla, und stattdessen feiern sie! Wahrscheinlich ist ihnen alles, was ich erzählt habe, völlig egal! Irgendwie kann ich sie ja verstehen, sie haben schon alles verloren wegen dem König und wollen das nicht noch einmal erleben mit dem bisschen, das ihnen noch geblieben ist! Ich hoffe nur, das soll nicht das Vorfest zu meiner Opferung sein!

»Komm, Till«, flüsterte sie. »Wir verschwinden hier besser!« Auf Zehenspitzen schlängelten sie sich zwischen den Hütten hindurch, nur um dahinter auf einen undurchdringlichen Wall aus Dornen zu stoßen, der ihr weit bis über den Kopf reichte. Die Krieger hatten sich abgesichert! Silla tastete sich an der stacheligen Wand entlang, aber noch nicht einmal ein Schlupfloch, durch das Till gepasst hätte, konnte sie entdecken. Inzwischen hatte sie genug über die Krieger der Kelthoi gelernt, um zu wissen, dass die Ausgänge gewiss bewacht sein würden und dass die Männer gar nicht so betrunken sein konnten, um Sillas Vorbeischleichen nicht zu bemerken. Entmutigt gab sie auf und stahl sich zurück in ihren Verschlag, um sich den Rest der Nacht unruhig zwischen Wachen und fieberhaften Traumfetzen auf dem Stroh zu wälzen.

Ich muss fast so struppig aussehen wie die Ull-slog, dachte Silla beim Aufwachen und fuhr sich mit allen Fingern durchs Haar. »Überall klebt mir Stroh«, murmelte sie. Till wedelte in freundlicher Zustimmung.

Die Männer schienen die Folgen ihres nächtlichen Gelages schnell überwunden zu haben, denn draußen klangen schon wieder laute Stimmen. Die Sonne konnte gerade erst aufgegangen sein und Silla lauschte einen Moment dem Zirpen der Vögel.

Den Rest meines Lebens werde ich diese Stille im Orchideenwald nicht vergessen und dankbar sein für jedes Vogelgezwitscher, dachte sie.

Ein Schatten verdunkelte die Türöffnung. Einer der Krieger erschien. »Komm!«, sagte er nur.

Nun denn! Silla folgte ihm. Mit einem Mal war sie zornig. Ganz egal, was kommt, dachte sie und biss sich auf die Unterlippe, um ihre Wut im Zaum zu halten, weinen werde ich diesmal nicht!

Sie schob den Ull-slog einfach zur Seite und stürmte an ihm vorbei. »Eure Götter werden euch mit ihren Blitzen rösten und Cernunnos euch dreifach auf sein Geweih spießen, dafür, dass ihr mir und meinen Freunden nicht helft!«, zischte sie dabei. »Und das ist nichts gegen das, was der König mit eurem Land anstellen wird!«

»Aber deswegen werden wir doch mit dir ziehen, Hohes Kind! Um dir zu helfen nämlich«, erklang es zutiefst verwundert hinter ihr.

»Ihr wollt ...« Silla verhielt den Schritt und drehte sich langsam um. »Aber ihr habt die ganze Nacht nur gefeiert und gesoff... äh, getrunken!«

Der Schnurrbart des Mannes zuckte und seine Augen blitzten belustigt. »Ach, deswegen meinst du!« Er schüttelte den Kopf. »Aber das war doch gerade, weil wir mit dir ziehen! Wir feiern immer vor großen Kämpfen und lachen und rufen die Götter an, damit sie uns wohlgesinnt sind und heil durch die Schlacht führen oder freudig in der Anderswelt aufnehmen, je nachdem. So will es das Ritual! Und das wird ein großer Kampf werden, das wissen wir alle! Also musste groß gefeiert werden!« Er grinste jetzt breit. »Allerdings feiern wir auch gerne vor kleinen Schlachten. Man weiß schließlich nie!« In sich hineinlachend schloss er wieder zu Silla auf. »Aber jetzt kommst du besser mit, sie warten schon alle!«

Das Rudel Krieger sah noch schauerlicher aus als am Vortag. Sie schienen heute ihre ganze Bewaffnung angelegt zu haben und ihre Augen unter den verbeulten Helmen und struppigen Haarmähnen funkelten wild.

»Ull-slog!«, begannen sie jetzt zu schreien, rissen ihre Schwerter und Messer aus den Gürteln und hämmerten mit den Heften hart gegen ihre Schilde, immer und immer wieder. »Ull-slog! Ull-slog!«

Der Einäugige löste sich aus der Gruppe und trat zu Silla hin. »Lass mich nachholen, was schon zu Beginn hätte sein sollen«, er neigte leicht den Kopf. »Willkommen, Hohes Kind, bei den Ull-slog. Sofern diese edlen Männer der Führung bedürfen«, er machte eine ausladende Handbewegung und seine Mundwinkel zuckten, »bin ich ihr Führer. Mein Name ist Elluit und wir haben beschlossen, dass deine Sache auch unsere Sache ist. Wir werden mit dir ziehen und alles tun, dir Fergus Ab Galwys, unseren tapferen Freund und seine nicht minder edlen Reiter, zu ersetzen. Unser Leben gehört dir und wir werden das deine zu schützen wissen.«

Wieder schrien die Männer und schüttelten ihre Waffen,

aber Silla sah jetzt, dass ihre Blicke bei aller Wildheit freundlich waren.

Sie sind im Vergleich zu den Soldaten des Königs nur eine Handvoll, dachte sie, sie sind in Fetzen gekleidet, das, was ich für ihre Pferde gehalten habe, ist nur eine Gruppe wilder Waldponys ohne Zaum und Halfter, und sie kämpfen mit den rostigen Resten vergangener Schlachten! Trotzdem wagen sie es, gegen Bituit Torch Troyth zu ziehen, nur um mir – einem für sie fremden Mädchen mit einer abenteuerlichen Geschichte – zu helfen!

»Ihr müsst die Herzen von Löwen haben«, sagte sie leise, dann musste sie die Lippen zusammenpressen, denn die Tränen waren ihr in die Augen gestiegen.

Seg-o trat vor. »Diese ... Löwen ..., von denen du sprichst, müssen wohl sehr wilde Kreaturen aus deiner anderen Welt sein, denn die Herzen der Ull-slog sind unbezähmbar und rufen im Kampf nach dem Blut ihres Feindes! Wir kennen keine Furcht, denn wir haben nichts zu verlieren! Ein paar von uns werden sich aufmachen, deine Freunde zu finden.« Er deutete auf eine Handvoll der Männer, die gerade aus einem der Unterschlupfe traten, noch ganz damit beschäftigt, sich aus einem Tiegel eine zähe Flüssigkeit auf die Glieder zu reiben. Der Geruch, der sich mit ihrem Erscheinen auf der Lichtung ausbreitete, ließ Silla hörbar nach Luft schnappen, bevor sie sich schnell einen Zipfel ihres Hemdes auf die Nase presste.

Seg-o lächelte. »Ich sehe, du erkennst den Duft des Krötengifts, der auch dich schon einmal gerettet hat! Er ist das einzige Mittel gegen den Orchideengeruch. Deine Freunde werden ihre Sinne bald wiedererlangen, wenn wir sie erst einmal gefunden haben!«

»Was hat das Orchideengift mit ihnen gemacht?«, fragte Silla ängstlich.

»Weiter nichts, als sie einzuschläfern und im Schlaf zu halten! Diese armen Kreaturen, die du in den Büschen hast hängen sehen, sind einfach irgendwann verhungert, wie es auch dir beschieden gewesen wäre, hätten die Kröten sich nicht deiner erbarmt und dir eine der ihren zur Rettung geschickt!« Er zögerte und blickte sie merkwürdig an. »Du musst unter starkem Schutz stehen, dass sie das getan haben! Solange ich im Wald lebe, und das ist sehr lange, ist mir so etwas noch nicht begegnet! Nun denn«, er räusperte sich, »wir anderen sind bereit zum Aufbruch, denn die Zeit drängt, wie ich verstanden habe.«

Lautes Krächzen ließ Silla aufblicken. Raben zogen über ihnen flatternde Kreise in den Himmel. Seg-os Augen waren Sillas Blick gefolgt.

»Etwas scheint sie aufzuregen«, bemerkte er.

»Vielleicht solltet ihr ihnen folgen, um meine Freunde zu finden«, sagte Silla nachdenklich. »Sie haben einen Raben dabei, Bran, aber er ist verwundet und kann nicht fliegen!«

»Sie haben einen Raben dabei?« Der Alte betrachtete sie einen Moment mit gerunzelter Stirn, dann trat er zu den Männern in ihrer Krötenduftwolke, sprach kurz mit ihnen und nach einem Blick in den Himmel tauchten diese eilig zwischen die Bäume.

Auch die Krieger unter der Führung von Elluit und Seg-o marschierten jetzt los, in die andere Richtung, fort vom Orchideenwald. Sie schritten mit geschmeidigen, langen Schritten aus und ohne sich noch einmal nach Silla umzudrehen. Die Ponys blieben ruhig grasend bei den Hütten zurück.

»Komm, Till«, murmelte sie. »Wir sollen wohl wieder einmal hinterherlaufen, wie es aussieht! Nun denn ... dann tun wir das eben!«

»Lasst mich in Ruhe! Weg mit euch!« Silla schlug wütend nach den Ranken, die nicht aufhörten, sich von allen Seiten um ihren Kopf und Hals zu winden. »Autsch! Verdammt!« Sie war gestolpert und auf ein Knie gefallen. »Sie stellen mir ständig ein Bein!« Vorwurfsvoll schaute sie zu Seg-o auf, der sich bemühte, ein Lächeln zu unterdrücken, während er mit ruhiger Hand eine Schlingpflanze beiseiteschob, die plötzlich vor seinem Gesicht baumelte.

»Du musst dich nicht so heftig gegen sie wehren, das reizt sie erst recht!«, brummte er, Heiterkeit in seiner tiefen Stimme. »Und glaube mir, du wirst dich noch nach dem Wachsenden Wald zurücksehnen! Die Fußangeln, die er dir stellt, sind nichts gegen die Fallstricke, die uns in Ath-lain erwarten!«

»Niemals!«, keuchte Silla und wich einer weiteren Schlinge aus. »Niemals werde ich mich danach zurücksehnen! Das ist monströs! Wieso wächst hier bloß alles so schnell?«

»Monströs mag es sein.« Seg-o blickte nachdenklich in die Bäume hinauf, die ihre Form ununterbrochen leicht zu ändern schienen. »Aber wir verdanken dem wohl unsere Existenz! Die Leute und auch die Soldaten haben viel zu viel Angst vor dem Dunklen Weg, um ihn zu beschreiten.«

»Das einzig Betrübliche ist«, ertönte Elluits Stimme, »dass sie nun auch schon lange nicht mehr wagen, ihre Schweine zur Mast unter die Eichen zu treiben, nachdem keines mehr lebend aufgetaucht ist! Die muss wohl auch der Wald gefressen haben!« Er rieb sich schmatzend den Bauch und vor und hinter ihnen tönte Lachen auf. »Jetzt sind wir auf den Proviant unwissender Reisender angewiesen, Abwechslung in unseren Speiseplan zu bringen, aber auch der wird immer spärlicher!«

»Spürt ihr das auch«, flüsterte Silla und blickte verstohlen um sich, »dass einen alles hier beobachtet?«

Seg-o hob die Augenbrauen. »Du betrachtest ja auch alles, was dich umgibt!«

»Ja, aber, was ist das?«

Elluit schob sie mit einem leichten Stoß voran. »Kümmere dich nicht darum! Alle möglichen Wesen gibt es hier außer uns Waldvolk. Aber sie lassen uns leben und wir sie, so geht das!«

Schweigend stolperte Silla weiter, nur hin und wieder einen vorsichtigen Blick zwischen die Bäume wagend. Wie hätte Moruagh diese Wanderung gefallen! Als alte Waldbewohnerin hätte sie es bestimmt geschafft, mit diesen Wesen, was immer sie waren, Kontakt aufzunehmen und ihnen ihr Wissen über die Heilkräuter des Waldes zu entlocken! Das Herz wurde Silla schwer bei dem Gedanken. Ob die anderen ihre Freunde schon gefunden hatten? Wann würden sie sich wohl wiedersehen?

»Hoffentlich bald«, flüsterte sie lautlos, als könnte sie es so beschwören. »Hoffentlich bald!«

14. KAPITEL

ATH-LAIN

Häuser, ein Wall auf den Hügeln, nur durch den sanft abfallenden Schwung einer Senke von ihnen getrennt. Eine Ortschaft ganz ähnlich wie An Ear, nur größer, viel größer. Plötzliche Aufregung schnürte Silla die Kehle zu. Sie stand im Schutz der letzten Bäume des Wachsenden Waldes, der sich seinem Rand zu immer weniger Furcht einflößend verhalten hatte und hier, an seiner äußersten Begrenzung, endlich wie ein ganz normales Gehölz betrug.

Wege führten zu der Ansiedlung, man konnte Pferdekarren sehen und Menschen, die langsam zum Stadttor hinaufgingen. Rauch von vereinzelten Feuern stieg in dünnen Kringeln auf, um sich in der klaren Sommerluft zu verlieren. Der Anblick hätte idyllisch sein können, wäre da nicht etwas gewesen … ja, was?

Silla ließ ihren Blick weiterwandern zu den Hügeln ein Stück hinter der Ortschaft und dann wusste sie, was den Anblick trübte: die morastigen Buckel, die sich hinter dem Dorf weit bis zu den schroffen Felsen in einiger Ferne emportürmten, in deren Zacken und Scharten der hohe Schutzwall einer weiteren Ansiedlung gekauert lag, deren schwarze Schatten sich wie Finger nach der sonnenbeschienenen Heiterkeit reckten. Das musste Y-loig sein, der Königssitz im Morast, und die Ortschaft war Ath-lain, die Hauptstadt des Landes. Sie waren angekommen.

Silla schüttelte den Kopf und fuhr sich über das Gesicht, als könnte sie damit das ungute Gefühl, das sie befallen hatte, wegwischen. So ein Unsinn! Sie war wohl einfach übernächtigt und deshalb kam ihr alles ein wenig seltsam vor! Y-loig war einfach eine Ansiedlung, wie es auch andere gab, und Schluss! Ein wenig düster und grobschlächtig und auf so eigentümliche Weise in die Felsen gebaut, dass es von hier aus schien, als wäre die Burg direkt mit ihnen verwachsen, zugegeben, aber sonst war bestimmt nichts Unheimliches daran! Silla blickte sich nach ihren Begleitern um. Wie viele waren es wohl? Dreißig, fünfunddreißig? Keiner von ihnen sprach ein Wort, aber aller Augen blickten finster.

Sie musste an Fergus Ab Galwys denken und seine Männer. Auch sie hatten so um sie gestanden, fremd, wild anzusehen und schützend wie eine Mauer. Die besten und verlässlichsten Krieger des Landes und doch hatte einer von ihnen sie verraten. Die Krieger, die sie nun umstanden, gehörten wahrscheinlich zu den verruchtesten des Landes und sie konnte nur hoffen, dass keiner von ihnen ihr in den Rücken fallen würde, denn hier, so nahe der Höhle des Löwen, würde es wohl keine Flucht mehr für sie geben.

Die Männer schienen nicht groß Worte zu benötigen, um sich zu verständigen, und mit ein paar für Silla rätselhaften Gesten verschwand einer nach dem anderen entlang des Waldrandes aus ihrer Sicht. Keiner ging jedoch, ohne ihr zuzunicken oder in ihre Richtung mit der Faust sein Herz zu berühren. Weiter unten konnte man sie dann vereinzelt aus den

Büschen treten sehen, über die Wiesen schlendern und unauffällig den Weg betreten, um sich in die Reihen der Wanderer, reisenden Händler und schlichten Bürger von Ath-lain einzuordnen.

Sie blickte sich nach Elluit um. »Was geschieht denn nun?«, wisperte sie.

Er deutete mit dem Kinn auf die Stadt. »Wir gehen hinein! Hören, was man so spricht, sehen, was es zu sehen gibt, und erkunden, wie wir in die Burg kommen und möglichst auch wieder heraus!« Er lachte leise. »Vielleicht erfahren wir ja etwas über Drugwydd und die Alte Frau, was sehr gelegen käme!«

»Und was mache ich?«

»Nun, das Gleiche wie wir!« Die Braue über dem einen Auge hob sich erstaunt. »Das war es doch, wo du hinwolltest, nicht wahr?«

»Nun schon«, Silla schluckte trocken. »Aber wird mich denn niemand erkennen?«

»Darum wird sich Seg-o kümmern.« Er zwinkerte ihr zu, ein breites Lächeln teilte sein Gesicht, dann war auch er im Wald verschwunden.

Der Alte zog ein schmutziges Kapuzenhemd unter seinem eigenen hervor und hielt es Silla hin. »Da, zieh das über deinen abgeschnittenen Weiberkittel, dann siehst du eher aus wie ein einfaches Bauernkind.«

Widerstrebend schlüpfte Silla in den karierten Stoff, der dem Geruch nach bestimmt noch nie eine Wäsche erlebt hatte. Währenddessen hatte der Alte eine Handvoll Erde zusammengekratzt, die er ihr trotz Protestes im Gesicht verteilte. Stirnrunzelnd betrachtete er sein Werk, dann schüttelte er unzufrieden den Kopf. »Nun ja! Komm, man muss uns nicht gerade aus dem Wald kommen sehen – und zieh dir die Kapuze über den Kopf!«

Sie liefen weiter im Schutz der Bäume, bis sie zu einer höher gelegenen Wiese kamen, auf der friedlich Schafe und ein paar kleine, dunkle Kühe grasten. Ein Ring aus zusammengeschichteten Steinen schien sonst Hirten als Feuerstelle zu dienen, jetzt war kein Mensch zu sehen.

Seg-o schnalzte zufrieden. »Genau was wir brauchen«, murmelte er und stocherte die Asche auf.

»Wollen wir hier lagern?«, fragte Silla verwirrt und schob sich die Kapuze vom Kopf.

»Nein, wir wollen aus dir ein Bauernkind machen, hast du das schon vergessen? Komm, beug dich darüber!«

Silla hielt gehorsam still, als er ihr nun Ruß in Gesicht und Haare rieb, als wollte er sie mit der schwarzen Asche waschen.

»Sind die Bauernkinder hier denn alle so rußig?«, protestierte sie erstickt, als er gar nicht mehr von ihr abließ.

»Man soll dein rotes Haar nicht mehr erkennen, darum! Dann sieht das alles nämlich schon ganz anders aus, denn bestimmt ist es das, wonach die Soldaten suchen: einen feinen Rotschopf, die Hoheitszeichen auf die Schläfen tätowiert! Die lassen wir damit auch verschwinden!«

Er ließ sie gehen und betrachtete sie aus zusammengekniffenen Augen. »Aber du hast recht, du siehst eher aus wie der Esse des Schmieds entsprungen! Also, dann sei es eben das! Egal! Und merke dir, du bist stumm. Deine Sprache ist zu fein, um dem rußigen Gesicht eines Bauernkindes zu entspringen. Und deine Ausdrücke aus der Anderen Welt würden dich sofort verraten. Außerdem: Wem die Götter die Sprache genommen haben, der wird nicht von neugierigen Seelen ausgefragt und kann sich somit nicht verplappern, hast du verstanden?«

»Jawohl«, nickte Silla.

»Das war nun schon ein Wort zu viel für eine Stumme«,

rügte Seg-o streng. »Fang am besten gleich an, ohne Sprache zurechtzukommen, dann wird es nur einfacher!«

Silla presste den Mund zusammen und nickte. Schweigend betrachtete sie Seg-o, wie er sich nun auch Gesicht und Hände schwärzte, und schweigend folgte sie ihm über die Wiese, Athlain zu, Till immer an ihren Füßen.

Ein Glück, dass er von sich aus bei mir bleibt, dachte sie, denn wie sollte ich ihn als Stumme rufen können? Hoffentlich vergesse ich das nicht irgendwann!

Dann standen sie vor dem Tor der Ortschaft. Beklommen betrachtete Silla die hohe Palisadenwand und das hochgezogene Fallgatter. Am liebsten hätte sie stehenden Fußes kehrtgemacht.

Seg-o bückte sich, hob ein Steinchen auf, das er nachlässig an seinem Mantel abwischte und ihr dann mit einer schnellen Bewegung zwischen die Lippen schob. »Behalte das im Mund«, raunte er. »Zur Erinnerung!« Dann humpelte er entschlossen los, Silla nahm Till auf und stolperte hinterher. Sie waren in Ath-lain.

Silla kam es so vor, als würden sie recht ziellos durch die Straßen ziehen, aber sie bemühte sich trotzdem, den Plan der beschrittenen Wege im Kopf zu behalten – so gut es ging zumindest, denn Ablenkung gab es mehr als genug. Die Stadt sah ähnlich aus wie An Ear, aber doch viel größer und bunter, an manchen Ecken wimmelte es von Menschen und auch Tieren. Musste Seg-o sie unbedingt so schnell weiterziehen? Zu gerne hätte sie noch länger geschaut!

Und das Schönste war: Keiner beachtete sie! Silla merkte erst jetzt, wie schwer die letzte Zeit auf ihr gelastet hatte. Immer hatte sie jemand angestarrt, »Hohes Kind« zu ihr gesagt oder irgendetwas Besonderes von ihr erwartet. Aber hier drehte sich kein Mensch nach ihr um, hier war sie nur ein schmutziges Kind mit seinem Hund, wie es Dutzende andere gab. Silla wurde es ganz leicht ums Herz und sie hätte ewig so durch die Straßen laufen können, doch schon zog Seg-o sie in ein lang gestrecktes Gebäude.

»Vielleicht finden wir ja hier Unterschlupf«, greinte er mit der zittrigen Fistelstimme eines alten Mannes, die ganz anders klang als sein sonst so volles, tiefes Organ, dass Silla ihn erstaunt ansah. Jetzt stützte er sich auch noch schwer auf sie, zog sein Bein dabei so bedauernswert nach, dass Silla nun wirklich in Sorge geriet. Was war nur mit ihm? Gerade wollte sie ihn fragen, da klackte der Stein in ihrem Mund leicht gegen ihre Zähne und sie schloss schnell den Mund.

Ängstlich und vorsichtig führte sie ihn zu der Langbank, die rund um den Raum lief, und half ihm, sich niederzulassen. Ein paar Menschen, die uralt zu sein schienen, saßen teilnahmslos an die Wand gelehnt. In der Mitte des Raumes lag reglos ein Mann auf einer Schütte Stroh ausgestreckt, den Kopf mit Leinenstreifen umwickelt, auf denen sich als roter Fleck durchsickerndes Blut zeigte.

»Ach, ja, das tut gut«, ächzte Seg-o und lehnte sich erschöpft gegen die Wand.

»Ihr kommt wohl von weit her?« Die Frau, die zu ihnen getreten war, blickte sie freundlich an.

»Aus Bil-lin«, Seg-o schüttelte den Kopf, »oder was davon übrig ist! Wir waren wohl den Römern etwas im Weg!«

Die Frau runzelte kummervoll die Stirn. »Es ist eine Schande«, murmelte sie, dann schlug sie sich mit einer erschrockenen Geste die Hand vor den Mund. »Ich meine …«

»Schon gut!« Seg-o winkte ab. »Ich weiß, man sollte in der Stadt des Fürstensitzes nicht unfreundlich von ihnen sprechen, aber wenn es wahr ist, dann ist es eben wahr und eine Schande ist es, da habt Ihr ganz recht!«

»Pst! Das sind Sachen, die man hier besser denkt als spricht, alter Mann! Zu schnell könnten sie von jemandem gehört und am Ende … falsch verstanden werden!« Helle Röte war der Frau unter ihrem Zopf in die Wangen gestiegen.

»Was soll mir Altem noch geschehen?«, seufzte Seg-o und deutete dann auf Silla. »Aber das Mädchen! Um das mache ich mir Sorgen, jetzt, wo von der Familie niemand mehr ist, außer ihr und mir!«

»Alle hast du verloren, du armer Schatz?« Die Frau machte Anstalten, Silla über den Kopf zu streichen, ließ aber nach einem Blick auf das rußige Haar die Hand sinken und legte sie ihr nur mitleidvoll auf die Schulter.

»Sie kann nicht sprechen«, bemerkte Seg-o. »Die Götter haben wohl vergessen, ihr diese Gabe mitzuschicken. Sie ist so stumm wie die Fische im See.«

»Dann seid ihr bei uns ganz richtig aufgehoben, wir werden uns schon um sie kümmern und um dich auch, alter Mann! Später kann sie sich ja nützlich machen, dazu braucht sie die Sprache nicht. Aber jetzt werde ich euch erst mal etwas zu essen bringen, bleibt nur hier sitzen.« Kopfschüttelnd und noch einmal »armes Ding« murmelnd eilte die freundliche Frau davon.

Seg-o machte Silla ein Zeichen, sich zu ihm auf die Bank zu setzen und näherte seinen Mund ihrem Ohr. »Das ist ein Langhaus für die Alten, die keine Familie mehr haben, die für sie sorgen kann, und auch für die Verwundeten. Hier fallen wir wohl noch am wenigsten auf und hören trotzdem, was los ist. Sperr nur die Ohren auf und die Augen, aber den Mund lass zu, verstanden?« Er zwinkerte ihr zu und greinte so übergangslos: »Hol mir einen Becher Wasser, Mädchen!«, dass Silla zusammenzuckte, dann musste sie grinsen. Seg-o war wirklich ein gerissener Schauspieler.

Ob es Theater überhaupt schon gab? Wenn sie wieder eine Stimme hatte, dann musste sie einmal fragen. Auf jeden Fall gab es so etwas wie Altenheime mit Krankenhaus, das allein schien ihr schon erstaunlich genug.

Sie schlenderte hinaus in einen aus festem Lehm gestampften Hof. Auch hier lief eine Langbank die Mauer entlang. Zwei Männer lagen darauf, scheinbar nicht bei Besinnung, und ein dritter war damit beschäftigt, in einem Eisenkessel einen streng riechenden Sud zu rühren, während er mit dem Fuß versuchte, ein glühendes Holzscheit, das aus dem Feuer unter dem Topf gerollt war, wieder zurück in die Flammen zu schieben. Er fluchte. »Wenn ich diesen Nichtsnutz erwische! Die Ohren zieh ich ihm lang, aber wie!« Dann bemerkte er Silla. »He, du! Komm mal her!«

Silla zögerte.

»Jetzt komm schon, dummes Ding! Siehst du denn nicht, dass ich noch einer Hand bedarf! Los, hol da drüben ein paar Scheite und achte auf das Feuer! Ich darf nicht aufhören zu rühren, wenn das Ganze etwas werden soll, und alles auf einmal schaffe ich wahrhaftig nicht!«

Silla lief zu dem Holzstapel, lud sich den Arm voller Äste und schob einen nach dem anderen in die Glut. Die Flammen flackerten auf und begannen stürmisch, an dem rußgeschwärzten Kessel zu lecken.

»So ist das besser«, der Mann nickte zufrieden. »Mein Helfer hat mich im Stich gelassen!« Er blickte zu Silla hinunter. »Wer bist denn du? Wohnst du hier im Haus?«

Silla blickte ihn schweigend an und nickte.

»Aha! Nun, nachdem du nicht verwundet aussiehst und auch nicht gerade uralt, bist du wohl ...«, er stockte. »Nun ja, so kann es gehen in der Welt, nicht wahr? Wie heißt du denn?«

Silla zuckte nur die Achseln.

»Nun sprich schon, woher du kommst und wer deine Familie war!« Der Mann wirkte erneut gereizt und ungeduldig. »Oder bist du stumm oder blöde?«

Silla starrte ihn nur an. Bei »stumm« hatte sie nicken wollen, aber blöde? Nein, keineswegs! Nur wie konnte sie auf das eine antworten, aber dabei nicht auf das andere? Unmöglich!

»Sie ist wirklich stumm, Heiler! Du musst nicht so rau mit ihr umgehen«, rief die Frau mit der Zopffrisur über den Hof und lachte. »Damit lockst du ihr auch kein Wort über die Lippen!«

»Ach? Nun, ja, aber hören kannst du ja wohl, oder?«

Silla nickte.

»Bist du wahrhaftig ein Mädchen? Unter deiner Schmutzschicht ist das schwer auszumachen! Ach so, darauf kannst du auch nichts sagen, natürlich. Egal! Hilf mir bei den Kranken! Siehst du den? Geh und nimm ihm den Verband ab!«

Silla näherte sich vorsichtig der reglosen Gestalt und begann behutsam, den Leinenstreifen von seiner Hand zu wickeln. Als seine Wunde zum Vorschein kam, sog sie entsetzt die Luft ein. Etwas Schweres musste ihm die Hand zerquetscht haben.

»Jetzt hilf mir mit dem Kessel!«

Gemeinsam hoben sie den schweren Topf von seinem Haken und stellten ihn dicht an das Lager des Verwundeten.

»Leg dich auf seine Brust, dass seine Schultern unten bleiben! Er wird wohl nicht viel spüren nach dem Trank, den ich ihm gegeben habe, aber sein Körper wird sich meiner Erfahrung nach trotzdem aufzubäumen versuchen.«

Zaghaft legte Silla dem Betäubten die Hände auf die Schultern, aber der Heiler stieß sie vorwärts, sodass sie auf die Brust des Kranken fiel.

»Da wirst du mehr als deine dünnen Arme brauchen, um

einen Burschen wie den zu halten! So, und jetzt aufgepasst!« Er packte die zerstörte Hand und tunkte sie kurzerhand in die brodelnde Brühe. Silla spürte mit Entsetzen, wie sich die Gestalt unter ihr gegen sie stemmte und sie um ein Haar abgeworfen hätte wie ein scheuendes Pferd seinen Reiter, während der Blick des Mannes ohne Leben blieb.

»Festhalten!«, rief der Heiler und stieß einen knurrenden Fluch aus; immer und immer wieder wurden die verstümmelten Finger in den zähflüssigen Sud getaucht. Während der Heiler leicht dazu plauderte, als wären sie gerade mit der alltäglichsten Sache der Welt beschäftigt, spürte Silla, wie ihr vor Anstrengung der Schweiß auf die Stirn trat.

»Er hat Glück, dass er an mich geraten ist«, meinte der Heiler gelassen. »Jeder andere hätte ihm den Stumpf einfach abgesäbelt oder auch gelassen, aber ein Kraut, das seinen Geist ins Vergessen schickt, hätte ihm sonst keiner verabreicht, das ist sicher! Ich mache gerade einige Experimente damit und mir scheint, es wirkt nicht zu schlecht, was meinst du?«

Silla rollte nur die Augen, was er als Zustimmung aufzufassen schien.

»Auch diese Art der Wundbehandlung ist neuartig«, fuhr er belehrend fort. »Sieh hier! Siehst du? Das sind Bienenwaben in den Kräutern und die fein aufgefaserte Rinde der Weide. Durch das wiederholte Eintunken bilden sie eine Schicht wie ein Verband. Darunter kann die Wunde dann in Ruhe heilen oder sollte sie zumindest! So, fertig!« Er schob den Kessel zur Seite. »Du kannst jetzt loslassen! So schnell wird der sich nicht mehr rühren.«

Seine scharfen schwarzen Augen musterten Silla aufmerksam. »Du hast dich gut angestellt, Mädchen, und ich könnte, bei den Göttern, Hilfe gebrauchen. Sieh, da liegt schon unser nächster Patient. Auch er selig im Land der Träume! Mal sehen, ob wir ihm helfen können!« Er plauderte munter weiter, während er sich daranmachte, dem zweiten Kranken das Hosenbein bis zum Knie aufzuschneiden und das blaurot verfärbte Schienbein zu untersuchen.

»Ich heiße Senonen. Komme aus der Richtung der untergehenden Sonne von den zwei großen Flüssen, du wirst es nicht kennen, aber es ist sehr schön dort.« Mit einem schnellen Schnitt öffnete er die Schwellung, aus der Eiter und Blut quoll. »Ja, wunderschön. Aber es hilft nichts, ich kann nirgends lange bleiben, muss immer weiter, Neues sehen, hören, lernen.«

Er spreizte und quetschte die Wunde, dass Silla das sichere Gefühl hatte, langsam grün im Gesicht zu werden.

»Noch ist so vieles unerforscht in der Heilkunst. Es gibt Länder in der aufgehenden Sonne«, er klang schwärmerisch nun, »wo sie ein viel größeres Wissen als wir zu haben scheinen, an Behandlungsarten und Kräutern! Nun ja, irgendwann hoffe ich, dort zu landen und für mich selbst zu sehen. Inzwischen bleiben mir die hiesigen Schlachtfelder, wo ich zumindest immer genügend Freiwillige für meine Kuren finde.« Er lachte. »Und deinen Namen werde ich schon auch noch erfahren, nachdem du ihn mir ja leider nicht sagen kannst. Vielleicht sollten wir uns einmal deine Sprechwerkzeuge ansehen.«

Silla schüttelte in heftigem Erschrecken den Kopf und stieß ein abwehrendes Gurgeln aus.

Senonen grinste und zwinkerte. »Aha, du hast wohl Angst, dass ich dich auch ins Land der Träume befördere, dabei kann das sogar höchst angenehm sein!«

Auch dieser Mann war verbunden und der Heiler wandte sich den Alten und ihren verschiedenen Wehwehchen zu. Dazwischen wurden Tränke gebraut, das karge Essen ausgetragen, Holz für das Feuer gehackt und, und, und.

Als der Abend hereinbrach und endlich in die Nacht überging, war Silla dermaßen erschöpft, dass sie mit Mühe und Not ihren Topf Suppe leer schlürfte, bevor sie, zwischen Sego und Till in Decken auf die Langbank gekuschelt, in einen tiefen und traumlosen Schlaf fiel.

Der nächste Tag begann schon weit vor Morgengrauen, als die alten Leute zusammen mit den ersten Vögeln ihr Gezwitscher anstimmten. Sie schienen mit sehr wenig Schlaf auszukommen, stellte Silla fest, die gähnend an einer harten Brotrinde kaute, als Senonen schon wieder nach ihr rief.

Er drückte ihr eine Schale mit lauwarmer Brühe in die Hand. »Da! Die alte Frau soll gurgeln, hilf ihr! Gut gegen Halsweh! Der da zeigt dir, welche!«, befahl er abgehackt, schon wieder ganz mit seinen Verwundeten beschäftigt, und schob einen rotznasigen kleinen Bengel vor, der Silla mit großen Augen anstarrte.

»Du kannst nicht sprechen«, stellte der Kleine wissend fest.

Silla schüttelte den Kopf, lächelte und zuckte die Schultern.

»Das soll wohl heißen, dass es dir nichts ausmacht, nicht wahr?«

Sie nickte und der Junge krähte vor Freude, sie richtig verstanden zu haben. Silla deutete auf die Brühe, dann auf ihren Hals und runzelte fragend die Stirn.

»Willst du sagen, dass du auch Halsweh hast?« Der Kleine sah sie fragend an.

Silla nickte, deutete mit Daumen und Zeigefinger einen kleinen Abstand an und krächzte leicht dazu.

Der Junge strahlte wieder. »Aha, ein bisschen, verstehe! Dann gurgle doch auch! Die alte Frau braucht bestimmt nicht alles!«

Silla lachte. Der Kleine erinnerte sie an ihren Bruder Vinzi, der war auch so neunmalklug, nie um eine Antwort verlegen und immer munter. Was hätte sie gegeben, wenn er jetzt bei ihr gewesen wäre! Dann hätte sie keine ruhige Minute mehr gehabt und auch keine traurige!

Sie seufzte und hob die Schale an ihre Nase. Puh, roch nicht so toll, sollte sie wirklich? So ganz geheuer waren ihr die Heilkünste Senonens nicht. Aber mit Gurgeln konnte man wohl nicht so viel falsch machen. Sie nahm einen Schluck ... um ihn im nächsten Augenblick schon wieder in hohem Bogen auszuprusten.

»Bah, das schmeckt ja wie Katzenpisse«, ächzte sie und griff schnell nach ihrem Wasserbecher.

Der Junge starrte sie mit großen Augen an. »Du kannst wieder sprechen«, stammelte er ehrfurchtsvoll. »So gut hilft das!« Ein Strahlen breitete sich über sein Gesicht. »Und es ist von mir!«

»Hör mal!« Silla ging vor ihm in die Hocke und packte ihn an den Oberarmen. »Wie heißt du eigentlich?« Ich Idiot, dachte sie dabei, ich riesengroßer, neunmalblöder Idiot! Wie konnte ich nur! Ich sollte mir selbst in den Hintern beißen dafür!

»Gil«, antwortete der Kleine. »Und es ist von mir!«

»Also, Gil! Dass ich wieder sprechen kann, das muss unter uns bleiben, unter allen Umständen, als Geheimnis, verstehst du?«

»Warum?«

»Einfach weil, ... na, weil es sonst ja kein Geheimnis mehr wäre, nicht wahr! Und ich fände es ganz gut, wenn wir beide ein Geheimnis hätten, du und ich! Eines nur für uns und niemanden sonst! Na, was meinst du?«

Der Junge nickte bedächtig und kratzte sich nachdenklich an der Nase, dann strahlte er wieder. »Ja, und weil es ja auch von mir ist und nicht von der Katze!«

»Was meinst du denn immer mit: Das ist von mir?«, fragte Silla leicht irritiert.

»Du hast doch gesagt, es schmeckt wie Katzenpisse, dabei ist es von mir und deshalb hab ich dich geheilt, nicht die Katze, oder?«

»Du meinst, das ist deine ...«, Silla schluckte trocken und deutete auf die Schale.

»Ja, sag ich doch! Von mir, nicht von der Katze!« Gil wurde langsam ungeduldig mit ihr.

Silla verzog den Mund und griff sofort noch einmal nach ihrem Wasserbecher, um heftig zu gurgeln. Sie verschluckte sich und musste husten. Ruhig klopfte ihr Gil den Rücken. »Ich sag nichts, falls dich das so aufregt! Das mit der Zeichensprache ist sowieso lustiger! Reden kann jeder, aber das so anders verstehen, das macht viel mehr Spaß!«

»In Ordnung, dann höre ich einfach wieder auf zu sprechen und wir vergessen, dass ich das überhaupt kann, ja?«, keuchte Silla, von Husten unterbrochen.

Gil nickte und nahm die Schüssel auf. »Weißt du was? Ich bring das der alten Frau. Vielleicht wird die auch so schnell gesund wie du! Aber ich sag ihr nichts von dir, ganz klar! Dann kannst du in Ruhe aushusten!«

Silla nickte und blickte ihm hinterher. Sie stöhnte laut auf und fuhr sich mit dem Ärmel über das Gesicht. Wie konnte ich nur!, dachte sie. Ich muss sofort Seg-o suchen und ihm berichten! Sie stürzte zur hinteren Tür und stand vor der reglosen Gestalt des Heilers. Mit einem Schreckenslaut fuhr sie zurück.

Senonen lehnte mit verschränkten Armen im Schatten der Türöffnung und musterte sie schweigend. Silla starrte wortlos zurück.

»Du solltest dir wieder ein wenig Ruß ins Gesicht schmieren«, sagte er schließlich ruhig und deutete auf seine Schläfen.

»Hier! Man sieht die blauen Linien durchscheinen.« Mit einem unergründlichen Blick drehte er sich um. »Ach, übrigens, ich wäre froh um deine Hilfe«, rief er noch über eine Schulter zurück, dann verschwand er im Hof.

Silla folgte ihm bedrückt.

Er verlor kein weiteres Wort über den Vorfall und Silla war zu ihrem stummen Schweigen zurückgekehrt. Sie hätte zu gerne mit ihm gesprochen und auch mit Seg-o, aber weder mit dem einen noch mit dem anderen ergab sich dazu die Gelegenheit. Abends, wenn alles ruhig ist, werde ich mit beiden reden, dachte sie sich, aber auch dazu sollte es nicht kommen, denn kaum war die späte Suppe gegessen, wurde der Abendfrieden durch laute Rufe gestört.

»Aufmachen! Wir brauchen den Heiler!« Eine Gruppe Soldaten polterte in den Hof. »Der Eber hat unseren Hauptmann aufgespießt statt umgekehrt!« Unter rohem Gelächter wurde ein Mann hereingeschleift, eine hässliche Fleischwunde in der Seite, der besinnungslos zwischen stützenden Armen hing. »Fast hätte es ja unseren König erwischt, aber der hat dem Wildschwein dafür den Garaus gemacht!« Wieder brandete Lachen auf.

Silla drückte sich tiefer in den Schatten des Gebäudes. Die Soldaten des Königs und er selbst so nah! Sie spürte, wie ihr Herz wild zu pochen begann.

»Da, flick ihn uns zusammen, Heiler, wenn du so gut bist wie dein Ruf! Du stehst mit deinem Leben für ihn ein, das weißt du!«

Die Meute verschwand so schnell, wie sie gekommen war, nur die stille Gestalt des Verwundeten und einen Bewacher zurücklassend.

Der dunkle Blick Senonens suchte Silla. »Komm, ich brauche deine Hilfe«, sagte er rau.

Mit vereinten Kräften befreiten sie den Jäger von seinem Gürtel und schälten ihn aus Umhang, Lederwams und Hemd. Die Wunde sah erschreckend aus, hell klaffend unter dunkel verkrustetem Blut, und als Senonen nun zwei Finger in das blutige Fleisch drückte, um ihre Tiefe auszuloten, musste Silla sich an der Wand abstützen, um nicht ohnmächtig neben den Verwundeten zu sinken. Auch der regte sich jetzt, ächzte, ohne jedoch dabei die Besinnung wiederzuerlangen. Senonen ließ ihm aus dem Fläschchen mit seinen Betäubungstropfen zwei in den Mund fallen, den er ihm unsanft geöffnet hatte. Silla blickte ihn mit fragend hochgezogenen Augenbrauen an. Sie hatte mehrmals beobachtet, dass seine Patienten die Lösung nur stark mit Wasser verdünnt bekamen. Ihre Blicke trafen sich. Der Heiler zuckte nur leicht die Achseln, als wollte er sagen: Was soll's! Für einen kurzen Moment zogen sich seine Mundwinkel verächtlich nach unten, dann war seine Miene wieder ausdruckslos und er begann die Wunde zu säubern.

»Gib nur noch ein paar Scheite unter den Kessel, dann geh und leg dich hin, Mädchen! Mit allem anderen komme ich wohl alleine zurecht!«

Seg-o schlief schon, aber auch wenn er wach gewesen wäre, hätte die Stille ein Flüstern fast unmöglich gemacht, vor allem, wenn es von einer vermeintlich Stummen kam. Also blieb Silla nichts anderes übrig, als sich ebenfalls auf der Langbank auszustrecken und sich an den schläfrigen Till zu kuscheln.

Auch am nächsten Morgen hatte der Jäger sein Bewusstsein nicht wiedererlangt und noch ohne ihm die Stirn zu fühlen, konnte Silla sehen, dass er Fieber hatte. Sein Gesicht war von einer dünnen Schweißschicht überzogen und auf seinen Wangen hatten sich rote Flecken gebildet, wie mit Farbe gezeichnet. Unruhig warf er sich auf seinem Lager hin und her, Senonen saß mit grauem Gesicht und tiefen Schatten unter den

Augen daneben. Er schien die ganze Nacht nicht von der Seite des Kranken gewichen zu sein.

Silla half ihm, den Verwundeten frisch zu verbinden und ihm Kräutersud einzuflößen. Dann saßen sie still zusammen an dem Krankenlager, Silla nervös an ihrer Unterlippe kauend, Senonen mit unbewegtem Gesicht und so wortkarg, dass Silla immer banger zumute wurde. Um die Mittagszeit brachte die freundliche Frau ihnen eine Schüssel Suppe und Seg-o löste sie bei der Krankenwache ab, damit sie sich auch um andere kümmern konnten. Aber der Heiler war unkonzentriert und schien froh, wieder an die Seite des Soldaten zurückkehren zu können.

»Die Alte Frau könnte ihn vielleicht heilen«, murmelte er einmal. »Aber was soll denn ich? Ich bin nur ein einfacher Heiler.« Er blickte Silla an. »Zumindest kann ich ihn schmerzfrei halten.« Er zuckte die Schultern. »Aber heilen …« Entmutigt wandte er sich wieder seinem Kessel zu und begann zu rühren. »Auch wenn es mein Leben kostet, erzwingen kann ich es nicht!«

Silla nickte nur. Ihr fiel nichts Tröstliches zu sagen ein. Ja, Iolair und Drugwydd, wenn die da gewesen wären! Immer noch hatte sie weder Lebenszeichen noch Nachricht von ihnen.

Der Abend senkte sich in bedrückendem Schweigen über den Hof; die Alten hatten sich gleich nach dem Abendbrot still zurückgezogen. Silla, der Heiler und Seg-o saßen noch immer bei dem Kranken. Die ersten Sterne erschienen funkelnd im tiefen Violett des Firmaments, als das schnelle Getrappel von Hufen durch die Gassen klang und in den Hof einbog. Die Soldaten des Königs. Von der durch die Jagd aufgepeitschten, rauen Fröhlichkeit des Vortages war heute nichts zu spüren; kurze Befehle knallten durch die Luft, als sie absaßen, dann trat der Befehlshaber mit drei schnellen Schritten zu dem Verwundeten. Er starrte ihn kurz an, dann richtete sein kalter Blick sich auf den Heiler. »Nun?« Es klang mehr wie eine Drohung als eine Frage.

Senonen zuckte die Schultern. »Ihr seht selbst. Es ist noch zu früh, um mehr zu sagen.«

Der Hauptmann machte seinen Männern ein knappes Zeichen. »Ladet ihn auf!«

Erst jetzt bemerkte Silla die Bahre aus Ästen und Lederriemen, die eines der Pferde hinter sich herzog.

»Nein, nein!« Senonen schüttelte entrüstet den Kopf. »Haltet ein! Er muss ruhig liegen bleiben, dass die Wunde sich nicht wieder öffnet, sonst kann ich euch sein Leben nicht versprechen!«

»Befehl des Königs! Und außerdem …«, der Anführer trat so dicht an den Heiler heran, dass die Lederverschnürungen seines Wamses leicht an dessen Brust kratzten. »Und außerdem erzählen *wir* dir, was du versprichst und was nicht! Du haftest immer noch mit deinem Leben, vergiss das nicht!«

Senonen schien eine Schattierung dunkler zu werden, aber er sagte nichts, sondern half schweigend, den Verwundeten auf die Bahre zu betten. Dann maß er verschiedene Kräuter in einen Beutel und reichte ihn einem der Männer. »Aus dem müsst ihr ihm einen Sud kochen …«, begann er.

»Spar dir deine Wort«, unterbrach ihn der Anführer. »Deine Tränke und Brühen kannst du selbst bereiten, du kommst mit!« Er deutete vage in Sillas Richtung. »Und dein Gehilfe da auch!«

Silla fuhr zurück und schüttelte heftig den Kopf.

»Das ist doch nur ein Kind!« Seg-o humpelte vor und schob Silla hinter seinen Rücken. »Sie ist zu nichts nütze, außer hier im Haus ein bisschen auf uns Alte zu schauen!«

»Ich sagte, sie geht mit und jetzt aus dem Weg, Alter!« Brutal stieß er Seg-o beiseite, der mit seinem lahmen Fuß stolperte und zu Boden fiel.

Silla fuhr herum. Weg!, dachte sie. Nichts wie weg! Aber sie hatte kaum zwei Schritte gemacht, da wurde sie schon unsanft am Kittel zurückgerissen und zu den Reitern geschubst.

Senonen saß bereits auf dem Pferd, das die Bahre zog. Er streckte Silla eine Hand hin, da hatte der Hauptmann sie bereits gepackt und grob hinter Senonen auf den bloßen Pferderücken bugsierte. »Lerne zu gehorchen, du kleiner Mistkäfer«, knurrte er dabei und gab gleichzeitig dem Ross einen Schlag auf die Kruppe. »Los!«

Silla warf einen verzweifelten Blick zurück zu Seg-o, der immer noch am Boden saß und ihr nicht minder unglücklich nachsah, dann waren sie um die Ecke gebogen, schritten mit ihrer Last durch die nächtlich-ruhigen Gassen und hinaus aus der Stadt. Mit einem einsamen Knarren fiel das Tor hinter ihnen zu, während die Felsen Y-loigs in machtvoller Düsternis ihre schwarzen Umrisse vor die schmale Sichel des stetig abnehmenden Mondes schoben.

15. KAPITEL

Y-LOIG

Je näher sie kamen, desto bedrohlicher ragte der Schatten der Felsen über ihnen auf und Silla hatte das Gefühl, dass er sie nun jeden Moment verschlingen würde. Sie hielt sich an Senonen geklammert, nicht nur um sich festzuhalten, sondern auch, um das unkontrollierbare Zittern ihrer Hände zu unterdrücken.

Ein Graben spannte sich um das düstere Mauerwerk, eine Brücke führte zu dem hohen Tor, das sich nun ächzend öffnete wie ein gefräßiger Rachen.

»Uhuhu.« Der heisere Ruf hatte kaum Sillas Ohr erreicht, da spürte sie schon eine Bewegung in der Luft, ein Rauschen und eine Vogelschwinge, die flüchtig ihren Kopf streifte. Oila! Silla war noch nie dankbarer für das Erscheinen der Eule gewesen als jetzt.

Oila! Das hieß, dass auch Drugwydd und Iolair irgendwo hier draußen sein mussten! Aber vielleicht hatten sie die Eule auch nur vorgeschickt. Silla versuchte, in die Dunkelheit zu spähen, doch die schien undurchdringlich. Schon waren sie über der Brücke. Die Mauer des Königssitzes schloss sich um sie, und damit auch wieder die Angst.

Jetzt war sie wirklich in der Höhle des Löwen, ohne ihre Freunde, ohne Hilfe und – bis auf Senonen – alleine.

Wenn Silla sich unter Y-loig eine düstere Burg der Ritterzeit vorgestellt hatte, so wurde sie enttäuscht – angenehm enttäuscht allerdings. Soviel sie im Schein der Fackeln erkennen konnte, sah der Königssitz nicht viel anders aus als die Stadt- und Dorfanlagen der Kelthoi, nur kleiner und mit viel mehr Mauerwerk. Auch hier fügten sich einstöckige Häuschen zu einer Einheit zusammen, die ein größeres Bauwerk umgaben.

»Ich hätte es mir viel Furcht einflößender vorgestellt und irgendwie … mächtiger«, flüsterte sie dem Heiler zu und schaute sich neugierig auf dem weiten Platz um, auf dem die Pferde schnaubend zum Stehen gekommen waren.

»Der wahre Schrecken liegt in seinen Bewohnern, glaube mir!« Senonen warf ihr einen kurzen Blick aus den Augenwinkeln zu, dann schwang er ein Bein über den Hals des Tiers und saß mit einem Sprung ab. Er reichte Silla die Hand. »Y-loig ist hoch in die Felsen gebaut. Der König hat Männer aus dem Land des Mittags kommen lassen, die aus dem Lehm Ziegel gebrannt haben, wie es die Menschen dort unten tun. Auch der Wall nach außen ist aus Stein, darum wirkt er so hoch und bedrohlich und von ferne wie ein Teil des Berges selbst. Um die ganze Umfriedungsmauer herum führt ein überdachter Gang aus Holz, auf dem Soldaten patrouillieren. Das ist mächtig genug für meinen Geschmack!«

Silla fasste seine Hand und rutschte vom Pferderücken. Wo waren wohl die berüchtigten Verliese? Zu gerne hätte sie den Heiler gleich gefragt, aber es standen zu viele Soldaten herum, die sich jetzt daran machten, die Pferde auszuspannen und den Verwundeten mitsamt seiner Bahre in Richtung des Haupthauses zu ziehen. Senonen folgte ihnen und Silla stolperte hinter ihm her, die Beine wacklig von dem Ritt.

Das Gebäude war zwar wie alle anderen nur einstöckig, schien sich aber weit in die Felsen zu erstrecken, die teilweise als natürliche Wände die Mauern ersetzten. Bis sie schließlich in einer geräumigen Kammer anlangten, in der ein paar Fackeln in Halterungen ihren flackernden Schein an die Wände warfen, hatte Silla jede Orientierung verloren. Die Männer setzten die Bahre auf einer Bank ab und verließen bis auf einen schweigend den Raum. Ihr Wächter ließ sich auf dem Boden neben der Türöffnung nieder und schloss mit einem erschöpften Ächzen die Augen.

»Wir brauchen ein Feuer, Wasser, Verbandszeug, Decken, wenn der da wieder genesen soll! Und außerdem etwas zu essen!« Der Heiler hatte sich breitbeinig vor dem Wächter aufgebaut, der ihn ärgerlich anstarrte, um sich dann doch aufzurappeln und hinauszuschlurfen. Draußen hörten sie einen kurzen Wortwechsel.

»Aha.« Senonen ließ einen düsteren Blick durch den Raum schweifen. »Da scheint es noch mehr von der Sorte zu geben. Man passt gut auf uns auf, wie mir scheint!« Er ließ sich neben dem Kranken auf die Bank fallen und bedeutete Silla, sich neben ihn zu setzen.

»Ich weiß nicht, was du verbirgst, Mädchen, oder vor wem du dich versteckst, aber ich weiß, dass die Zeichen an den Seiten deiner Stirn dich als von adeligem Geblüt zu erkennen geben und dass der Ruß sie nicht gut genug bedeckt, falls es unter anderem der König ist, von dem du nicht erkannt werden willst«, raunte er ihr zu.

Sillas Hände flogen erschrocken an ihre Schläfen.

»Aha, habe ich's mir doch gedacht«, murmelte Senonen und nestelte ein Tuch von seinem Hals, das er Silla hinhielt. »Da, binde dir das um den Kopf, das wird besser halten!«

»Werden wir denn den König sehen?« Mit bebenden Fingern versuchte Silla, sich den Stoff um die Stirn zu binden, bis Senonen ihr den Schal endlich kopfschüttelnd aus den Fingern nahm und um den Kopf schlang.

»Nachdem er uns hierher hat holen lassen, vermute ich, dass es sich bei dem da«, er spuckte verächtlich in den Staub, »entweder um einen seiner Hauptleute, einen Verwandten oder einen Freund handelt! In jedem Fall wird er nach ihm schauen kommen. Das gebietet die Höflichkeit – ich nehme an, auch bei den Römern, denn von der Art der Kelthoi ist in diesen Mauern nicht mehr viel übrig, wie man hört!«

»Erzähl mir von Y-loig!«

Senonen verzog das Gesicht zu einem schrägen Lächeln. »War das nun eine Bitte oder ein Befehl?« Er zuckte die Achseln. »Zumindest bist du nicht mehr stumm, dank meiner Medizin! Der kleine Gil wird es nicht ewig schaffen zu schweigen und dann wird mein Ruf ins Unermessliche wachsen!« Er lachte. »Nun ja, zu Y-loig! Der Weg hierher ist gut zu überwachen, denn zwischen hier und dem Ort zieht sich wie ein Gürtel das Moor. Man muss die wenigen Wege kennen und auch dann noch können höchstens zwei nebeneinandergehen, das macht einen Überfall schon beschwerlich und für größere Truppen fast unmöglich. Ein weiterer Schutz für einen, der zu Recht Angst vor seinen eigenen Stammesleuten hat!«

Schwere Schritte wurden im Gang hörbar, es musste ein ganzer Trupp Leute sein, der sich da näherte, mit der entschlossenen, von metallischem Klirren begleiteten Art, wie sie nur Soldaten zu eigen ist.

»Nun denn, mal sehen, ob ich recht hatte«, murmelte Senonen, verschränkte die Arme und schloss die Augen, als hätte er keine Sorge der Welt. Silla drängte sich unwillkürlich an ihn und zupfte ihr Tuch noch ein bisschen tiefer in die Stirn.

Ein Soldat polterte in die Kammer. »König Bituit Torch Troyth! Heil bei Teutates!«, rief er. »Auf die Füße mit euch!«

Senonen erhob sich langsam und Silla tat es ihm nach.

Du meine Güte, ist er groß!, war ihr erster Gedanke. Der Raum schien beim Eintritt des Königs zu schrumpfen. Eine mit Kalkwasser gestärkte blonde Mähne wie ein Löwenhaupt, hochmütige blaue Augen unter schweren Lidern, die Nase scharf vorspringend, ein dichter, sorgfältig gestutzter Schnurrbart, der wie eine Bürste über seinem Mund hing und dabei die leichte Flucht des Kinns noch betonte. Um Hals und Handgelenke hingen massive Goldreifen und an den Armen spannten sich goldene Bänder um Tätowierungen. Ein kunstvoll gearbeiteter Waffengurt, bestückt mit Schwert und Dolch, funkelte über der bunt karierten Hose. Sogar die Lederstiefel waren mit Blattgold behämmert. Ein Mantel aus dunklen Pelzen fiel ihm über den Rücken und eine Aura von Macht hing wie ein unsichtbares Gewand um seine Schultern.

Mit ein paar schnellen Schritten durchquerte er den Raum und war an der Seite des Verwundeten. Er warf einen langen, düsteren Blick auf den still Liegenden, dann hob er den Kopf und kalte Augen durchbohrten den Heiler mit einer Macht, dass Silla hinter dessen Rücken förmlich zusammenschrumpfte.

»In meinem Land treiben sich Verräter um.« Die Stimme Bituits rollte tief durch den Raum. »Verräter, die sich den Zeiten des Umbruchs entgegenstellen wollen. Wir werden sie zermalmen, zusammen mit allen, die ihnen in jedweder Art Hilfe zukommen lassen! Die an meiner Seite kämpfen werden dagegen reich belohnt werden, vergiss das nicht, Heiler!«

Seine Stimme wurde mit einem Mal sanft und einschmeichelnd und Silla spürte, wie ihr kalte Schauer über den Rücken jagten. »Ich hörte, du bist interessiert an der Heilkunst in den Reichen der aufgehenden Sonne.«

Senonen stand reglos, aber Silla merkte, wie sich seine Hände zu Fäusten ballten.

»Nun, dann heile mir meinen Freund hier und ich gebe dir genügend Gold und einen Trupp Soldaten als Geleit, die dich als Heiler des Königs führen werden, wohin du willst!«

Mit einer abrupten Bewegung drehte er sich um und strebte der Tür zu, aber bevor er durch den Torbogen verschwand, verharrte er, um mit der Geschmeidigkeit und Schnelligkeit einer Raubkatze herumzufahren und Silla, die sich gerade hinter dem Heiler hervorgewagt hatte, direkt in die Augen zu starren.

Wie ein Kaninchen vor der Schlange stand sie vor dem kalten Leuchten der blauen Augen – der Augen ihres Vaters.

Die buschigen Brauen Bituits schoben sich grüblerisch zusammen und ein Funken der Verwunderung glomm in dem eisigen Blick auf; dann riss sich der König los, schüttelte kurz sein Löwenhaupt und verschwand durch die Tür.

Mit einem erleichterten Schnaufen ließ sich Silla auf die Bank fallen. »Puuuh!«

Senonen sank langsam neben ihr nieder, einen geistesabwesenden Ausdruck im Gesicht. Er war so in seine eigenen Gedanken versunken, dass er Sillas Aufregung gar nicht zu bemerken schien.

»In die Reiche des Morgens«, murmelte er verträumt. »Stell dir vor! Dort soll es ein Land geben, wo selbst die Toten noch verbunden werden, von Kopf bis Fuß in balsamierte Leinenstreifen gewickelt, als wäre der Tod nur eine Krankheit, von der man den Menschen irgendwann wird heilen können! Und bis dahin legt man die Körper in den Sand, der so heiß ist, dass er die Körper konserviert, wie es bei uns das Eis der Gletscher tut; stell dir nur einmal vor! Und was es dort für Arten der Behandlung gibt …«

Wenn Silla vorher noch das Gefühl gehabt hatte, in Senonen einen Verbündeten zu haben, wurde ihr nun mit jedem seiner Worte das Herz ein Stückchen schwerer. Der König hatte seinen Köder ausgelegt und der Heiler hatte ihn geschluckt. Sie konnte es ihm nicht verdenken. Bituit hatte ihn einfach bei seiner Leidenschaft gepackt und die war nun einmal das Heilen. Und sie, Silla, würde es nun doch ganz alleine schaffen müssen! Wie der König sie angestarrt hatte! Ob er irgendetwas ahnte? Hoffentlich nicht! Auf jeden Fall würde sie schnell handeln müssen, je eher, desto besser. Da sie nun schon einmal hier war, würde sie Cù eben alleine befreien müssen. Aber wie sollte sie an Senonen und den Wächtern vorbeikommen?

An der Tür entstand Bewegung. Einer der Wachleute brachte auf einem großen, runden Metallteller Brot, gebratenes Fleisch und einen Krug herein, stellte alles in der Mitte des Raumes auf den Boden und ließ sie ohne ein weiteres Wort wieder alleine.

Der Heiler hob den Krug, schnüffelte kurz daran und tat dann einen genussvollen Schluck. »Hm, man bringt uns Bier!« Er rülpste leicht. »Noch scheinen wir also in Gnade zu sein!«

Das ist es!, dachte Silla. Jetzt weiß ich, wie es gehen könnte! Jetzt ist erst einmal wichtig, dass ich den Heiler ausschalte!

Zittrig vor unterdrückter Anspannung schob sie sich näher an Senonens Tasche heran, während er selbst noch mit dem Fleisch beschäftigt war, dann glitt ihre Hand hinein. Sie erinnerte sich genau, wo er das Fläschchen mit der Tinktur verstaut hatte, und nach kurzem Tasten stießen ihre Fingerspitzen schon an das glatte Steingut. Das war es, sie hatte Glück! Schnell zog sie ihre Hand wieder heraus, die Finger fest um das Fläschchen geschlossen. Jetzt musste sie nur noch den Heiler ablenken, bevor er das Bier austrank. Für die Wachen musste auch noch genug übrig bleiben und Senonen hatte schon wieder den Krug angesetzt.

»Ich … ich glaube, er wacht auf!«

Senonen hob den Kopf und drehte ihn verwundert zu dem Verwundeten, der nach wie vor in einem tiefen Koma zu liegen schien.

»Ja, ganz sicher! Er hat sich bewegt … er hat die Hand bewegt! So! Ich habe es genau gesehen!«

Senonen stellte den Krug ab und trat an die Seite des Kranken, schob ihm die Augenlider hinauf und schlug ihm mit den Fingerspitzen leicht gegen die Wange.

»Seltsam«, brummte er. »Ich entdecke nicht die Spur von Bewusstsein in unserem Freund.«

Freund, dachte Silla. Jetzt nennt er einen Soldaten des Königs schon Freund! Laut sagte sie: »Seine Augenlider haben auch gezuckt, als würde er träumen!«

»So? Hm, hm.«

Silla barg die Phiole fest in einer Hand, während sie mit der anderen den Korken lockerte und ihr dabei der helle Schweiß ausbrach. Wenn jetzt bloß kein verräterisches »Plop!« ertönte! Warum war es hier auch nur so schrecklich ruhig!

Der Stöpsel glitt lautlos heraus. Sie atmete auf. Ein kurzer Blick zu Senonen, der das Ohr auf die Brust seines Patienten gelegt hatte, dann kippte sie den gesamten Inhalt des Fläschchens in das Bier. So, das war getan!

Silla blickte auf und direkt in die Augen Senonens, die sie dunkel anstarrten. Sie öffnete den Mund, wollte etwas sagen, ihm erklären, aber jeder Ton schien ihr in der Kehle stecken zu bleiben. Sie spürte wie eine Welle Hitze in ihre Wangen steigen.

Der Heiler seufzte. »Du bist eine schlechte Lügnerin, weißt du das?« Er verließ die Seite des Kranken, trat zu ihr und hob mit Schwung den Bierkrug. »Das war also für mich bestimmt!« Er schüttelte den Kopf. »Das ist sehr enttäuschend, Mädchen. Ich dachte, wir wären Freunde.«

»Du hast dich auf die Seite des Königs geschlagen«, stieß Silla hervor. »Wie soll ich dir denn da noch trauen können?«

»Auf die Seite des Königs?« Die Brauen des Heilers hoben sich verblüfft. »Und wie kommst du nun auf diese Idee?«

»Du brauchst gar nicht so erstaunt tun! Du willst sein Angebot annehmen, gib's nur zu!«

Der Heiler schwieg einen Moment, dann seufzte er wieder und ließ sich auf die Langbank fallen. »Und was wäre nun so schlecht daran, das Angebot des Königs anzunehmen, in dem er mir die Erfüllung meines Lebenstraums verspricht, wenn ich fragen darf?«

»Dass du dein Volk dabei verrätst, ist dir wohl egal, oder?«

»Dass den Versprechungen des Königs mit Vorsicht zu begegnen ist, das ist mir schon klar. Auch dass er grausam und willkürlich handelt und sich mit den Römern gutstellen will, weiß ich. Aber warum ich unser Volk damit verrate, das musst du mir genauer erklären!«

»Denk doch an die Prophezeiung!«

»Was hat denn die alte Geschichte von der Prophezeiung damit zu tun?« Senonen schien nun vollends verwirrt.

»Das ist keine alte Geschichte, das ist eine ganz aktuelle Geschichte und wir sind mittendrin, verstehst du denn immer noch nicht?« Silla riss sich mit einem Ruck das Tuch vom Kopf und deutete auf ihre Schläfen. »Ich bin die Tochter Bituits. Ich muss meinen Bruder finden, bevor der König mich findet, wenn die Kelthoi und somit wir alle nicht untergehen sollen. So einfach ist das!«

»Du bist …?« Dem Heiler blieb der Mund offen stehen. »Die doppelten Kinder des Königs«, murmelte er dann. »Jedes Kind in unserem Land kennt den Spruch, aber wer hätte denn gedacht …« Er räusperte sich. »Wenn das stimmt, heißt das!«

»Es stimmt und ich könnte dir die ganze Geschichte erzählen, aber dazu ist jetzt keine Zeit mehr.« Silla spürte Tränen der Ohnmacht in ihren Augen aufsteigen. »Ich muss die Verliese finden und meinen Bruder. Bitte, Senonen, ganz egal, was du glaubst, aber hilf mir!«

Senonen schüttelte den Kopf und seufzte noch tiefer als vorher. »Ich muss vollkommen verrückt sein und du bist es wahrscheinlich nicht weniger! Dein Glück ist, dass ich auch Barde bin und für eine gute Geschichte fast alles tue!« Er lachte, räusperte sich und begann ansatzlos mit voller Stimme zu singen.

»Senonen«, Silla zog ihn am Ärmel. »Du kannst jetzt doch nicht …«

Der Heiler zwinkerte, schob sie zur Seite und hob den Bierkrug auf.

»Senonen!« Silla fuhr erschrocken auf. War er denn ganz und gar verrückt geworden? Hatte er vergessen, dass sie das Betäubungsmittel in den Krug geleert hatte? Das konnte doch nicht sein! »Du darfst nicht …!«

Er schob sie nur zur Seite und sang noch lauter als vorher von blutigen Kriegen, tapferen Männern und schönen Frauen. Die Tür öffnete sich und eine der Wachen steckte den Kopf herein.

»Tritt ein, mein Freund!« Senonen winkte mit dem Krug. »Ich bin mir sicher, es gibt auch über dich und deinen Freund heldenhafte Verse zu singen. Sprecht, bei welchen Schlachten habt ihr das Schwert geschwungen?«

Der zweite Wächter schob sich durch die Tür und brummelte geschmeichelt einen Namen.

»Ah, bei der Schlacht von Lorsch-larach! Hätte ich es mir denken können! Da gibt es dieses wunderbare Lied ...« Wieder begann er zu singen, getragen und volltönend. Die beiden Soldaten lauschten hingerissen. Kein Wunder! Zwischen zwei Strophen hatte er sie nach ihren Namen gefragt, die er nun in den Text einwob, was sie zu den wahren Helden der Schlacht und seiner Ballade machte!

Gleich werden sie noch vor Rührung in Tränen ausbrechen, dachte Silla ärgerlich. Was sollte das nur werden?

Da schob der Heiler dem einen der Männer den Bierkrug hin und nickte auffordernd, während der Kampf um Lorsch-larach seinen Höhepunkt zu finden schien. Die Wachen nahmen abwechselnd große Schlucke, wischten sich mit ihren Ärmeln den Mund ab, wie in Trance an Senonens Lippen hängend, dann war der Krug leer. Der Gesang wurde leiser und Silla musste an sich halten, als sie merkte, dass Senonens Schlachtengesang in ein Schlaflied übergegangen war. Die Wachen glotzten mit dumpfen Blicken, dann sanken sie mit einem Mal gegeneinander und es war nichts mehr zu hören als ihr leises Schnarchen.

Senonens Augen glitzerten vor Vergnügen. »Die Verliese sollten noch weiter gegen das Innere der Burg zu liegen! Ich werde bei meinem Patienten bleiben und schauen, dass ich dir etwas Zeit herausschlagen kann! Ich werde einfach sagen, ich hätte dich um Verbandszeug geschickt, weil die zwei hier zu betrunken waren, falls einer fragt!« Er lachte. »Lauf du jetzt los!«

Silla drückte ihm die Hand. »Danke, Senonen!«

»Schon gut!« Er zwinkerte wieder. »Nun lauf schon, Mädchen!«

Silla zog sich das Tuch eng um den Kopf, wollte gerade zur Tür hinaus, da geschah es wieder: die Stimme!

»Sibylla!«, und wieder: »Sibylla!« Diesmal schien es viel näher zu klingen als das letzte Mal im Lager der Ull-slog und noch intensiver. Sillas Hände flogen unwillkürlich an ihre Schläfen, die in dem Pulsieren der Stimme leicht zu vibrieren schienen. Dann war es still.

»Senonen, hast du das gehört?«, flüsterte sie tonlos.

Der Heiler schüttelte stumm den Kopf und hob fragend die Augenbrauen.

»Wahrscheinlich habe ich es mir nur eingebildet«, murmelte Silla, drückte die Tür auf und huschte, nach einem schnellen Blick rechts und links, in den düsteren Gang, der vom flackernden Licht einer Öllampe erhellt wurde.

Weiter ins Innere, dachte Silla. Das war gar nicht so einfach, sie waren schon so weit kreuz und quer gegangen und sie war schließlich nicht Luchain-re, für den das ein Kinderspiel gewesen wäre. Trotzdem, sie musste es einfach versuchen und sich dabei auf ihr Gefühl verlassen. Sich eng an der Wand haltend, lief sie los.

Das Mauerwerk war inzwischen zur Gänze in Felsen übergegangen, die sich unter Sillas vorbeistreifenden Fingern kühl und ein wenig feucht anfühlten. Nur noch vereinzelt waren Türöffnungen in die Wände geschlagen und die dunklen Strecken zwischen den einzelnen Öllampen zogen sich immer länger hin. Bisher war sie noch keiner Menschenseele begegnet. Jedes Mal wenn sich Stimmen näherten, hatte sich eine neue Abzweigung des Gangs aufgetan, in die sie still und ungesehen verschwinden konnte. Aber selbst das war ihr nun seit geraumer Zeit nicht mehr passiert. Zum Glück, denn der Korridor, den sie gewählt hatte, lief ohne Gabelungen oder Versteckmöglichkeiten direkt in den Berg hinein. Manchmal machte er eine Windung, wie um ein unpassierbares Felsstück zu umgehen, aber ansonsten zog er sich gerade dahin. Die Luft war kühl geworden und modrig. Silla lief immer schneller, wie von einer unsichtbaren Kraft magnetisch gezogen. Noch einmal hatte sie die Stimme gehört, als sie an einer Gabelung gezögert hatte. Danach war ihr klar gewesen, welchen Weg sie zu nehmen hatte, und auch wenn die Stimme inzwischen verklungen war, hatte ihr Widerhall sie doch geführt. Sie war sich ganz sicher: Dieser Weg musste zu den Verliesen führen! Wieder eine Kurve und sie stand vor einer schweren Holztür. Der Gang war zu Ende.

Neben der Tür steckte eine Öllampe in einem eisernen Halter. Ihr leichtes Züngeln warf tanzende Schatten an die Wände und Silla rätselte einen Moment über das Belüftungssystem, hier, so tief im Berg.

Sie zögerte kurz, dann presste sie das Ohr an eine Ritze zwischen den Brettern. Es war nichts zu hören als das Rauschen ihres eigenen Blutes. Sie legte eine Hand auf das raue Holz. Sich umblickend zauderte sie. Es gab nur diesen einen Weg und die Stimme hatte sie so bestimmt geführt, sie musste hier richtig sein! Aber was war hinter der Tür? Noch einmal lauschte sie. Nichts. Unendlich behutsam stieß sie gegen das Holz. Die Tür schwang lautlos auf und gab den Blick frei auf eine gut bestückte Waffenkammer. Silla schlüpfte hinein. Hier würde sie zwischen all den Rüstungsteilen zumindest Deckung finden, falls jemand käme. Sie schlich weiter. Die nächste Kammer. Hier wurden Schwerter aufbewahrt. Gedämpftes Murmeln wurde laut. Silla presste sich mit klopfendem Herzen gegen die Wand. Die Stimmen kamen aus einem der nächsten Räume. Sie bemühte sich zu verstehen, was gesprochen wurde, aber sie war noch zu weit entfernt. Weiter. Die nächste Kammer, bis obenhin gefüllt mit Bogen, Pfeilen und Wurfspießen. Jetzt klangen die Stimmen schon deutlicher und sie konnte einzelne Worte ausmachen. Wovon sprachen sie. Etwa von ihr? Jetzt fiel noch ein Name. Cù. Sie redeten wirklich über sie und ihren Bruder! Auf Zehenspitzen schob sie sich weiter. Noch einmal: Cù.

Und dann hörte sie es wieder: »Sibylla!« Die Stimme. Sie rief mit einer Dringlichkeit, die ihr den Atem nahm. »Sibylla!« Und so nah schien sie mit einem Mal!

Ich bin hier, wollte sie rufen, ich komme! Sie stolperte vorwärts in den nächsten Raum.

Das Gespräch verstummte abrupt und Augen glatt wie Stein blickten sie erstaunt und kalt an. Silla stand vor dem König. Seine Augenbrauen hoben sich, dann glitt ein Lächeln über sein Gesicht von einer solchen Grausamkeit, dass Silla unwillkürlich einen Schritt zurückwich.

»Sieh an«, erklang eine Stimme unmittelbar hinter ihr. »Wir werden belauscht!« Ein Arm legte sich um ihre Brust und umklammerte sie mit eisernem Griff. Sie verrenkte sich den Hals, um ihren Widersacher anzusehen. Dabei stieß ihre Wange weich gegen Pelz. Ihre Hand wurde gepackt und verdreht, dass ihr Drugwydds Armreif schmerzhaft in die Haut schnitt.

»Sieh an«, sagte der Mann, der sie hielt, noch einmal und schien dabei den Schlangenreif an ihrem Handgelenk gründlich zu mustern. »Wo hast du denn den gestohlen, du Bauerngör?« Er klemmte blitzschnell ihre Hand fest, riss ihr das Tuch vom Kopf, packte ihn und drehte ihn gewaltsam zur Seite, um ihr ins Gesicht zu blicken. Silla presste die Augen zusammen.

Tief in seiner Brust stieg ein rumpelndes Lachen auf. »So ein überraschendes Wiedersehen! Schwer zu erkennen und doch unverkennbar!« Der Mann lachte spöttisch und triumphierend auf, packte einen Zipfel seines Mantels und begann ihr das Gesicht abzuwischen. »Hoher Herr, darf ich Euch Sibylla Faol Torch Troyth vorstellen, Eure Tochter?«

»Das soll …?« Bituit starrte sie einen Moment lang an, dann warf er den Kopf in den Nacken und lachte dröhnend. »Das soll …?«, setzte er noch einmal an. »Dieses schmutzige Ding, das so zerrupft aussieht wie das Gewölle, das ein Uhu wieder hervorspeit, soll meine Tochter sein?«

Silla runzelte zornig die Stirn. Dass ihr Vater ein Monstrum war, hatte sie inzwischen mitbekommen, aber dass er keine anderen Worte der Begrüßung fand! Sie schluckte die Tränen hinunter, die ihr unwillkürlich in die Augen geschossen waren.

Sie hielt einen Moment still und spürte, wie der Griff um ihre Brust sich lockerte, dann stieß sie den Ellenbogen ihres freien Armes, so heftig sie konnte, zurück. Ein schmerzvoller Ausruf und Silla war frei. Sie fuhr herum und blickte in die schmalen Augen Sionnachs, die hasserfüllt auf sie hinabblickten.

»Sie sähe aus wie Sirona, sagte man mir, aber vielleicht müsste man sie erst waschen, dass auch ich dies erkennen könnte«, fuhr der König fort. Er brachte sein Gesicht nah an Sillas und musterte sie ein paar lange Momente. »Nun ja, aber es ist nicht zu leugnen und somit, Sionnach, würde ich sagen, unser weiteres Gespräch erübrigt sich. Das Vögelchen ist uns ganz von allein zugeflogen. Wo wollte es wohl hin, in diesem tiefen Teil der Burg? Fast könnte man meinen, es hätte es auf die Verliese abgesehen!« Sein Lächeln wurde noch eine Spur breiter und Silla musste an den Rachen eines Alligators denken, der die Beute direkt vor seiner Nase sieht.

»Die Rede geht ja, sie wolle wirklich dorthin und ihrem Bruder einen Besuch abstatten. Nun, in väterlicher Liebe werde ich ihr natürlich dabei helfen! Wenn das nun einmal ihr Wunsch ist, nicht wahr?«

Er machte eine kleine Bewegung mit dem Kopf, Sionnach

packte sie und drehte ihr mit einem schnellen Griff den Arm auf den Rücken. Dann stieß er sie hinter dem König her, der, eine Öllampe in der Hand, eilenden Schritts im nächsten Raum verschwand.

Sie mussten nicht mehr weit gehen. Auch hier saßen – an eine aufgerollte Strickleiter gelehnt – zwei Soldaten, mehr schien es nicht zu brauchen, die Tür im Boden zu bewachen, die mit armdicken Tauen an einem Kurbelmechanismus befestigt war, der sie mit nicht mehr als einem leichten Quietschen öffnete. Darunter gähnte ein schwarzes Loch und die Hand in Sillas Rücken schob sie erbarmungslos darauf zu.

»Nun kannst du zu deinem Bruder. Entbiete ihm die besten Grüße von seinem sorgenden Vater. In ein paar Tagen werden wir traulich vereint einen kleinen Mondscheinspaziergang machen, das wird doch bestimmt sehr nett, meinst du nicht? Nun, hunderttausendfaches Willkommen im Bauche von Y-loig, Tochter!« Lachend schüttelte er sein Löwenhaupt.

Das war das letzte Bild, das Silla mit in die Dunkelheit nahm, in die sie mit einem heftigen Stoß geschleudert wurde, die Arme in freiem Fall ausgebreitet, ihr Schrei hinter ihr herwehend.

Das ist das Ende, dachte sie noch, die Sekunden des Sturzes ins Unendliche gedehnt, dann prallte sie bäuchlings auf, aber nicht hart, wie sie gedacht hatte, sondern elastisch, nicht direkt weich, aber doch den schlimmsten Stoß abfangend. Die Tür über ihr rumpelte zu, das kleine Quadrat aus Licht verlosch und ließ sie in tiefster Schwärze.

Für einen Moment war ihr nicht ganz klar, ob sie noch lebte oder ob sie tot war, dann begann sie langsam die Gliedmaßen zu bewegen und über den seltsamen Untergrund zu tasten. Wo um alles in der Welt war sie hier nur gelandet? Sie bewegte eine Hand näher an ihr Gesicht, bewegte die Finger, aber die

Dunkelheit war so undurchdringlich, das sie nichts ausmachen konnte als Schwarz. Vorsichtig rollte sie sich auf den Rücken und setzte sich schwankend auf. Das fühlte sich ein bisschen so an wie eine Hängematte, worauf sie da saß. Sie tastete und ihr Magen machte einen Hüpfer vor Erleichterung, als sie ihre Gürteltasche spürte. Gott sei Dank, dachte sie, Gott sei Dank, ich habe sie nicht verloren! Sie schob ihre Finger hinein, tastete ein wenig herum und zog den leuchtenden Stein aus Skeliks Höhle heraus. Sein bläulicher Schein verbreitete sich wie eine diffuse Wolke. Jetzt konnte sie auch sehen, was ihren Fall gebremst hatte. Ein wippendes Netz aus Pelzen. Auf allen vieren krabbelte sie an den Rand, da hörte sie das Flüstern und Raunen.

»Licht! Sie hat Licht! Licht! Licht!« Eifrige Hände tauchten plötzlich auf, tasteten nach ihr, flüsterten beruhigende, freundliche Worte, zogen sie über den Rand des Netzes und fingen sie behutsam auf, als sie herunter auf festen Boden glitt.

»Freunde«, flüsterte es von überall her. »Wir sind Freunde! Keine Angst!«

In dem bläulichen Schein sahen die Gesichter, die sie umgaben, spukhaft aus: hohläugig, mit eingefallenen Wangen, die Haare wirr. Ein säuerlicher Geruch stieg von den Leibern auf, die nur in die notwendigsten Fetzen gehüllt schienen.

Neugierige Finger wanderten über Sillas Haar, zupften es, streichelten ihre Wangen, ihre Schultern, krabbelten zart wie Käfer über ihre Zehen. Diese Menschen schienen gewöhnt, sich durch die Dunkelheit zu tasten, und hatten wohl ihre Hände zu Augen gemacht. Silla hielt still, auch wenn das Betasten ihr eine leichte Gänsehaut verursachte.

»Ist das Cù? Hat sich Cù das Haar kurz geschnitten?«, fragte eine dünne alte Stimme neben ihr. Die Frau hatte ihre Augen geschlossen; vielleicht aus Gewohnheit, vielleicht war aber schon der Glanz des Steines zu viel für sie. »Das sieht doch so aus wie Cù, oder nicht?«

Zustimmendes Gemurmel klang auf. Ein Bursche schob sich vor, so jung, dass sein Bart gerade erst in einem dunkleren Schatten über seiner Oberlippe lag. »Das kann nicht Cù sein, Oma, denn es ist ein Mädchen und soeben durch die Luke gefallen! Cù hingegen ist dort, wo er immer ist: in seinen Räumen! Ich habe ihn gerade noch gesehen!«

»Du hast Cù gesehen?« Silla packte aufgeregt seinen Arm. »Er ist wirklich hier und er lebt? Ist das wahr?«

»Wer will das wissen?« Die Augen des Jungen blickten misstrauisch.

»Ich will das wissen! Ich bin Silla, seine Schwester!«

»Seine Schwester«, klang es wie ein Echo von allen Seiten.

Silla richtete sich auf und streifte ungeduldig die vielen Hände ab. »Ja! Ich bin Sibylla Faol und ich bin gekommen, meinen Bruder zu suchen! Ich wäre euch sehr dankbar, wenn ihr mich zu ihm führen könntet!«

»Was willst du von ihm?«, fragte eine raue Stimme. »Hat dich vielleicht der König geschickt?«

»Der König hat mich hier hinuntergeworfen! Das hat er getan!« Silla runzelte die Stirn. »Er will mich und meinen Bruder opfern, was ich tunlichst verhindern möchte! Dazu muss ich Cù befreien, deshalb bin ich hier. Aber auch wenn der König mich nicht gewaltsam herbefördert hätte, wäre ich gekommen! Es geht um die Prophezeiung – falls ihr davon gehört habt«, setzte sie nach einem Moment des Schweigens hinzu.

»Wir haben davon gehört« Ein Mann trat vor. »Auch wenn viele von uns ihr ganzes Leben hier unten verbracht haben, so haben wir doch unsere Möglichkeiten zu erfahren, was sich oben, im Schein der Sonne, so zuträgt!« Seine Stimme klang gepflegt und er reichte Silla den Arm mit der Eleganz eines Edelmannes. »Hunderttausendfaches Willkommen in der Unterwelt, Hohes Kind! Wir wollen dich mit Freude zu deinem Bruder führen.«

»Befreien«, lachte ein anderer auf. »Mir sieht das eher so aus, als wären jetzt beide gefangen!«

Silla reckte das Kinn. »Wir werden einen Weg finden«, sagte sie mit weit mehr Zuversicht, als sie tatsächlich spürte. Sie legte eine Hand auf den Arm des Mannes, der sie willkommen geheißen hatte. In der anderen trug sie ihren Stein wie eine Lampe vor sich her.

»Habt ihr überhaupt kein Licht hier unten?« Ihr schauderte unwillkürlich bei dem Gedanken an die unendliche Dunkelheit, in der diese Menschen gefangen waren.

»Wir haben Fackeln, aber sie sind rar und wir nutzen sie sparsam. Wir sind an Bescheidenheit gewöhnt.« Silla konnte das Lächeln ihres Begleiters mehr spüren als sehen. »Ab und an werfen die Soldaten des Königs ein verendetes Vieh zu uns herunter, auch Äste und Holz. Dann haben wir Fleisch und können Feuer machen und das Fett auslassen für die Lichter. Aus den Sehnen und Fellen haben wir das Netz gefertigt, das auch dich vor einem Sturz auf den nackten Stein bewahrt hat. Es ist nicht gut, hier unten verwundet zu sein! Die Felle sind auch unsere Decken und ersetzen zum Teil unsere Kleidung, wenn die eigene uns vom Leib modert. Es ist etwas feucht, hier, im Bauch von Y-loig, wie du wahrscheinlich bemerkt hast, dafür haben wir eine eigene Quelle in den Verliesen und Wasser zu haben, ja, das ist viel wert! Und Luft! Die Felsen sind voller Ritzen und Spalten, zu schmal für den kleinsten Menschen, aber breit genug für den Wind, der beständig durch die Gänge zieht und den Rauch mit sich nimmt – nur leider die Wärme auch.«

»Das alles scheint sehr groß zu sein«, bemerkte Silla, der es vorkam, als wären sie schon wieder ewig gelaufen.

»Ja, die Gänge ziehen sich sehr weit durch das ganze Felsmassiv.«

»Wenn es uns nicht gelingt zu fliehen, dann können wir doch einfach hierbleiben! Uns verstecken! Die Soldaten des Königs werden uns in dem Gewirr an Gängen niemals finden!«

Ihr Begleiter warf ihr einen kurzen Seitenblick zu. »König Bituit hat so seine eigene Art, jemanden zu einem Treffen zu bitten!«

»Das klingt nicht gut!« Silla verzog das Gesicht, während sie über eine feuchtglänzende, glitschige Stelle balancierte.

»Bei den Göttern, das ist es auch nicht! Die Überbringer der Botschaft werden an Stricken gefesselt durch die Falltür heruntergehängt und sind beauftragt, den Namen dessen zu rufen, den der König haben will. Damit sie auch laut genug rufen, beginnen die Soldaten von oben kochendes Pech auf den armen Menschen zu gießen. Die Schmerzensschreie bringen die Gewünschten immer ans Tageslicht, von den anderen gezwungen oder freiwillig, je nachdem. So würde auch Cù kommen, wenn der König ihn ruft, und da du seine Schwester bist, nehme ich an, dass auch du das würdest.«

»Ja, ich fürchte, das würde ich.« Silla ließ den Kopf hängen. »Auch wenn damit der Untergang der Kelthoi besiegelt wäre!«

»Die Schmerzensschreie eines Einzelnen widerhallen schauerlich in diesen Gewölben, während der Untergang eines ganzen Volkes sich meist leiser abspielt.« Der Mann seufzte. »Wir sind gleich da«, verkündete er einen Moment später. »Für uns hier unten ist nicht Bituit der König«, er beugte sich zur Seite und spuckte aus, als würde der Name ihm wie Schmutz im Mund liegen, »sondern Cù. Er ist unser wahrer Fürst, auch wenn er kaum mehr als ein Junge ist. Aber genug«, er deutete auf eine Tür aus massiven Holzbohlen, die eine Öffnung im Felsen verschloss, und klopfte einen schnellen Rhythmus dagegen.

»Lugh-nuin bittet um Einlass«, rief er laut.

Fast augenblicklich schwang das Portal auf und die magere Gestalt eines Mannes trat ihnen entgegen. Er war von so absoluter Blässe, als hätte seine Haut noch nie die Sonne gesehen, und sein schwarzes Haar, das ihm weit über den Rücken fiel, war mit silbrigen Strähnen durchzogen.

»Saor, sieh!«, sagte Sillas Begleiter nur.

Ein ruhiger Blick fiel kurz auf den Stein in Sillas Hand, hob sich dann zu ihrem Gesicht. Eine ganze Weile stand der Mann und schaute nur. Silla wurde unruhig und begann verlegen mit den Füßen zu scharren. Mit einem undeutbaren Ausdruck neigte der Mann den Kopf, trat ohne ein Wort zurück und gab den Eingang frei. Sillas Begleiter schob sie in einen großen Raum. Eine Fackel flackerte unruhig und warf nervöse Lichtfetzen an die Felswände.

Eine schmale Gestalt stand am anderen Ende des Raumes mit dem Rücken zu ihnen. Die langen Locken, die über den mageren Rücken fielen, waren von dunklem Rot, zwischen ihnen sah man, unter dem schäbig-dünnen Stoff des Hemdes, spitz die Schulterblätter hervorstehen.

Lugh-nuin räusperte sich. Unendlich langsam, so schien es Silla zumindest, drehte der Junge sich um. Und dann klammerte Silla sich an den Arm ihres Begleiters, um nicht den Boden unter den Füßen zu verlieren, so schwindlig war ihr mit einem Mal.

Das bleiche Oval, in dem in dunklem Ernst die Augen schwammen, eindringlich und glühend wie brennende Kohlen und dabei so fern und traurig, dass es Silla das Herz abschnürte, die Gesichtszüge, die ihr so vertraut waren, als hätte sie sie schon oft gesehen. Aber wo? Ja, natürlich: im Spiegel! Der Junge, der da stand, sah aus wie sie, Silla, als sie noch ihr langes Haar gehabt hatte! Es gab keinen Zweifel, das war Cù, das war ihr Bruder.

Sie musste auflachen vor Verblüffung.

»Du siehst ja aus wie ich«, platzte sie heraus. Als hätten ihre Worte den Bann gebrochen, machten beide ein paar Schritte aufeinander zu und dann lagen sie sich in den Armen und Silla schluchzte vor Glück und Sorge und Aufregung und allem zugleich. Auch Cù liefen die Tränen hinunter, sie spürte seine Wange an ihrer feucht werden, während er sie so fest umklammert hielt, als wollte er sie nie mehr loslassen.

»Meine Schwester.« Seine Stimme klang rau vor Aufregung. »Sibylla. Endlich.«

»Silla.« Sie lachte und weinte zugleich. »Ich heiße Silla! Aber das ist ja jetzt egal!«

»Silla!« Er schob sie ein wenig von sich und blickte sie strahlend an. »Ja, das habe ich schon gehört!«

»Aber … wie …«, stammelte sie verblüfft.

Cù lachte vergnügt auf. »Ich wusste auch, dass du endlich zu mir unterwegs warst! Hast du nicht meine Gedanken rufen gehört?«

»Du warst das!« Silla musste mit einem Mal grinsen. »Dein letztes Rufen hat mich geradewegs in die Arme des Königs laufen lassen!«

»Oh!« Cùs Hand fuhr erschrocken an seinen Mund. »Verzeih mir! Aber jetzt bist du da.«

»Hast du denn die ganzen Jahre auf mich gewartet?«

Cù nickte leicht und senkte den Kopf. »Es war eine lange Zeit«, flüsterte er. »Saor hat mir immer von dir erzählt und mir Mut gemacht, wenn ich dachte, dass du mich gewiss vergessen hättest. Er sagte dann, ich würde schon sehen! Die Brücke zur Anderen Welt wäre eben nicht so leicht passierbar, aber eines Tages würdest du kommen. Dann haben wir versucht uns vorzustellen, was du wohl gerade machst. Das war nicht einfach. Wer weiß schon, wie es in der Anderswelt so zugeht! Aber nun wirst du mir erzählen können, das ist gut!«

Eine Frau trat herein, stieß einen kleinen Schrei aus und schlug die Hände vor den Mund. Dann lief sie zu den Geschwistern und zog sie beide in eine feste Umarmung.

»Duine, das ist Silla!«

»Ich seh es, mein Sohn, ich seh es!« Die Wangen der Frau strahlten rosig vor Freude und ihre blauen Augen blitzten. »Endlich seid ihr wieder vereint!«

»Duine und Saor haben mich großgezogen, Silla! Sie sind wie meine Eltern!«

»Ich habe auch Eltern in der Anderswelt und einen Bruder und eine Schwester! Ich wollte, du könntest sie kennenlernen!«

»Vielleicht werde ich das ja!« Cù lächelte und zog sie neben sich auf eine steinerne Bank.

»Das wäre sehr schön!« Silla schob schnell das Bild beiseite, was ihre Mutter wohl für ein Gesicht machen würde, wenn sie sie hier im Verlies erblicken könnte. Bestimmt sorgte sie sich auch so schon genug! Ob sie ihre Familie wohl selbst jemals wiedersehen würde? Und Till! Wo der wohl stecken mochte? Hoffentlich bei Seg-o. Der würde schon gut auf ihn achtgeben.

»Ich habe auch einen Hund, aber der ist in Ath-lain geblieben.«

»Sei nicht besorgt wegen ihm, dem geht es sicher gut!« Cù

legte beruhigend seine Hand auf ihre. Silla blickte erstaunt auf. Er hatte gemerkt, dass sie sich Sorgen machte!

»Ich würde gerne einmal einen Hund sehen«, fuhr Cù träumerisch fort. »ich habe schon so viel von diesen Wesen und ihrer Treue gehört!«

»Till wird dir gefallen. Er ist ein Bärenhund, oder zumindest hat Finn das gesagt und der kennt sich aus. Wir haben ihn in einer Höhle gefunden, bei den Nor-dae, den Steinmenschen. Von denen habe ich auch den leuchtenden Kiesel. Till ist im Haus der alten Menschen zurückgeblieben, als die Soldaten des Königs uns mitgenommen haben. Seg-o ist auch dort. Alle vom Wilden Waldvolk, den Ull-slog, haben sich in Ath-lain verstreut und er ist einer von ihnen. Sie wollen helfen, dich zu befreien.«

Lugh-nuin und Saor wechselten einen schnellen Blick und schoben sich dann neben die Geschwister auf die Bank. »Erzähle uns, Mädchen. Alles, was du weißt, kann wertvoll sein«, sagte Lugh-nuin ruhig.

»Ich glaube, dass Drugwydd und Iolair draußen vor den Mauern sind. Ich habe Oila gesehen. Dann können sie auch nicht weit sein!«

»Ist das wahr?« Lugh-nuin hatte fast schmerzhaft ihren Arm gepackt.

Silla seufzte. »Zumindest hoffe ich es!«

»Dann wird uns das genügen müssen!«

»Keiner hat es je geschafft, aus diesen Verliesen zu fliehen, die sich wie Gedärme durch den Fels ziehen.« Saor verzog bitter den Mund. »Und keiner hat sie je lebend verlassen, außer auf Geheiß des Königs!«

»Dann müssen wir eben sehen, dass der König uns zu sich rufen lässt! Wenn es auf anständigem Weg nicht geht, müssen wir einfach eine List gebrauchen!« Silla war aufgesprungen und ging unruhig auf und ab. Dieses Unter-der-Erde-eingesperrt-Sein machte sie noch ganz verrückt.

Wie halten Cù und die anderen das nur aus?, dachte sie.

»Man lernt, damit zu leben«, sagte ihr Bruder in dem Moment leise. »Ganz gewöhnt man sich nie daran, aber die Hoffnung, dass es eines Tages anders sein möge, die lässt es einen ertragen.«

»Wie hast du denn gewusst, dass ich gerade darüber nachgedacht habe, wie ihr so ein Leben aushaltet?«, fragte Silla verblüfft.

Cù zuckte die Achseln und lächelte. »Wir haben nicht so viel hier unten, so konzentrieren wir uns auf das, was da ist, und das sind eben die Gedanken. Und außerdem sind wir doch Doppelkinder! Wir sind praktisch eines in zwei Gestalten. Bald wirst du auch lernen zu verstehen, was ich denke, ohne dass ich es ausspreche!«

Silla wollte antworten, da berührte Saor sie leicht am Ärmel. Er legte einen Finger an die Lippen und deutete mit dem Kinn auf Duine, die mit geschlossenen Augen an der Felswand lehnte. Alle Farbe schien aus ihren Wangen gewichen, auf die ihre Wimpern zitternde Schatten warfen. Schwerer Atem öffnet jetzt ihre Lippen, wurde zu einem Seufzen und unversehens zu einer Stimme, so dunkel, dass sie aus ihrem tiefsten Inneren aufzusteigen schien.

»Wartet«, sagte sie befehlend. »Wartet.«

Silla spürte, wie sich die Härchen in ihrem Nacken aufrichteten. Diese Stimme, die kannte sie, aber nicht von Duine. Das war …!

»Wartet«, tönte es noch einmal aus dem Mund der Frau. »Bald sind die fünfzehn dunklen Nächte vorbei und der Mond macht sich in den dreizehn hellen wieder bereit, in seiner Fülle zu erstehen. Nur helle Nächte sind günstig für Veränderung – und auch für Krieg. So eilt nicht, wartet. Die Zeit bringt Lösungen und Antworten.« Die Stimme erstarb mit den letzten Worten zu einem Flüstern und Duine sank langsam in die Arme Saors, der sie eilends stützte.

»Krieg«, sagte Cù leise. »Auch den kenne ich nur aus Geschichten. Mögen die Götter erlauben, dass ich dieses Mal dabei sein darf.«

»Niemand sollte sich wünschen, den Krieg zu erleben«, sagte Lugh-nuin missbilligend.

»Du bist doch selbst ein Krieger, alter Freund«, lächelte Cù. »Woher hättest du sonst all deine Narben und wer hätte mich sonst die Kampfeskunst gelehrt?« Er packte blitzschnell ein Holzscheit und sprang, in einem spielerischen Ausfall gegen den alten Edelmann, auf die Füße.

Seufzend schob Lugh-nuin den Stock zur Seite. »Gerade deshalb kann ich so sprechen. Ich weiß um die Schrecken des Krieges!«

»Wer war das wohl, der da gesprochen hat?« Saor blickte mit gerunzelten Brauen auf seine Frau hinunter, die langsam wieder zu sich kam.

»Es war der Druide«, sagte Silla. »Drugwydd.«

16. KAPITEL

BOU-WINDES HORN

»Wir müssen doch etwas tun!« Silla hatte ihr unruhiges Auf-und-ab-Gehen wieder aufgenommen. »Irgendetwas! Wir können doch nicht einfach nur so sitzen und warten!«

Lugh-nuin kratzte sich brummelnd den Bart und Cù unterbrach sein Spiel auf der kleinen Knochenflöte.

»Du hast wenig Geduld, Schwester«, lächelte er.

»Die Zeit vergeht so schnell, zumindest nehme ich das an! Ich habe keine Ahnung, wie lange ich schon hier unten bin! In dieser ewigen Dunkelheit habe ich jedes Gefühl für Tag und Nacht verloren!«

»Tag.« Cù blickte versonnen. »Wie das wohl sein mag?«

»Ach, Cù, es tut mir leid! Manchmal vergesse ich ganz, wie lange *du* schon in diesen dunklen Gewölben lebst!« Silla setzte sich zu ihrem Bruder auf die Bank und ließ die Finger leicht über die glatt polierte Oberfläche seiner Flöte gleiten.

»Tag, das ist wunderschön«, sagte sie leise. »Wenn die Vögel beginnen zu zwitschern und die Sonne sich leuchtend über die Berge schiebt. Bald werden wir das zusammen erleben und du wirst selbst sehen!«

»Weißt du, Silla«, Cù verzog zweiflerisch den Mund, »ein wenig fürchte ich mich, ehrlich gesagt! Das wird alles so fremd sein dort oben! Mir ist nicht klar, ob ich das alles kann, was man dort können muss!«

»Du wirst das schnell lernen, keine Sorge!« Silla musste an ihre ersten Tage bei den Kelthoi denken. Sie war sich sicher, sie wusste genau, wovon er sprach.

Cù hatte sie in den Verliesen Y-loigs herumgeführt, einer seltsamen und eigenständigen Welt. Silla hatte gestaunt über die Fröhlichkeit, die in all diesem Elend immer wieder aufgeblitzt war. Mehr als einmal hatte jemand eine Trommel hervorgezogen, in der das Fell über etwas gespannt war, das Silla nach Rippenbögen aussah, hatte begonnen zu singen und zu stampfen, im Handumdrehen waren Flöten eingefallen und der Erste hatte begonnen zu tanzen.

Knochenorchester, hatte Silla die Musiker genannt und Cù hatte gelacht.

Das meiste war aus Knochen und Sehnen gemacht hier unten, von den Trinkbechern angefangen, mit denen man das Wasser aus der Quelle schöpfte, die aus einer schmalen Spalte in ein steinernes Becken sickerte, bis zu den Wasserkellen, die, zusammen mit dicken, glitschigen Seifestücken, neben den Steinwannen lagen, die dem Waschen vorbehalten waren und die Silla an Badewannen erinnerten. Allerdings war das Wasser eiskalt, aber zum Sauberwerden reichte es, und nachdem Duine ihr noch einen Kübel Wasser über dem Feuer erhitzt hatte, war Silla sogar den Ruß in ihrem Haar losgeworden.

Auch die Waffen, die in einer Rüstkammer gestapelt lagen, waren aus bleichem Bein gefertigt. Generationen der Gefangenen hatten nie die Hoffnung auf Befreiung aufgegeben und dem Ausdruck verliehen, indem sie in mühevoller Arbeit die

Knochen geschnitzt und an scharfen Steinkanten gewetzt hatten.

Staunend hatte Silla vor den matt schimmernden Messern gestanden, den mit Sehnen bespannten Bogen, den Pfeilen und hölzernen Kampfstöcken mit den knöchernen Spitzen. Zusammen mit denen, die sie hergestellt hatten, warteten sie darauf, dem Feind endlich in einem offenen Kampf Auge in Auge gegenüberzustehen.

Die Ernährung war karg hier unten und Silla hatte bald ein gleichbleibendes Gefühl von stetig nagendem Hunger entwickelt, ein Gefühl, das nichts mehr zu tun hatte mit dem »Hungrig-Sein«, das sie aus ihrer anderen Welt kannte. Ein Gefühl, so zehrend, dass es einem das Mark aus den Knochen zu saugen schien.

Die Folgen der einseitigen, vitaminarmen Ernährung sah sie rundum in den ausgemergelten Gesichtern und zahnlosen Mündern. Dass Cù bei aller Magerkeit nicht schwach wirkte, sondern zäh und gesund, war wohl nicht nur der stillschweigend bevorzugenden Behandlung, die er als Säugling genossen hatte, zu verdanken. Jeder in der schauerlichen Unterwelt Y-loigs hatte mit Freuden gehungert, wenn nur »sein« Baby genug zu essen hatte. Denn das war er gewesen: Ihr Baby, ihr Symbol für Hoffnung und für eine Zukunft, die immer noch auf sie wartete, auch wenn viele der Wartenden ihr Dasein inzwischen in der Anderswelt fortgesetzt hatten.

Aber noch etwas war es gewesen, das ihn stark gemacht hatte, und das war Duine, in deren und Saors Obhut der Säugling gegeben worden war. Sorgsam hatte man sie alle drei an Seilen in die Tiefe gesenkt, denn man wollte ja nicht Cùs Tod, im Gegenteil.

»Ich will ihn nicht mehr sehen, er trachtet nach meinem Untergang. Aber irgendwann werde ich ihn noch einmal brauchen, zur Erfüllung der Prophezeiung, und dann brauche ich ihn lebend – zumindest kurzfristig!«, hatte der König gesagt und dabei gelacht.

Und Duine sollte ihm genau das garantieren, so weit es möglich war. Sie war aus dem Geschlecht der Boand und somit direkte Nachfahrin der Göttin Bou-winde, der weißen Kuh. Während Saor, ihr Mann, in der Unterwelt gealtert war, schien Duine immer noch das junge Mädchen, das sie einmal gewesen war. Sie hatte den schreienden Säugling damals an die Brust genommen und ihn gestillt, ihm all die Kraft und Gesundheit gegeben, die ihr selbst zu eigen war. Das hatte ihn gerettet.

»Es wird bald etwas geschehen, glaube mir«, sagte Cù nun leise und blickte ruhig auf Lugh-nuin und Silla, deren Auf-und-ab-Gehen ihren Schatten im Schein der einzigen Fackel nicht minder unruhig über die Wände springen ließ. Sie saßen wieder in dem Raum zusammen, in dem Silla ihn zum ersten Mal erblickt hatte. »Der Mond müsste inzwischen wieder in die Welt eingetreten sein, um sich in den hellen Nächten zu füllen. Davon hat der Druide gesprochen. Es kann nicht mehr lange dauern!«

Ein leises Zischeln drang aus dem Lüftungsschlitz über Silla und sie legte den Kopf suchend in den Nacken. »Nathair«, flüsterte sie. »Bist du das?«

Ein kleiner Kopf wurde sichtbar, züngelte ihr helläugig entgegen, schlängelte sich aus der Spalte, über die Wand und ließ sich elegant zu Boden fallen.

»Nathair«, schrie Silla. »Ich habe dich x-mal gerufen! Wo hast du denn so lange gesteckt?« Die Natter richtete sich hoch auf, als wollte sie jeden Moment zubeißen, und Silla wich zurück.

»Nathair?«, sagte sie noch einmal unsicher. Irgendetwas

stimmte nicht mit Nathair und irgendwie sah die Schlange bei genauerem Hinsehen auch gar nicht aus wie sie. Silla zog schnell ihre einladend ausgestreckte Hand zurück. Das war gar nicht Nathair! Das war einfach eine Schlange!

»Was ist das für ein rätselhaftes Wesen?«, fragte Cù ehrfürchtig.

Das Tier schien im Aufrichten zu wachsen, es blähte die Backen und während es ein Zischeln ausstieß, das Silla noch ein Stück weiter zurückweichen ließ, quoll ihm mit einem Mal Nebel aus allen Poren, hüllte es ein und wuchs mit dem Reptil in so rasender Geschwindigkeit, dass Lugh-nuin entsetzt aufsprang und die Kinder schützend an sich riss.

»Was … was… bei den Göttern, ist … das?«, stieß er hervor.

Die nebelhafte Form hatte seine eigene Größe erreicht und schien immer noch zu wachsen.

»Echtrae«, drang eine Stimme daraus hervor. »Echtrae, der Bannkreis des Nebels. Es ist immer wieder rätselvoll, was in ihm alles geschieht!«

»Drugwydd!«, schrie Silla auf und warf sich mit ausgebreiteten Armen in den weißen Dunst, direkt an die vertraute Brust des Druiden und in seine lachende Umarmung. Mit der Hand wedelte er die letzten Nebelfetzen beiseite und schwang Silla einmal durch die Luft, bevor er sie sorgsam wieder auf die Füße stellte. Sie lehnte kurz ihre Wange an seinen rauen Umhang und schnupperte tief den Geruch nach Kräutern und Schafwolle ein, der so vertraut daraus hervorstieg.

»Tapferes Mädchen«, murmelte der Druide und tätschelte ihr unbeholfen vor Rührung den Kopf. »Nathair konnte ich nicht mitbringen. Kein Wesen kann mit mir reisen, wenn ich den Weg in der anderen Gestalt gehe.« Er schnaufte. »Ich hätte es selbst kaum geschafft, muss ich gestehen, und falls wir uns einen anderen Weg eröffnen könnten, diese ungastliche Stätte zu verlassen, wäre ich nicht abgeneigt, diesen zu wählen!« Zornige Röte stieg ihm mit einem Mal ins Gesicht. »Als Druide in der Gestalt meines Totemtieres in einer Felsspalte zu verenden, dünkt mich nicht ziemlich für einen meines Könnens, muss ich sagen«, polterte er los, dann glättete sein Gesicht sich wieder in einem Lächeln.

»Drugwydd, was ist mit Moruagh und Finn und den anderen? Hast du sie gesehen? Sind sie sicher?«

»Keine Bange, Mädchen. Eine kräftige Portion Krötengift hat sie schnell wieder auf die Beine gebracht.« Er lächelte. »Alle sind da und warten auf euch. Es sind nicht viele, aber sie sind entschlossen und das wird vieles wettmachen.« Er seufzte. »Um nicht zu sagen, das *muss* vieles wettmachen!« Er wandte sich um. »Aber Zeit zum Erzählen wird später sein. Nun stelle mich deinen Begleitern vor, Silla, soweit das überhaupt notwendig ist, denn Lugh-nuin und ich sind alte Bekannte und auch Cù durfte ich schon treffen, wenn auch flüchtig und unter schrecklichen Umständen.« Drugwydd und der alte Edelmann umarmten sich kurz. Der Druide klopfte Lugh-nuin auf den Rücken und der wischte sich verstohlen die Augen, so gerührt schien er, seinen alten Freund hier, in den Verliesen, begrüßen zu dürfen.

»Hunderttausend Willkommen, hoher Drugwydd, von dem ich schon viel erzählen gehört habe!« Cù machte eine kleine Verbeugung.

»Hunderttausendfachen Dank, Hohes Kind!« Der Druide löste sich von Lugh-nuin und deutete ebenfalls eine Verbeugung an. »Eure Zieheltern haben Euch eine feine Sprache beigebracht in der langen Zeit, in der ich Euch nicht sehen durfte.«

»Meine Eltern haben mich alles gelehrt, was sie wissen. Davon abgesehen ist es mir weder geläufig noch angenehm, ›Hohes Kind‹ genannt zu werden. Wenn es Euch nichts ausmacht, dann sagt doch bitte einfach meinen Namen, so wie die anderen auch. Die Formen der Höflichkeit wie ›Ihr‹ und ›Euch‹ weichen in den Verliesen bald den Formen der Freundschaft und sind mir somit vertrauter. Zu sehr ist man hier unten aufeinander angewiesen, um sich lange mit Fremdheiten aufzuhalten.«

Drugwydds Bart begann zu zittern, dann warf er den Kopf zurück und sein ganzer Brustkorb begann in donnerndem Lachen zu beben. »Ich kann es kaum glauben, jetzt haben wir hier zwei von der Sorte! Ihr seid wirklich aus einem Ei geschlüpft, ihr beiden! Wenn du nun auch das gleiche Temperament hast wie deine Schwester, junger Königssohn, dann werdet ihr Bituit mit Sicherheit das Fürchten lehren!«

Silla grinste und Cù lächelte verschmitzt und griff nach ihrer Hand. »Mir scheint, ich bin weit ruhiger als meine Schwester, zumindest laufe ich nicht so viel auf und ab wie sie!«

Silla wollte ihn empört in die Seite knuffen, aber da zog Drugwydd sie schon beide in seine Umarmung und an seine Brust.

»Nun zeigt mir einmal diese Öffnung, durch die man euch hier hinunterbefördert hat, dass wir einen Weg finden können, wieder hinaufzugelangen!«

Silla war so froh, gute Nachricht von Moruagh und ihren Freunden zu haben, dass sie still neben Drugwydd lief, vorbei an den anderen Gefangenen, die ihnen wie Schatten durch die Gänge folgten, angezogen von den vereinten Doppelkindern und dem fremden Druiden, den niemand durch die Falltür hatte kommen sehen.

Drugwydd nickte anerkennend, als er das Netz sah, dann blickte er mit gerunzelter Stirn zu dem geschlossenen Holzquadrat hinauf.

»Hmhm«, brummelte er, sich den Bart streichend. »Hmhm, das ist sehr hoch.« Er marschierte hin und her, die Wände zu inspizieren. »Hmhm, sehr glatt. Zu glatt. Hmhm.«

Schließlich ließ er sich auf einem Stein nieder. »Ich muss denken«, sagte er einfach und schloss die Augen.

Silla, Cù und alle, die sich ihnen angeschlossen hatten, setzten sich ebenfalls und achtungsvolles Schweigen senkte sich über die Menge.

Silla wusste später nicht mehr, wie lange sie so gesessen hatte. Sie musste eingeschlafen sein. Eine Berührung am Arm und fast unerträgliches Kribbeln in den Beinen ließen sie aufschrecken. Sie hörte jemanden sprechen. Drugwydd.

»Was?«, murmelte sie verschlafen.

»Ein Seil«, wiederholte der Druide. »Es muss bis zur Falltür reichen! Möglichst dünn!«

»Wir haben mehrere kürzere Seile. Man könnte sie miteinander verweben und eines daraus machen, nur wird es niemals stark genug sein, dass einer von uns daran hinaufklettern könnte«, merkte Lugh-nuin zweifelnd an. »Und dann, ein Seil dieser Schwere! Wie sollten wir es je dort hinaufbekommen oder gar festmachen können?«

»Nein, nein, nein, nicht für Menschen! Dünn! Dünn und stark, dass man es gut straff halten kann! Alles andere lasst meine Sorge sein!« Der Druide klang zufrieden. »Und Pfeil und Bogen brauche ich und dann holt eure Trommeln, Schlagstöcke und was immer ihr habt, was nur rechten Lärm macht!«

»Das können Silla und ich übernehmen!« Cù sprang auf. »Wir verteilen die Trommeln!«

»Ich kümmere mich um das Seil!« Saor war schon davongeeilt.

»Das ist gut«, murmelte Drugwydd, »denn dich, Lugh-nuin,

wollte ich bitten, die Waffen auszuteilen. Du weißt wohl am besten, wer geübt ist mit Schwert und Bogen.«

»So wird es Zeit«, antwortete der alte Edelmann leise.

»Wenn alles gut geht, mein Freund!« Drugwydd legte ihm eine Hand auf die Schulter.

»Wenn nicht, wird unsere Zeit abgelaufen sein, aber auch das wird besser sein als das Warten in der ewigen Dunkelheit! Und wenn wir das Licht auch nicht wiedersehen sollten, so wird ein Licht in unseren Herzen brennen und heller leuchten, als dass alle Schwärze der Kerker es je zum Verlöschen bringen könnten, denn unsere Herzen sind immer frei gewesen!«

Duine lehnte sich kurz an Lugh-nuin. »So wird es so oder so wohl Zeit, uns von unserem Heim zu verabschieden.« Sie seufzte. So grausig wie es gewesen war, hatte es ihnen doch eine lange Spanne ihres Lebens Obdach und Schutz gewährt. Dass man ihr das eigene Baby entrissen hatte, dafür konnten die Felsen nichts, dafür war allein der König verantwortlich. Aber die Verliese hatten ihr neues Baby, Cù, überleben und heranwachsen sehen und dafür war sie dankbar. Duine zog sich zurück. Es wurde Zeit, noch etwas anderes zu holen, etwas, das ebenfalls in der Dunkelheit gewartet hatte, ruhig und geduldig wie sie alle.

Die aufgeregte Geschäftigkeit, die nun entstand, war beträchtlich, genauso wie die Aufbruchstimmung, die sich allenthalben breitmachte, auch wenn keiner wusste, wie dieser Aufbruch schlussendlich aussehen würde.

Silla hatte ihren Stein in der Höhle, wo die Instrumente aufbewahrt wurden, auf einen Absatz gestellt und der fahle Schein tanzte nun über unzählige strahlende Gesichter. Jeder, der nicht zur Waffenkammer unterwegs war, drängte zu den Instrumenten.

Cù drückte einem Rudel Kinder Schlaghölzer in die Hand. »Lauft, teilt die unter euren Freunden aus! Schnell, schnell!«

Sie sprangen davon. Cùs Blick wurde ernst, als er ihnen nachsah. »Sie sind hier unten auf die Welt gekommen«, sagte er leise, mehr zu sich als zu Silla. »Es ist das einzige Zuhause, das sie kennen.«

»Sie sind noch klein, sie werden sich schnell umgewöhnen!«

»Ja«, antwortete Cù knapp und wandte sich ab.

Silla blickte nachdenklich auf seinen gesenkten Kopf und die langen roten Locken, die das Gesicht verbargen. »Wenn wir das hier überleben, dann wirst du frei sein, Cù, und keiner wird von dir verlangen können, etwas zu tun, was du nicht tun willst! Auch deine eigenen Leute nicht!«

»Sie haben immer davon gesprochen, dass ich eigentlich ihr König sein sollte, nicht unser Vater. Solange das nur Gerede war, hat es mir gefallen! Schließlich war ich ein Kind und … na ja!« Er zuckte die Achseln. »Aber jetzt«, stieß er dann hervor, »jetzt besteht plötzlich eine Chance, dass das alles Wirklichkeit wird und …« Cù hob seine dunklen Augen zu Silla. »Ich bin noch nicht einmal frei, da wollen sie mich schon wieder einfangen und nichts wird sich ändern, außer, dass die Mauern meines Kerkers anders aussehen werden!« Geistesabwesend drückte er einem Mann eine Trommel in die Hand. »Eigentlich sollte ich mich jetzt freuen, was immer Drugwydd auch vorhat, aber stattdessen …«, er zuckte die Schultern.

»Ich werde das nicht zulassen!« Silla legte ihm den Arm um die Schultern und reckte sich in die Höhe. »Ich bin Sibylla Faol Torch Troyth und ich werde alle zermalmen, die meinen kleinen Bruder zu etwas zwingen wollen, was er nicht will!« Sie hatte lauter gesprochen als beabsichtigt und die Frau vor ihnen warf ihr einen erschrockenen Blick zu. Silla musste kichern.

»Ganz recht!«, rief ein Mann neben ihr und rundum klangen weitere Rufe auf, »Ja, ja!«, ohne das irgendjemand gewusst hätte, worum es eigentlich ging.

Silla spürte Cùs Schultern beben, dann brach auch er in Lachen aus. Er griff nach Sillas Hand. »Und, hast du etwas gemerkt?«

Silla schüttelte den Kopf.

»Nun, du hast den Lauf meiner Gedanken erraten!«

»So gehört es sich auch für eine ältere Schwester!«

»Kaum älter als ein Fingerschnippen«, murrte Cù in gespieltem Ernst zurück.

»Immerhin! Älter ist älter!« Silla packte ihren Stein, der nunmehr eine leere Kammer beleuchtete. »Komm, lass uns zu Drugwydd gehen und sehen, ob das Seil schon fertig ist!«

Sie drängten hinter den anderen her in den Gang, sich immer noch fest an den Händen haltend und schon so vertraut, als wären sie nie getrennt gewesen.

In der Halle um das Netz waren mehrere Fackeln entzündet worden, als wäre jedem bewusst, dass es jetzt aufs Sparen nicht mehr ankam. Die Schattengestalten dieses unterirdischen Reiches rieben sich blinzelnd vor so viel Helligkeit die Augen und plauderten leise. Eine verhaltene Heiterkeit hatte sich ausgebreitet und eine Gelassenheit, die Silla verwunderte. Wenn es wirklich zum Kampf kam, würden viele von ihnen noch heute ihr Leben lassen, und würde Drugwydds Plan, wie immer er aussah, fehlschlagen, gäbe es vielleicht gar keinen Überlebenden mehr und trotzdem war von Angst nichts zu spüren.

Ich habe ja selbst keine Angst, dachte sie. Dabei ist mein Leben kaum weniger in Gefahr, nur wird mich der König ein wenig später umbringen, wenn er mich erwischt. Die Art der Kelthoi scheint mich schon angesteckt zu haben.

Silla und Cù kamen gerade rechtzeitig, um zu sehen, wie Drugwydd ein langes, feines Seil in lockeren Schlaufen um seinen Arm schlang, dessen eines Ende an einem Knochenpfeil befestigt war. »So, mein Lieber«, der Druide prüfte den Knoten, »das muss der Schuss deines Lebens werden, fürchte ich!«

»Ich werde so gut schießen, wie ich es nach all der Zeit in der Dunkelheit noch vermag«, antwortete Lugh-nuin ruhig. Er nahm den mächtigen Bogen von der Schulter und prüfte die Sehne. »Davon abgesehen würde der Schuss meines Lebens wohl durch das Herz des Königs gehen!«

»Ach, immer die Rache«, schüttelte Drugwydd den Kopf. »Aber verdenken kann ich es dir bei den Göttern nicht! Nun aber, dein Pfeil muss das Tor treffen und stecken bleiben! Zwar muss das Seil keinem Menschen standhalten, aber einer Schlange.«

Der Edelmann nickte, das Ziel zwischen zusammengekniffenen Augen anvisierend. »Aha«, brummelte er. »Darauf willst du hinaus!«

Der Druide hob seine Stimme über das Geraune der Menge, das mit seinen ersten Worten schlagartig verebbte. »Wenn ich euch ein Zeichen gebe, dann schlagt die Trommeln so kräftig ihr könnt, flötet, ruft und stampft! Hört nicht auf, bis die Leiter hinuntergelassen ist, dann steigt einer nach dem anderen hinauf, die Stärksten zuerst, falls wir gleich auf Soldaten stoßen sollten. Danach mögen euch die Götter leiten!« Dann trat er einen Schritt zur Seite. »Nun macht Platz für Lugh-nuin«, befahl er und es wurde still.

Der Edelmann legte den Pfeil an, hob den Bogen, spannte die Sehne. Die Sekunden kamen Silla unendlich vor. Ein leises Sirren und der Pfeil zischte durch die Luft, direkt zur Falltür hinauf, schien kurz davor an Kraft zu verlieren, kratzte nur eben so über das Holz und fiel in einem matten Bogen zurück ins Netz. Ein enttäuschtes Raunen ging durch die Menge.

Lugh-nuin ließ unter gerunzelten Brauen einen finsteren Blick über die hohlwangige Schar gleiten, dann zog ein spitzbübisches Grinsen über sein Gesicht. »Das war nur ein Test, ob der Bogen die gleiche Idee von Ziel hat wie ich oder ob er davon abweicht«, knurrte er zufrieden. »Ich würde sagen, es passt.«

Eifrige Hände hatten den Pfeil aus dem Netz befreit und die Schnur wieder aufgewickelt.

»Nun denn!« Lugh-nuin holte tief Luft und ließ den Atem langsam entströmen, während er erneut den Pfeil anlegte. Wieder spannte er den Bogen mit einer mächtigen, ruhigen Bewegung, die die Muskeln unter seinem schäbigen Hemd tanzen ließ und die Sehnen seiner Arme hervortrieb.

Es wurde totenstill. Sirrend wie ein wütendes Insekt schoss der Pfeil los, die Schnur wie einen Drachenschwanz hinter sich herziehend, flog hoch, höher und bohrte sich in das schwere Holz, als wäre es nicht mehr als ein weiches Stück Käse.

Im gleichen Moment rief Drugwydd triumphierend: »Jetzt!«, und ein Höllenspektakel brach los. In die jubelnden Hurra-Rufe zu Lugh-nuins Schuss fielen die Trommeln ein, mit Händen und Stöcken bearbeitet, so heftig es nur ging, die Flöten hatten sich zu einem stetigen, nervenzerfetzend an- und abschwellenden Ton vereint und wer gar nichts anderes hatte, hämmerte mit Steinen auf Boden und Wände und stampfte mit allen anderen zusammen den Takt. Allmählich vereinte sich der Rhythmus zu einem einzigen und brachte die Wände zum Dröhnen und Schwingen.

Dann geschah es und der Lärm legte noch eine frenetische Steigerung zu: Die Falltür hob sich! Erst ein wenig, gerade einen schmalen Spalt, dann mit entschiedenem Schwung zur Gänze.

Während Silla noch gebannt wie die anderen auf das sich öffnende Tor starrte, hörte sie neben sich ein gedämpftes Zischeln. Aus den Augenwinkeln sah sie gerade noch Drugwydds erhobene Arme, dann war da nur noch Nebel und fast im gleichen Moment wand sich ein Schlangenkörper in rasender Geschwindigkeit das Seil hinauf. Schaffte er es? Die Spannung wurde so unerträglich, dass mit einem Mal alle verstummten, die Fäuste geballt, die Zähne in die Unterlippe gegraben.

Dann waren es nur noch ein paar Meter, einer, nur noch Zentimeter und der Druide war oben, im selben Moment, als sich Köpfe über die Öffnung beugten und die Menge unten einen Schrei ausstieß, der die Schreckensrufe der Soldaten, die sich plötzlich mit einem Reptil konfrontiert sahen, zu reiner Pantomime erstickte. In einer peitschenden Bewegung warf sich die Schlange durch die Luft, dem einen zischend ins Gesicht, die Zähne blitzschnell in seine Wange grabend. Und schon wieder heraus, auf den anderen Wächter, der mit stumm aufgerissenem Mund zurücktaumelte, in die Luft trat, den Halt verlor und durch die Luke sackte. Und da kam schon der andere gesegelt und unmittelbar hinter ihm die Strickleiter.

Nun hätten sie gehen können, aber mit einem Mal legte sich ein seltsames Zögern über die Menschen, die eben noch mit Begeisterung auf das Tor zur Freiheit gestarrt hatten. Gelächter und Stimmen verebbten und es wurde still. Silla drehte sich zu ihrem Bruder. Was ist?, wollte sie fragen, aber ein Blick in sein Gesicht, das Unsicherheit und Angst spiegelte, ließ sie verstehen und sie legte ihm nur stumm den Arm um die Schulter. »Nicht nur die Dinge, die wir lieben, auch die Dinge die wir hassen, fesseln uns«, hörte sie Lugh-nuin leise murmeln. »Oft stärker, als uns lieb ist!«

Da kamen trappelnde Schritte durch den Gang gelaufen. Duine. Das Gesicht strahlend, schwenkte sie etwas in der Hand. »Wartet!« Ihre Stimme überschlug sich vor Aufregung.

Gemurmel wurde rundum laut. »Das ist doch die bronzene Carnyx Bou-windes!«, hörte Silla flüstern. »Das Schlachthorn der Göttin selbst!«

»Ich konnte es damals herunterschmuggeln!« Duine strahlte. »Weil ich den Säugling hielt, hat man mich nicht weiter durchsucht! Die ganzen Jahre hat es gewartet und jetzt ist es Zeit!«

Sie setzte das Horn an die Lippen, blies aus Leibeskräften, ein kläglich quäkender Ton erklang und Duine lachte auf. »Es muss erst erwachen aus seinem langen Schlaf!« Sie schob einen Zipfel ihres Umhangs in den schmalen Trichter und rieb das stumpfe Metall, klopfte an die Seiten, den Staub aus allen Ritzen zu entfernen, dann blies sie noch einmal. Während ihre Backen sich gefährlich blähten und ihr das Blut ins Gesicht stieg, schwoll der dünne Ton langsam an. Duine setzte ab, holte noch einmal Luft und mit einem Mal schallte es machtvoll durch das Gewölbe und die Menge der Menschen geriet in Bewegung.

Die Luft dröhnte, aber anstatt Panik und Chaos auszulösen, wie Silla im ersten Augenblick befürchtete hatte, schienen alle mit kriegerischer Disziplin auf den Laut zu reagieren. Die Reihen formierten sich, Waffen wurden geprüft und umgeschnallt, Kinder zu einem Rudel zusammengetrieben, während die kräftigsten der Männer und Frauen schon oben bei der Falltür waren, den Ausgang zu sichern, und ihnen die anderen, ohne zu drängen, in einer stetigen Reihe folgten.

Auch Duine war im Strom der Kletterer entschwunden, die

beharrlich wie Ameisen die Leiter erklommen, aber Cù hatte Silla, die Duine hatte folgen wollen, zurückgehalten.

»Wir müssen am Schluss gehen, mit den Kindern!« Er hatte die Schultern gezuckt, aber Silla hatte ihm angesehen, dass es ihm ebenso schwerfiel wie ihr, warten zu müssen.

»Das ist noch nicht euer Kampf«, hatte Saor ihm mahnend die Hand auf die Schulter gelegt. »Euer Kampf kommt erst! Besser, ihr bleibt heil bis dahin!«

Und so stiegen sie als Letzte die Leiter hinauf.

Weiter vorne in den Gängen konnte man Schreie hören und das Klingen von Metall, aber sie hatten Glück: Der Großteil der Soldaten schien sich außerhalb der Burg zu befinden. Drugwydd hatte wohl recht: Ihre Verbündeten waren nicht groß an der Zahl, dafür an Entschlossenheit, und sie schienen die Männer des Königs in Atem zu halten.

Wenn wir nur die Kinder lebend hier herausbekommen, dachte Silla besorgt und schob eine Gruppe der Kleinen vor sich her.

»He, wo willst du denn hin? Bleib da!« Ein Mädchen mit struppigem Rothaar hatte die falsche Abzweigung genommen und lief alleine, aber zielstrebig einen anderen Gang hinunter.

»Halt, du!«

Die Kleine drehte kurz den Kopf, sodass Silla das flüchtige Aufblitzen ihrer Augen sah, dann lief sie unbeirrt weiter und Silla kam kurz der Gedanke, dass sie selbst als Kind so ähnlich ausgesehen haben musste.

»Ich hole sie schnell zurück!« Sie trennte sich von Cù und eilte hinter dem Mädchen her. Was war wohl in sie gefahren, einfach so wegzulaufen! Jetzt verschwand sie auch noch hinter einer Biegung. Aber wenigstens hatte sie nur halb so lange Beine wie Silla, da würde sie sie wohl gleich eingeholt haben, denn laut rufen wagte sie hier, fern der Gruppe, nicht. Wer weiß, welchen schlafenden Löwen sie damit weckte!

Unsicher blieb Silla stehen. Der Gang vor ihr war leer, das Mädchen verschwunden. Es musste ihr durch eine dieser Türen entwischt sein. Da half wohl nur nachschauen. Und dann nichts wie zurück zu den anderen. Nur, welche Tür sollte sie nehmen? Sie erinnerte sich noch zu deutlich an das letzte Mal, als sie in der Burg eine Tür geöffnet hatte, und die fatalen Folgen, die das gehabt hatte!

Sie trat zu dem Steinbogen, der ein wenig abgesondert von den übrigen lag. Langsam drückte sie gegen das schwere Holz, das sich mit einem stöhnenden Knarzen öffnete, wobei eine kleine Staubwolke aufstob. Hier war das Kind bestimmt nicht hineingelaufen, da konnte sie gleich wieder umkehren.

Aber etwas ließ Silla innehalten. Vor ihr lag ein Raum mit einer bronzenen Schlafliege, einer Feuerstelle und einer Truhe. Der rußige Stummel einer Fackel steckte in einem Eisenhalter an der Wand, aber erhellt wurde die Kammer von trüben Lichtstrahlen, die durch ein kleines Fenster in der Felswand fielen. So einfach die Kammer war, so prächtig waren doch die Stoffe, die als Wandbehänge den nackten Fels verkleideten und den Eindruck heimeliger Wärme gaben. Und noch etwas anderes hing da: eine spiegelnde Silberplatte in einem kunstvoll gehämmerten Goldrahmen – ein Spiegel. Sie musste sich in der Stube einer sehr feinen Dame befinden. Fast ohne dass sie es bemerkte, fiel die Tür hinter Silla zu.

Die Darstellungen auf den Teppichen, das war wohl eine Geschichte, die da erzählt wurde. Eine Geschichte, in der ein Wolf die Hauptrolle zu spielen schien. Langsam schritt Silla weiter. Das musste eine Abbildung von Cernunnos sein, dem Gott des Waldes, von dem sie immer erzählten. Ein Hirschgeweih schmückte seinen Kopf und hier trug nun auch der Wolf das Haupt eines Menschen. Silla trat näher. Und das war das Gesicht einer Frau mit einer Fülle roten Haares, das hinter ihr herwehte. Silla fuhr zurück. Sollte es möglich sein …? Aber sicher hatte es schon immer Hunderte oder gar Tausende Frauen mit rotem Haar gegeben! Trotzdem, flüsterte eine kleine Stimme in ihrem Kopf, gab es nur eine im Fürstensitz, von der man immer noch sprach! Silla hielt die Luft an. Sollte sie wirklich … in der Kammer Sironas stehen?

»Mutter«, flüsterte sie tonlos. »Mutter. Bist du das?«

Nur Stille antwortete ihr.

Mit einem raschen Schritt trat sie zu der Truhe und öffnete mit Schwung den Deckel. Eine dumpfe Wolke Lavendelduftes schlug ihr entgegen. Kleider. Gegenstände, in feines rotes Tuch gewickelt. Sie hob den obersten vorsichtig heraus und ein goldener Torques, schwer und kostbar, rutschte ihr entgegen. Seine beiden Enden liefen in zwei Wolfsköpfen aus, die Silla mit weit zurückgezogenen Lefzen anzugrinsen schienen.

»Die Wölfe! Das Zeichen der Faol!« Silla hatte vor Aufregung laut gesprochen und zuckte beim Klang ihrer eigenen Stimme zusammen. Was sie da in Händen hielt, musste der Halsreif ihrer Mutter sein und das waren ihre Kleider!

Silla zögerte einen Moment. Eigentlich hatte sie ja so schnell wie möglich zu den anderen zurückkehren wollen. Andererseits – wann würde sie je wieder die Gelegenheit bekommen, dieses Zimmer zu betreten und etwas über ihre Mutter zu erfahren? Vielleicht nie mehr!

Behutsam legte sie den Torques beiseite. Was für kostbare Stoffe das waren! Weich und leicht fielen die tunikaartigen Gewänder und Umhänge über Sillas Arme. Sieh an, ihre Mutter hatte ebenfalls Braques getragen! Lächelnd stieg Silla in die weiche Hose. Ihre Mutter schien eine Vorliebe für Blautöne gehabt zu haben. Bestimmt hatte sie sehr schön darin ausgesehen! Die Hose war eine Spur zu weit und zu lang, aber das fiel kaum auf, fand Silla. Vor allem, wenn sie ein langes Kleid darübertrug. Sie schlüpfte aus ihrem Hemd, das inzwischen schon sehr mitgenommen aussah, und rümpfte die Nase. Was hätte sie für eine heiße Dusche gegeben! Aber das zarte Unterhemd fühlte sich trotzdem gut an auf der Haut, stellte sie fest. Und nun das Kleid darüber. Wie kostbar es mit Goldfäden durchwirkt war.

Und die Schuhe! Da, ein Paar niedere Stiefeletten mit aufgebogenen Spitzen und rundum mit Blattgold beschlagen! Ob ihr die passten? Gar nicht einfach, ohne Socken hineinzukommen! Aber die Größe stimmte.

Was war das? Eine Art goldenes Netz. Ob Sirona das über dem Haar getragen hatte? Silla trat zum Spiegel und begann sich mit einem Kamm aus Silber durch die Locken zu fahren. Autsch, das ziepte, aber bei der Länge zum Glück nur kurz. Sie kämmte sich das Haar aus der Stirn, zog sich dann das Netz über den Hinterkopf und steckte es mit Klammern fest. Jetzt traten auch ihre Tätowierungen viel deutlicher hervor. Sie spuckte sich auf die Finger und rieb über einen Schmutzfleck an ihrer Schläfe, dann legte sie sich mit klopfendem Herzen den Torques um. Ob ihre Mutter so ausgesehen hatte? Alle sagten doch, wie ähnlich sie sich sähen!

Eines nach dem anderen breitete sie die Kleider um sich. Was für kostbaren Schmuck Sirona besessen hatte. In einem Stoffpäckchen waren eine schwere Bernsteinkette und noch eine kleinere kurze. War die für ihr Baby bestimmt gewesen? Da waren ja auch Hemdchen und Jäckchen und ein Stapel Tücher, das sollten wohl die Windeln sein! Und dazwischen lag, schön eingewickelt, der wolfsköpfige Armreif zu ihrem Torques. Bestimmt hätte die Königin ihn einem ihrer Babys umgelegt, wenn sie gewusst hätte … und wenn sie die Gelegenheit gehabt hätte. Dann hätte das Wolfsbaby damals vielleicht nicht an einem schlangenköpfigen, sondern an einem Wolfstorques genuckelt. Oder Cù hätte ihn getragen, als kleinen Trost in seinem Verlies!

Cù! Er machte sich bestimmt schon Sorgen, wo Silla geblieben war. Sie atmete tief ein und bemühte sich, die bodenlose Traurigkeit, die sie mit einem Mal befallen hatte, wegzuwischen. Jetzt war keine Zeit, daran zu denken, wie anders alles hätte sein können.

Schnell griff sie nach einem reich bestickten Umhang; den würde sie ihrem Bruder mitbringen! Dann faltete sie, so ordentlich es auf die Schnelle ging, alles, bis auf das, was sie am Leibe trug, wieder zusammen.

Mama, dachte sie, Mama, ob du das spüren kannst, dass ich hier bin, in deinem Zimmer? Dass ich deine Tochter bin und an dich denke? Mama?

Schweren Herzens richtete sie sich auf. Aber jetzt nichts wie weg und zu den Freunden. Auf einmal freute sie sich so, Moruagh wiederzusehen, dass ihr die Kehle eng wurde.

Rasch lief sie hinaus und versuchte den Weg wiederzufinden, den die anderen genommen hatten. Sie konnte Stimmen hören, Tumult, mal näher, mal ferner, je nachdem, um welche Ecke sie gerade bog. Dann wurde der Lärm stetiger, sie hatte den Bereich der Felsen verlassen und befand sich nun im gemauerten Bereich Y-loigs. Sie kauerte sich hinter eine Ecke. Was sollte sie nur tun? Hier liefen überall Soldaten herum. Hier würde sie nie unentdeckt hinauskommen. Von ihren Freunden aus den Kerkern hatte sie keinen einzigen mehr erspäht, sie schienen sich wirklich nach draußen durchgekämpft zu haben!

Ein Krieger hastete durch den Raum vor ihr. Silla drückte sich eng in ihre Nische, aber er schien mit seinen Gedanken ganz woanders zu sein und hätte sie wohl auch nicht bemerkt, wenn sie vor ihm gestanden hätte. Im Laufen zog er sein kurzes Schwert und warf seinen Mantel ab, der ihn wohl in seinen Bewegungen behinderte. Er ließ ihn einfach fallen, wo er war, ohne sich weiter darum zu kümmern, nichts im Sinn, als den bevorstehenden Kampf, dann war er verschwunden.

Silla wartete einen Moment, bevor sie zu dem grauen Umhang huschte und ihn sich eilig über Kopf und Schultern zog. Immer noch eng an die Wand gepresst und jeden Schatten ausnützend, hastete sie weiter. Ob das der richtige Weg zum Haupttor war? Es fiel ihr schwer, sich auf die Richtung zu konzentrieren, wenn sie die ganze Zeit fürchten musste, entdeckt zu werden. Aber irgendwie schaffte sie es.

Sie spähte unter ihrem Mantel hervor. Dort war nun das Tor, aber davor lag noch der ganze freie Platz. Den würde sie nie ungesehen überqueren können. Mit einem Mal verließ sie aller Mut und die Knie wurden ihr weich. Ich kann doch nicht hierbleiben, dachte sie verzweifelt. Ich *muss* hinaus!

Verzagt spähte sie umher und sah eine Bewegung hinter einer Säule. Sie hätte schwören können, dass da noch jemand stand, der versuchte sich in seinem Soldatenumhang unsichtbar zu machen. Jetzt bewegte derjenige auch noch winkend die Hand. Sollte das ein Zeichen sein? Er sah unförmig und bucklig aus, kam langsam auf sie zu, in den Schatten der Wand gedrückt, genauso wie sie selbst! »Silla?«, flüsterte es fragend.

Guter Gott, das war Duine! Und unter ihrem Cape grinste ihr nun rothaarig das Mädchen entgegen, dessentwegen sie die Gruppe verlassen hatte!

»Du liebe Güte, bin ich froh, euch zu sehen«, raunte Silla und musste sich beherrschen, Duine nicht um den Hals zu fallen.

»Ich wusste, dass du noch nicht draußen warst«, flüsterte die

Frau und drückte ihr kurz die Hand. »Wo hast du denn nur gesteckt?«

Ohne zu antworten, lüftete Silla kurz ihren Mantel und sah, wie Duine der Mund offen stehen blieb. »Das Hochzeitskleid! Wo hast du das her?« Sie schien ganz entgeistert.

»Ich habe die Kammer meiner Mutter entdeckt! Schau her, das ist doch ihr Torques, nicht wahr?«

Duine nickte. »Genau so hat die Königin bei ihrer Hochzeit ausgesehen! Genau so wie du jetzt, es ist nicht zu fassen!« Sie lüftete selbst noch einmal Sillas Mantel und ließ ihren Blick darüberwandern. »Was hast du da noch?«

»Einen Umhang. Den will ich Cù mitbringen!«

»Das ist der Krönungsmantel!«

»Duine, sind außer uns denn alle hier herausgekommen? Wie haben sie das nur geschafft?«

Ein verschmitztes Lächeln hob Duines Mundwinkel. »Kurz bevor wir losgestürmt sind, ist Y-loig von außen angegriffen worden. Dadurch waren die meisten Soldaten auf dem Wehrgang beschäftigt. Das Tor stand auch offen, nachdem gerade eine Gruppe hinausgeritten war.« Sie lachte leise. »Aber jetzt kommt! Zieh dir deinen Umhang wieder übers Gesicht, Silla! In dem Tumult wird keiner auf uns achten!«

»Nein, Duine! An allen vorbei! Das schaffen wir nie!«

»Und ob wir das schaffen! Kommt!«

Eng an die Wand gepresst lief Duine los, dicht gefolgt von Silla. Duine hatte recht: Niemand achtete auf sie, als sie sich jetzt durch den Torbogen drückten. Sie huschten über die Brücke und rannten.

17. KAPITEL

DER KAMPF IM MOOR

Schreie hoben sich in die Lüfte und Gestalten brachen aus dem Unterholz hervor, so urzeitlich wild, dass Silla das Blut in den Adern gefror. In langen Reihen rannten und sprangen sie über die schmalen Moorwege, als wüssten sie im Schlaf, wohin sie ihre Füße zu setzen hatten.

Duine streifte mit einer schnellen Bewegung den Umhang von ihren Schultern und setzte das Horn an die Lippen, das in einem nervzerfetzenden Schrei aufgellte.

Unwillkürlich riss Silla das Mädchen in ihre Arme, einerseits, um es zu schützen, andererseits, um selbst Halt zu finden.

»Keine Angst! Keine Angst!«, flüsterte sie hektisch. »Aber ... bei den Göttern ... das sind die wildesten Gestalten, die ich im Leben gesehen habe!«

Das Mädchen wimmerte und barg sein Gesicht in Sillas Kleid. »Ich hab *doch* Angst«, weinte es. »Das ist alles so grell in den Augen! Wollen die uns schlachten?«

»Nein, natürlich nicht! Niemand wird uns schlachten!« Silla zögerte. »Das müssten eigentlich Freunde sein!«

»Wirklich?«

»Ja!«

Nicht weit von ihnen hob ein Mann Schild und Schwert hoch in die Luft und lachte ihr einen wilden Gruß zu. Sein Haar quoll in struppigen Zotteln unter seinem zerbeulten Helm hervor und mit seiner Augenklappe schaute er aus wie ... ja! Er war es wirklich, das war Elluit, ihr Räuber! Und die wilden Gestalten, das waren die Ull-slog! Aber du liebe Güte, wie sahen sie aus? Sie schienen sich ihrer Kleidung großteils entledigt zu haben, trugen nur noch die gepanzerten Teile und hatten dafür jedes sichtbare Stück Haut blau gefärbt. Die Haare standen ihnen wie Löwenmähnen zu Berge und dazu stürmten sie mit erhobenen Waffen, die Münder in markerschütterndem Schreien weit aufgerissen, auf ihre Feinde zu. Seite an Seite mit ihnen liefen die Menschen aus den Verliesen, richteten ihre bleichen Knochenwaffen gegen die Soldaten, die totenblassen Gesichter blinzelnd von dem verhangenen Himmel abgewandt, der ihnen trotz seiner Wolkenschicht immer noch unerträglich hell in die Augen stach. Zwischen ihnen konnte Silla Leute aus Ath-lain erkennen, grimmig und entschlossen, Rache für ihre Familie oder Freunde zu nehmen und der Tyrannei durch den König ein Ende zu bereiten.

»Ich glaube«, flüsterte Silla dem Mädchen zu, »ich bekomme so langsam eine Idee, warum die Kelthoi als Gegner so gefürchtet sind!«

»Silla!«, schrie es plötzlich. »Siiiilla!«

Ein blaues Wesen schoss auf sie zu, die Arme ausgebreitet, das rote Haar wie ein lodernder Flammenbusch hinterherwehend.

»Silla!«, schrie es noch einmal und dann war es schon bei ihr, fiel ihr um den Hals, lachend und vor Freude tanzend.

»Moruagh!« Jetzt war es Silla, die schrie. »Moruagh!«

Eine andere Gestalt tauchte mit einem Mal neben ihnen auf, so plötzlich, als wäre sie aus dem Boden gewachsen. »Wenn ihr noch länger hier herumhopst, werdet ihr bald aufgespießt sein wie Bratenstücke über dem Feuer!« Die Stimme der Alten Frau klang streng, aber Silla konnte ein Funkeln in ihren Augen sehen. »Ab in den Wald mit euch!«

»Das ist so gut, euch zu sehen, dass ich gar keine Worte dafür habe«, sagte Silla leise.

»Es ist auch gut, dich zu sehen, mein Kind!« Die Alte Frau drückte sie kurz an sich. »Sehr gut sogar!«

Iolair zog die Mädchen weiter in den Schutz der Bäume. Auf einer kleinen Lichtung versorgten einige Frauen aus den Verliesen bereits die ersten Verwundeten und die Kinder, die mit zusammengekniffenen Augen in diese ihnen so fremde Welt blinzelten.

»Mama«, schrie der kleine Rotschopf, riss sich von Sillas Hand los und war auch schon wie der Blitz verschwunden.

»Moruagh! Wie siehst du denn aus?« Silla schob ihre Freundin auf Armlänge von sich, um sie besser betrachten zu können.

»So sieht man eben aus, wenn man in den Kampf zieht!« Die Rote grinste. »Das Blaue ist Waid. Das gewinnt man aus einer Pflanze, falls du das nicht weißt, und am Kopf habe ich Kalkwasser, wie die anderen Krieger auch! Die Feinde sollen nur recht erschrecken, wenn sie uns sehen! Aber … wie siehst *du* denn aus?«

»Ich bin Sirona«, Silla lachte, streifte den Soldatenumhang ab und drehte sich vor Moruagh. »Aber jetzt gebt mir eine Waffe, wir können unsere Freunde da draußen nicht alleine lassen!«

Moruagh betrachtete sie einen Moment stumm. »Hast du schon einmal in einer Schlacht gekämpft?«, fragte sie dann.

»Nein, aber das muss ja niemand wissen!«

»Das stimmt! Sie werden nur Sirona sehen, die sich gegen sie stellt, und das wird Waffe genug sein.« Die Alte Frau nickte finster.

»Ich werde Gall für dich führen, Silla!« Ein breit grinsendes Gesicht, in dem ein abgeschlagener Zahn blitzte, wurde in den Büschen sichtbar.

»Finn! Du bist auch da!«, schrie Silla auf.

»Was dachtest du denn? Es gibt keinen Platz in Kelth Belchen-ai, wo ich im Moment mehr hingehörte als genau hierhin!«

»Habt ihr denn Cù gesehen?«

»Nein, aber gehört, dass er frei ist«, strahlte Moruagh.

»Er ist bei Drugwydd«, sagte Iolair knapp.

»Kommt nun, wir werden gebraucht!« Finn lauschte ungeduldig dem Schall des Horns, das Duine immer und immer wieder unermüdlich blies. Mit einem Ruck zog er sein Schwert aus der Scheide. »Und die Götter mit uns«, murmelte er leise.

Moruagh wurde ernst. Sie prüfte flüchtig den Sitz ihres Köchers und die Sehne des Bogens, dann nickte sie und Schulter an Schulter traten die drei Freunde aus dem Schutz der Bäume hinaus auf den Kampfplatz.

»Siehst du die helleren Linien im Moor?«, wisperte Moruagh Silla zu. »Luchain-re ist gestern Nacht die festen Pfade abgeschritten und hat mit Asche Spuren gestreut. Wir müssen also immer auf den Linien bleiben!«

»Ja«, antwortete Silla abwesend. Sie waren auf die kahle Moorebene hinausgetreten, wo sich die Männer des gleichen Volkes gegenüberstanden, nur dass die einen auf der Seite des Königs kämpften, die anderen für den Bestand ihres Volkes und für die Freiheit. Es änderte nichts daran, dass sie alle Kelthoi waren.

Silla hatte Kämpfe bis jetzt nur aus Filmen oder Nachrichten gekannt und da war das Ganze sehr spannend gewesen, aber was sie nun miterlebte, ließ sie vor Entsetzen erstarren. Nie im Leben hatte sie sich vorgestellt, dass etwas so grauenvoll sein konnte wie das Gemetzel, das sich vor ihren Augen abspielte, und sie wusste, sie würde diese Bilder ihr Leben lang mit sich tragen. Die in Schmerz und Todesangst verzerrten Gesichter, der Ausdruck derer, die langsam im Moor versanken und keinen Halt, keine Hand fanden, die sich ihnen rettend entgegenstreckte, die Wunden, die die Schwerter geschlagen hatten, und schließlich den metallischen Geruch des Blutes, das sich mit dem der zertrampelten Moorerde mischte.

Die bleiche Scheibe der Sonne, die bis jetzt fahl hinter dem Dunst gestanden war, hatte sich nun hinter die Berge zurückgezogen, als wollte selbst sie ihr Gesicht verhüllen; dichte Wolken waren aufgezogen und breiteten Düsternis über das Land.

Unmittelbar vor sich sah Silla einen beleibteren Burschen sein Schwert schwingen. Das war doch Bras! Silla wollte ihn voll Freude rufen, als der Soldat hinter ihm auftauchte. Wie in Zeitlupe sah Silla ihn sein Schwert heben und dennoch ging alles so rasend schnell, dass sie nicht einmal mehr einen Ton herausbrachte, Bras zu warnen! Die Klinge schnitt durch die Luft und traf den Freund in den Rücken.

Auch Finn hatte es gesehen, schnellte mit einem schrecklichen Schrei vorwärts, Gall hoch über dem Kopf schwingend. Zu spät. Bras bäumte sich noch einmal auf, dann brach er zusammen.

»Neeeeiiin!« Silla war sich kaum bewusst, dass sie schrie. Sie stürzte hinter Finn her zu ihrem Freund, spürte kaum, dass Moruagh ihr folgte. Dann knieten sie neben Bras, der bleich dalag, ein seltsam entrücktes Lächeln auf dem Gesicht.

Silla kam erst wieder richtig zu sich, als Bran mit rauschendem Flügelschlag heranstrich und über Bras' Kopf zu flattern begann, wie um ihm Luft zuzufächeln. Als hätte auch er das gespürt, öffneten sich seine Augen ein wenig und ein Ausdruck des Erkennens huschte über seine Züge.

Seine Stimme war nur ein Hauch. »Sagt dem Vater meines Vaters, ich bin im Kampf gefallen. Er kann stolz sein auf mich und ... und ...«, Erschöpfung ließ ihn verstummen und er schloss die Augen.

Finn nahm seine Hand. Er wollte etwas sagen, aber Schluchzen schnürte ihm die Kehle zu und über seine Wangen liefen Tränen. Bras' Finger zuckten leicht in seinen.

»... und«, die Stimme kam wie ein Hauch, »dass sein Stolz ... für mich von keinerlei Interesse ... mehr ... ist.« Ein Lächeln breitet sich über Bras' Züge, dann sackte sein Kopf zur Seite.

»Und auch für die Götter nicht«, schluchzte Finn wild. »Sie werden mehr als glücklich sein, einen wie dich in der Anderswelt begrüßen zu dürfen, da bin ich mir ganz sicher!«

»Bras!«, zischte es hinter ihnen und Finn wurde heftig zur Seite gestoßen. Iolair beugte sich über den sterbenden Freund, oder war er gar schon tot?

»Bei den Göttern, das kann nicht sein! Es ist noch nicht Zeit oder alle Zeichen müssten lügen!« Die Stimme der Alten Frau grollte, wie Silla sie noch nie gehört hatte. »Gebt uns Deckung!«, befahl sie, während sie eine Phiole aus den Tiefen ihres Umhangs zog und mit einem Ruck entkorkte.

Finn und Moruagh waren sofort aufgesprungen. Finn hieb mit Gall wie ein Berserker um sich und von dem Bogen der Roten sirrte Pfeil auf Pfeil. Silla kauerte mit ausgebreiteten Armen, den Freund zu beschirmen, sah aus den Augenwinkeln klare Tropfen auf Bras' Lippen rinnen. Wie ein Schatten wuchs im gleichen Moment die Gestalt des Druiden aus der Dämmerung.

»Drugwydd, breite einen Mantel des Schutzes um uns! Schnell!«, zischte Iolair.

Wortlos zog Drugwydd seinen Umhang von den Schultern und warf ihn in einer weit ausholenden Bewegung um Bras und Iolair. Ohne dass Silla hätte erkennen können, wie es geschah, schien sich der Mantel im Augenblick nebelhaft aufzulösen und verschluckte die Gestalt des verletzten Freundes und die beiden Alten.

»Echtrae«, murmelte Silla. »Der Bannkreis des Nebels!« Sie wischte sich über die Augen. Wo waren sie nur hin? Geleiteten Drugwydd und Iolair Bras jetzt in die Anderswelt? Sie konnte ein Schluchzen nicht länger unterdrücken. Wie freundlich Bras gewesen war. Immer hatte er es allen recht machen wollen und ihr, Silla, war er gefolgt wie ein Hündchen, nur weil sie sich einmal für ihn eingesetzt hatte. Warum gerade er, der nie jemandem etwas zuleide getan hatte? Wie ungerecht das war! Und rundum ging das Schlachten weiter! Keiner hatte es verdient, hier zu sterben, nur weil der König ein Tyrann war! Silla spürte plötzlich eine große Wut in sich aufsteigen. Sie sprang auf.

»Schluss!«, rief sie. »Hört auf!«

Niemand schien sie wahrzunehmen.

Sie holte tief Luft und legte die Finger trichterförmig an den Mund. »SCHLUSS!«

Diesmal schallte ihre Stimme über den Platz. »Schluss! Aufhören! Das ist Wahnsinn! Hört auf zu kämpfen! SCHLUSS!«

Die Hände hoch über dem Kopf erhoben, in einer teils befehlenden, teils flehenden Geste, marschierte Silla los.

»Hört auf zu kämpfen!«, rief sie immer wieder. »Schluss! Macht Schluss!« Sie lief durch die Reihen, ohne sich darum zu kümmern, wen sie streifte, Freund oder Feind, und ohne auch nur daran zu denken, dass sie selbst angegriffen werden könnte. Eine Aura der Unverwundbarkeit schien sich schützend um sie gelegt zu haben.

»Sirona! Das ist Sirona!«, hörte sie es raunen. »Sie befiehlt uns aufzuhören!«

Unvermutet war Drugwydd hinter ihr, eine Fackel in der erhobenen Hand, die ihren hellen Schein um Silla warf. Mit dröhnender Stimme donnerte er los: »Sirona ist zurückgekommen! Sie befiehlt euch aufzuhören! Sirona sagt: ›Schluss!‹«

Er machte eine schnelle Bewegung und die Fackel begann Blitze zu sprühen, als würde Sillas Gestalt selbst aufflammen. Angstschreie ertönten und dann gerieten die Soldaten des Königs in Bewegung: Wie ein hochansteckendes Virus breitete sich Panik aus, und wer noch konnte, rannte zurück zum Tor, um sich schreiend in die Sicherheit der Burg zu drängen.

Silla konnte von Ferne die kleinen Figuren Bituits und Sionnachs ausmachen, die auf dem Wehrgang, von dem aus sie wie von einem Logenplatz dem Kampf zugesehen hatten, drohend und wütend gestikulierten, aber nichts konnte das erschrockene Heer stoppen.

Mit einem Mal fühlte sich Silla todmüde. Halt suchend lehnte sie sich an Drugwydd. »Warum bist du nicht bei Bras?«, fragte sie leise. »Ist er …?«

Drugwydd stand ganz ruhig. »Das Reisen zwischen den Welten gehört zu den Dingen, die die Alte Frau besser versteht, und Bras' Geist war noch nicht gänzlich entschwunden, ein Funken war immer noch zu spüren. Wenn einer helfen kann, dann Iolair, sei unbesorgt. Wie es wird, so wird es nun einmal, so ist das eben, Mädchen!« Er löste sich leicht von ihr. »Komm und lege Hand an! Wir müssen die Verwundeten versorgen, bevor es ganz dunkel wird!«

Silla war froh, etwas Hilfreiches tun zu können, und während alle damit beschäftigt waren, ihre Verwundeten zu versorgen, half sie an der Seite des Druiden den versehrten Soldaten zurück zum Königssitz, wo sie sie in angemessener Entfernung der Burgmauern abluden und ihnen ein paar Fackeln zur Seite stellten. Hier würden sich ihre eigenen Leute um sie kümmern können.

»Eine Schlacht ist eine Schlacht«, brummelte Drugwydd beim Zurückgehen, »aber darüber hinaus gibt es keinen Grund, unmenschlich zu sein!«

Silla konnte nur stumm nicken.

Und dann war es endlich Zeit, die restlichen Freunde zu begrüßen, Cù in die Arme zu schließen und auch Luchain-re, der noch durchscheinender wirkte als zuvor, aber nicht minder strahlend.

Von den Ull-slog waren einige böse verwundet worden und zwei von ihnen hatten den Kampf nicht überlebt, aber die Männer schienen trotzdem guten Mutes. Elluit klopfte Silla beim Vorbeigehen herzlich auf die Schulter und schenkte ihr ein Zwinkern, auch wenn das Blut aus einer Kopfwunde ein dunkles Muster in sein waidblaues Gesicht gemalt hatte.

Dann tauchte Seg-o zwischen den Bäumen auf und im gleichen Moment schoss ein kleiner, schokobrauner, japsender, kläffender und sich überschlagender Fellball los und Silla in die ausgebreiteten Arme.

»Till!«

»Ich hatte ihn ein wenig entfernt angebunden.« Seg-os Augen leuchteten froh unter dem Heiligenschein seiner Haare. »Ich dachte mir, du würdest ihn lieber heil zurückhaben, als mit Kampfeswunden und Ehre geziert! Er schien da allerdings anderer Ansicht zu sein!«

Die Ull-slog hatten ein paar kleine Feuer auf einer Lichtung des Königswaldes entzündet, an denen Iolair und Drugwydd beschäftigt waren, mit ihren Moor- und Kräutersalben die Wunden zu verarzten. Eine karge Ration getrockneten Fleisches und Brot wurde ausgeteilt und Moruagh schnitt mit einem Messer die letzten von Ad Smerius' Wurzeln in dünne Scheiben und reichte sie herum.

Dann mussten alle Cù kennenlernen, der sich still ein wenig abseits gehalten hatte.

»Ihr müsst mir verzeihen, ich bin nicht gewöhnt an eure Welt und ihre Art«, sagte er leise, »aber eines wäre mir schon recht: Wenn ihr nicht ›Hohes Kind‹ zu mir sagtet! Das kommt mir schwer erträglich vor!«

Er quittierte das aufblitzende Gelächter mit verwirrtem Stirnrunzeln und Silla legte ihm schnell den Arm um die Schultern. »Sie lachen nicht wegen dir, Cù, sondern weil du nun schon der Zweite bist, der dieses ewige ›Hohe Kind‹ grässlich findet! Ich kann dir das gut nachfühlen!«

Sie zog sich den Mantel von den Schultern und warf Cù das golddurchwirkte Gewebe über, dessen Saum an einigen Stellen schmutzig war und auf dem Blutspritzer dunkle Flecken hinterlassen hatten, was ihn allerdings nur noch interessanter und prächtiger aussehen ließ, fand Silla. Aber die kostbaren Stickereien funkelten im Flackern des Feuers, und als hätte es nur diese kleine Requisite gebraucht, schien sich Cù vor ihren Augen von einem scheuen Jungen in einen jungen Mann zu verwandeln, der die Fürstenwürde so gut und aufrecht tragen würde wie jetzt den Mantel. »Er gehörte unserer Mutter.«

»Du hast ihn für mich mitgebracht?« Ihr Bruder hob eine Ecke des Stoffs an seine Nase und schnupperte. »So muss also unsere Mutter gerochen haben«, sagte er leise und grub leicht sein Gesicht in den Stoff. »Danke!«, murmelte er dumpf daraus hervor und Silla spürte, wie überwältigt und gerührt er war.

»Es gibt so viel zu erzählen!« Moruagh zog sie ans Feuer. »Mehr, als an einem Abend Platz haben wird, aber irgendwann müssen wir einmal beginnen!«

Silla blickte rundum zu ihren Freunden, wie sie so um das Feuer gestreckt saßen oder lagen, ernst, schweigend oder lachend und redend, und das Herz wurde ihr so warm, wie es der Schein des Feuers war, der auf den Zügen aller lag.

18. Kapitel

DER LANGE WEG

Fast unbemerkt war Iolair wieder zwischen ihnen aufgetaucht. Aller Augen folgten ihr, aber keiner schien den Mut zu haben zu fragen. Schließlich gab Silla sich einen Ruck. »Was ist … mit Bras?«

Die Alte Frau blickte auf und die Müdigkeit in ihrem Blick wurde von der Ahnung eines Lächelns verdrängt. »Bras wird leben. Sorgt euch nicht. Er ist im Wald, wo er gut gepflegt wird. Euer Freund wird bald wieder unter euch sein.«

Moruagh ließ einen Juchzer hören und Finn klatschte dem neben ihm sitzenden Luchain-re fröhlich die Hand auf den Schenkel.

Silla stieß ein kleines Stoßgebet aus, »So ein Glück! So ein Glück!«, und die Trostlosigkeit des überstandenen Kampfes, die Ungewissheit und Kühle der Nacht, alles schien ihr mit einem Mal viel heller.

»Wir werden es schaffen, nicht wahr, Iolair?« Sie hatte sich vorgebeugt und blickte die Alte Frau eindringlich an, aber da hatte Iolair sich schon abgewandt. »Wir werden sehen, Silla! Wir werden sehen! – Drugwydd?«

»Ja!« Der Druide seufzte und erhob sich. »Freunde«, er hob in einer hilflosen Geste die Hände, »wir sind alle müde und bräuchten eine Rast, aber noch ist dazu nicht Zeit! Luchain-re wird uns durch das Moor führen. Haltet euch aneinander, dass niemand vom Pfad abkommt. Der König wird uns anzunehmenderweise beim ersten Morgengrauen folgen und so werden wir zumindest ein paar Stunden Vorsprung gewinnen. Also, macht euch auf und löscht die Feuer, wir brechen auf!«

Schweigend oder ächzend zog jeder seinen Mantel um sich, schob die Waffen an ihren Platz oder trat das Feuer aus, mehr war nicht zu tun. Die kostbaren Kleider der Königin wanderten in einen Lederbeutel, aber die Hose war bequem und Silla behielt sie unter ihrem alten Kittel an.

Bis die Sonne am Himmel erschien, hatten sie das Moor schon weit hinter sich gelassen. Ihre Gruppe war geschrumpft. Die Menschen aus den Verliesen, die verwundeten Ull-slog und auch Seg-o, mit seinem Bein deutlich behindert, waren in Ath-lain geblieben. Das Unvorstellbare war geschehen: Die Hauptstadt hatte sich gegen den Königssitz verschanzt.

Drugwydd und Iolair, Elluit mit einer Handvoll seiner Männer, Silla, Cù und ihre Freunde waren Luchain-re weiter gefolgt.

Und wieder ging es über Felsen und Berge, unter dem Gleißen der Sonne, die den Regen abgelöst hatte.

Am zweiten Tag ihrer Wanderschaft schließlich hörten sie die Soldaten: Ihr triumphierendes Rufen und das Wiehern ihrer Pferde schallten fern wie ein Echo herüber, als sie aus dem Waldstück auf die ansteigende, felsige, mit einem struppigen Flechtenteppich überwachsene Ebene traten.

»Sie haben Pferde, sie werden uns einholen«, stöhnte Moruagh erschöpft, während sie alle noch einen Schritt zulegten. »Aber zumindest sind wir schon zwischen den Felsen!«

Die wilden Männer der Ull-slog warfen sich gegenseitig verstohlene Blicke zu, als wollten sie ausrechnen, wie lange ihre Handvoll den Soldaten würde standhalten können. Ihre Gesichter blickten grimmig und ihre Hände griffen unwillkürlich nach ihren Schwertern und Messern.

Sie schenkten dem krächzenden Vogelruf keine weitere Beachtung, bis er dringender wurde. Mit einer abrupten Bewegung warf Luchain-re den Kopf in den Nacken und gebot dem kleinen Trupp Einhalt. Er deutete stumm nach oben. Mühsam flatternd, mit einer kaum verheilten Schwinge rudernd, aber fröhlich krächzend, flog ein Rabe in einem großen Kreis über ihnen. Jetzt drehte er ab und strebte dem Wald zu. Eine Gestalt trat aus dem Schutz der Bäume. Die Figur kam ihnen seltsam bekannt vor, und als nun der Rabe auf seiner Schulter landete …

»Bras«, schrie Silla und Freude ließ ihr Herz einen Takt schneller schlagen.

»Und das war Bran!« Moruagh warf die Arme zum Himmel und winkte, um Bras' Aufmerksamkeit zu erringen. »Ich glaube, er hat uns noch gar nicht gesehen!«

»Genauso wenig wie die Soldaten! Er wird uns auch nicht hören, denn der Schall trägt nach oben!« Finn starrte mit zusammengekniffenen Augen hinunter. »Ich glaube, jetzt hat er die Soldaten bemerkt! Er ist in den Schutz der Bäume zurückgetreten. Schaut, er hebt den Arm! Er hat uns gesehen!«

»Zurück, hinter die Felsen mit euch, Mädchen, und hör auf mit dem Getanze, Rote!« Elluit zog sie hinter einen Stein. »Es ist ein Wunder, dass die Soldaten uns noch nicht bemerkt haben, bei dem Geschrei und Gehopse, dass ihr veranstaltet!«

»Bras scheint uns ein Zeichen zu machen, aber ich weiß nicht, was er uns sagen will!« Finn biss sich vor Anspannung auf die Unterlippe. »Jetzt hat er Bran in die Luft geworfen!«

Mit einem unbeholfenen Flügelschlag verschwand der Rabe krächzend hinter den Bäumen.

Die Soldaten schienen in dem weglosen Hochland unschlüssig über die Richtung, in die sie weiterreiten sollten. Ein paar waren abgestiegen und suchten den Boden nach Spuren ab, die der Fels jedoch nicht preisgab.

Silla presste die Fäuste auf den Mund, dass ihr die Nägel in die Handflächen schnitten. In die andere Richtung!, flüsterte sie tonlos. Kommt schon, geht den Waldrand entlang!

Jetzt gab der Anführer den Befehl zum Aufsitzen. Sein Kommando klang dumpf herauf. Er hob den Arm und deutete weit ausholend: Den Berg hinauf!

Silla schloss einen Moment die Augen und spürte Enttäuschung und Verzweiflung wie einen schweren Stein in ihre Magengrube sinken. Die Soldaten kamen genau hinter ihnen her!

Elluit flüsterte einen kurzen Befehl und die Waldmenschen formierten sich hinter die Felsen geduckt wie ein lebender Wall um Silla und Cù, die Pfeile auf den Sehnen und die Bogen gespannt. Gall war mit einem Ruck aus der Scheide gefahren und auch Finn hatte sich – das Schild erhoben und kampfbereit – in die Schutzmauer vor Silla und ihrem Bruder eingereiht.

»Manchmal wäre Fortlaufen die eindeutig bessere Entscheidung«, murmelte er mit einem Blick auf die erschütternde Übermacht an Leibern, Waffen und Rüstungen, die den Berg hinauf auf sie zurollte.

Silla blickte sich verzweifelt um. Wenn es hier nur irgendetwas gegeben hätte, eine schützende Höhle zum Verstecken, einen Steinwall, egal!, irgendetwas, wo man sich hätte verschanzen können. Sie schluckte. Dann atmete sie tief durch und legte Finn vor ihr leicht die Hand auf die Schulter. »Du bist ein guter Freund. Ihr alle seid gute Freunde«, sagte sie leise. Er drehte kurz den Kopf zu ihr und sein abgeschlagener Zahn blitzte in seinem nach wie vor waidblauen Gesicht.

Auch Drugwydd starrte finster und konzentriert auf ihre Verfolger, seinen knorrigen Stock vor sich aufgepflanzt, als wäre er bereit, alle Blitze des Himmels auf ihre Gegner herabzubeschwören.

Silla hielt Till an ihre Brust gepresst. »Warum können wir denn nicht fliehen?«, flüsterte sie Iolair neben sich panisch zu. »Einfach weiterlaufen! Warum müssen wir denn hier stehen und warten, bis sie kommen? Das sind doch viel mehr als wir!«

Iolair schüttelte nur den Kopf. »Weiter vorne gibt es überhaupt keine Deckung mehr. Wenn sie uns dort erwischen, können sie uns einfach niederreiten und müssen sich dazu noch nicht einmal groß anstrengen! Nein! Hier haben wir zumindest die Felsen!«

Keiner hatte auf die vereinzelten Raben geachtet, die über dem Wald aufgestiegen waren und im eleganten Gleitflug über ihren Köpfen kreisten, bis es mehr und immer mehr wurden, ihre Flügelschläge die Luft aufwirbelten und ihr vielstimmiges Krächzen sich zu einem durchdringenden Kreischton vereinte.

Die Freunde konnten sehen, wie die Führungsspitze der Soldaten kurz in Unordnung geriet, weil einige ihre Pferde gezügelt hatten, auf die Vögel deuteten, den Kopf schüttelten und lachten.

Die Pferde waren die Ersten, die auf die schwebende Gefahr reagierten und panisch wiehernd scheuten, als die schwarze Wolke auch schon auf sie niederging.

Silla brauchte einen Moment um zu begreifen, was sie da sah. Es waren Raben, Schwärme von Raben!

Wie Furien stießen sie immer wieder auf die Soldaten hinab, die sich unter schmerzvollem Brüllen Mäntel und Schilde um die eigenen Ohren schlugen, in dem Bemühen, Gesicht und Augen zu schützen. In Sekunden war aus dem Trupp Soldaten ein kopfloses Knäuel geworden, das nur Minuten später, in angstvoller Auflösung begriffen, im Wald verschwunden war.

Die kleine Gruppe stand immer noch stumm vor Staunen über das Schauspiel, als Bras atemlos neben ihnen auftauchte. »Die Raben werden sie eine Zeit lang beschäftigt halten«, lächelte er breit, um dann kurze Zeit später nur noch: »Hilfe! Genug!«, zu ächzen, weil ihn jeder aus der Runde so fest umarmte, wie er nur konnte, voller Freude, dass ihr Freund wirklich und wahrhaftig lebendig wieder zwischen ihnen stand.

Dann drängte Luchain-re zum Aufbruch. »Wir sollten trotzdem so schnell wie möglich weiter. Bald kommen wir auf den Weg, den wir allerdings nicht nehmen werden. Es gibt dort eine Abzweigung, die uns direkt durch die Berge führt. Nun haben wir die Gelegenheit, sie ungesehen zu beschreiten. Das wird unsere Reise ein wenig sicherer machen und schneller.«

Weiter ging es. Sie hatten eine forsche Gangart angeschlagen und schritten leise, um den Seher nicht abzulenken, der mit schief gelegtem Kopf dem Weg zu lauschen schien und dabei sicheren Schrittes vorauslief.

Cù ging neben Silla. Er lächelte ihr scheu zu. »Das ist wirklich alles sehr fremd für mich! Und es gibt so viel zu schauen, dass ich vor lauter Schauen gar nicht mehr reden kann!«

»Auch mir ist vieles fremd hier!« Silla ließ ihren Blick über Luchain-re und die Ull-slog wandern. »Die Welt, aus der ich komme, ist noch einmal völlig anders. Insofern geht es uns ganz ähnlich!«

»Trotzdem scheinst du so gut mit allem zurechtzukommen, während ich …«, seufzend brach Cù ab.

»Du bist mir gar nicht fremd, obwohl wir uns ja auch noch nicht so lange kennen!« Silla blickte ihren Bruder mit gerunzelter Stirn an.

Cù lächelte. »Wir sind wie zwei Teile eines Ganzen! Wobei du mir viel mutiger vorkommst, als ich es bin!«

Silla musste lachen. »Ich glaube, du überlegst nur mehr! Während du noch überlegst, bin ich schon losgestürmt, das ist alles! Du stürmst erst dann los, wenn du alles durchdacht hast. Ich würde sagen, das ist klug *und* mutig!«

»Dann ergänzen wir uns ja wunderbar!« Cù grinste jetzt.

»Das würde ich auch sagen!«

Sie waren bei der Gabelung, die steil in die Felsen führte. Jetzt erst fiel Silla auf, dass die Ull-slog alle Seile um den Leib geschlungen trugen, lang genug, um sie an den Gürteln festgemacht miteinander zu verbinden und so die ganze Gruppe wie Bergsteiger zu sichern.

Sie stiegen, bis es Nacht wurde. Alle waren erschöpft und froh, in einer geschützten Senke bei einem kleinen Feuer lagern zu können.

Die Ull-slog hatten im Laufe des Tages ein paar Hasen geschossen und Moruagh hatte diese kurzen Pausen genutzt, um einige Kräuter zu zupfen, die den Braten Aroma gaben. Sie hatte auch ein paar Wurzeln ziehen können, an denen Luchain-re kaute.

»Ich esse besser kein Fleisch, wenn ich sehen soll! Der Weg braucht all meine Konzentration und das wäre nicht förderlich«, hatte er höflich seinen Anteil an dem Wildbret abgelehnt.

Einer nach dem anderen begannen die Sterne zu funkeln. Später stieg der Mond auf. Es fehlte nicht mehr viel, bis er voll sein würde.

»Ich wollte, ich könnte zaubern, so wie du«, sagte Silla träumerisch zu Drugwydd. »Wie die Blitze aus deinem Stab gefahren sind, das war einfach … einfach beeindruckend!«

Der Druide lachte vergnügt in seinen Bart. »Diese Art von Zauber kann ich dir leicht beibringen, anderes hingegen dürfte etwas schwerer zu bewerkstelligen sein!« Er fuhr in seinen unendlichen Mantel und zog ein paar trockene Stängel hervor. »Gib mir deine Hand!«

Sie hielt ihm den geöffneten Handteller hin und er ließ goldgelben Blütenstaub hineinrieseln.

»Das ist Druidenmehl und wenn ich jetzt rufe, wirfst du es ins Feuer«, befahl er. Er starrte sie ein paar Augenblicke lang reglos an und rief plötzlich mit dröhnender Stimme: »Blitz über euch!« Silla schleuderte erschrocken das Pulver in die Flammen. Eine zischende und blitzende Stichflamme ließ alle zurückfahren. Drugwydds Bart zuckte vor Vergnügen, während die Alte Frau missbilligend den Kopf schüttelte.

»Selago«, schmunzelte er. »Bärlapp! Du siehst, Mädchen, manche Zauberei besteht einfach nur in der Kenntnis der Natur!«

Drugwydds Vorführung hatte die Stimmung aufgelockert und alle waren müde, aber lächelnd in den Schlaf gesunken, froh, nicht mehr in den Verliesen zu sein, froh, so weit gekommen zu sein, froh, einander zu haben.

Sie liefen und liefen, ein Tag schien dem anderen zu gleichen, nur die Nächte unterschieden sich, denn mit jedem Aufgehen des Mondes war er noch einmal ein Stückchen voller geworden.

Und dann war wieder ein Tag zu Ende gegangen, an dem die Sonne über Stunden unbarmherzig auf sie hinuntergebrannt hatte, da war Silla die Gegend irgendwie bekannt vorgekommen und als dann noch schrille Murmeltierpfiffe ertönten und Moruagh zu rennen begann, wusste sie wieder, wo sie war und dass die zwei Felsen nichts anderes sein konnten als der Eingang zu Ad Smerius' Höhle. Diesmal brannte jedoch kein Feuer und kein Eintopf simmerte zur Begrüßung – Ad Smerius war nicht da. Trotzdem war es gut, hier zu sein, und als sie endlich ihr Lager aufgeschlagen hatten, fühlte es sich für Silla fast an wie zu Hause.

»Drugwydd hat gesagt, dass wir nun ein wenig rasten können.« Moruagh kaute gedankenverloren an einem Grashalm, den sie am Rande Glonns gepflückt hatte. »Der Mond ist fast voll, aber bis zum Stein ist es nicht mehr weit!«

»Wer weiß, was danach sein wird.« Silla schauderte es unwillkürlich.

»Ich kenne auch die Prophezeiung«, sagte Cù leise. »Das Blut des Königs oder das Blut der doppelten Kinder, eines wird über den Stein fließen und eines wird vergehen.« Er schwieg einen Moment. »Er oder wir!«

»Bituit kann nicht gewinnen! Niemals!« Finn hieb zornig mit der flachen Hand auf das Wasser der Quelle, dass es spritzte. »Cù und Silla, ihr werdet die neuen Fürsten sein, dafür gebe ich mein Leben!«

»Nicht ich!« Silla hob abwehrend die Hände. »Für mich war das nie gedacht, das weiß ich ganz sicher!«

»Woher denn?« Finn runzelte die Brauen.

»Ich weiß es ganz einfach!«

Eine Weile schwiegen sie, dann erklang Cùs Stimme so leise, dass sie kaum zu vernehmen war. »Und für mich«, sagte er, »ist das auch nicht gedacht!«

»Wie meinst du das?« Finn richtete sich auf seinen Ellenbogen auf.

»Ich meine, dass ich nicht der Fürst der Kelthoi sein will!«

»Aber …« , Bras und Finn blickten ihn überrascht an

»Ich war so lange eingesperrt.« Cùs Stimme verriet Anspannung. »Ich war immer nur eingesperrt und ich will das nicht mehr. Ich will nicht mehr von Mauern eingeengt sein, nicht mal von denen eines Fürstensitzes! Auch Macht und Würde sind Ketten und ich will nicht von ihnen gefesselt sein.«

Moruagh legte ihm sanft die Hand auf den Arm. »Was willst du denn?«

Cù blickte sie freundlich an. »Siehst du die Sterne, wie sie über den Himmel ziehen?« Er legte den Kopf in den Nacken und blickte in das zarte Gefunkel. »Es gibt keine Nacht, in der ich nicht staune und mich freue, wie schön sie sind. Ich möchte mit ihnen ziehen durch die Nacht! Und dann die Vögel! Wie unglaublich beeindruckend und schön sind Vögel! Ihr seid an sie gewöhnt, aber für mich ist das anders! Mit den Vögeln möchte ich durch den Tag ziehen, wenn die Sterne ruhen! Ich möchte überallhin reisen, alles sehen, was ich nur aus Geschichten kenne: erst unser Land und dann weiter, immer weiter!«

»Aber du kannst das nicht, du bist der Fürst!« Finn wurde fast zornig vor Erregung. »Du weißt, was dein Name bedeutet. Cù besagt Hund! Das bedeutet Führung, Schutz und Treue und war immer ein Ehrentitel für Helden und Führer! Du musst bei deinem Volk bleiben!«

»Und wer sagt, dass es immer so sein muss?« Cù schaute Finn ruhig an.

»Unsere Geschichte, unsere Gebräuche sagen das! Du bist der Sohn des Königs und die Fürstenwürde ist erblich! So war es schon immer und so wird es auch immer sein. Also!«

»Sagt die Geschichte nicht auch, dass Bituit gar nicht rechtmäßig zu seiner Würde gekommen ist?«, entgegnete Cù ruhig.

Aus den Büschen tönte ein diskretes Räuspern. »Hm, hm,

wir waren gerade auf dem Weg zu euch und konnten nicht umhin, den letzten Teil eurer Unterhaltung mit anzuhören.« Der Druide stand mit einem Mal zwischen ihnen und Iolair starrte sie mit verschränkten Armen aus dem Unterholz an.

»Nun und?« Silla war bei dem plötzlichen Erscheinen leicht zusammengezuckt.

»Ich denke, wir sollten ausruhen, essen und uns an der Schönheit der Welt freuen, die uns umgibt. Alles andere hat Zeit«, sagte Drugwydd begütigend. Er bückte sich zur Quelle und ließ eine Handvoll Wasser durch seine Finger rinnen. »Alles andere hat Zeit«, wiederholte er noch einmal leise.

Einen Tag durften sie rasten und noch eine Nacht, in der der Mond spät aufging und dann so voll über ihnen hing, dass Silla das Herz stärker klopfte und sich selbst über die Waldmenschen beklommenes Schweigen breitete. Morgen würde die Nacht der Entscheidung sein.

Silla wälzte sich hin und her, ärgerlich, dass sie keine Ruhe fand, obwohl sie müde und erschöpft war und der nächste Tag alle Kraft von ihnen fordern würde. Den anderen ging es nicht besser.

Sie hatte das Gefühl, kaum die Augen zugetan zu haben, als leises Trommeln sie auch schon wieder aus dem Schlaf holte. Gähnend blinzelte sie in die blasse Dämmerung des neuen Tages, in dessen erster diffuser Helligkeit die bleiche Scheibe des vollen Mondes schwebte.

Drugwydd hatte die Trommel Ad Smerius' hervorgeholt und die Alte Frau rührte in dem Kessel über dem Feuer. Einer nach dem anderen setzte sich um sie.

Drugwydd trommelte stärker und wiegte sich mit geschlossenen Augen in seinem eigenen Rhythmus, während die Alte Frau Brühe aus dem Kupferkessel schöpfte und das gefüllte

Gefäß mit beiden Händen hoch über ihren Kopf hielt, als wollte sie den Segen des Himmels erflehen. Das Morgengrauen spiegelte sich matt in den goldenen Augenhöhlen des Schädels von Tuath-hach. Die Alte Frau begann zu stampfen und in der alten Sprache zu singen. Dann nahm sie die Schale herunter, trank einen Schluck und reichte sie weiter. Einer nach dem anderen tranken sie.

Jetzt kam der Schädel auch zu Silla. Der Geruch von feuchtem Moos und Pilzen stieg ihr in die Nase. Sie nippte; der strenge Moder der Brühe ließ sie würgen. Dann gab sie den Becher an Cù weiter.

Der kleine Schluck hatte genügt, eine Wärme in Sillas Magen zu erzeugen, als hätte jemand ein Feuer in ihrem Inneren entzündet, das nun glühend durch ihre Adern floss, bis es sie ganz ausfüllte; gleichzeitig spürte sie eine Welle von Energie wie eine Explosion durch ihre Gliedmaßen rollen und sie konnte nicht anders, sie musste in den stampfenden Rhythmus einfallen, der schon wie ein Zittern durch den Boden lief. Sie schloss die Augen, wiegte sich im Takt der Trommel wie die vor, hinter und neben ihr, als wären sie nur noch ein Körper und auch der löste sich auf, wurde eins mit dem Felsen unter ihren Füßen und der Luft, die sie umgab.

Die Alte Frau stieß eine Serie schriller Rufe aus, dann brach sie ab und auch die Trommel klang sachte aus.

Silla öffnete die Augen. Sie hatte das Gefühl, wie aus einem frischen Bad gestiegen zu sein, und auf den Gesichtern ihrer Freunde spiegelte sich Zuversicht und Kraft, wo vorher nur Müdigkeit gewesen war.

»Lasst alles in Ad Smerius' Höhle, was ihr nicht unbedingt braucht«, drang Drugwydds Stimme zu ihr herüber. »Lasst Mäntel und Umhänge da, wir müssen beweglich sein! Wir werden alles später holen!«

»Oder nicht mehr brauchen«, brummte Finn neben ihr, zwinkerte ihr aber dabei so kühn zu, dass Silla lachen musste.

Wasser wurde ausgeteilt, hartes Brot und Wurzeln, dann marschierten sie los.

»Du hast deinen Mantel zurückgelassen«, bemerkte Silla und musterte das helle Wollhemd, das dem Druiden, in der Mitte von einem Lederband zusammengerafft, bis zu den Knöcheln fiel.

»Für das, was wir im Begriff sind zu tun, reicht mir mein Stock!«

»Und das Seil!« Silla blickte neugierig zu ihm auf. »Auch die Waldmenschen haben ihre Seile dabei.«

»Ja, die Seile!« Drugwydd schmunzelte vergnügt, wurde aber schlagartig wieder ernst. »Wir sind nahe dem Stein, wir könnten nun jeden Moment auf den König und seine Soldaten stoßen. Zwei der Ull-slog haben heute Nacht die Strecke ausgekundschaftet und sind weiter vorne auf ein Soldatenlager gestoßen, wie wir es uns schon gedacht hatten. Genau bei einer Engstelle des Pfades. Wir haben keine Chance, da hindurchzukommen. Bituit hat uns nur halbherzig verfolgt und ich nehme an, er dachte, er könnte uns bequemer eben hier erwischen, wo es nur diesen einen Weg gibt. Aber wir haben Luchain-re bei uns«, seine Augen blitzten voller Schalk, »und unsere Seile!«

Silla schüttelte den Kopf. »Da können wir schon das Messer am Hals haben und du findest daran noch etwas Komisches, Drugwydd!«

Der Druide lachte auf. »Da magst du recht haben, Mädchen!« Er legte ihr im Gehen freundschaftlich den Arm um die Schultern. »Aber siehst du, keine Situation ist so verfahren, dass es nicht immer auch noch einen anderen Weg gäbe!« Er seufzte. »Nun ja, meistens zumindest!«

Luchain-re an der Spitze rief etwas und sie bogen von dem Pfad, der am Rande des Gletschers entlangführte, ab, einer hinter dem anderen, über eine Schotterhalde und bis zu einem tiefen Abgrund. Sie konnte Cù vor sich leicht schwanken sehen. Wie musste ihm das wohl vorkommen, der in seinem Leben noch nie so etwas wie Höhe erlebt hatte!

»Schau nicht hinunter!«, rief sie ihm leise zu. Cù drehte für einen Moment sein Profil zu ihr hin, ernst und konzentriert, und nickte leicht.

Die Kolonne kam zum Stillstand.

»Nur noch die Weiße Wand, dann haben wir es geschafft«, klang der Ruf von vorne.

Silla spähte die Felswand hinunter, die glatt und schwarz neben ihr abfiel.

»Du meinst … da?« Sie deutete nach unten und Panik schnürte ihr die Stimme ab.

»Wir haben ja die Seile!« Finn hinter ihr klopfte ihr beruhigend auf die Schulter. »Das geht schon, du wirst sehen, Silla!«

Cù drehte sich zu ihr um und seine Augen spiegelten dasselbe Entsetzen, das sie empfand. Silla holte tief Luft. »Wir haben ja die Seile, Cù«, gab sie Finns Trost weiter. »Wir schaffen das schon!«

Ihr Bruder nickte blass und ziemlich ungläubig.

Dann band ihr Elluit auch schon seinen Strick um die Mitte, lächelte sein Räuberlächeln, schob sie ohne Weiteres über den Rand der Felswand und Silla kletterte.

»Folge einfach meinem Weg!«, rief der Ull-slog, der unmittelbar unter ihr in der Wand hing.

»Das geht nicht, denn ich kann nicht hinunterschauen, ohne dass mir schwindelig wird«, schrie Silla zurück und musste unwillkürlich sofort in die Tiefe blicken. Voller Schreck kniff sie die Augen zu. Da hinunter? Unmöglich!

Silla hörte den Ull-slog lachen. »Dann werde ich dir einfach deinen Weg dirigieren!« Sie spürte seine Hand an ihrer Ferse. »Sei unbesorgt, ich werde dir schon helfen, die Füße zu setzen!«

Genau wusste Silla nachher nie mehr, wie sie den Abstieg eigentlich geschafft hatte! Sie tastete sich voran, während der Ull-slog ihr Anweisungen gab, von Vorsprung zu Vorsprung, krallte ihre Nägel mit dem Mut der Verzweiflung in die kleinsten Spalten, rutschte einmal ab auf der trügerischen Glätte, mit der einer von unzähligen kleinen Wasserläufen den Felsen überzog, und spürte sofort wieder die Hand des Ull-slog an ihrem Knöchel, die sie hielt.

Und dann war sie unten, sank in das raue Hochlandgras, die Beine so weich, dass sie sie nicht mehr trugen, und bemühte sich vergeblich, den Knoten des Seils um ihren Bauch zu lösen, weil ihre Finger unkontrolliert zitterten.

»Warum heißt sie eigentlich Weiße Wand? Sie ist ganz schwarz!«, krächzte sie und blickte mit einer Mischung aus Grausen und Stolz die Felsen hinauf.

»Das Schwarze sind nur die Wasserflechten, darunter ist sie weiß«, antwortete der Ull-slog und Silla musste darüber plötzlich so lachen, dass sie sich prustend zurück ins Gras fallen ließ.

Sie betrachtete die wilden Gestalten der Waldmenschen, die vertrauten ihrer Freunde und ihres Bruders, wie sie sich der Reihe nach abseilten und neben ihr ins Gras sanken, und ein Gefühl der Wärme stieg in ihr Herz. Der Weg über die Berge war anstrengend gewesen und sie hatten kaum gesprochen unterwegs, aber sie waren sich dabei so nahe gewesen, wie sich Freunde oder Geschwister nur sein konnten, und ganz egal, was die Zukunft brachte, das würde ihr niemand mehr nehmen können.

19. KAPITEL

EIN FLUCH AUS DUNKLER ZEIT

Wenigstens hatten sie ihre Seile zurückgelassen! Ordentlich zusammengerollt waren sie unter einem Felsüberhang zu Füßen der Weißen Wand geblieben.

Also keine Kletterei mehr, dachte Silla. Das ist zumindest etwas!

Überhaupt war ihre Lage nicht so schlecht: in eine weiche Graskuhle gekauert, den Duft der Wiesenblumen in der Nase, die späte Nachmittagssonne, die wohltuend wärmte, aber nicht mehr die unerträgliche Mittagshitze ausstrahlte. Das alles hätte wunderbar sein können, wenn ... ja, wenn da nicht diese Angst gewesen wäre, die sich wie ein nasses Leintuch um ihre Glieder gelegt hatte und sie zum Frösteln brachte.

»Wir können nicht weitergehen«, hatte Drugwydd gesagt. »Wir könnten hier überall auf die Männer des Königs stoßen! Verteilt euch, versteckt euch, ruht euch aus, bei Einbruch der Dunkelheit betreten wir den Wald! Wenn der Mond über dem Stein aufgeht, müssen wir dort sein! – Zumindest einige von uns!« Er hatte ihnen gewinkt und war selbst zwischen den Büschen verschwunden.

Silla lag mit Cù, Moruagh, Finn, Luchain-re und Bras in einer Vertiefung unter den Zirben, den unglücklichen Till an ein Seil gebunden, das ihn dazu gebracht hatte zu bocken wie ein Rodeopony. Nun schien er sich in sein Schicksal ergeben zu haben, aber er blickte seine Herrin aus seinen Karamellaugen immer noch vorwurfsvoll an.

Cù saß dicht an Sillas Arm gedrückt, den Blick nach innen oder in die Ferne gerichtet, das konnte Silla nicht genau sagen. Er schien in der Stille Mut zu sammeln für das Kommende und seine Nähe gab auch ihr Stärke und Vertrauen. Luchain-re wirkte noch durchscheinender als sonst. Der Marsch durch die Berge musste ihn sehr viel Kraft gekostet haben.

Sie sprachen kaum, denn alles schien irgendwie unpassend. Dann fiel die Dämmerung ein, schob sich in Rosa, Lila und Grau über den Himmel und ließ den ersten Stern aufblinken. Es wurde Zeit. Silla atmete tief durch, erfolglos bemüht, die Beklommenheit, die sie beschlichen hatte, abzuschütteln.

Wie ein Schemen tauchte der Druide vor ihnen auf. Er kauerte sich zu ihnen. »Außer den Doppelkindern wisst ihr den Weg von hier aus zum Stein. Luchain-re, du wirst mit Cù gehen, Moruagh mit Finn, Bras …«

»Ich bleibe bei Silla«, unterbrach ihn Bras entschieden.

»Davon war ich ausgegangen!« Man konnte das Lächeln in der Stimme Drugwydds hören. »Wichtig ist, dass Cù und Silla unter keinen Umständen beieinanderbleiben! Habt ihr verstanden! Sollte der König eurer zusammen habhaft werden, dann …«, er zuckte die Schultern, »nun ja, dann wäre das nicht gut! Sollte es nötig sein, werden die Ull-slog den Doppelkindern in den Heiligen Hain folgen, für diese Nacht ist das Tabu aufgehoben. Aber wartet an der Begrenzung, bis ihr Oila hört, und geht erst dann hinein! Mögen die Götter mit euch sein!« Ohne ein weiteres Wort war er in der Dämmerung der Büsche verschwunden.

Silla erhob sich. »Cù?«

Wortlos fielen sich die Geschwister in die Arme. »Was immer wird, ich werde dich nie vergessen, Schwester«, flüsterte Cù.

»Und ich dich nicht!«

»Wenn das alles überstanden ist, dann feiern wir ein Fest, so lustig, wie es, bei Cernunnos, nur die Kelthoi verstehen!« Moruagh fiel ihnen ebenfalls um den Hals.

»Und ich dichte euch eine Ballade auf Mut und Freundschaft dazu«, grinste Finn. »Aber jetzt kommt, es ist Zeit!«

Das Letzte, was Silla von ihm sah, war das Blitzen seines schrägen Schneidezahnes im letzten Schein der Dämmerung, bevor er, Moruagh mit sich ziehend, zwischen den Zirben verschwand. Luchain-re und Cù folgten ihnen.

Silla hob Till auf und schob ihn in ihr Tragetuch, dann blickte sie erwartungsvoll zu Bras auf.

»Bist du bereit?«

Silla nickte und Bras tauchte vor ihr in den Wald ein. Sie zwängten sich gebückt durchs Unterholz, was mit Till vor dem Bauch anstrengend war. Schon nach wenigen Metern spürte Silla, wie ihr der Schweiß ausbrach. Hin und wieder war der leise Flügelschlag Brans zu hören, der seinem Herrn treu von Baum zu Baum folgte. Einmal vernahmen sie auch gedämpfte Stimmen zwischen den Bäumen und ein metallisches Klirren. Das mussten Soldaten sein, keiner der Ull-slog hätte so gelärmt. Stück für Stück schoben sie sich vorbei, wobei Silla sich fast sicher war, dass man den heftigen Schlag ihres Herzens wie eine Trommel durch die Dunkelheit hören konnte und die Soldaten jeden Moment aufmerksam werden mussten. Aber nichts geschah.

Es war ganz dunkel geworden und Silla musste sich mit der Hand an Bras' Hemd halten, um ihn nicht zu verlieren. Sie hatte keine Ahnung, wo sie sich befanden, aber Bras schien sich genau auszukennen. Irgendwann zog er sie hinter zwei umgestürzte Baumstämme.

»Wir sind an der Grenze zum Heiligen Hain«, flüsterte er ihr ins Ohr. »Pscht!« Er tippte ihr kurz mit dem Finger auf den Mund zum Zeichen des Schweigens und so saßen sie still, die Rücken an die Stämme gelehnt.

Der Mond würde erst später aufgehen und bis dahin hüllte sich die Nacht in undurchdringliche Dunkelheit. Silla kam es vor, als säßen sie schon Stunden da, in die Schwärze starrend, in der sie die Hand nicht vor den Augen sehen konnte. Dann erklang ein »Huhuu«, der Eulenschrei, und noch einmal »Huhuu!«, und die ausgebreiteten Flügel Oilas streiften über ihnen durch die Wipfel.

Bras packte ihre Hand und zog sie weiter. Hier schien das Dickicht etwas lichter zu sein. Silla konnte die Kontur eines Felsbrockens ausmachen. Das war wohl einer der Begrenzungssteine und sofort dahinter standen die Bäume wieder ganz dicht. Sie waren im Heiligen Hain.

Bras bewegte sich vollkommen lautlos durch die Dunkelheit, was Silla zu ihrem Ärger nicht gelang. Immer wieder knackte ein Ast unter ihren Füßen oder streifte sie an Zweige.

Aber was war das? Da raschelte noch etwas!

Sie wollte gerade die Hand ausstrecken, um Bras aufmerksam zu machen, da stieg unmittelbar neben ihr mit heiserem Ruf ein Vogel aus dem Dickicht. Sie schrie erschrocken auf, nur leise, aber laut genug, um in der Stille des Waldes eine Lawine an Geräuschen freizusetzen – denn nicht fern von ihnen schrie noch jemand. Eine Männerstimme. Bras kam vor Überraschung ins Stolpern, verlor den Halt und krachte

Zweige brechend zu Boden, während der Rabe über ihren Köpfen aufgestört zu krächzen begann. Ihm antwortete ein heiserer Falkenschrei. Hektische Bewegung wurde hörbar und eine Fackel flackerte auf. Silla erblickte zwischen den Büschen ein fratzenhaft beschienenes Gesicht, über das im gleichen Augenblick ein triumphierendes Grinsen huschte: Sionnach.

Er war mit einem Sprung bei ihr, das Schwert gezogen. Die Spitze des scharfen Eisens durchtrennte mühelos den Stoff des Hemdes über ihrem Magen und war gerade eben auf der Haut spürbar. Silla stand ganz still.

Nicht so Bran. Angesichts seines Todfeindes, des Falken, stürzte er wie ein Geschoss herunter und die beiden Vögel taumelten als kreischender Ball aus Federn zu Boden. Der Falke stieg wieder auf, riss sich aus dem Griff des Raben, versuchte kurz an seiner gewohnten Schulter Halt zu finden und zog dabei seine rudernden Fänge über das Gesicht seines Herrn, der mit einem Brüllen die Fackel fallen ließ, um das Tier von sich zu stoßen. Aus tiefen, wie mit dem Rasiermesser geschlagenen Striemen lief Sionnach das Blut in die Augen. Und da war auch schon Bras aufgeschnellt, warf sich ohne einen Laut auf den Verräter, begrub ihn unter sich, sein Messer an der Kehle des Mannes.

»Renn, Silla«, keuchte Bras. »Renn! Ich halte ihn fest! Siehst du den Schein am Himmel? Renn!«

Und Silla lief los. Es war keine Frage, was Bras gemeint hatte; der Glanz des aufgehenden Mondes begann sich eben über die Wipfel zu schieben. Eine schimmernde Ahnung erst noch, aber Silla wusste, wie schnell er aufsteigen würde. Sie stolperte vorwärts, immer in die Richtung des Lichtes, ohne sich weiter darum zu kümmern, ob leise oder laut, dafür war jetzt keine Zeit mehr.

Ihre Beine liefen auch noch, als Silla plötzlich gepackt wurde und ihre Füße schon längst keinen Kontakt mit dem Boden mehr hatten.

Viel mehr als mit den Füßen rudern und den Kopf etwas drehen, konnte Silla auch nicht tun. Starke Arme hielten sie unnachgiebig fest an eine Brust gedrückt und eine Stimme flüsterte an ihrem Ohr: »Hunderttausendfaches Willkommen an genau dem Ort, an dem ich dich haben wollte, Tochter! Es freut mich wirklich zutiefst, dass wir uns hier so in die Arme laufen!« Bituit lachte auf.

Er ist wahnsinnig, dachte Silla und die Haare in ihrem Nacken, an denen sein Atem sie gestreift hatte, stellten sich auf.

»Cù!«, rief Bituit laut und seine Stimme hallte durch die Stille. »Ich weiß, dass du da bist! Komm heraus, wenn du nicht willst, dass das Blut deiner Schwester schon hier in die Erde sickert! Und Drugwydd und Iolair, für euch gilt das Gleiche! Wehe dem Mädchen, solltet ihr eine eurer Zaubereien versuchen! Mein Messer sitzt an ihrem Leben!« Er lachte wieder und schüttelte Silla, wie eine Katze eine Ratte beutelt. »Blut von meinem Blute, hör endlich auf zu zappeln! Bald wirst du über dem Stein liegen, still, ganz still, genau wie dein Bruder!«

»Nein, Cù …« – Bleib weg, wollte sie noch rufen, da spürte sie Bituits Faust, mit der er das Messer hielt, schmerzhaft auf ihrem Mund.

»Gib Frieden!«, knurrte er. »Ihr solltet euch glücklich schätzen! Ihr werdet den Fortbestand unserer Linie sichern! Wenn die Prophezeiung erst erfüllt ist – und bei den Göttern, Zeit dazu wird es! –, dann kann ich endlich ein anderes Weib nehmen, andere Nachkommen zeugen, in denen ich leben werde für alle Zeit! So heißt es doch, oder nicht?«

»Ja, so heißt es, Bituit Torch Troyth, Unglückseligster aller Unglückseligen«, schallte es über die Lichtung und dann schob sich der Mond über die Wipfel und in seinem Licht erstand eine helle Gestalt, die unter den Bäumen hervorgetreten war.

Drugwydd, dachte Silla, aber was kann er tun, solange der König mich so hält?

Mit jedem Atemzug schien der Mond ein Stückchen zu wachsen, jetzt konnte Silla auch Cù erkennen, der hinter dem Stein hervorspähte, und Iolair auf der anderen Seite der Lichtung. Und noch eine Gestalt war aus dem Dunkel der Bäume getreten. Silla konnte sie nicht erkennen, aber als sie jetzt begann zu sprechen, gab es keinen Zweifel: Auch Ad Smerius war gekommen.

»Wenn der Mond voll aufgeht …«, drang seine Stimme klar herüber und mit einem Mal schien sich ein seltsamer Lichtschein um ihn zu legen. Bei den nächsten Worten begannen seine Worte zu dröhnen, als würden sie aus der Erde selbst kommen, und Silla wusste, das war Glonn, die aus ihm sprach.

»… über dem einen Stein der ältesten Zeit …«

»Still!«, rief der König und begann Silla durch die Büsche zum Stein zu zerren.

»… über den doppelten Kindern des Königs mit der Wölfin vereint …«, tönte es unbeirrt weiter.

»Fort mit euch allen! Fort!« Bituit blieb stehen. Ein Funken von Angst schien sich wie eine Bruchlinie durch seine Stimme zu ziehen. »Ihr habt keinen dreifachen Hund! Ihr könnt nicht gewinnen! Ich hingegen brauche nur das Blut der doppelten Kinder! Hört euch doch die Prophezeiung einmal genau an!«

Ad Smerius deutete in den Himmel. »Auf der Himmelsebene steht ein Hund über dir! Schau nur hinauf! Sirius, der Hundsstern ist mit dem Mond aufgegangen! Und auf der menschlichen Ebene …« Sein Finger wanderte zum Stein. »Du selbst hast deinen Sohn Cù genannt! Eine Vorsilbe, die großen Kriegern zuerkannt wird, die in der alten Sprache aber auch ›Hund‹ bedeutet! Und in der dritten Ebene«, Ad Smerius begann zu lachen, »nun, an der dritten Ebene habe ich selbst lange gerätselt!«

Till!, dachte Silla. Natürlich! Er spricht von Till!

Till, der ganz ruhig in seinem Tuch an ihre Brust gekauert lag, wie ein warmer Hügel unter dem Arm, mit dem der König sie an sich presste.

Jetzt war auch Finn auf die Lichtung getreten, das Schwert halb erhoben.

Ich muss etwas tun, dachte Silla, schnell! Der Faden!

Hektisch begann sie an ihrem Handgelenk zu nesteln, das sie eben so mit der anderen Hand erreichte. Der Faden der Zeitweiber! Behutsam zog sie an der feinen Schnur! Hoffentlich konnte Ad Smerius den König noch länger ablenken! Hoffentlich fiel ihr dieses Gespinst nicht hinunter, es war gar so fein und ihre Finger schon halb abgestorben durch den Druck!

»… an der doppelten Spitze dessen, was er einst entzweit …«, schallte es herüber. »Das Schwert Ar Barachs, des Königs aus dunkler Zeit, eingeschmiedet in Gall, gezeichnet mit den Runen der Alten Zeit, neu geschmiedet unter Finn Ab Galwys …«

Silla hatte es geschafft, den Faden gerade so mit einer Schlaufe an einem Ast zu befestigen, mehr Spielraum hatte sie nicht. Wenn der König nur lange genug stehen blieb! Sie atmete tief, holte aus und trat ihrem Vater mit aller Kraft gegen das Schienbein. Mit einem Schrei der Überraschung lockerte Bituit seinen Griff, Silla zog den Faden straff und zupfte ihn an.

Ein glasklarer Ton stieg auf, schwebte über der Lichtung.

Silla spürte Bituit erstarren. Alles, was der seltsame Laut

traf, schien mit einem Mal in der Bewegung innezuhalten. Alles außer ihr! Jetzt oder nie! Sie wusste, sie hatte nur Momente, bis der Ton der Zeitweiber verklungen war. Strampelnd und sich windend rutschte sie aus der Umklammerung des Königs und rannte los.

Zum Stein, dachte sie. Zum Stein!

Über ihr schob sich der volle Mond in seiner ganzen Majestät in den Himmel über der Lichtung.

Sie war fast da, streckte schon die Hand aus, als die eingefrorene Szene plötzlich wieder zum Leben erwachte.

»... Sohn Fergus' und nach dem Recht neuer Fürst!«, fuhr Ad Smerius fort. »Denn du hast die Hand gegen dein Blut erhoben und die Herrscherwürde damit verwirkt!«

Silla hörte die stampfenden Schritte des Königs auf der Lichtung hinter sich und seinen schweren Atem unter dem er »Niemals!« keuchte: »Niemals!«

Da, der Stein! Sie spürte das Moos unter ihren Händen, die Wärme von Cùs Fingern, die sich um ihre schlossen, sah kurz in seine Augen, die wie Kohlen in seinem bleichen Gesicht standen, bevor er sie auf den Stein zog. Sie fiel ihm in die Arme, während Till aus seiner Erstarrung erwachte und leise winselnd den Kopf aus dem Tuch streckte.

Cù blickte über ihre Schulter, zog die Luft scharf ein und Silla fuhr herum. Sie sah gerade noch, wie Finn zwischen sie und den König sprang, Gall erhoben. Reflexhaft machte der König einen Ausfall zur Seite und warf sich mit seiner ganzen massigen Gestalt gegen Finn, schlug dessen Schwert einfach zur Seite, packte es am Heft und schleuderte den Jungen mit einem Faustschlag von sich, während er ihm das Schwert entriss. Gall am Griff erhoben wie eine Trophäe, stürmte er wieder los, während ein Schrei zwischen Triumph und Wut aus seiner Kehle brach.

Drugwydds Stab kam geflogen wie ein Wurfspieß und bohrte sich gerade vor Bituit in die Erde. Des Königs erhobener Fuß verhakte sich im Sprung.

Silla sah sein Gesicht vor sich, wie der Schwung ihn weiterriss, durch die Luft und in das Schwert, das einstmals seines gewesen war.

Die Augen des Königs blickten verständnislos, als sein Blut aufspritzte, über den Stein sprühte und seine Pupillen brachen.

Für einen atemlosen Moment schien alles Leben auf der Lichtung zu erstarren.

»… vergehen mit der dunklen Zeit und seine Linie bestehen!« Die Stimme Ad Smerius' klang wie ein Jubel, ließ die Stille wie eine Scheibe klirrend zersplittern und mit einem Mal gerieten alle wieder in Bewegung.

Wie aus dem Boden gewachsen erschien die Alte Frau neben dem Stein. Sie zog Silla und Cù in eine Umarmung, als wollte sie das Leben aus ihnen drücken.

»Genug«, röchelte Cù schließlich. »Du erstickst uns!«

Immer noch wortlos ließ Iolair von ihnen ab und blickte sie nur stumm an, aber ihr Gesicht sprach Bände und Silla meinte, Tränen in ihren Augen schimmern zu sehen, was sie mehr rührte, als es jede Rede vermocht hätte. Auch Drugwydd und Ad Smerius strahlten, wie sie nun Seite an Seite über die Lichtung geschritten kamen.

»Nun, alter Freund, hättest du das gedacht?« Der Druide schüttelte den Kopf und sein Bart zitterte breit mit seinem Lächeln. »Unser Wolfsmädchen aus der Anderswelt und der Junge aus den Kerkern! Haben sie es doch glatt geschafft! Das ist ja nicht zu fassen, nicht wahr!«

»Jede Minute hätte ich das gedacht, Drugwydd! Jede Minute!« Ad Smerius lachte, dass sich sein ganzes Gesicht in

Runzeln faltete. »Und ich bin so stolz auf euch, als wäret ihr meine eigenen Kinder! Ihr alle!« Er breitete die Arme aus und schloss Finn, Moruagh und Bras in die Umarmung ein, während ringsum das Triumphgeheul der Ull-slog wie ein einziger Siegesgesang in den Himmel stieg.

Die Feuer flackerten hoch und verströmten eine Unzahl von Düften: Kräuter, die Drugwydd und Iolair murmelnd und Dankesworte an die Götter singend den Flammen opferten, Wurzeln von Ad Smerius, die in der Glut rösteten, und ein paar Hasenbraten, die die geschickten Ull-slog fast im Vorbeigehen erbeutet hatten und deren Duft nun langsam allen den Magen knurren ließ.

Freude wehte fast körperlich spürbar über die Lichtung, auch wenn die überstandenen Grauen noch allen in den Knochen steckten. Grauen, an die das Grabmal des toten Königs, das schnell errichtet worden war, deutlich erinnerte. Alle hatten geholfen, die Steine zu suchen und um Bituit Torch Troyth zu schichten. Man hatte ihn neben dem Opferstein begraben, wo er gefallen war, die blicklosen Augen zu den Sternen gerichtet, in deren weitem Firmament er vielleicht seinen Frieden finden würde.

Silla sah Cù abseitsstehen, in die Betrachtung des Grabmals versunken wie in ein stilles Gebet. Sie trat zu ihm und nahm seine Hand. Er schreckte auf, dann erkannte er sie und schlang seine Finger in ihre.

»Vater, schrecklicher Vater«, sagte er leise zu dem Steinhaufen gewandt. »Nun bist du tot.« Ein seltsamer kleiner Laut stieg aus seiner Kehle. »Und wie anders hätte alles sein können!«

»Ja!« Silla verzog den Mund. »Wie anders!« Sie ließ ihren Blick über den Opferstein wandern. Im Schein der Feuer sah sie dunkle Flecken auf dem Granit glänzen. Es war das Blut des Königs, das auf den Stein gespritzt war, und nicht das seiner Kinder. Als würde ihr das erst jetzt völlig bewusst werden, begann tiefe Erleichterung Silla zu durchfluten. Ihre Reise war erfolgreich gewesen, sie waren gerettet! Jetzt konnten sie wirklich feiern, so wie Moruagh gesagt hatte!

»Der Name Torch Troyth soll für anderes stehen als für das, was unser Vater war«, sagte Cù plötzlich und Silla konnte eine Festigkeit in seiner Stimme ausmachen, die sie vorher nicht gekannt hatte. »Wir sind die Linie der Familie, die besteht, und für mich wird das die Aufgabe sein, der ich nun folgen werde: etwas tun, auf das ich stolz sein kann. Mein Name soll für Ehrlichkeit und Mut stehen und nicht für den Verrat und die Hinterlist des Bituit Torch Troyth!«

»Wenn du nur so bist, wie du bist, dann wirst du keine Schwierigkeit haben, das zu beweisen!« Silla lächelte und spürte warm und feierlich Stolz in sich aufsteigen, Stolz auf ihren Bruder, der so viel Schreckliches erlebt hatte und der dabei so ein feiner Kerl geblieben war.

Von einem der Feuer konnte sie Moruagh singen hören, die wie ein Mensch gewordener Feuergeist um die Flammen tanzte. Sie versuchte Finn mit sich zu ziehen, der wieder Bras hinter sich herzerrte. Silla musste lachen. Wie würde sie ihre Freunde vermissen und doch …

»Du musst wieder zurück in deine Welt!« Es war mehr eine Feststellung als eine Frage. Cù blickte sie von der Seite aufmerksam an.

Silla nickte. »Hier werde ich immer irgendwie fremd sein und in meiner anderen Welt …«, sie zögerte, »da ist meine andere Familie. Ich meine … die nervt meist ganz schrecklich und oft wäre mir nichts lieber, als sie nie mehr sehen zu müssen! Aber jetzt, nach allem, was passiert ist, denke ich, dass sie mich wahrscheinlich sehr vermissen. So wie du Duine hast, so habe ich ja auch eine Mutter, und ich glaube, sie ist inzwischen schon ganz verrückt vor Sorge, was mit mir passiert ist, verstehst du? Und mein kleiner Bruder Vinzi …, der würde dir auch gefallen, ganz sicher! Clarissa, na ja, eigentlich ist sie ganz in Ordnung. Aber, aber … im Grunde liebe ich sie alle und sie mich! Aber dich auch, Cù! Nicht dass du jetzt denkst, ich mag dich weniger gerne und meine Freunde hier und …«

Mit einem Mal lagen sich die Zwillinge, die Doppelkinder, in den Armen und Cù drückte Silla fest und klopfte ihr beruhigend den Rücken. »Schon gut! Ich weiß schon, was du meinst! Ich habe ja auch meine Familie aus den Verliesen, der ich verpflichtet bin und die mir nahe ist und lieb. Aber auch wenn du und ich jetzt in andere Richtungen gehen müssen, bist du mir doch der liebste Mensch von allen, für alle Zeiten und … du kommst doch wieder, oder nicht?«

»Ganz bestimmt, Cù! Wenn es nur irgend möglich ist, wird mich nichts auf der Welt davon abhalten können!« Silla schluchzte und lachte zugleich, dann zog sie ihren Bruder zurück in den Kreis der Freunde.

»Aber … nein, das geht nicht! Ich kann das nicht!«, hörten sie gerade Finn, der Ad Smerius aufgeregt am Ärmel zog. »Das ist doch verrückt! Ich und König sein! Ich bin doch nur ein … einfacher Junge! – Moruagh«, wandte er sich jetzt flehend an die Freundin, nachdem Ad Smerius ihn nur lächelnd anblickte. »Sag du ihnen, dass das Wahnsinn ist!«

Die Rote betrachtete ihn mit schief gelegtem Kopf. »Ich finde das ganz vernünftig«, sagte sie dann.

»Bras!«

»Wenn es die Prophezeiung nun einmal verlangt, dann ist es wohl deine Bestimmung, ob du willst oder nicht!« Bras zuckte die Schultern. »Ich finde, du bist ein guter Kämpfer und feiner Freund und ich folge dir gerne als meinem Fürsten. Silla folge ich sowieso, ihr bin ich verpflichtet, ganz gleich, was ist!«

Finn schüttelte nur stumm den Kopf.

»Dachtest du nicht auch, dass du uns nicht führen könntest, damals, als dein Vater in … die Andere Welt gehen musste?«, fragte Silla leise. »Aber er hat an dich geglaubt, genauso wie wir, und du hast es geschafft. Jetzt glauben wir wieder an dich.«

»Ganz gewiss!« Der Druide lächelte und wechselte einen schnellen Blick mit der Alten Frau. »Ganz gewiss tun wir das!«

Finn hob seufzend die Hände und ließ sie in einer ergebenen Geste wieder fallen. Er setzte an, etwas zu sagen, ächzte, schüttelte den Kopf, dann nickte er. »Na ja, gut«, murmelte er und noch einmal: »Na ja, gut!«

»Ich kann dich führen, Cù, wenn du das Land erkunden willst«, sagte Luchain-re lächelnd und Moruagh fiel ein: »Ja, aber erst müsst ihr mit nach An Ear kommen! Darauf bestehe ich! Und auch Silla muss mit und Bras und … und ihr alle.«

»Nun, Silla?« Drugwydd blickte sie mit hellen Augen an.

»Ich?« Silla zögerte.

»Du wirst doch bei uns bleiben, Silla, oder nicht?«, rief Moruagh erschrocken.

Silla blickte sie an, einen nach dem anderen, ihre Freunde, und das Herz wurde ihr schwer. Dann schüttelte sie langsam den Kopf.

Sie saßen noch lange ums Feuer, aßen, erzählten noch einmal von ihren Abenteuern, und es wären keine Kelthoi gewesen, hätten nicht einige von ihnen ihre Flöten dabeigehabt; allen voran Ad Smerius und Luchain-re, die bald alle Ull-slog zum Tanzen brachten.

»Und ihr?« Silla schob sich in den Kreis neben Elluit. »Werdet ihr jetzt in eure Wälder zurückkehren?«

»Wenn alles Angefangene beendet ist, werden wir das!«

»Was ist denn noch zu beenden, nun, wo die Prophezeiung erfüllt ist?«

»Einer ist uns entkommen. Sionnach! Und ich freue mich jetzt schon darauf, ihn zu erwischen!« Das eine Auge des Kriegers blitzte sie lachend an.

»Wenn Silla in ihre Welt zurückkehrt, dann lasst mich mit euch gehen!« Bras schob seinen Kopf über Sillas Schulter. Er blinzelte nur noch aus einem Auge, das andere war unter einer blutigen Wunde auf der Stirn blaurot zugeschwollen. »Denn ich bin schuld, dass der Verräter entkommen ist!«

Finn blickte auf. »Von Schuld kann keine Rede sein! Du kannst froh sein, dass du noch lebst, nachdem die Soldaten hinterrücks über dich hergefallen sind, um ihn aus deiner Umklammerung zu befreien!«

»Nur weil die Ull-slog mir zu Hilfe gekommen sind«, murrte Bras und versuchte die Stirn zu runzeln.

»Es wird uns eine Ehre sein, dich bei uns zu haben.« Elluit lächelte breit. »Auch du hast das Herz eines Löwen, nicht wahr?«

Plötzlich stieg Silla ein Geruch in die Nase, fremd und vertraut zugleich: Tieröl und Kräuter. Langsam drehte sie sich um und blickte in Iolairs Augen, die so gelb und hart funkeln konnten und jetzt so freundlich und warm lächelten. Ohne dass die Alte Frau zu ihr gesprochen hätte, konnte Silla doch in ihrem Blick lesen. »Wann?«, fragte sie leise.

»Bald«, antwortete Iolair und Silla nickte stumm.

»Meint sie …?« Finn packte sie hart am Arm und riss sie nach einem Blick in ihr Gesicht in eine harte Umarmung. »Es war mir eine Ehre, Hohes Kind«, murmelte er.

»Mir auch, Finn, … euch alle …« Silla schniefte.

»Ich habe dein glänzendes Messer als Pfand, dass du wiederkommst!«

Silla nickte. »Pass nur auf, dass du dir nicht wieder den Kopf stößt! Weißt du noch?«

»Natürlich! Und du lern reiten!« Finn grinste, dass sein Zahn blitzte und Silla musste unter Tränen lachen.

Dann warf Moruagh ihr die Arme um den Hals. »Eines Tages werden wir die Passstraße gehen, nicht wahr? Und meine Bärin musst du auch noch kennenlernen und … ach, ich finde es einfach schrecklich, dass du gehst!« Moruagh schüttelte so heftig den Kopf, dass ihr Haar wie eine Flamme hinter ihr aufzüngelte. Iolair zog sie sanft von Silla fort.

»Es wird Zeit«, sagte die Alte Frau ruhig und deutete auf den Mond, der begonnen hatte, sich hinter die Bäume zu schieben. »Es wird Zeit!«

Silla umarmte alle und Till wurde reihum gestreichelt.

»Ich komme wieder«, sagte sie auch zu Bras, der stumm und untröstlich nickte. Drugwydd tätschelte ihr gerührt den Kopf, so wie er es immer getan hatte, und selbst Ad Smerius und Luchain-re fanden keine Worte mehr, sondern packten ihre Flöten aus und ließen ihr eine wehmütige kleine Melodie hinterherschweben, während sie der Alten Frau zum Opferstein folgte.

Zumindest Till würde mitkommen. Silla hob den Welpen in ihre Arme, schlang sich mit einer Hand ungeschickt ihr Tuch um die Schulter, da war plötzlich Cù an ihrer Seite, half ihr die Schlaufe mit dem Hund darin festzubinden, klopfte ihr auf den Rücken und trat dann zurück.

Silla drehte sich noch einmal um, ließ den Blick über ihre Freunde und Weggefährten wandern, über ihren Bruder, da sah sie, wie Moruagh lauschend einen Finger hob. Und dann konnte sie es auch hören, ein ferner, klagender Laut: das Heulen der Wölfin.

Aus Sillas Tuch klang wie eine Antwort ein leises Winseln, eine Nase schob sich heraus, ein schokobraunes Gesicht mit zwei bernsteinbraunen Augen, die sie treu anblickten. Silla musste lachen und noch immer lächelnd kletterte sie auf den Stein, in den Nebel der brennenden Kräuter Iolairs, der sie in seine magische Umarmung schloss.

Hieronymi, Frederike:
Silla – Tochter der Wölfin
Die Prophezeiung
ISBN 978 3 522 18125 9

Gesamtausstattung: Henriette Sauvant
Einbandtypografie: Michael Kimmerle
Texttypografie: Marlis Killermann
Vor- und Nachsatz: Roman Lang
Schrift: Baskerville und Herculaneum
Satz: KCS GmbH in Buchholz/Hamburg
Reproduktion: Medienfabrik, Stuttgart
Druck und Bindung: Friedrich Pustet, Regensburg

5 4 3 2 1° 08 09 10 11

www.thienemann.de

N
Nebelspitzen
Passstraße
Lawinenbrück
Dunkler W
Cyn-ra
Wald
der
Himmels-
bäume
Roidh-lann
Cyn-ra
Wald
der Seelen
Leyard
An Ear
Stein
Heiliger Hain